石英文学作品精选

石英 著

群众出版社·北京

图书在版编目（CIP）数据

石英文学作品精选 / 石英著. —北京：群众出版社，2017.5

ISBN 978-7-5014-5685-7

Ⅰ.①石… Ⅱ.①全… Ⅲ.①中国文学—当代文学—作品综合集

Ⅳ.①I217.2

中国版本图书馆 CIP 数据核字（2017）第 087599 号

石英文学作品精选

石 英 著

出版发行：群众出版社

地　　址：北京市丰台区方庄芳星园三区 15 号楼

邮政编码：100078

经　　销：新华书店

印　　刷：北京普瑞德印刷厂

版　　次：2017 年 9 月第 1 版

印　　次：2017 年 9 月第 1 次

印　　张：13.75

开　　本：880 毫米×1230 毫米　1/32

字　　数：320 千字

书　　号：ISBN 978-7-5014-5685-7

定　　价：39.00 元

网　　址：www.qzcbs.com

电子邮箱：qzcbs@sohu.com

营销中心电话：010-83903254

读者服务部电话（门市）：010-83903257

警官读者俱乐部电话（网购、邮购）：010-83903253

文艺分社电话：010-83903973

目 录

诗歌

短篇小说

前 言

首先，我要衷心感谢群众出版社给了我这样一个出版《石英文学作品精选》的难得机会，使我得以在过去发表的所有作品中精心选优，以达到真正的粹炼之功，不负读者。

我自上世纪的1957年春开始真正的文学创作（第一篇散文和第一首诗均在此时发表），迄今正整整一个“甲子”，共出版散文集、诗集、长篇小说、短篇小说集以及传记文学、散文诗集、文学评论集等七十部、一千五百万字，人们称之为“多栖作家”。此次的作品精选，为了避免烦琐，我只选了散文、短诗和短篇小说三个品种，其他品类干脆暂时舍弃（长篇小说限于篇幅自然不在选取之列）。如此也恰合我平时心之所衷，即我对出所谓“文集”素来缺乏兴趣。平时有朋友和出版社向我提及此事，我真的直言了我个人也许是不无褊狭的观点：所谓“文集”，全则全矣，但难免良莠杂陈，多而欠精；且编排整理本身就是一桩浩繁工作，实在太累。而我这人，最不乐意回头扒拉过去的“收成”，最喜向前看，琢磨新的题材，乐见新出手的篇章，探索无穷，乐趣无穷。

前几年我在一首小诗中即道出了这种心理："嚼别人嚼过的馍没味道/嚼自己嚼过的馍也没味道/与其回头赏看自己的足迹/还不如拨开前路带刺的蒺藜"。

基于这种观点，这部精选本与文集不同。其一真正的"精"本身就有某种新的内涵，可以细品，越品越有意味；其二可以一个轻便精要的版本提供给读者，较易于使人了解这样一个作家，而不是将一大堆陈谷子推至人们面前。

本集以散文、短诗、短篇小说为序编成，包括散文 63 篇，短诗 48 首，短篇小说 7 篇。其中散文的分量多些，这是因为有一个时段中，我的工作与散文接触较多，业余时间散文作品也写得多些（时间在上世纪八九十年代），至今出版的散文集近三十部。由于基数最大，应选的篇章自应就多些，而诗歌和短篇小说基数相对小些，选取的作品较少也自在情理之中。

当然，要在数百万字的散文和短篇小说与上千首诗的大范围中，选出几十篇散文、几十首诗和几篇短篇小说，说实在话也真不容易，而且多少还要考虑到不同时期的代表性作品，即半个世纪（去掉"文革"十年的作品空白期）的漫长过程，这同样是一个颇费斟酌的细活。但限于"作品精选"的版本大致篇幅所限，只能是尽力加以压缩，达到真正的精益求精，待到日后再有机会，争取稍为扩展舒放一些，以弥补遗珠之憾。

对于小说、散文和诗歌这三种体裁，我曾有一种也许是带有调侃意味的说法：小说是最有意思的文学样式，散文是最有意味的文学样式，诗歌是最有意境的文学样式。自然是很不全面，但三者中各有一个"意"字，亦可见出文学作品不能无"意"。也难怪，几十年过去，都似未细察老境已至，仍在"码字"不舍，个中动因，能无"意"

乎？而况，丙申猴年即将过去，丁酉鸡年倏忽将至，当雄鸡临窗昂首一唱，面对晨曦，能无“意”乎？

石英

丙申“霜降”前夕于京城斗室

散文

雪落中国大地

雪的脚步总是静悄悄地，早晨起来凭窗一望，噢，下雪了！

一个人一生尽管多次看到雪，但每在下雪时还是引为奇观。最南边的人偶来北方，看到雪觉得新鲜自不必说，就是身居北方的人们，大都感到近年来雪下得比他们各自的小时候少多了，不知道是出于错觉还是确有科学依据。反正是雪对于人们有日趋珍稀之感，而且好像近些年来雪势南移，有时华北的雪还不如华东和沿江地区下得那么扑天盖地，满山堆银。

京津地区雪停了，但在广袤的中国大地上，有的地方还在落雪。

雪落在长白山区，封杀了崎岖的山路，覆盖了山坡上错落的参园，偶能听到猎获野兔的枪声。五十多年前长白山区雪原上也有这样的枪声吗？有的，但那要密集得多，枪声沉寂后，雪地上映印着沾血的迤逦的脚印，这是抗日英雄杨靖宇踏着厚厚的积雪走向至洁至圣的化境。半个多世纪过去了，今日的雪花中还有那时积雪蒸发的水分凝结成的神奇吗？我想是应该有的，应该有的。

雪落在赣东北怀玉山区，松枝上挂满了雪团。啄食的灰喜鹊长尾一剪，抖落的雪粉被风扬至远处，扑在过路人的面颊，沁凉中又透着湿润。六十多年前，方志敏率领队伍从这里走过，那时冬天的雪下起来更紧，满山遍野的铺成一个清贫。是一个肯于做出牺牲的志士的清贫。当今日雪融后，才会翻做另一番生气勃发、百业俱兴的图景。

雪落在武汉三镇，更确切地说是雨夹雪。这时雾气也浓，能见度差，长江大桥和公路二桥上泛着融雪的光泽，车辆却有条不紊地南来北往，交通警的雨衣上都打上了彻夜未眠的印记——水渍在皱折处汇成细小的溪流，滴在桥面，又汇入浩瀚的大江。航轮依然繁忙，尤其是溯江西上支援三峡工程的货轮，在雪雨雾中小心翼翼地前行。雪花情有独钟地随风追逐着。这雪花仿佛提炼了当今中国人民情感的精华，伴随航轮安抵三峡工程，飘舞在巍峨的“龙口”之上。

雪落在大京九线上，串起了井冈、匡庐、大别山，又大体沿着古运河道北行。在有的地段上，雪遮掩了轨道，望那列车如在雪浪里游泳。在此时此刻，恍惚觉得列车成了开路机。速度是减慢了，但没有停止。大雪带来了艰难，艰难仍在前进。驾驶列车的人在没有鲜花没有喝彩声中默默地运行。他们是不折不扣的带头人，但不是明星。此刻除了列车行进的声音，大地别无声息，在大静中却有力引千钧的大动，哦，真正的雪中之龙。

雪落在南岳衡山，这是南岳难得的一景。千年古树承接过千万次天上佳客，却永远是全新的；山路上落叶的腐殖气味，人们闻着也别有一种清新。冬季的登山客很大一部分都来自台湾、香港、澳门和东南亚没见过雪的人们。对于他们来说，名山、宝刹、珍物集于一身，雪景是衡山的极致。冬天正因有了雪，才不致成为一个完全萧索的季节。

但雪不仅是一种观赏物，也不仅是冬天的象征。它有思接千载的长久的生命力，也有情润八极的宽阔胸怀。它极易融化，但并不等于消失，它是顽强不灭的物种。

雪是历史。看到雪，便会想到唐代诗人卢伦诗中描写过的“欲将轻骑逐，大雪满弓刀”的雪夜驱敌的动人情景；便会想起南宋陆游的壮烈抱负“楼船夜雪瓜州渡，铁马秋风大散关”；还能意会明末张岱“湖心亭赏雪”的孤高情趣；更会看到李兆麟、赵一曼在风雪弥漫中的露营与篝火……

雪也是地理。它随滚滚寒流，自阿拉山口飘来，逶迤至海拔五千多米的南疆红旗哨所，又姗姗东下，连四季如春的滇池，有时也会雪自天来，一夜素装银帚所及，能扫至武夷山九曲溪，给那舴艋游艇，也平添了一些佳趣。可谓是纵横捭阖无处不到，甚至是无孔不入。南北几千，东西万里。焉知春城昆明之雪不是天山雪源的姻亲。焉知武夷九曲溪的六角奇花，不是兴安岭五大连池所赠。

雪更是一种精神。毛泽东在《沁园春·雪》中展示的胸怀，古今仁人志士的以雪抒志，无数征战者和建设者，在风雪中考验出的必胜精神，都在表明：

雪是激发者又是挑战者，雪是人们的亲密伙伴，又是竞技场上的对手。

2000 年

春之声

春又来了。

丁亥年春天六十年才来一次，牛年春天十二年来一次，而不加人为符号的春天一年则来一次。但人们并不觉得腻烦，总是以全新的欢欣心情迎接春的到来。

这种不加人为符号的春天到底来了有多少轮？很难说。尽管科学家们不断推断不断争论地球形成史以及人类活动史，但我宁愿认为春天是没有年龄的，谁也说不准它的贵庚几何。它老吗？够老的了。但从本质上说，它始终与一切年轻的事物联系在一起，可以这样说：春天永远是年轻的。

不是吗？它是青苗、嫩叶、秀水和阳气上升的代名词，它是大地复苏、一切生机涌动的总和。它很年轻，却无稚气，有统摄大地的恢弘，有融化坚冰的气度，能说服慵懒的积雪去滋益麦田，能影响归燕去收捕害虫，能润调学童朗读新学期课本的嗓音，能激扬向阳坡前不甘委顿的耄耋老者的生命力。

春天的声音最先往往在高树的枝梢上作出敏感的反应。难怪宋代词人宋祁就有“红杏枝头春意闹”的名句为证。春天还喜欢在流动的活水中示意，东坡诗句“春江水暖鸭先知”感受得多么贴切！春天更首选清风艳阳的田野以示其形，辛稼轩慧眼发现“春在溪头荠菜花”。

总之，春天尚勤而鄙懒，偏爱明朗而弃绝阴暗，先向户外而渐及户内，先布绿色而后杂色。在春天的多色调多音部大舞台上，始终以绿色为主色以正声为主音部。

很可能的情况是：在田间劳作者能最先闻到春的青春气息。或问：春，啥味儿？

一下子很难说尽、表达得到位，反正不是香水味儿，也不是黄金宴味儿。是返青麦苗露珠的味儿吧？是第一场春雨落在新翻的田畦升腾出的味儿吧？那到底是一种啥味儿？这么说吧，混合着清纯、甜润、淡香、与浊气截然对立而促人向上之气，就叫它“春之味”吧。

真正的春天到来有确切时刻吗？或曰节气为证。譬如“立春”，可是“立春”时节冬寒仍牢牢地占领阵地。又或曰“九九八十一”数尽时则春意盎然。其实往往又不尽如此，七九河开河不开，八九雁来雁未来的情况也常有之。真正春来时恐怕还要凭人的感觉。譬如有时人在歌舞厅中，尽管口口声声唱的都是“春心”、“春情”，但因光线难免晦暗，冷暖还要借助空调，与外间的春天气息恍如隔世。及至有人走出九曲幽厅，步入大街之上，感清风悦耳，沁花香滤心，才真正感觉到真正春天的到来！

既然感觉中的春天才真是，那么能感觉到春天的性格吗？能。春天的心胸开阔，公正大度，最具同情心。今年早春，我们因原办公楼翻修而暂移至简陋办公处办公，室内光线不佳，不得不整日开照明灯照明；加之暖气设备不畅，温度极低。有天下午我蓦地抬头，发现对面顶盖之下艳阳透过玻璃展露盈盈笑容而且长时间不曾消减。我方才悟到：春至天长矣！再视那阳光，好像有意伫留得长些，一边使这些在陋室中的看稿人光照尽可能好些，温度尽可能高些。我觉得这阳光正是春天遣来的使者。它们不贪恋豪华，不以势利而决去留，果然是春天的好品行。

当然，同样是春天，在不同的地域性情也绝对不一样。一般说，在江南地区春意更显，春情更浓，颇似江南丝竹，柔婉悠长。在我的故乡胶东半岛，清新俊爽，岚气洋溢，春意也比较悠长可人；但在年景不好时，“春脖子长”也增加了灾荒难度之弊。在华北地区，长城内外，春期较短，而且常有风沙，三北防风林虽获裨益，但毕竟未能彻阻风势。往往是几场风过，炎夏又将至，人们以春短为憾。然而春期短正可以提醒人们：春之可贵，光阴匆迫，要紧紧地拥抱春光啊！

拥抱春光就是为生命充电，这动力足可转化为整整一年做出的奉献。

年年有春天而不使人腻烦，正在于它不是简单的循环和重复；因为每一个春天的来临都是新的。

听见了吗？春之声，一首新的交响诗。

1997 年

乡情三味

幻觉与幻听

不论我离故乡多远多近，也不论故乡对我是亲是疏，都不过于计较。因为，有个事实是永远无法改变的：故乡是我的出生地。

尝听人言：离得故乡愈久，就愈是怀念故乡；我却觉得另一事实也是不能否认的：别离故乡太久，许多事情已淡漠了记忆。然而，唯有每当填写个人履历表时，却要清晰无误地写准原籍。作为我，就更加仔细和认真，常常在籍贯那个县级市的名目下，再加括弧里的“原x县”，以表明我出生于地道的乡村，是顶着高粱花子来到这个世界的，而不敢妄称城市人。另一方面，隐隐地也透出对生我那块土地的怀念之意。每当写这几个字儿时，那手劲就像当年在田里扶犁。

也许是因为上了些年纪吧？——如今一踏上故乡的土地，就产生出这样的幻觉和幻听。那幻觉，仿佛看见家家屋顶上都有一缕炊烟；那幻听，耳边总好像听到当年母亲唤我回家吃晚饭的声音。

其实，如今我们家乡的农户，大都已用上了煤气灶，屋顶上已没有昔日的袅袅炊烟；而我却为什么，心目中还烙印着这旧日的特征？是因为我与故乡这息息相通的有形呼吸吗？还是那梦中最易辨认的旌旗使我常常回眸？

哦，我怎么能消失了那幸福的幻听呢？纵然将来我到了耄耋之年，在母亲唤我回家吃晚饭的殷殷声中也永远是一个孩子。

另一种怀念

我怀念，怀念梧桐树上的露珠。

回到故乡的第二天，我就发现家门外小河边那片梧桐树不见了。我到处打问，急切地追寻。

我问现代化的“广场”，那冠以“广场”的百货商场不语；我问实际上是住宅小区的“花园”，那名叫“清宫花园”的不语，另一处名叫“罗马花园”的也不语；我问高低参差的水泥林带，水泥林带也滞重无声，而且任从风来雨去，这水泥林带自是纹丝不动；我问新起的“写字楼”玻璃钢屏风，它也没有回答。这时，只有空中几只翠鸟鸣叫，见附近无枝可依，向远方逸去。

尽管如此，我还是欢呼“花园”，也欢呼“广场”，惊叹我的故乡的酒店，有的也跃上“星级”。可所有这些，还是不能弥补我心中的缺憾——还是怀念那片梧桐的林带，那蒲扇般大叶上的露珠呵！

有人说，树叶上的露珠就是树的泪珠。其实，泪珠并不都表示悲哀。我从记事儿时就有这样的感觉：风摇树叶洒下的露之泪，颗颗都晶莹着清纯的欢喜。

至少在我们这片地方，如今没了梧桐和其他传统的林带，没了叶上洒下的泪珠，我的眼眶却反而双双被润湿……

“花园”也好，“广场”也好，都不能没有绿色的生命衬托；没有足够的树的枝叶，不仅是鸟儿，就连露珠也无可附着。如果“花园”

缺花，“广场”无树，不也顾此失彼，煞了些风景?!

仍然渴望春雨

我本以为，在多年来倡导不靠天吃饭，尤其是大兴水利、科学种田实施重大跨越的新世纪伊始，人们对春雨的匮乏不再过于介意，其实这只是我的想当然而将问题过于理想化。回乡几天，叔伯二舅舅就对我数落说：

“老天爷真够绝的：冬天三个月只下了一场小雪；开春两个月滴雨没下，大田干得快冒烟了。”

从他的介绍中我还得知：水库耗得只剩下盆底儿；机井是不少的，但汲不了多大一会儿就得下去淘。其实天上地下水是循环往复的整体，相互赛着比心眼儿：你比我悭吝，我比你更抠门儿。谁也不能设想，天上不舍得掉一个雨点儿，地底下会是一个取之不尽用之不竭的水仙湖。

于是，自我穿开裆裤时就在那里玩得开心的村东小河完全干涸了，老姐姐几年前还是满头的青丝也被岁月或许还有“天渴”抽走了。如今，当然没有愚昧的求雨之举，但在春雨睡懒觉的日子里，还是有不少乡亲渴盼的目光穿越新落成的十八层高楼而移向远天，下意识地数着天空的云丝……

就在这时，路口的加油站生意却特火，“富康”在前，桑塔纳2000断后。勾山集团女老板的“公爵王”擦得锃亮，与女主人的皮鞋一样显眼。她看重的是时间，急于进城与一家韩国企业谈项目，而不在意最近油价略有上调：“请快点儿，加足加够!”油，在汽车数量骤增的情势下固然可贵，而机井里抽得渐少的水波却似在悄声提醒人们："可别忘了——春雨贵似油！"

或许大自然也不想做得太过分，终于在我离乡的前两天，送来一个疏离已久的湿漉漉的早晨，急盼春雨的柳芽儿也齐刷刷地泅出一色嫩黄（我相信这可并非出于我的幻觉）。只可惜时间太短，斜风拽着细雨匆匆地想要溜走；幸而从东南山那边又涌来一片雨云，水珠在瓦檐上滴得更急了，乡亲们脸上的笑纹里堆满了挽留之意，春雨似乎也被感动了，不好意思点到为止，田野上染遍了湿褐色的柔情，村东小河里的鹅卵石变得又清又亮，我的老姐姐一时看花了眼，竟以为是欢快的青蛙们在翻筋斗。可过了一会儿，她自己也笑了：还不到那个季节呢。

离乡的归途中我还在想：改造大自然当然是积极的、必要的举措，但合理地顺应大自然仍应是一条不败的法则。譬如当天旱时，乡亲们仍然渴盼下雨。他们大多懂得："改造"，也只能是有利于调风顺雨，而不是任意虐待大自然。

春雨，还是贵似油。

1990 年

一个夜晚跨越了一个时代

对于我个人和我们那个地区来说，一个不平常的夜晚仿佛跨越了一个时代。

那是1944年的深秋，我在本村初级小学上学。记得当时刚刚收了秋庄稼，早晨已有些凉意。这天，我照例背着书包走出家门，向东走一段路，再一拐弯就来到村小学。就在必经之路上——李家街南北两侧的石灰墙上，我突然发现写满了大黑字的标语。这显然是昨天夜里写下的。每条标语后面署的都是“县各救会”字样。当时我并不明白是什么意思，稍后我问过路懂行的大人，才知道这“各救会”就是“各界抗日救国会”的简称。由此推测，就是抗日政府宣传部门和武工队写的。这时县城仍为日伪所盘踞，这是抗战以来抗日民主政府第一次在距县城仅五里之遥的村庄亮出了鲜明的“旗帜”。

我当时的心情只能用“惊喜”这个词儿来形容，而且不是一般的惊喜，是真正的“非常惊喜”，却不敢“若狂”，只能是不声不响一条一条地看下去。这完全是出于一种本能，是从心底涌出来的激动的热流：长时间以来，自己和家庭所受到的欺侮和屈辱，仿佛都在这短暂的时间内得到了部分的宣泄，童心中蕴藏着的不平之气也借着这些标语得到了一定的伸张。

这些标语主要写的是——

苏联红军和英美盟军已打到德国边境，希特勒法西斯的末日就要来到了！

我八路军和新四军已展开了局部反攻，日本鬼子离最后完蛋的日子不远了！

各界爱国同胞团结起来，迎接大反攻的最后胜利！

……

我默念着这十几条标语不知过了多少时间，但估摸着也有将近一个钟头吧。突然，心中不禁一震：那个被财主恶霸的恶少们操纵的班主任“邢老头”，没事儿还尽找我的茬儿，今天我这一误课迟到，他还不知道怎样处置我。但我一咬牙，豁出去了，我是准备狠挨一顿板子的。于是，我加快了脚步，跨进校门，直奔课堂。十几条标语给我的力量，就算揍个半死也值了！

然而，当我提着一颗心走进课堂，也怪了，正在堂上讲课的邢老师先在花镜镜片后面端详了我一会儿，便一努嘴，示意我到自己的座位上听课。看样子，预料难免挨一顿板子的体罚意外地被赦免了。

不但如此，就从那天开始，班里那些平时任意欺负我的财主恶霸的恶少（包括校董“邢二爷”的儿子们），气焰明显有所收敛，而被他们唆使和威逼对我“格外垂青”的“邢老头”也变得沉默了些。他们好像嗅到了一种什么气息，感受到了一种不利于他们的气氛，无劲也无暇拿我取乐了。

又过了一些日子，从大人口里陆陆续续地听到：一些最有钱有势、平时作恶多端的地主恶霸，已暗暗将他们各自心爱的少爷公子送到敌占的海港城市青岛。听说所雇的自行车“脚钱”每趟是一个“小宝”（一两金子），四百多华里，需两天才能到达。

与此同时，我隐隐感到生命中的曙光即将到来。虽然从表面上看，一个安分守已的农家与我自己什么变化也没有。我除了上学读书，就是拾草、打水，抱着磨棍推磨等等，但内心已燃起一种新的希望。

这是我在什么时候也都会铭记的一个深秋——一个孤独的小孩在清静的村街上仔细地咀嚼着一条条的标语，寻找和期盼着更多的好消息，心里激荡着有生以来从未有过的喜悦和一种相知的剧烈而温馨的碰撞。

也就是一个月后，一个飘着雪花的清晨，是不上学的星期天，在村小学的西墙外，我看到有三三两两的村民在交头接耳。哦，原来墙上新贴出一张布告。因为县城还在敌伪控制之下，人们如此嘀咕，我猜想多半是“八个点”的布告。当时我们这片地方，如涉及共产党和八路军而不便于出声时，便相互张开拇指和食指，以“八”示意。

当我挤进去细看，果然是军区司令部和政治部的布告，恰恰就贴在上月伪“县知事”的一张“强化治安，防止赤化”布告的右上方。我方布告的主要内容是：鉴于国内外反法西斯形势的发展，号召胶东全区军民进一步团结一致，向敌伪盘踞的据点和城镇发起攻击，光复我们的国土；敦促伪军官兵迷途知返，认清形势，争取光荣反正，携械来归，立功赎罪；敌占区和边缘区的地主富农与伪职人员也要认清形势，停止作恶，不要心存幻想，准备在本地解放后，实行减租减息，缴纳公粮，支援我军，做守法的村民……最后还号召边缘区和暂时未解放的地区有志青年参加人民军队，在大反攻的战斗中立功。

布告的署名是：司令员许世友，副司令员袁仲贤、吴克华，政治委员林浩，副政治委员彭嘉庆，政治部主任欧阳文。这时同在看布告的张校长显得兴致勃勃，他好像全无顾虑，告诉我说：“这些首长里头除了林政委是我们胶东本地产生的以外，其他的全是南边过来的红军干部。”这是我第一次知道“红军”这个词。张校长作为一位爱国青年，一直追求进步。就在半个月前，他从南山根据地带来一些革命报刊，中途被伪七区便衣查获，抓进县城，幸而有他作为乡绅大户家庭的保释，才得以活命，但看来他并没有因此而退缩。

不知什么时候，住在就近的一家李姓富户的主人也站在我侧后，他瞟了布告几眼，然后脸色阴沉地与张校长勉强打了个招呼，转身离去时，又与从北面而来的“土棍”邢某打了个照面。这时邢某手臂上擎着一只鹰，问了李富户一句：“怎么，来真格的啦?”李富户在鼻子里哼了一声，又摇了摇头，一转身，关上了两扇沉重的大门。我当时曾经想过：为什么李富户和张校长同属富户人家，张校长面对这布告，喜形于色，而李富户却是那般沮丧与仇视，他们的态度竟有天壤之别啊。

一个夜晚是十几条标语，又一个夜晚的布告是那个夜晚的后续。这个夜晚跨越了一个时代，我有幸见证了这个从黑暗到光明的跨越。

言及此，我还想做几句交代，也许是“添足”之笔，但可能是为了追求完全的真实。这就是我所知道的布告中各位首长的后来情况。请原谅我的拉杂。在全国解放前的战争年代，我只见过许世友司令员。后来他是山东军区司令员，我是军区司令部的一名小兵。若干年后我写过一篇《我所接触的许司令》。林浩政委与我同是胶东人，但直到上世纪五十年代初才见过一面。当时他在南京工作，赴京过济时许司令接待过他，我作为一名小机要员在军区大院见过一面。有老同志指给我：“他就是战争年代咱们胶东的林政委。”彭嘉庆同志后来又是山东军区副政委，我听过他的报告，是远距离的，没机会对话。袁仲贤副司令员离开胶东较早，全国解放后又转入外交战线，当过驻印大使和外交部副部长，始终无缘见面，他 1957 年就过早因病辞世。吴克华副司令员和欧阳文政治部主任二位抗战胜利后即率领部队渡海到东北战场。当时虽然就从离我村很近的小港上的船，但我当时还是个孩子，人家大军又是秘密行动，我可以说是“失之交臂”。他们两位都是塔山阻击战的著名将领（逝世后骨灰也应本人请求安葬在塔山）。附带说一句，上世纪九十年代后期，一部写军事的书在人民大会堂举办讨论会，欧阳文将军也参加了，我有幸在他晚年见了一面。将军高龄而卒。

几位将军前辈俱已离世而去，他们在我看到的布告上英名齐集距今已整整七十年。那个夜晚出现的大标语和大布告，却是预示黎明就要到来的闪电。他们与他们领导和指挥下的战斗着的军民，都是从夜晚跨越至光明的有力推动者，也是我和我们那片地区命运转换的施恩者。我从来未敢忘记七十年前那个清晨，我衷心感慰前辈战斗者和牺牲者的恩泽。忆记没有距离，真情忠于历史。我觉得我不是在写“作品”，而是在记录良心。

2015 年

忆谈判年月

我少年时期，正是日本投降和人民解放战争正炽的非常历史阶段。前半段我在小学和初中读书，参加了在解放区试建时期的中国新民主主义青年团；后半段参加中国人民解放军，后在军内做机要工作。不论是参军前还是参军后，我都十分关注国内外大事，几乎天天要读当时在胶东解放区所能看到的报纸。尤其是在日寇投降后的1945年至1946年间，国共两党间“拉锯”式的谈判，自然是我密切关注的内容之一。

几十年没怎么想这个问题了，但丝毫也未在记忆中消逝。最近，“谈判”又在世界某些地区反反复复地进行。当然，这与当年我熟悉的谈判，无论在时代特点还是性质上都不相同，却不由得引发我对“谈判”这个命题的深思，唤起了我对那个“谈判年月”的记忆。

必须说明的是：近年来，从许多影视片中，人们经常看到毛泽东主席飞赴重庆与国民党当局的谈判，周恩来同志与张治中等人士的马拉松会谈，最后达成了“双十协定”，以及美国总统派马歇尔来华“调停”，我方叶剑英等同志在北平军调处的工作等，许多人对当时的若干事件似乎都不陌生，而我只想就我当时所见所闻，记录自己的感受。

本文的题目是“谈判年月”，确切地说，那是一个一边战争一边谈判的阶段。当时在报纸上出现最多的人名是：周恩来、张治中、马歇尔、王若飞、白鲁德等。王若飞同志的名字，今天许多人可能并不甚熟悉；可在当时，我差不多是在熟悉周恩来的名字不久便知王的名字。因为校长和教师（多为秘密状态的中共党员）告诉我：周恩来和王若飞是我党最主要的外交家。至于白鲁德，是一位美方中将，在我的印象中近似马歇尔副手的角色。王若飞同志于1946年4月8日自重庆飞返延安，因飞机失事而不幸殉难。

那一时期，国、共、美三方要人频繁会晤，飞机此起彼落往来穿梭。在报纸上，重庆、延安、北平、宣化店、胶济线等地名频频出现；中原、苏北、东北等地区的形势也不时告急。有时候，在今天的人们看来可能是微不足道，甚至是闻所未闻的芝麻粒大的地方，在当时可能是颇能吸引人们眼球的焦点。如湖北省平汉铁路（今京广线）东侧的宣化店镇，因是中原解放区领导机关所在地，在国民党反动派挑起进攻中原解放区的战事中，当然就成为各方关注的要点；我记得三方要人都曾亲临该处视察过。在山东，临沂也是几方谈判代表所至者。记得济南调停组的中共代表雷英夫（1955年被授予中将军衔）、美方代表白鲁德等都去那里进行过视察。在胶济线的青岛至潍县（今潍坊市）段，国民党正规军李弥的第八军和伪顽部队经常挑起事端，制造摩擦（“摩擦”这个字眼是那个特定时期的热词儿）。所以，我胶东军区许世友司令员、王彬副司令员都亲赴某些地方与其进行针锋相对的斗争。而且为了方便谈判，首长们还都挂过临时军衔。据报载：许世友挂过中将，王彬挂过少将。与此同时，胶济线上一些不起眼的车站也成为当时新闻热点。如昌邑之峠山，高密之蔡家庄、芝兰庄，即墨之兰村等，因多是伪顽部队的驻地或双方交战的焦点，同时也成为谈判交涉的所在。出尔反尔的敌人还残酷杀害了我方交涉代表辛冠吾。

在那个特定时期，作为处心积虑的最高决策者和指挥者的蒋介石，当然一日也不会闲着：一只袖筒里是谈判备忘录，另一只袖筒里是待发的《剿匪手本》。“三个月消灭中共!”不言自明——以谈判为烟幕弹，行进攻解放区之实。105毫米口径的美援榴弹炮，暂时披上炮衣是“停火”，揭开炮衣，炮口立马便瞄向既定目标，宣化店、淮阴、四平街、长春……不一而足，无非是打打停停，停停打打，打了又谈是缓兵之计，暂时停火是调整兵力部署。马歇尔将军劝架也罢，拉偏手也罢，奉旨而来也只能是应付差事。当蒋介石铁了心要发动全面内战时，他只有无奈地乘飞机循来时原路无功而返。

我当时读书所在的中心小学九里镇，军分区领导机关和所属部队由县城移驻于此。我也参与了集市、宣传、慰问部队等工作。部队一面练兵，一面针对时局加紧战前宣传活动。那些日子，乡镇、街面的白石灰墙上写满标语，主要有：“保卫抗战胜利果实，保卫解放区”；“坚持反对内战，争取持久和平”！军分区政治部有一位年轻女同志小包，她会写一手艺术字，彩色的投影式，有的向上投影，有的向下投影，一丝不苟，十分耐心。司令部机要科有位王同志抽空来给她打下手，配合默契。我们这些小积极分子也都自愿成为小包“大姐”写艺术字的学徒。

说来也巧，两年后我参军，竟也做了机要译电员，曾经相识的王同志已成为“王科长”。说起当时在九里镇写标语的往事，他并不讳言：“当时形势已非常危急，敌第八军李弥部已从潍坊的寒亭出动，占领了掖南重镇沙河；东线从青岛出动的敌五十四军阙汉骞部为策应李弥的第八军，在即墨青烟公路东侧的灵山与我军另一支部队展开激战。可我当时译出电报后，只能交给首长，对小包和别的同志暂时还是守口如瓶。”

我告诉他：“你们移防走了以后几个月，我们的标语口号已经按报纸上的提法，改成蒋军必败，我军必胜，迎接第八军的进攻。”

他和我都笑了。

2015 年

我亲历的“夜不闭户”年月

在中国传统语汇中，“路不拾遗”、“夜不闭户”往往是用来形容世风良好的高标准，也是心地质朴的子民过上安定舒心日子的良好期望。也许，在很多时期，尤其是全国解放前，这一目标基本上是不可能实现的奢望，但也并非绝对如此。很长时间以来，我就想写一写这个特殊的例外情况。今年恰逢中国人民抗日战争暨世界反法西斯战争胜利 70 周年，我觉得写一写亲历的故乡胶东解放区曾出现过的类如“夜不闭户”这样良好世风的时段，是不无意义的。

这样的状况曾有过两个时段：一个是 1945 年日本投降至 1947 年秋蒋军大举进攻我们家乡解放区，持续了约两年半的时间；另一个是蒋军逃窜之后的 1947 年冬至 1948 年，我参军离乡后数年未回，此后的情况不详知。我只记叙我亲眼看到与亲身体验到的真实情况。尽管也许还只是幅员不太大的一个范围。

第一个时段的时代东风实际上自 1944 年深秋即开始吹拂。那时，国际上反法西斯战争节节胜利，在国内抗日战场我八路军、新四军已展开局部进攻。当时我县的县城尚未解放，但武工队和地方民主政府工作人员已在县城周围的农村进行活动，县城中日伪军事实上已成瓮中之鳖，其中伪军除最顽固的八中队偶尔还敢出城搞点动作，大都已成为缩头乌龟。以我所在的村庄而言，距县城虽仅仅六华里，我党政军的影响已深深渗透进来。村小学已为抗日进步分子和地下党员所掌控。张校长是村中首富的公子，却早已是一位热情澎湃的进步青年，教“修身”课的女老师后来知道是地下党员，“大饱学”战老师为人正直，从未向汉奸恶霸低头。村里的佃户老梁是外县来此定居的老党员。以他们为“内应”，我南山根据地的“包袱客”夜间基本上已可自由进出。“包袱客”者，是因为区县工作人员习惯以深色包布裹着书报之类，故人们便以“包袱客”作为八路工作人员的代称。

这时代，东风所吹拂和渗透的内容包括：村小学成了进行抗日爱国的教育基地。音乐课时教唱进步歌曲；“修身”课“掺”进反法西斯战争形势的内容；“包袱客”们以各种巧妙形式宣传减租减息的政策，合理解决租佃关系和突出矛盾。与社会秩序关系最为直接的是：将原来由各家轮值、老弱病残充数的夜晚“打更制”加以改造，逐步渗入由素质较好的青壮年组成自卫团，每晚值勤巡逻。此项措施使肆虐数年的顽伪游杂流氓盗贼对中小户农家的夜间抢劫风得到有效抑制，许多中小户得到了安定踏实的生存环境。他们互相传颂：“城里的鬼子、二鬼子还没跑，咱们就尝到了解放的滋味！”

日伪投降，县城解放后，广大群众扬眉吐气，正风劲吹，邪气下降。民兵、自卫团组织得到强化，劳动光荣、勤俭持家的价值观得以张扬。村、乡镇、区、县各级都涌现与评选出劳动模范。记得在我村举行的劳模表彰大会上，有位姓纪的勤俭忠厚的老农民戴上大红花，被请到台上，由村长和老会长奖给他一把钢口上好的大镢头。这位平时说话都有点结巴的“老庄户”，也当众讲出：“要做好人，做正经人，做勤劳的庄稼把式，靠邪门歪道祸害人的人没有好景。”他这番老实巴交的心里话，提升了正气，潜移默化地震慑了不务正业、游手好闲、小偷小摸的二流子混混之流。与之同时，还适当打击了坑害良善的恶行。本村有个姓邢的混混，自年轻时就横行乡里，无人敢惹。1946 年第一轮土改开始，他自以为既非地主又非富农，似乎可以浑水摸鱼。有天晚间，他趁本村马姓富户之妻独自在家时，翻墙入内，巧言诱惑，欲行非礼。这位妇女拒之，喊声惊动了街上巡逻的民兵，将施暴未遂者抓获。村农会为此召开批斗大会，该邢姓混混在众人指斥下只好喏喏表示："以后不敢了，一定重新做人。"但他却恶习难改，几年后听说又"犯事儿"，那是后话。

正反两面的事例及有力措施，极大地教育了各阶层群众，一时间，正风、勤劳之风、和谐互助之风、感激党和政府土改等政策利民之风，影响深远。就连多数的懒汉、二流子也认真干活了。记得有一刁姓中年男子，半生不务正业，邻里人等视若害虫，但自从分得三亩水浇地之后，一反常态，对庄稼活不仅愿意干了，而且会干，竟使人们对他刮目相看。

由此，社会秩序良好，以往发生的盗抢、截道剪径、勒索拐卖等案件可谓绝迹。许多人家不再将门户看得那么紧了。一个细节我终生难忘：有天晚上，睡前我照例去上门闩，挂上"门吊"，母亲自自然然提示我："把门推上就行了，啥事也没有。"其实，上门闩本是举手之劳，也不多费事，而母亲却认为多此一举，充分说明一种对环境完全信赖的心态。

但随后的几个月，由于上面对土改运动的"纠偏"、"反右倾"，实行"扫地出门"的新措施，不久又是蒋军的疯狂进攻，烧、杀、抢、奸，滥施暴行，故乡解放区陷入灾难之中。

幸而灾难不久即已过去，敌军为收缩战线，相继放弃了一些地方，至 1948 年初，仅余烟台、潍坊、青岛等城市尚为敌盘踞（稍后烟台又告收复）。鉴于胶东解放区遭受破坏严重，生产急待恢复，上级领导又发出“节约度荒，恢复生产，提倡互助组，大力支援解放战争”的号召。军民同心协力，生产逐渐恢复，人民生活得以改善，社会秩序、人们的生存环境又渐渐恢复到前年的良好状态。这时地主、富农也相对得到妥善安置，同样是“耕者有其田”，自食其力，得以温饱。但也有个别的不劳而获（分浮财时因其穷而享受一等“果实”的二流子、混混）又挥霍得一贫如洗的“穷人”，故态复萌，手持空口袋到安分小户去勒索财物而被抵制，自感好景不再而绝望。我记得有一张姓无赖在妻子与其分手后又不肯“学好”，无奈而服毒自毙。对此无人怜悯，只有感叹而已。

总之，我们那片地方又恢复了并不富裕却欣欣向上，社会安定而共享清平的“夜不闭户”的日子，至于是否达到“路不拾遗”，我当时未作调查，而况在那时候，纵有人不慎而所遗，恐也无值钱的物件。

回想当年，仍不难得出这样的认识：只要方向对头，措施有力，政策把握得当，必然大得人心，社会风气向上，邪行空间紧缩，如此焉得生存环境不安？所谓“夜不闭户”只是一个美好象征而已。

2016 年

村边苇席上的课堂

我在故乡解放区上小学直到上初中时，应该说是有两个课堂的。一个课堂在学校教室里，这里的主讲当然是老师们；另一个课堂在村边田头，夏秋之间坐在苇席上纳凉，纳凉的时刻其实也是在“听课”，有那么几年的时间里，主讲人是我的叔伯二舅曰润和我家东邻的三胖哥。二舅大半生走南闯北：下关东，去北平、天津，在大上海洋人餐馆当过两年学徒；还是一位京剧票友，地方戏剧种中，起码评戏、梆子、河南坠子也能唱两口，年将半百回乡结婚生女，又成为种地的把式，再也离不开家乡土地了。三胖哥年轻时在青岛榨油厂干过“外城客”（即跑供销），在德国经营的胶济铁路小五金门市部当过几天“账桌先生”（即会计），故乡解放后反而回到家乡，赶集下店做个小买卖，平时也是在家门口的两亩水田里种菜和水果，尤其对莳弄樱桃和“高丽果”（草莓在我乡的俗称）很有一套技艺。不论是二舅还是三胖哥，都是名副其实的“故事篓子”，曰润熟谙本地历史掌故，而三胖哥对于胶济、津浦铁路沿线地理风物耳熟能详。

我作为一名虔诚的学生，是每堂课（亦即每个晚上）都到的。还有两个学生，一是我的表弟，还有一个叔伯表弟（曰润二舅的侄子）。这课堂说小也真小，只有一领苇席的见方；说大也真够大，村边东西五十米，北南一直深入幽绿的青纱帐。哦，其实师生也不止眼前这几个人，看萤火虫灯会，听蟋蟀伴奏，还有夜风五味杂陈，我一面听讲，一面也在嗅觉中分辨着各种正在旺长着的作物的味道。

二舅、三胖哥演说的具体内容非常丰富、广泛。有的是历史故事，众所周知的如关公、岳飞、戚继光等还是百听不厌，因为旧的内容中还有新认识，表面上都明白了，细想还有疑问。与在课堂听讲不同的是：听者能够随机插话，总是有来有往，彼此都能受到启发，增加了不少乐趣，远比课堂上的气氛平等、民主。还有一些反面的和有争议的人物如韩复榘、吴佩孚、张宗昌和刘珍年，他们中大都是军阀，而且几乎都跟本乡本土关系紧密。吴佩孚是蓬莱人，在我县东面；张宗昌是掖县人，在我县西面，都是相距不远的邻县。二舅说吴是前清秀才，文人当了武将，外号“吴大舌头”；张宗昌是无赖出身，不过年轻时也卖过几天豆腐，他自己曾说过，我一生都要成为“带刀的”。年轻时刀切豆腐，发迹了以后挥刀砍人。二舅还念了两首据说是张自己写的丘八诗，“学生”们都忍不住笑，这次我母亲也出来纳凉，她听了也觉得好笑。韩复榘是山东省主席，至于刘珍年知道的人好像不多，其实也号称“胶东王”，他与比他还大的军阀张宗昌、韩复榘都交战过，很难说是为什么，无非是狗咬狗、争权夺地而已。一个有趣的现象是：韩复榘和刘珍年原籍都是河北，韩是霸县人，刘是南宫人，可后来都跑到山东地盘上较量，而最后却又都死在那位骂溜了“娘希匹”的蒋委员长手里。三胖哥曾在青岛和胶济线与德国人打过交道，他说德国制造“成色”比较可靠，就拿胶济铁路来说，修得就挺“瓷实”，道轨铺得很平，水杯搁在小桌板上，水一点洒不出来，可见车体晃动得很轻。但是，他也亲眼所见，德国鬼子也很残忍，为了修铁路占地，高密一带的农民起来抗争，德国兵开了枪，这场血案实在是惨。“忒惨！”三胖哥一再重复着这两个字儿。他最自豪的是对胶济、津浦和陇海铁路的熟悉程度：每一个车站，就连芝麻粒小站，所有的名儿他都记得，特别是蒋介石和阎锡山、冯玉祥中原大战的时候，他还要冒着枪林弹雨到河南那一带去收购黄豆和花生，什么民权、兰封、考城、马牧集，都打得很厉害，有一回没办法他只好钻进一大车黄豆里才躲过了枪子儿……（过后许多年，我才悟出焦裕禄同志工作过的兰考县就是当年兰封和考城两个县归并的。而兰封、考城这两个地名就始于听三胖哥讲课所得）我最难忘有一次是我主动向二舅提问而引发出来的。这就是关于我县老县城当年的气派是啥样子。

曰润二舅对这个话题，一开口就眉飞色舞，他将老黄县的沿革也先交代了一番，自豪地说："咱们黄县是秦始皇建三十六郡时就设立的，起先在如今县城东面的黄城集，现在还是一个大镇，三国书上那个东吴大将太史慈就是这个疃的人。直到北齐天保七年才迁到现在这里建新城，城墙外面还有一道围子，城门里边还有阁门，讲究着哪!"他说县城最兴旺的时候是在抗战前的三十年代，西阁外的老戏楼常有名角上演，赶上庙会时周围人山人海，多么牛的富家子弟票友想在这里票戏，至少也要先付三十块大洋才能露一手。西面三十里的龙口港的戏园子，北平和天津的名角常来演。别看龙口这港不大，可离天津不远，有定期的火轮船，来去方便，所以四大名旦、四大须生中有好几位都来过。说老县城最兴盛的时候有两千多家商号，大都"整"得很势派。甭说绸缎庄，就拿药店来说，西围门里的"登仁寿药局"，门前是小河、拱桥，河岸两边是用成千上万颗经过精选的鹅卵石铺的，有坡度有形，远远看去，嘿，漂亮，艺术！那时就有人说：来登仁寿抓药，还没进门病就好了一半。二舅说他对比了上海、北平、天津的中药房，也没见到有登仁寿这般气派。他的话还真不是夸张，因为我也亲眼见过。日本投降后我进城，登仁寿还在，就是 1947 年秋天蒋军进攻胶东，侵占我县城，为了修工事，铲平碉堡的射击线，便把“登仁寿”全平毁了。

以上，是我压缩了又精简的叙述，便不难看出当年村边苇席上的“课堂”，两位“讲课”人所讲的内容，举凡史地、人文、经济、民俗种种，有许多是我在学校课堂上听不到的。而且只要讲者在、听者在，就没有学年，也没有“毕业”之说。

但对我而言，是止于参军之日，不得不中止了这“天地人”课堂的知识所获，而不能不作为村边苇席课堂的一名“肄业生”。

从此，我不见了那领苇席，也久别了两位义务讲课人。当我追忆时，已无法完全分清我所拥有的知识哪些是源于村边苇席上所得。但我只知道，多少年来，任我西至霍尔果斯边境口岸，东至普陀山顶，南迄三亚海滨，北到黑龙江抚远渔村，再也没有机会重会当年苇席课堂听讲的情景。后来我才发现，其实我一直没有放弃席子，哪怕不再听课，只是看一眼我和本村长辈坐过的席子也好。因为，故乡的一尺地，心中的一丈天哪！

终于有一天，我在新疆赛里木大草原珍爱地仰卧望天，突然一片白云飘来，与我的视线直上直下地凝住了。幻觉中，我觉得它就是我当年与长辈们坐过的那领席子，也许它一直在随着我的神思追踪着我（只是不知道席上有没有二舅和三胖哥），而我这么多年无暇注意罢了。

是它，我假定就是它，不，我确信就是它。它驮着时光，驮着人生，带着体温，穿过云烟。哦，这席子——云朵，洒下几滴雨星恰好落在我的唇边，我细品着，清甜，也有点儿酸。

2016 年

雷电讼

距今二百多年前，大洋彼岸美利坚合众国一位叫富兰克林的先生，从天空雷电的撞击中触发了灵感，立意将那个神秘的电魔装进袖筒，驯化成一种新的动力由人们任意驱策，使它不再横冲直撞，无谓地浪费巨大的热能。

富氏的发现和用心总的说来没有落空。随后若干年，从科学理论到实践，实现了人们的愿望，电给社会的发展提供了动力与光明。这种努力只是部分地取得了功效，它仍在浓黑的雨云中眨动诡谲的眼睛，还时不时地卖弄令人心悸的爆炸效应。

最令人无奈的是在中国乡村，雷电常被作为宿命意识的某种象征。说凡被雷电击死的人都是作了孽而应得的报应。所以，至少我在故乡生长的十三四年中，上述说法还只流行于“智叟”和“长嘴阿婆”们的口唇之间。我一直没有亲眼见到一个真的被雷电击死的人。再后来进入城市工作，早年的那些传说，耸人听闻的故事，都已偃旗息鼓被许多人遗忘了。

对于我来说，对此还没有那么轻松，而且还不时感受到雷电的威胁。最难忘的是 1965 年于天津汉沽盐场写“场史”时在盐滩小路上的一次遭遇。当时阴云四合，以西南方面那一扇为最，直欲倾倒，有紧扣盐滩水面之势。过一会儿，几乎是同时发难，电闪和雷鸣交相发威，一场我前所未见的雷电大会战开始了!

那闪电，时不时地撕裂乌云，有规则的银钉频频钉射，也算是一种美，却是一种凄厉的美，狰狞的美。雷声多是炸雷，而且还是“子母雷”，往往引起连锁反应，四方呼应，不绝于耳。我从来也未相信过神话传说中的雷公、闪婆之类，但眼前这阵势，很自然地会给人这样一种感觉，似乎是它们有意识、有计划地发动了一场袭击战。最不同寻常的是炸雷的爆发点特低，就像贴着水皮滚动炸响。因此，与我同行的一位老作家提示我：“我们暂且蹲下吧。”我点头同他分别下蹲，就连手中的铁柄雨伞都搁在地上。四十多年过去了，他提示我的这句话依然响在耳边。

大约闹腾了半个多时辰，这场雷电大战才草草收兵。刚才的险情如悬剑坠落，毕竟还未见血刃。因为，这是我实实在在的一次空前的领略。深知雷电能够做什么，目睹了它布下的阵势是何等险恶，也只是侥幸才……

又是这么多年过去了，谁知近年来，逞恶之雷愈来愈玩真格的，尤其是在农村频频现身，与无辜的百姓不约而威胁。不再是像我四十年前在盐滩上遭遇的虚声恫吓，而是在无障碍的水边，在大树下；在浙江，在四川，在其他地方一再上演和平环境中的悲剧。

更有甚者，就在猪年夏天，恶雷又偷袭祖国大西南的一个闭塞的乡村，穿过古树，穿过含香的花丛，将正在上课的学童作为肆虐的对象，使多名天真可爱的孩子横遭此劫，与老师、父母和亲人永诀，八岁的生日定格在残破的课本上。

秀丽的山村震惊了。但恶雷并未感动于家长们的哭声，还是到处游荡，去猎取新的目标。但雷击事件，牵动了远近的有心人。为什么雷电愈来愈近地挑衅人们的正常生活？为什么要频频袭击无辜的大人和小孩？那些原生态的淳朴山村，谁招你惹你了？

就在猪年的中秋节前，我去西南一个小城出差的路上，正碰上来自省城的两辆汽车蹀躞在通向山村的沙土公路上。一辆乘坐的是气象专家，急来考察前面那个山坳雷电常常肆虐的成因，以便制定出有效的预防方案；另一辆乘坐的是旅游界人士，鉴于这一带风景独特，待开发，以便创造一个原生态旅游效应。

也巧了，这两辆使命不同的汽车，在拐弯的“瓶颈”地段挤在了一起。我因事急，就先徒步走过去了，不知哪一辆礼让，哪一辆先行——其实，从事情的轻重缓急上，无疑其中的一辆是当务之急，而另一辆则完全可以缓行！

2007 年

无法弥补的遗憾

人生的遗憾太多，有的甚至事后多年以后仍难以弥补，而有些则遗憾长留，以至终生。

我对自己父亲的一宗许诺就是注定终生不能兑现的了。

那遗憾的铸成要追溯到三十多年前。略上了些年纪的人可能还都不会忘记，我们国家的三年经济困难时期，由于自然灾害、人为失误及其他原因，当时城乡人们吃饭都成了问题，尤其在农村，能够侥幸活下来就是相当不容易的了。我父亲就是侥幸度过最艰难日月的一个。当时我母亲去县城为在那里工作的姐姐带小孩，父亲一个人在村里，他不甘坐以待毙，每天早出晚归，独行于南部山区薯类作物较多的村庄要些地瓜、土豆之类，竟顽强地活了下来。

就在这“困难时期”将要过去尚未完全度过的1962年，我回家探望父母。母亲特地由县城我姐姐处回到村里，陪我和父亲一起住了几天。由于母亲在姐姐处生活毕竟较好，我将由城市带来的物品几乎都给了父亲。

这些稀罕之物是什么呢？说来可怜：二斤饼干、五小盒香烟。那二斤饼干我走遍了全城市的食品店好不容易才买到，香烟是阿尔巴尼亚进口的，当时我们大量援助的“欧洲社会主义明灯”可能仅能向我国进口的也就是这样的烟卷了。

我的失误在于，错以为进口烟会比国产的好些。但犹可原谅的是，当时市面上能够买到的国产烟都很差，诸如“烟斗牌”“一枝笔”，充其量是“大婴孩”之类。也有特供的“双猫牌”，但我买不到。

我清楚记得，当我将这些乡村里见不到的稀罕之物递在父亲手里时，他的笑一时竟将满面皱纹融入了喜气，那干瘦的手哆嗦着，像是捧起了全部的亲子之情。我当然也很高兴，望着父亲刚刚剃过头不久的白发茬儿，心中也不禁涌出一股伤痛和自慰的感情热流。我猜想，他也许是因我归里看望他才去镇上理了发的。

但这种温馨的感觉并没有维持多时，父亲就不自在起来。原来当他要吃这饼干时，硬得像石块似的食物竟硌了他衰老的牙！困难时期的食品就是这样的成色，缺油、缺奶，只是“坚如铁石”的淀粉硬结。是面粉？还是拌有别的代用品，我不知道。

反正，父亲黯然地摇了摇头，将咬了一半的饼干轻轻搁在桌上，不再吃了。我问他：“爹，怎么啦？”他苦笑着轻声说：“没什么，到底是老了，牙口不中用了。”他不说饼干而说自己的牙齿，是怕我难过呀。

为了使他高兴些，也是为了弥补我的过失，我说：“爹，您抽烟吧。”他连连答应：“嗯嗯”，接着就去点烟。也许是他很久很久没有抽过烟卷了，刚刚深深地吸了一大口，却突然剧烈地咳嗽起来，以至于身子不能自持而丢掉了手里的那支“香烟”。我连忙扶住了他。正在外面灶间烧火的母亲也赶进来问：“怎么啦？”父亲只是上气不接下气地说：“这烟好辣，劲头好冲……”再也不说什么了。

不用说，这时我心里很难过：我带来的两宗稀罕之物不但没有给父亲带来愉悦，反而却给他平添了痛苦。尤其是后者，几乎使他八旬的衰老身心不能承受……我这到底是做了些什么呢？是尽孝还是伤害呀？……

可是，我完全是无意的。两宗东西事先我都没有尝过：饼干我不舍得吃，烟，我本来是不抽的。但无论怎么说，如果拿效果来检验动机，我是应该自谴对不住老爹的。他年近五旬才生了我这么个儿子，好歹等我回来看他，难道就是为了受罪？那么多年还没有受够吗？

我唯一能够安慰他的是："爹，待我们国家的经济好转了以后，我再回家带好的糕点和好抽的烟给您。"但他没有表示什么。

我在家里只住了三天（因为只请了一个星期的假，路途之上就要往返四天），就去县城乘长途汽车。我记得那是一个晨雾笼罩的秋日，我背着行囊，父亲拄着拐棍，蹒跚地走着，我当然只能迁就他的速度。后来，他见我这样走太累，就叫我撒开步子快走，他在后面跟着。我边走边回头，那距离越来越远，直到晨雾融入了他那衰老的身影……

说来也怪，在他送我的时候，我们几次想说什么话好像都吞了回去。我是想再重复那个许诺的，但我终于没有说出，也不知为什么？

我走了。这以后那几年，因为工作忙，到百里外的盐场写场史，到农村搞"四清"，无暇也不容再请假回乡。1966 年春，正是"文革"前夕"山雨欲来风满楼"之际，我接到姐姐发来的电报："父病重，速归"。当即手持电报找到单位领导，蒙获恩准回乡，但被嘱告五天后一定要回来。我别的东西都不带，也不需带，但未忘记四年前对老父的许诺：匆忙赶往闹市，买了一盒本城桂顺斋老号的"津八件"糕点和据说其性柔和的"恒大烟"一条。因为这时的经济情况，比四年前的确有了些好转，供应也充分多了。

我带着这两宗仍不失为稀罕之物，怀着一种还愿的心情急急赶到家里。然而再赶，也还是两天以后，进家门后那氛围已告诉我：老父已然故去。但据姐姐对我说，他临终前并没有盼那点心和香烟，只是问："发电报了吗？恒基（我原名石恒基）怎么……还没回来？"

就这样，糕点、香烟他都没有用，谁也没有用——那我是白带了吗？我也说不清。

不单单是对父亲一个人的遗憾，还使我想了比这更多的问题，当时心里的滋味是很复杂的。

不过，我也有聊以自慰的一点：父亲还是"会"死的，假如再过几月，"文革"一来，我遭受浩劫，十二年后才"落实政策"，他将为亲子之难承受多大的煎熬？那肯定是比"铁块饼干"硌了牙齿，劣质烟呛得咳嗽更难耐的了。

尽管如此，那长留的遗憾至今还是没有从我心中消除。

1998 年

未通姓名的三次邂逅

也许还不到只愿咀嚼往事的衰年，我绝少写那些回忆性文字；但有一件事也许是印痕太深，在京城第一次也是罕见早临的大雪天气中，我忽然想写这篇回忆文字。

然而，我至今也弄不清那件事算不算爱情的际遇，因为双方谁也没有谈到“爱”的内容，更不必说没有任何男女之间这样和那样形式的亲抚了。可是，没有这些印痕就不深了吗？不见得，或许比说得清道得明的关系更使人难忘，耐得咀嚼。

那是我作为调干上大学的第一个寒假，也就是 1957 年元月的一天，我由天津回胶东半岛故乡探望久别的双亲。本来我是应该乘海轮由天津直驶龙口港的，那样不仅路费便宜，而且中间不用倒车。可是，事前买好船票及至上船时才得知龙口港由于风雪而封冻，只好退票改乘火车，深夜至潍坊然后转乘长途汽车回乡。

那年月，交通不发达，又加手头拮据，不可能乘卧铺，硬板座的颠簸可想而知。外面虽然没有下雪，但当寒风灌进车厢也够人呛的，我好像先有几分感冒的征象了。

凌晨按时在潍坊下车，那里已经是风雪弥漫，白雾茫茫了。挣命似地奔到长途汽车站，又被告知说：暂时没车，旅客们请听候消息。毫无疑问，风雪路途艰难，加上车辆又少，旅客们急于回家过年，矛盾重重是必然的。

艰难的人生。但那时毕竟是二十一岁的年轻小伙子，我自然没想那么深。

天亮后，我在汽车站门口踯躅，一个老头在这里做小买卖，见他柳条编的篮子里有许多小磁人和小磁动物，我挑选了一下，觉得那小磁猪加小磁猴情态最为生动，记不得花了几个钱各买了一个，装在我的大衣兜里。

午饭后，终于得到通知：去黄县（今龙口市）的汽车马上开行，不过不是带篷的客车，而是敞口的大卡车。卡车就卡车吧，毕竟能够走了，如果再在这同样是敞着口的汽车站滞留一夜，人还不冻成个冰柱？而且，雪越下越大，明日汽车开行的希望就更为渺茫。

数不清有多少人，反正是素不相识的人们都挤在这个长方形的“盒子”里。汽车开行时，像土坷垃似地挤来撞去。后来，人们也许是悟出一个门道：紧紧地挤缩在一堆或能减少碰撞。这样，也就没有人相互抱怨这个那个了。

与我最贴近的是一个在那个年代梳两条发辫的姑娘（如在今天，得称其为“女孩儿”的，那时不作兴这样多少有点嗲气的称呼）。只记得她上身是紫红色灯芯绒短大衣，人造毛领子，下身忘记了，但有一个印象是鲜明的，脚上是一双深黄色的小皮靴。她很大方，但那是一种天真中的大方，不使人感到半点轻佻。在挤撞中，在紧贴中，双方对话也便多了起来。

她注视着我大衣领上的“南开大学”校徽，扁着嘴笑了一笑，那红润的圆脸腮帮上挤出一个笑涡，好像是在右侧吧。她说她在省城上财会学校，今年十七岁；还说她姨妈在北京工作，她毕业后也要争取去北京。她见我没戴手套，说声“多冷呢”，却没想到她摘下一只紫红色毛线织的手套，说：“来，你戴一只，我戴一只。”我情知她这手套太小，我戴不上，但在她催促下也只好戴戴看，结果还是戴不上。她摇了摇头说：“那就没办法了，该着。”也许是为了答谢她的好意，或是出于一时未及说清的动因，我从大衣兜里掏出在汽车站上买的磁猪和磁猴，征求她的意思：“送你一个吧，尽管挑。”她端详了一下，最后取了那个小磁猴。随后就送进嘴里，一直含着。我当时想提醒她小磁猴不干净，但见她很执着，也没好意思说。不过，这印象简直是太深了，只觉得她当时的神情异乎寻常的率真。

卡车只顾迤逦前行，却不知车上人渐渐被裹成为一个个白人儿，不，越来越分不出个儿，被跌撞而下的大雪埋在这个活动的“盒子”里，只是人的脑袋看得出一个个略为隆起的小丘，而在眉毛上那两道小白刷儿尤为鲜明，标志着这里偎着的是一些“人”。

在这种非常的情势下，人们再也顾不上对话共语，或许嘴唇也冻得几近麻木。

因为当时我母亲是住在我姐姐工作的镇子上，我是在接近龙口港的半途下车的，那姑娘有些惘然若失似的：“你下车……”从她的话音中我听得出那小磁猴还含在口里。

“是的，我下……再见吧。”我也变得木讷起来，没有问她的名字，她也没有。

直到数年之后，我回想起当时的邂逅，为什么彼此都没有问对方的名字和家里的住址？是因为不懂，还是没来得及？连自己也说不清楚。

只记得从那以后的几年，就是反右派，就是大跃进，就是“拔白旗”。在那个“左”风频频的岁月里，就是那次雪天共车说不清性质的小接触，如果在“交心运动”中交出来，纵然够不上“资产阶级”

的规格，也得被批判为“十足的小资情调”。

十年后的初冬，正是“文革”大动乱的年月，由于我的一部中篇小说《文明地狱》被打成“美化资产阶级”的特大毒草，我在经过反复批斗之后逃离单位，往返于京（家里）、津（单位）和胶东龙口（原籍母亲居住地）之间。由于拿不到工资，无疑囊中羞涩，经常是食不果腹，一日一餐就是幸运了。往返下车上船之间，经常背着旅行包踽踽于城市偏僻街道的暗夜中。

记得是受难中第二次返乡在塘沽港上船时，我正为轮船迟开而焦虑，一张熟悉的面孔突然在我面前映现。这不是幻境，是真实的存在：仍是那张圆圆的脸蛋，右腮上的酒窝仍时现时隐，只是脸颊上少了些红润，又长又粗的发辫变成了两条短辫，似乎也不那么粗了。但我仍不敢冒认，嘴里嚅嚅而未出声。她也端详着我。我因恐碰到单位里的迫害者，总是戴着口罩，她终于也认出来了：“哦，是你……”

“是我。你……”我原来也没有认错。

“我不回去，是从北京来这儿送我大姨回黄县的。”她说着，回头示意，那边背风处有一位五十多岁的胖胖的妇女，想必是她的大姨了。

“十年了。”她欲笑而止，“你还好吧？”

“好什么？文革我遭事儿了，到处逃难，这不是又要回老家了。”也怪，我逃难中本来是十分小心的，却不知为什么在她面前却实话实说，甚至还有点倾诉衷肠之意。

她并不感到奇怪：“现在这种事儿多着呢，往往是好人受气；我大姨父前一段也挨过批斗。”

这时候，她大姨过来了，好像叫她的小名，没听清是哪两个字：“既然船还不开，咱们不如先去吃饭，再上船正好。”

“也好。”她犹豫着，本来彼此还可以多谈些的，但在她大姨催促下，只好去吃饭，“一块去吃吧，好吗?”她真诚地叫着我。

“我不吃。”我苦笑着摇头。因为我除了买船票外，还剩下一块二角钱，精打细算，上船后一碗清汤面二角钱，下船后汽车票需要一元钱，多一分也没有了。

“没事儿，一块吃好了。”我知她暗示是由她一起付钱；而且，她可能已看出我腰里没钱。

“不。”我执意不去。

“那，我们去啦?”她有些遗憾地和她大姨进拐角那边饭馆去了。

我其实一直在目送着她的背影：她上身是当时女性常穿的青呢外套，显得非常合体，只是比十年前更加苗条或是清瘦了些。她今年应该是二十七岁，不知结婚了没有？我承认我对女性缺乏这方面的准确判断；即使她回来时我也不会直截了当问人家的。但如果她问我，我定会告诉她我已结婚五年了。

忽然，码头的大喇叭广播说：去龙口和烟台方面的旅客马上就要上船。正在饭馆里就餐的她和她大姨这时急急地走出来。在上船之前，她出乎我意外地掏出十元钱给我：“拿着吧，路上好用，我看得出你很难。”我执意不肯接，她又改变主意，收起钞票，却又给我五斤全国粮票：“这个该拿着了吧?”她判断得真准，这样我心理上容易承受，便收下了。我当然很明白五斤粮票的分量，同样也是救命符啊，甚至比钱币更具有重要的意义！

临登轮时，她直面我说：“保重。总会过去的。”还随手在我大衣领口上拈下一根草屑。当她大姨过来时，她又嘱托我：“我大姨多年没回家了，上船下船请你多照应点儿。”我点头答应。在上船时，我一直替她大姨拿着东西，以至在进舱之前，也没顾上回头看她一眼。

我把她大姨送至三等舱铺位，才回到我的五等舱（统舱）。其实并非三等和四等舱无票，只是为了省那二元三角钱和一元二角钱啊。

与她的第二次邂逅，仍然没有互通姓名（那时还不兴名片），更没有互问结婚了没有。她没有问我姓甚名谁，许是不让我还她粮票；而我未问她，难道是为了恪守某种许诺？人生有许多际遇常常在当时处理得不那么合乎逻辑；而事后人们再回想起来觉得如此那般便更合逻辑了。其实，未尽合逻辑的往往是真实的生活，反之，倒可能是小说了。

最使我痛惜和觉得对不起她的是：她援助我的五斤全国粮票我没有用上，反被我资助歹徒了。那是我在统舱安歇之前上厕所时，只顾把旅行包搁在原处占着铺位，却忽视了提防歹人。回来时原先靠我身边一直涎着脸儿与我搭讪的一个小方白脸，满口“大哥大哥”的那个所谓小乡亲，挪窝儿不见了。我预感有异，掏掏搁在旅行包小兜的那五斤粮票已不翼而飞。白脸贼固然可恶，但我也是该着，如此贵重的物件，怎不搁在贴身之处呢？活该你是个挨饿的命，也辜负了她的一番好意，但事已至此，我眼下的处境也不容许我去找那小方白脸，况且即使我找到了，他也不会承认的。索性，我把旅行包就搁在统舱里（那里面再也没有什么好东西了），穿过卧着的坐着的“人阵”，很费劲地找到三等舱她姨妈的铺位，以尽我照抚之责。这时，她大姨妈已和邻铺的女旅伴聊得正熟，谢过我，要我放心就是。这样我其实没有付出多少“照顾”的心力。次晨在龙口港下船时，眼见有人来接她大姨妈，我心里也就踏实了。

这之后又经过了几个月颠沛流离的生活，仍难免落入魔掌。我在被“群众专政”关押近两年之后，又下放到郊区工厂劳动。到“九·一三”事件之后的1973年，虽还处于半专政状态，但毕竟已有了许多自由。这年的夏天，我带着小女儿一同回故乡探望又是久别的老母亲，又是在塘沽等候上船，又是买的五等舱（统舱）船票。其实，旅客们都在候船室等候，而且大多数都是站着。我和小女儿也是站着，不过我给孩子买了一包当时很流行的动物饼干，她正有滋有味地吃着，不经意间一位女同志向我走近，四目相对良久之后彼比不约而同冲口而出："是您?""是您?"

正是她，又是六年过去，她的短辫又改成短发，还是大体上的圆脸盘，只是右腮上那酒窝已不再圆，而是呈上下走向的沟条状，但似乎更清雅秀气。她没有问我别的话，却注目于我的女儿，先是问我："这是你的……"

"是的。"

"几岁了?"她又转向我小女儿问道。

"七岁!"

"叫阿姨!"我说。

"阿姨!"小女儿很听话。

这时候，一个小男孩从她身后出现，顽皮地扯住她的手摇晃着。

"这是……"我没敢贸然直问是她的儿子。

但她却点点头说："五岁了。"

我转移话题："那五斤全国粮票我还没还你呢?"我当然没提随后被人偷走一节。

她很轻淡地说："如今粮票已不那么金贵了。"

在这种情况下，我反而不好意思再掏出粮票还她；否则便是我的小气了。

港务局方面吆喝旅客上船时，人们一乱，撞得我小女儿手中的饼干落地，我正蹲下身子为孩子收拣饼干之际，人们已走得所余无几。

起身再看，她和她的小儿子可能也已进去，我有些感到怅然，但我并没急随尾追，却领着小女儿背着旅行包最后一个剪票进舱。小女儿很冲，尽管我们已经落后，她还是机灵地抢占了统舱靠墙的半截大皮椅子，这样，孩子便有了安歇处。

我知道她和她的儿子在三等舱，但我没有去找她，也没见她来找我（也许统舱里很乱，她来了不易找？也未可知）。

次日清晨旅客们上甲板看海上日出。我已看过多次，但小女儿没有看过，我还是登上两层“楼梯”，带小女儿挤上甲板。这时我一转脸，见她在稍远的那边，很不自然地冲我点了点头。在这一霎间，我甚至觉得她面现愠色。

下船时我再也没看见她，当然也就没再说一句话，这是我和她的最后一面。

我至今也弄不明白她何以要面现愠色。我在哪个环节上伤害了她呢？而况这些年来我一直是处于受难者的地位，而她相对说要平顺得多，有什么理由相互抱怨呢？我弄不明白，也许永远也不会明白。

三次邂逅却没有互通姓名，当然今生再也不会知道。不过从另一种意义上说，不通也倒好。

至今我也断不定与她之间是属于何种感情？爱情，似乎够不上；友情？似乎又说不通；泛泛的人情？只是一种无奈的解释。或许人与人之间本就有一种说不清的感情？

那就不必硬要去说清它吧。

2000 年

母爱

人说，母亲和故乡是联系在一起的。母亲的爱和故乡的大地一样淳厚。我自信是一个挚爱故乡和乡亲的儿子，然而由于种种原因，在离家数年之后才回乡探望。

那是1953年的初秋，我在县城下了汽车后，天色已晚，只好踏着30里月光路往村子走去。我的心是急切的。可是当我登上一道山坎，多少往事在我脑海云集：忘不了那个阴晦的深秋，蒋军为作垂死挣扎，窜进了我们一直是老解放区的家园。在那些血腥的日子里，唯一的出路就是一条：干！用刺刀和子弹去讨还这笔永远也算不清的血债。

在一个初雪乍停的黄昏，母亲给我打好了背包（就是我肩上背的这条印花被），匆匆地烙了几个烧饼，给我塞在夹袄的衣袋里，叮咛道："到深山那边去找咱们的人吧。"我当时也没有顾上说什么，只是沉重地点点头，就背起背包，踏上南山大路。那天夜里却没有皎洁的月光，但当我回过头来示意叫母亲回去的一刹那，我发现她那热切期待的双眸是闪着光亮的。借着地上雪光的反照，我仿佛觉得她鬓边散乱的发丝在晚风中战栗，两只站得不稳实的脚欲进又退……我不忍再看，强制着自己扭头往前，但又似觉眼眶一阵潮热，我不知自己是不是流泪了。迎面凉风扑来，使我头脑清醒，便加快了脚步。

而在几年后，我又沿路返回我的村庄，山村的夜就变得通体透明了。我禁不住深深吸了一口田野的风。这一口呵，仿佛把我对山乡全部的爱都吸进了肺腑。

我走近了家门，轻轻一推，院门没有关，是虚掩着的。我径直奔到窗前，透过薄薄的窗纸，听到了母亲的鼾声，我轻轻弹着窗棂。她警醒过来，安详地问了声："谁?""妈，是我。"她一面喜不自禁地答应着："哎！哎！等等!"一面起床。我耳边听到窸窸窣窣的声音，显然她在黑影里摸索着什么。"噌"地擦着火柴，但没擦亮，火柴梗断了，又擦着一根……一连擦着三根火柴，才燃亮了油灯。她挑了挑灯芯，整个窗户都染成了金色。透过窗户角上的一小片玻璃，我看见了母亲的满头银丝在闪过，我顿然想起当年她送我出门时那个阴冷的黄昏……

我正想着，母亲已迎了出来，两只手忽而要端水给我喝，忽而又给我拍打着身上的土，然后又问长问短："这趟回来，你带回什么好东西给我?"

说实在的，我听了母亲的话后心里是怔了一下，因为在我的记忆中，她从来不会向任何人主动要这要那的，我也没想到要带什么回来……对了！我忽然灵机一动，便从提兜的底层，掏出了一个小布袋，里面装着几个小纸包，这是我从远方弄来的蔬菜良种，有"香筒"白菜，有"翡翠绿"萝卜，有"一串铃"南瓜，还有……于是，我像献宝似的向母亲述说这些良种的优越性，虽然也还没有十分把握断定老人是不是就会满意。

"不错。"母亲点了点头，嘴边也微露笑意，说道："明儿你把它交给东邻你老梁叔，现时他在咱村里管生产，如果种晚萝卜菜什么的赶巧还来得及呢。"

我略觉心安，心想这时可该休息了。谁知母亲又问我一句："你好几年才回来这一趟，就带这么点东西?"

我乍一听，确有点感到诧异了。我端详她，老人满头银丝，脸上网状的皱纹都能唤起庄严的回忆。过去的岁月中，曾有过多少惊风暴雨、夜雾沉沉的日子，难道在今天，正需要她向晚辈历述斗争道路的艰辛并付重托的时候，她的目光会变得狭小起来？……在这一刹那间，她见我默默不语，便提醒我："我是说，那年你离家的时候，可从家里带过什么东西没有？"

"带过什么东西？"……哦，当然带过！我禁不住用拳头捶自己的头：我简直是昏了脑袋，竟想母亲是要我从大城市买来什么好吃好穿的东西！而经她一点，我恍然明白她的所指，于是我抢到炕边，打开背包外面裹着的油布，露出那条蓝边白花的印花被："她，我带回来了，您看——"

母亲的脸上堆满了笑意，她用手铺展着、抚摸着，一面嗫嚅着说："是它，不错，是它……"

正是当年离家的那个傍晚，母亲从炕上拉下这条被子，亲手打成背包：我背着这个背包走进了革命队伍。那时因为敌人封锁，环境极其艰苦，没有发新被子，我就盖着这条"老百姓被子"转战南北。在它身上，渗透着全部母爱和阶级的嘱望。它可以说是一个不应磨灭的见证。

母亲细细地察看着这条被子，被角上有几个穿透的小窟窿，被里上补了块黄补丁。虽然每个针脚儿很粗，却很结实。这一切都在向母亲叙述着它们的经历，用不着我解释什么了。母亲一边铺着被一边十分舒心地说："你呀，你还真没扔掉它呢。其实，这样的被子顶抗冷呢。"

我离家前，母亲问我："印花被你还带走吗？"我不假思索地说："要带走！只把棉花留给您。我看您的被子太薄，把我这棉花也加上吧。要不，这么大岁数冬天哪儿抗得住。”

母亲用衣服的襟角擦着激动的泪水，说：“我知道，你是想留个纪念。等下一趟你再来，我预备一件好物件叫你带着，有两样，更忘不了呢。”

然而，当我二次回乡探亲时，正是三年经济困难时期，母亲把家里稍许值钱的东西都变卖换大萝卜吃，哪里还有余力，给我买什么稀罕物件。但就是这样，她也拖着浮肿的身子为我拆洗了一次印花被。再过了几年就是十年浩劫开始，我在“逃难”中曾两次往返城市和故乡，虽尽量轻装，也不忘带着这条印花被。这时，母亲头顶上只有寥寥数根银发但还是那么倔强地挣扎着为我拆洗。当她两手在搓板上搓洗时，我见她头上的银丝随着手臂的晃动而飘飞……

母亲如今已是 86 岁高龄，虽说不上“健”，但还“在”。她过不惯大城市生活，只要动弹，更愿守土守家。我因工作繁忙，也难以经常回乡。因此，眼前这条洗得灰白的印花被在我心目中就占据了更重要的地位。它是我心中联结母亲和故乡的纽带。我想，母亲已是风烛残年，无须讳言，很可能殁于旦夕之间，到那以后，我更不可能常回故乡，那么还有什么能唤起我对故乡和母亲深切的记忆？只有这极为朴素的印花被作为永恒的纪念。事实上，也没有任何东西能够代替它。因为别的东西没有它这样独特的、令人难忘的经历。

人的心灵中不能没有美好的崇高的感情，对母亲对故乡以至对祖国的爱也当属于这感情吧。何况这当中还有着值得自豪的因素。正如信仰，它也应是许多具体美好东西的总和。心目中有了这种美好的东西，精神上才是富有的，生活起来也才具有真正自觉的力量！

1981 年

惊蛰

“惊蛰”，本是农历二十四节气之一，一般在公历 3 月 6 日前后。我小时候在故乡，不识字的母亲都知道，“惊蛰到了，虫虫豸豸的都出蛰了，天也快打雷了。”看来，节气与农事的关系是如此紧密，都融合在人们的经验之中。

也不知怎么，一般人对“清明”等节气都比较熟悉，而我却偏偏对“惊蛰”印象极深，原因可能如上述，就是由于生身母经常在耳边念叨之故吧。

那时有些大的事情记不住准确时日却往往以节气记之。如“惊蛰”，几十年中至少有三件事与此相连。其实，不止是因为那件事与这个节气日期相近，更是因为字面上的含义——出蛰而令人惊心。

一个人的出生地是不由他本人选择的。我生于胶东半岛，自幼年起即有幸与战争和争取人民解放的事业联系在一起。如今几十年过去了，那些年月虽很艰辛，却是我一生最难忘的黄金时光。强烈的爱憎、残酷与人性、烈火与激情，令人震撼，令人奋进！

如今的“小孩”怎能想象，一个小学五年级的学生在校长的鼓动下，在全区“反蒋保田”大会上带头参军，跑到土台子上振臂呼喊，鼓动青年农民参军。当理所当然地被劝说“年龄太小，回家吧”，还又哭又闹，直至县区领导答应跟随支前大车和担架队担任“少年儿童宣传队”队员一起上前线时，才破涕为笑，获得了“心理平衡”。

我记得，我们的支前“少儿宣传队”就是在 1947 年初春莱芜战役之后出发，几天之后到达烟潍公路旁潍北的一个村庄。

惊蛰!

恰恰碰上了两天前敌人的血腥洗劫。眼前的情景惨不忍睹：一口水井已填满了乡亲们的尸体；一对门环上劈叉绑着被杀的幼儿，家屋被烧的余烬还散发着焦煳的怪味……

原来，就在两天前，自寒亭据点窜出来的还乡团，夜袭了地处边缘区的这个村庄，民兵虽也进行了抵抗，但因猝不及防，火力也远远比不上对方，结果民兵队长、农会主任、青妇队长全家悉数被害，而且杀害的手段极其残忍，时过多年仍不忍细述。尽管如此，幸免于难的村政府财粮委员，还是给支前大队安排了住房和铺草。我至今记得他边带我们走边描述当时的情景:“就在惊蛰那天夜里……”

惊蛰!

从村“财粮”的口述中，我知道在这以前此地进行过土改和反奸反霸，惩治了一些恶霸之类，当然也有过火的行为。还乡团的夜袭显然是一次疯狂的报复，但那手段的凶残尤其是杀戮无辜绝对是大大超过土改和反奸反霸中的惩治的人数，这是毫无疑问的。

亲眼所见，激起我内心里仇恨的怒火，我们第二天就临时排演了揭露还乡团暴行的活报剧，晚上演给支前大队和尚存的乡亲们看。我当时只有一个单纯的意念：尽管被杀害的不是我的亲属，有朝一日我也要为死者复仇。但后来却听说：那帮杀人凶手由寒亭据点逃往潍县城（即今潍坊市所在地），后来又转移至青岛；青岛解放前夕，再乘美国军舰逃至一个相对安全的远方海岛……

后来我长大了，自然多了些理性，知道我和那些被杀害的乡亲们的家属都是不可能实现复仇的夙愿的了。事实也是如此，人这一生，或因情况变化，或因条件制约，或因理智使然应服从于更开阔的视野更高的境界，不可能也不应该是仇必报的；但记忆的刻痕却不会因此而消失得似乎未曾发生，我想是不可能的。

不久以后，我还是真的参军了。参军后一直做机要译电工作。1951年镇反运动中，我正在中共中央山东分局和山东军区机要处负责渤海军区和惠民地委、军分区方面的通报。有天深夜，我工作告一段落刚回宿舍入睡，机要通讯员又进屋拍我脑瓜：有特急电报！我立即一骨碌起床，再回办公室，一看电文内容，当时的心情可用一个“惊”字形容。原来是，就在几个小时前，在白天会议之后的文艺演出中，来自惠民军分区宣传科的一个内奸开枪刺杀了山东军区政治部主任、江西籍老红军黄祖炎同志，凶手随后畏罪自杀。电报是指令渤海军区、惠民地委和军分区立即采取必要的措施，并要求从速复电。

此后的几天几夜，我们再没有好好入睡，往返电报相当频繁。从季节上说，虽非“惊蛰”前后，但我在工作过程中，脑子里却不时浮现出这两个字：惊雷初作，百虫出蛰，而这当中必然有为害庄稼和人群的毒虫，不但会明蜇，还要偷袭。黄主任的被害，应了“明枪易躲，暗箭难防”的俗谚，不能不警惕啊。

直至几年之后，当时那震惊的心情还悉如当时。记得我60年代大学毕业后，初春我回故乡，经过济南下车逗留一日，是时细雨霏霏，空气清凉，我专程登上南郊四里山（当时好像已改名为英雄山），凭吊黄祖炎烈士、解放济南战役中牺牲的华东野战军三纵八师师长王吉文烈士和其他烈士。按理应在清明时前来祭扫，但我来早了一个月，虽非“惊蛰”这天，也是前后几日吧。

雨丝溅在我的脸上，我却不感到多么温柔，因为10年前那种感觉还萦绕在我心中：惊蛰！

此后许多年，我的生活已与农事离得更远，那“惊蛰”的概念在我脑海里亦渐渐疏淡。即使在“文化大革命”中，尽管是一日数惊，朝不保夕，但那感觉已非是用“惊蛰”所能表达的了。再后，也许是被迫害过甚有些麻木，春雷秋霆，震天动地，已无所谓惊不惊的了。

一晃就是90年代，那年初春，我应四川文友之邀去心仪已久的九寨沟风景区游览，归途上春雨时断时续，车行不畅。自南坪奔平武时，天色漆黑，云遮星月，整个空间里仿佛只有我们一辆孤车，踽踽地在山侧公路上颠簸。当汽车从一个山角猛地闪过，司机可能发现路面上有障碍物，意识到有非常情况，毫不犹豫，从横陈的乱石中猛力穿过，但有一个轮子硌在石头上，车身一震，几乎偏栽至路边深谷，幸而他技术超群，或者还如旧小说中所言“也是命不该绝”，车子居然越过障碍。这时我在司机身旁，借车灯光亮瞥见车头左侧一凹形山壁中，有五六个手持片刀火枪的家伙，在气急败坏地呼喊：“停下！停下！快停下检查！”司机哪里肯听，毅然驰行甩掉了这帮路匪。只听车顶上“咚”的一声，料是后面的强盗尾追抛石车被砸中，但毕竟已化险为夷！

将到平武县城时，天上一声春雷，引发一阵瓢泼大雨；车抵县招待所，雨又停了，只见大院路灯下一地水光。

连日行车疲乏，加之刚才受惊，已不知今夕何夕，子夜进房间安歇，才得以看那墙上的挂历，两个小黑体字使我十分敏感：“惊蛰”——大约明天才是这个节气。

许多年不注意也没有想这两个字，久违了！

人这一生中，惊心的事情是很难完全避免的，但“惊”有多种，不同人对“惊”的反应也不会尽同。如对不敏、麻木、昏昏然，“惊”

或能起到惊醒的作用，有何不好？但如惊惧，惊恐，则至少对心身健康不利。如能修炼到火候，纵然有堪惊之事，也能从容应变，使损失减少到最低限度，乃至不受其害，不亦善乎。

走笔至此，虎年“惊蛰”将至，四季时序，正常运转，蛰伏蛰出，乃自然规律。春雷一声，甘霖应召，“随风潜入夜，润物细无声”，何惊之有？

1997 年

背影

那天上班后，我第一件事就是将我出版不久的两本散文集寄了出去，只因为头天晚上中秋月夜看到的那个背影。

虽然我还不能够说，我与妻子分隔两地二十七年一朝得以团圆应完全归之于这个背影，但的确与世间有这样一个小巧轻捷的身影有关。

二十多年来，我的妻子和两个孩子一直都在北京，而只有我一个人在天津工作。虽只相距一百二十几公里，每隔一段时间能够会一次面，但毕竟很不方便。尤其是随着夫妻双方年事日长，彼此都少了些照顾。双方组织上还不能说是漠不关心，每年在各自那边都发一张由所在城市人事局印发的表格，每年都认认真真地填，规规矩矩地送上去，但花开花落，只见枝摇，不闻声息。年复一年，既知无效，也便学得麻木些了。总之，一切依然，每月仍将工资的一个不大不小的份额心甘情愿地缴给铁路部门，顾盼那京津之间的往返列车。

孩子们渐渐大了，但到底还是孩子，有时我回家她们问我：

“爸，你还不调回来？你调回来工作咱家也许才能分到房子。你看这小平房多暗、多漏、多潮呀！……”

我笑笑，只觉赧然。妻子不说话，只是滞重地摇摇头，兴许是只恐搭腔使我太尴尬。也真是，按中国的一般习俗，矛盾的主要方面应是在我这边的呀。

1989年7月，我当教师的妻子放暑假前夕，有一天我下班前她突然打来长途电话：

“是石英吗？我们这里区教育局今天给我打来电话，是一个姓周的女同志，说是为了照顾夫妻关系，落实知识分子政策，他们给了咱们一个进京户口指标，你看咱们要不要呀？”

何出此言，怎么还能不要呢？“当然要啦！”——我连忙不迭地表态说，只觉心也同时蹦到了嗓子眼。

“要是要，不过人家周同志说，只有找到接受的工作单位，这户口指标才能真正生效。”我妻子在电话里也透示出缺乏信心的语气：“你能找到接受单位吗？”

“尽量找呗！”其实我同样也茫然无底，但毕竟似乎已经抓住了几分希望，生怕它不经意间溜跑了，在电话上深深嘱告我妻子：“你一定回电话给区教育局，说我们马上就着手办理！一定啊！”

这以后，我便开始了京津间穿梭般的奔走。当然，去北京市区教育局详细了解情况是必不可缺的一步。本来，在进行“活动”这方面我历来是不在行的，尤其在需要求人时我往往羞于启齿，但眼前机会太难得了，我也只能硬着头皮全力一搏！

区教育局坐落在首都保存完整的四合院聚居区，胡同里很干净，大门旁边镶嵌着市级保护单位的牌子，说明这是典型的明代大四合院。一进大院，也很幽静，组织人事科在最后一进。我问周同志在否？同办公室的干部告诉我她一会儿就来。“您且稍等。”叫人乍听就有三分舒心，顿然产生出一种“希望在这里”的感觉。

过了半小时光景，一阵清风似的旋进一个人儿，首先使人不能不注意的是她的笑，笑得很真，很舒展，尽管因此而挤出许多皱纹，却不觉其老。而且原本就是带着笑来的，不仅仅是一时一事的触发，仿佛是笑不离心似的。

“哦，您就是周同志吧?”接着我向她作了自我介绍，毫不婉转地说明了来意。她的语音很脆亮，打着手势对我说：

“您尽管积极地办，我们这边肯定是好好配合的。但也甭太着急，一直到年底，这个户口指标都是跑不了的。”

这时，天气很热，一般人都穿短袖衫，而她却偏偏穿一件长袖绸衫，出奇的洁白，以致衬得她那本不白皙的脸皮更见黄些。她却毫不在意，在谈话结束时，她很自然地以白衫袖口触到腕部的手，拢了一下短发，一个面貌极其普通却又是极其洒脱的一拢，闪射出内心的自信也给人以自信：“我叫周灵素，有什么好消息随时告诉我。”

她离开座位，送我到办公室门口，仍是带笑说了句：“祝你成功。”虽是寒暄话，却不属于那种虚与委蛇的客套。我离去时，脚下也增添了几分底气。

经过几番努力，终于又遇到好人——一位相识的老同志正在筹办一个刊物。他得知我急需解决的难题后，非常理解和同情，经与其他有关同志商定后，决定接受我来这个新刊物工作，并且担任一名副主编。

当我急不可待地带着这个消息再次走进区教育局大门，周灵素同志为此表现出一种与我同样的高兴。她的笑眼眯成两个小月牙儿，轻轻打着职业教师那样的手势：

“这一下可好了。一百成的事儿拿下了九十九，只差那一哆嗦了。”一哆嗦，是北京俚语，表示“再加一把劲”即可大功告成的意思。在这里，她是在督促我抓紧办理一应手续。

这次，她可能是为祝贺我奔走的初步成功，直送我到教育局大门口。我向她道谢，她笑着一挥手，转身进门。我没有即时离去，目送着她进去。从背影看，她走相很帅气，很轻捷，飘逸中又透着一种自律感。

回家后说起周同志诚心助人的工作态度，我妻子说："敢情，人家是区里的优秀干部嘛。"不过，她最近听熟悉周同志的本校女校长说，小周是个"大女"，虚岁三十五岁，属羊的，还没结婚。

我理解，人们在议及到周同志时，为什么特指她是属羊的，按民间宿命论的标准，女性属羊至少不是个"福命"。

在这以后经过我几乎跑断腿的奔波，一应手续总算是都办妥了，十月中旬我已可大舒一口气说：我是北京市的正式户口了。上班后忒忙，后因工作需要又转调报纸副刊工作，年底才得以抽空去看望周同志，这是我第三次走进区教育局大门。我别的什么也没带，只带了一个经过千挑万选买的古今名画挂历。见了周灵素同志，我当然首先是向她表示感谢。她微笑着轻轻摇头：

"谢什么，这完全是我们应当做的。你们夫妻分居二十七年，我们直到今天才使你们合到一起，只能说明我们的工作做得不到家。"

她说着说着便敛住了笑容，那因为笑挤起的层层皱纹又归于平复，显现出一种温厚的庄严。

我送她挂历，她迟疑了一下，还是收下了，但随即明快地说："以后您若是来这儿，什么也别带，只希望您把新出版的作品带给我，好吗？"

我答应了。她送我出来。她说她正好要去邮局发一封信。这时我才注意到她手里果然拿着一封写好了的信。信封很大方漂亮，拿在她手里显得很珍重。

邮局与我是相背方向，所以她与我在大门口握别后便往西去了。

这时她穿的是一件深绿色夹克上衣，身子被裹得更加俏爽、小巧，右手习惯地向后甩动，步履显得极富于节奏性。“她属羊吗?”我不信宿命论，但不知怎么我也不愿意她属羊。

1991年中秋节前，单位鉴于我家原住的两间杂院小屋又破又潮，便分了两间单元房给我们。我们大体收拾了一下，自觉比先前那边风光多了。中秋之夜，月色正好，又圆又亮。小时候老家里的俗话说：十五月亮十六圆。但此际我端详来端详去，也看不出今晚的月亮还有哪一点亏。三楼阳台正冲着“玉兔”，我和妻子结婚二十九年来第一次有此兴致赏月。她嗑着平素爱吃的瓜子，我轻声哼着梅派一出代表剧目中的一段道白：

云敛晴空，冰轮乍涌，好一派清秋光景。

这个剧目，氛围本来是相当凄凉的，但我此刻却并不觉得，心中反而非常安适，非常熨帖。

忽然，妻子叫了一声，同时用手向下一指；

“那不是区教育局的小周吗?”

我定睛一看，那走相很轻捷，两手习惯地前后摆动，右手的摆动幅度更大，好像仍是穿一件深绿色夹克上衣，还是短发。我知道我妻子曾去区教育局开过几次会，便也与她相识。

“是她。”我点点头。但这时她已经走过去了，我心里多少有些怅然。

“你的书寄给人家了吗?”妻子这时又问我。

“还没来得及寄。”报纸副刊的工作的确很忙，我是准备寄给小周同志的，只是考虑到不是“当务之急”，在已寄赠出去的十本书中，尚没有周灵素。

这时她的身影已拐过一个街角，消失在暗影里。她去那里做什么呢?

她还是一个人?

还是一个背影。

1992 年

记与一位老诗人相处的时光

那时候我并不太老，可说是正当年，但已经过了深重的磨难，恰就是在那时候，结识了一位老者，他比我经受的磨难更深更长。我们在一起度过了将近一个月的时光，不算太长，却终生难忘。那时是1978年，“四人帮”刚刚粉碎不久，当时我因中篇小说《文明地狱》被诬称“特大毒草”而遭受迫害达十年之久，落实政策后被获准参加了中国作家协会组织的赴东北大庆、鞍钢的访问团。也是“文革”后中国作协恢复活动后的第一个大举措，参加这个访问团的四十几位作家大都是“文革”前即卓有成就的文学前辈，其中团长是艾芜，副团长是徐迟。著名诗人艾青当时在新疆，尚未最后落实政策，已与妻儿一同回北京暂住，他作为访问团员与我不期而遇。

从表面上看来，当时艾青话语不多，着一身半旧的灰蓝色裤褂，在我的印象中，他始终面带微笑，当然也许是不经意的；但在我，却从他的微笑中看出一位饱经风霜苦难的老者那种洞穿世事的睿智，不向命运低头的坚毅，经过非常磨砺之后的举重若轻，都在这种似笑非笑中浸润而出。

也就是在乘火车到达东北的一两天后，我们就自然地接上话茬。第一句话说的是什么我绝对是忘记了，但印象极深的是在大庆有一天吃午饭时，大菜碗里除了茄子就是辣椒，除了辣椒就是茄子。来自上海的剧作家艾明之见了这辣椒举箸而犹豫，我告诉他说这青椒其实并不辣，而且还有点甜。同桌的艾青仔细听我说话，便问："你种过菜吗?"我点点头说："小时候在家许多菜都是亲手侍弄过，茄子和辣椒就种在院里的空地上。"艾青听了很感兴趣，便问了我一些具体的栽种知识，应该说是没有难住我。看来他在长期的"劳动改造"中也接触过种菜的活计。说着说着，他向大家指着我说："瞧，这个穿皮夹克的农民。"时当深秋，我当时穿一件旧的皮夹克。他的话写在字面上好像极其普通，但如果结合他当时的语气语感，便觉十分的幽默。他的话语内涵是，在一般人的习见中，中国的农民经常是破衣褴褛的，而眼前这个"农民"却穿的是皮夹克，把两个不常靠近的事物捏在一起，便有了一种新鲜的意味，其内涵也就有了诗意。

因此，在我与艾青的相处中，我突出感受到他在笑与不笑之间的那种幽默，更确切地说是诗人的幽默，是他独特气质的外溢，而不是有意为之的相声式的"包袱"。于是，我在艾青的身上，便确定了这一不能误认的"品牌"。

这以后，我和他便熟悉起来，话也自然谈得多了。他听得出我的口音里有胶东味儿，问我是哪个县的。我告诉他是"黄县"今龙口市。他听了显得很活跃，说是："太巧了。"原来他的夫人原籍也是山东黄县并开玩笑说他是"黄县的女婿"。

在大庆和鞍钢，我们除了参观、访问，有时还下厨房劳动。我记得干这方面活最拿手的是新四军老战士、上海诗人卢芒，有几首著名的电影插曲如《铁道游击队》的"弹起我心爱的土琵琶"，《护士日记》中的"小燕子"等都是他作的词，剁起菜来俨然是行家里手，带着一副活泼的情态。我和艾青在这方面都不行，只能打下手。我拿扫帚扫地，他只能剥剥葱什么的。但在这当中，他也发现了诗与哲理。

他一次招呼我说："石英，你看这葱和人就是大不一样，人爱把好看的一面露在外面；这葱外面是老皮，里面是多白多鲜嫩呀！"

当时我在天津工作，艾青的前妻韦女士的编制就在天津作协。在鞍钢轧钢车间，我们一边看着，一边沿着不宽的"钢路"往前走去，他免不了问我一些天津的情况。我如实告诉他韦女士在那里"搞专业创作"，不坐班，"我们这些后生，对于老干部，特别是从延安来的，都是很尊敬的。"他听了，没有笑，一边嗯嗯地答应着，一边凝视着火红的钢锭，好像在思索着什么。

那时，在访问团中我和蒙古族诗人查干几个人算是最年轻的了，时常在一起聊得热烈。艾青看着我们，不禁说："你们多年轻呀，我真羡慕你们。"我说："我们其实也不小了。"他正色说："老与小都是相对的。你们自己可能不觉得小，可在我的眼里你们就是年轻得很。你们在一起聊天，我就觉得像小孩在一起玩家家。"这一下，说得我们大伙都乐了。

在大庆，从办公区到油田，到处都开着一种叫"扫帚梅"的花，据说学名称"波斯菊"，非常好看，而且"皮实"，阳历十月的天气，这里都快下雪了，可这种花儿别看是细茎单瓣，却随风俯仰若无其事似的。艾青看来对花并不陌生，不知是以前在北大荒还是新疆接触过，他认真地提示我："采些种子带回去吧，这种花繁殖力很强，很容易种的。"我依他所言，采了一些花种儿，正好访问结束从大连乘船回胶东老家，顺便探视老母。因我和姐姐都在外面工作，母亲独自在村里过活，平时显得很寂寞。我这次回来，很郑重地将"扫帚梅"花种交给老人，并介绍说它是多么多么的好。没想到又过了一年的夏秋之间我与妻子回乡看望老母，整个院子里布满了活泼欢快的"扫帚梅"。母亲说：她春天把种儿随便地撒在院里的空地上，结果都出来了，一下雨长得忒旺盛。我见她一干完家务活儿，就独自拿着小马扎坐在扫帚梅中间，那种微眯笑眼自得其乐的神态，连我也不禁心生羡慕。由于感触太深，加之又为不能常在老母身边尽孝而愧疚，回来写了一篇散文《花丛中的晚年》。其实老母怎知，她自娱自乐的花种，还是来自一位大诗人之提示呢。

本来，我与艾青这近乎朝夕与共的相处，回到北京应当走动得更勤，却不然。因为艾青落实政策后处境大变，去他家里的人自然甚多。在这种情况下，我恐给他们家人添乱，绝少去他府上拜访。不久，在一次开会的活动中他见了我问："石英，你怎么不到我家里去呀?"我告诉他："我这人不爱添热闹。"他听了没说什么。

不过，在新疆石河子建立艾青诗歌纪念馆时，我应约写了两句不那么工整的话，纪念我们二十多年前那段难忘的相处。结果，此联蒙被采用，但我未再去石河子，去那里的文友告诉我："有你的字儿。"我一凝神："是吗?"

2001 年

梦（三章）

梦的科学

科学领域中也有似是而非缺乏说服力的诠解。

譬如梦。

昼思夜梦——一个古老的权威性的说法。

可是我常常未曾昼思，而夜间常梦，甚至梦得离奇，连自己也想不出何以进入那样的“太虚幻境”。

由此，我一度对科学的诠解也发生怀疑了。

但又想，科学本身是没有过错的，只是因为有些貌似权威的“明公”摇唇鼓舌，而许多不动脑筋的听者轻信为真，于是自古而今，谬误流传，真正的科学明公们谁也不肯把智慧和精力用于解梦之谜，而致力于诸如航天飞机、艾滋病基因以至可变唇膏、特瘦型牛仔裤等。这也许都是对的，因为这些东西有点实用价值，富于经济效益。

于是，直到现在，还没有看到一篇真正有说服力的经得住一推百敲的解梦之文，也许是我的孤陋寡闻，未翻遍全球报刊所致。

思与梦，可能有密切关系，但不是那么浅薄和急近，它，或许是一种想望，一种担心，一种欲念，一种沉浮，等等。它，或完整连贯，或支离破碎，或合乎逻辑，或荒诞不经，或以浪漫主义手法，或以现实主义手法，以至意识流、黑色幽默、野兽派，应有尽有。有如人的思维，有时成篇大套，正剧庄严，有时如闪电，如流云，如秋波，如阵痛……并非时时完整，亦不都成格局。

却有时，梦比正常思维更提炼，更精粹。我听一诗人朋友不止一次地宣示他的秘密武器：他的最成功的构思，最精彩的诗句，常常是在梦中或似梦非梦的状态下诞生的。

果如此，梦有时倒比睁着眼睛看到和想到的更科学。

梦的变形

梦与现实生活有时是逆变的，梦很会修正现实生活的某些图像。

我的父母在他们生前是不和的，青年和壮年期常为生计而吵架。老两口到了花甲之年，更过起实际上是分居的生活，母亲去百里之外的姐姐家看小孩，很少回来，父亲三餐一个人在小炉子上烤玉米窝头和山芋吃。我每年回来探家，进门有时见他噗噗吹火，熏得两只老眼流泪，终日伴随他的只有日影和月影，与他谈心的只有子夜难寐时躺在土炕上自己和自己对话。

也怪了，如今在我的梦中，却经常出现的情景是：他们老两口是那么亲密和谐，相依为命，他笑她也笑；她忙他也忙，两心如一心，四手并一手，俨若理想伴侣。现实经历中的他和她，只在我幼儿时曾带我去过一趟县城，三个人在小摊上吃过一顿打卤面泡油饼，而在我的梦中，一次再次地、不厌其烦地重复着这幅情景。

更为奇怪的是，我父亲去世于“文革”风暴开始那年的早春，而母亲是在十八年后的秋天去世的。我父亲去世后的十多年，我很少梦见他（多么偏心眼!），而自我母亲去世，父亲也经常出现在我梦中，有时是他一个人，有时是伉俪双影。真好像是母亲把他从一个什么地方唤了来，带他来见我。

我多少有点为我父亲而惋伤：生前既然那么有志气，虽孤独倔强挣扎，不唯不乞求别人，连老妻也不求，死后却为何还要沾人家的光?

哦，不能怪他，只能怪我自己，为我一点柔弱的人情扭曲了他的矢志，并非在成全他。

梦，毕竟还是梦。

梦的虚幻

我做梦有时做得很凶险，很苦涩，将醒时才知道这不是真的，清晨的熹光从窗帘的缝隙中透射进来，更觉得这个早上格外美好；平时麻雀儿在窗外叫得忒心烦，这回也觉得像音乐那般动听。

有时做梦做得很幸运，很惬意，但醒来却依然如故，还是有许多不顺心，一撅嘴，怨这梦真会骗人。但事后并没有多少失落感，我仍然相信美好的境界只能出现在不懈地顽强奋斗中，它或许比最天才的梦境编织师的作品更绚丽。

哦，看来这梦也有两重性：它颇能渲染本来不存在的恶像使你一场虚惊，又能虚构本来不存在的甜趣使你添点短暂的愉悦。

但，无论如何它是空幻的。我向来不喜欢空幻的东西，它却还是涎皮赖脸地来麻烦我。

它来，我不能推拒，但我不欢迎它。

我不依靠梦的慰藉，但也不怕梦的恐吓。

我相信，我永远不会听命于梦的指挥棒的摆布，也许有时还要反其道而行之。尽管如上所述，它时而还会呈现出奇特的良性反应。

有那一天，梦也能被驾驭，成为一种高尚的而不是庸俗的、充实的而不是空幻的享受。我设想。

1986 年

畜禽小品（四则）

狗

尽管在中国的名词和成语里，有“走狗”“偷鸡摸狗”之类的贬义，但我一向对狗的印象总的还是不错的，最著名的定义就是“狗是忠臣”。这在我们家乡是妇孺皆知、千载未变的结论。

但，最近一个偶然的印象，却使我这种认识变得复杂起来。

那是我们一行去宣化家植葡萄园参观，主人倒是热情好客的，见我们啧啧称羡他们的马奶葡萄侍弄得好，便摘下一嘟噜请客人品尝。谁知猝不及防，有两只看园的厉犬却不容了，四只急红的眼睛几乎凸了出来，嗷嗷叫着猛扑狂窜，那情势直要把拈葡萄的客人撕下几片肉来。主人呵斥它们也不肯终止，只是因为那拴在树桩上的两根铁链，才使这哼哈二将没有得逞，万分遗憾地喷着粗气退了下去。

又一次印证了狗是名副其实的忠臣。

不过，忠得过于恶，过于偏执，特别是暴露了作为畜生心理上的弱点：比主人更狭隘更悭吝，竟连大面也不讲了。

呜呼，狗毕竟还是狗！

猫

虽说猫咪其状可掬，但“猫是奸臣”的古谚也是在我幼年的心灵中就生了根的。

但我们家里人都是爱猫的。她们给小女猫最好的东西吃，而且唯恐不周，时常理着它的细毛，不无歉然地念念有词：“小猫小猫你别哭……”只是并不要求它逮老鼠。因为经过前一段几次灭鼠战役，耗子已在我们这里绝迹。

我颇有几分腻歪这猫，整日光吃不做，奉若上宾，什么效益都不能创造。当然，有的情景也使我看着有趣。夏日中午，我的小女儿在睡午觉，小黄猫悠然自得地蹲在她小胸脯上打呼噜。我心中油然冒出两句也算是诗来：“睡梦里也不需半点惊慌，心口上把守着卫兵阿黄。”

自那时有几日，我对猫的感情有了几分改变。它也很敏感，那一双易变的眼睛里也透出亲昵的神采。

谁知事情发生了突变：

那是有天中午，我要睡午觉，似睡非睡间，黄猫习惯地登上我的胸间，而且还以爪指抓搔我的皮肉。我顿然火起，抓起它掼在就地，黄猫嗷的一声，向门外逃之夭夭；从此再也没有回来。

事后，我内心隐隐有些自责：对阿猫未免太粗鲁了些。

尤其是它不再回来，使我觉得它的自尊心很强。

猫并没有受过“士可杀而不可辱”的孔孟古训，却也有小小的骨气，可见自尊也应是一切活物的本能。

它，肯定是生气了。

近来，看了些养身之道的文章，异口同声地结论是：不生气能够长寿。这肯定也是有道理的。

可是，如果人都修炼得不会生气了，那不是也很可悲吗？

鸡

鸡能下蛋，鸡蛋的营养丰富，这是人所共知的浅显道理。

但我一向对鸡并没有特殊的好感，我自小的印象，鸡菩萨往往不修边幅，吃到哪拉到哪，狼藉满地。在这个不算太小的小节中，鸡是没有“猫盖天狗铺地”那样的解手习惯的。

我虽没杀过鸡，但看到过许多杀鸡的场面，也不像看杀猪宰羊那般悯怜，因是鸡嘛，草芥而已。

有一只鸡却激起我内心特别的震动。那是在前三四年吧，新年的前些天，妻从市场上买来一只不会下蛋的黄母鸡，暂时养在自搭的小厨房里，准备新年前夕烦人宰了辞旧迎新的。

我从天津回到北京家里，偶尔听到有鸡在咕噜咕噜地叫着，使人顿然有一种凄楚的感觉。我问妻：“鸡？”她含笑点头，打开厨房门，带我去看，不能高声，因为城市里是禁止养鸡的。我在厨房门口向里一看，这只鸡正蜷伏在一只竹筐里，一双眼睛虽有些呆滞，但也不难辨出一种深深的眷恋和祈望之情。我的心有些颤动了，我觉得这只鸡是通人性的，它与我过去所看到过的鸡不一样，也许鸡也有感情贫乏与丰富之分？我觉得它和一个正常人一样，理应也有生存的权利。于是我对妻说：“养着它不行吗？”她摇摇头：“街道上不准养呀！就这几天还得藏着匿着呢。”

我黯然了，不忍再看它。我当时提出养着，不是为了它下蛋，而是对一个灵性的保护。然而，我竟没有保护住，鸡是软弱的，我，同样也是软弱的。

我不知这只鸡是什么时候被宰掉的，只是，我没有吃它的肉，甚至也没有喝用它烹调的鲜汤。在这之前，也许在这以后，我都不是这样忌讳“杀生”的，却就是对这只鸡……

直到现在，好几年过去了，我还清晰记得它蜷伏在竹筐里的情状，特别是记得那双呆滞的却充满眷恋祈望之情的眼睛。每当这时刻，我的心便战栗，还有些负疚感。

我似乎明白是为了什么，但又不全明白是为了什么。

鸽

小时候一懂事，就听到人骂人时经常使用的一个词儿：“畜生!”以为凡为畜禽之类都是不成体统的，其实不然。

长成，便知畜生圈内也有许多讲究，有的连择偶也有自己的标准哩。

二十年前，在史无前例的浩劫中我被“群众专政”，羁押在他们自设的囚室里，南窗对面的楼上，每天早上都有大批鸽子群集，类乎现在人间世界公园里的“爱情角”，显而易见是在寻觅各自的知音，可意的对象。有一只轻灵俊美的白鸽，像芭蕾皇后似地在高视阔步，另有一只灰不拉叽、面呈陋相的公鸽，扎翅欲行轻薄，那白鸽皇后作申叱状；丑鸽只好望而却步。这时，突然有一只英武潇洒的雄鸽自半天飞来，彬彬有礼地向那只雌白鸽接近，二鸽对视良久，四目仿佛爆闪出一种奇异的光，然后对嘴互吻，终而一翅儿逸向蓝天，宛似一双令人艳羡的伉俪。

至此，我乃知某些禽类亦有情。当然，究是个别情况，还是普遍现象，我不是动物学家，未可考。

最近，与鸽子又有一次难得的缘分。那是暑假里，妻带着腿部刚动手术的小女儿来我这里将养。晚间有一只雏鸽从未关严的纱门误入屋内，妻爱之过切，想把这小家伙留下来与女儿做伴。我恐主家来找，落个掠人之美的不道德名声，坚持把它送回阳台，让它自己飞走。谁知鸽子夜间是不走的，无亮离去时，还在阳台上遗下一小堆排泄物，又劳妻去打扫干净。

不知是鸽子为了留点纪念，还是一种报复行动。

1989 年

世纪之交（三则）

1900 年

当时，在西方列强最新生产的炮弹上，标记的年号是“1900”，而在一个负荷沉重内外交困的“中央大国”，是光绪二十六年，据说这是授之于“天命”。

但也仅此而已，被囚禁于瀛台的皇帝，充其量只是慈禧太后长指甲上的饰物。当故宫在八国联军旗影下黯然残破，“珍妃井”水只能发出一个衰弱无力的回声。

当然，也不是所有的人都能西逃长安。譬如义和团民们就高喊刀枪不入，以他们紫铜色的肉胸直对克虏伯大炮和日本武士的狞笑；又譬如，当国子监祭酒王懿荣经过抵抗后全家殉难，在遭受屈辱的京城总算又掘下一口悲壮的井。

“珍妃井”，是在故宫禁苑内；而王懿荣殉难井，是在紫禁城外的锡拉胡同；也许还有许多无名的井，填满了外国强盗塞进的不屈市民和在裱褙胡同内横遭凌辱的妇女们的尸身。京城，1900 年哀痛与遗恨的井呵！

有惊无险的还是那太后“老佛爷”逃难归来后尽情品尝特做的栗

子面窝头，咀嚼“和约”换来的暂时安宁。尽管万寿山上还能留住二、三喜鹊，昆明湖的画舫中犹可抖出几声强笑，但这时封建王朝的命运其实已钉进“梓宫”，夕阳恍似飞蛾，正扑灭东陵的残灯。

其实，当时景山的老槐不仅曾吊死过“大明”，截至20世纪初叶，两千年的封建帝制已完全钻进长辫打成的套绳里——已至末日。一个名曰“辛亥”年的秋天，远离京城二千四百里的武昌爆出起义的枪声，尽管穿黄马褂的幽灵还在挣扎，世纪新风毕竟已撼动太和殿霉暗的窗棂……

然而，午门外的风沙挟起落叶，旋转起舞，预示20世纪仍是一个不平静却是开天辟地空前壮阔的世纪！

2000年

当新中国刚刚走过50个年头，载人飞船又将飞越新的世纪。头年国庆节前铺展的草地又染第一个春天的新绿，在正阳门两边，草叶间隐伏着露珠，如顽皮的小精灵觑着一个个熟悉和陌生的人们。

林则徐走在修葺一新的天安门广场，不禁涌出欣慰的老泪，他是第一个以单筒望远镜看世界的人，但最后仍不免双目迷惘，留下深长遗憾。然而他那时想到的如今却已成为现实；那时根本没有想到的如今也都引起他的惊喜。而这时，当邓世昌登上当今世界第一流的导弹巡洋舰面东凝睇，在感慰于当年被击沉的“致远舰”正在打捞以供后人瞻鉴的同时，也以另一种眼光警惕“吉野号”复活，后者正以全新型的口号觊觎老吉野曾经横弋的洋面……

新世纪的篇章以空前壮阔的幅面垂挂于神州天地之间，面对已经创下的辉煌，自豪而不自矜；面对昨天留下的遗憾，自信能够追补而不回避。延安、深圳，无疑都是不同历史时期成功的标志，但也还有待解决的水土流失和需要清理的各色垃圾。

吾爱竞姿而起的高楼大厦，仰视恍如登云之梯；吾亦爱大自然的山脊，贵在基础坚实，筋骨挺直；吾爱致富，却不效海蜇臃靡之肥；吾更爱国强，让“国耻”永远成为昔日噩梦，或为青少年励志奋发的教育基地。

香港、澳门、紫荆、荷花，终见南海双眸复明，失散回归；伶仃洋不再伶仃，亲情依依，回转身，站在厦门日光岩之上，眺望海峡，愿新旧两个世纪在金门、澎湖握手；听海浪拍击两岸，同一节奏呼吸……

那时，激溅在礁石上的水星，也包含着郑成功、丘逢甲等爱国志士的喜泪。

心，是不能割裂的；心，也是不容割裂的。

北京的天更蓝了，沈阳、太原、济南……许多城市的天空也更蓝了。从城市到乡村；从天坛公园到西藏江孜，树木更多了。舒畅的呼吸，是人生的最大享受，国人肯定会更多地享受些负氧离子，也肯定会多些真诚的责任感，少些伪劣产品。假如某个地方出现了心灵荒旱血脉断流，不妨也来一个精神扶贫！

新世纪伊始的中国，与1900年伊始的中国，是真正的翻天覆地。翻的是滞重欲倾的封建皇天，覆的是任人宰割的半殖民地；翻的是风沙蔽日、久旱少雨的天，覆的是落后贫瘠收获微薄之地；展示的是宇阔气爽、祥云甘雨之天，呈现的是水草丰美、物质与精神成果双收之地。

但2000年绝不满足，3个“0”前头有了“2”，便产生了双倍的气魄与能量。双倍！

2100 年

又过了百年，一个似近而又遥远的未来。那时我们中的绝大多数可能已经不在，但地球并没有爆炸，也没有与其他星球碰撞而两败俱伤。科学虽然能够预测，而且愈来愈对未来做出这样或那样的描摹，却未必能那般一丝不差，绝对应验。

我们不妨做一番可能的估猜——

厄尔尼诺是否还像顽童一样淘气？地球转暖是否会发展成新的灾害？还有霸权主义，是一极还是多极？人类已否彻底战胜癌症和艾滋邪魔？……

那无疑是一个全网络时代，机器人或能与真人合作征服沙海。我们千万年被风雨切割的千沟万壑水土流失的黄土地带和狼奔豕突飞沙扬尘的千里瀚海，除留少许作为旅游景观而外，大都已被勒令停止叫啸而代之以春水秋苗。也或许，在迁移火星的勇敢者先遣队中，也有手举五星红旗的一支，自信地向地球邻居挥手，道声“拜拜”……

在眼花缭乱的生活飞旋中，人与人之间有否相互倾轧、不平等竞争还是和谐相处，共同发展？在物质生活得到更大满足的同时，文化遗产是否还能得到应有的珍爱？如何看待《满江红》、《正气歌》和李白、苏轼、曹雪芹？在时代愈来愈拉开距离之后，是否还会被视为精神的源流和文化的宝库？……

但我们相信：价值观更将趋向于崇高，生活情趣将趋向于更加丰富，从总体上说。

我仿佛能够看见，在摩天大楼的阳台上，见义勇为者以已逝老人捐献的角膜，以复明的眼睛俯视楼下的一幕幕新景——

在街心公园与人合影的据说是克隆虎；

世纪老人在向中青年讲述已过去 101 年的科索沃战争；

唐山地震已成为历史，但“地震研究所”的牌子仍赫然挂在大楼对面……

并非一切都是陌生的，但也绝不是简单的重复。

2000 年

中国人的饭桌上

中国人的饭桌就是有中国味儿。这里有祖先共同的遗传基因和生活习惯：首先是竹制筷子在饭桌上对话；让酒和风味菜作中介，一下子便拉近了彼此的心和海峡的距离。但随后不久，光是吧唧吧唧地吃饭与交谈就无法尽兴了。并没有哪个做司仪和时尚的主持人之类，席间有位性情豪爽的台北当地文友，自告奋勇地引吭高歌——一支六十年前的歌曲。唱完了，他问：谁知歌的名字？我当然清楚，但我想等别人回答。等了一会儿，无人作声，我便交了五个字的口头答卷：《毛泽东之歌》。他立时表现出一种惊讶的神色，意思可能是："他看上去并不老呀，为什么能知道？"而我更惊讶——他在这里，怎么能会唱当年流行于解放区蒋介石政府称之为"匪区"的歌曲呢？

我更没有问他，但在我心头一直萦绕着一个谜。

另一位文友与我同属山东，他说他由青岛来台已五十七年，兴之所至，他当场说起家乡话来，我听着觉得十分地道，比我们那边当地人还土得掉渣儿。他说的一篇话，简直就是一个完整的小品："俺叫俺小嫚（闺女）去买又（肉），她买了又（肉）含（拿）着回家来就到街上耍（玩），回来歹（吃）了饭，她娘叫嫚去拔抹（麦）子，她磨蹭到一（日）头偏西才动秀（手）。"他"表演"完毕，我说："这么多年你还没忘啊！"他的回答又像未经斟酌的诗："母体里形成的东西，能装在心里走遍天下。”这两句话是用标准的北京味“国语”说的，我暗暗赞赏他在语言方面的天分不浅。

这时，我身旁的一位同行者悄声对我耳语：“我们大陆来的人也不能没有声音。”我会意，也便献丑唱了一段京剧旦角的“小嗓”，是《玉堂春》里的西皮倒板转慢板：“玉堂春含悲泪忙往前进”。听者有的人对京剧没多少感觉，似乎显得无动于衷；但有的却是这方面的爱好者，微眯双目，还在桌上用手指敲着板眼。如果在这方面唱不出一点章法来，注定是要“露怯”的。

不管怎样，也算是应付了一阵。这时我那老乡又开口了：“什么也不如这‘国剧’使人来神儿，这也是我们海峡两岸的共同语言之一啊。”能引出这样一种结果，也足以使我安慰了。但与之同时，我又想起了一个人，一个使我未缘相识的名人，我只是在屏幕上听他唱过《空城计》，真的是韵味十足，余派老生正宗。假如他还在世，就一定不会绝响。如果有幸能与他合演一出生旦戏，譬如《坐宫》什么的，至少在我的感觉中，海峡两岸也许会变得更窄一点儿。

这个人就是辜振甫先生，著名的“汪辜会谈”的主角之一。只可惜，这两位当事人如今都已双双作古。联想至此，心里总有那么一种感喟。但人生许多事情往往都不依人的意愿循行。

有时候，一个人走了，才使人更加觉得他的存在。这种存在的由来，根本在于他曾经做了些什么。

晚宴之后，文友们仍未即行散去，还在继续聊天。说起两岸来往之不对等，大家都不胜感慨。原来，今晚与会的二十位台湾文友中，有一半以上都到过大陆，其中有的都已达二三次，凡大陆主要都市和重要景观均已涉足；而其中台湾文艺协会的一位负责人每年都要来大陆多次，按他自己的话说：“就像走亲戚一般。”席间只有一位八十多岁的李姓老作家，可能因年老体衰，迄未回过大陆观光。他原是一名国民党老兵，抗战期间参加过徐州会战和武汉会战，也写过这方面题材的长篇小说。他两眼中透着希冀而又显茫然的神情，喃喃地说："我就是想去看看跟日寇作战的那些地方……"

2007 年

列车——流动的生命

也许是经常外出乘火车对一些主干线路已熟稔之故，也许是自幼喜爱地理对所经城市虽未尽去而知其详，也或许是人的大脑中某种主观感应的神经所示，我每每于夜间乘车早晨方醒来，或是列车停顿而被震醒，便立时料定车已至某站：沧州……德州……济南……徐州……蚌埠……或是邢台……邯郸……安阳……新乡等。这时，我往往本能地扒开窗帘，巡视站台上的站牌，十有八九能印证那感应是无误的。

我在产生某种神秘莫测的意识流的同时，在似醒又未全醒的状态中，耳畔响起车站广播员带着本地口音的普通话："389 进二道，进二道……""110 就要从本站开车，停止剪票！"……窗外的灯光呈现出迷离的色采，在灯光照射不到的角落，有站检员敲打车底部件的锤声，但依然没有惊醒绝大多数旅客的甜梦。

生活，人生。我总觉得，可能就在这样的时候，才最能体现出生活内容的丰富性，最能反映出人生的本质真实。有人在随飞速的列车前进，有人在子夜时分仍在不合眼地忙碌着。有的前进中却处于休息状态；有的则坐在电脑显示屏前，让大脑在高度集中的状态下运转着。夜，寂静的夜幕下也有交杂的喧腾；在一片漆黑的空间里也有五颜六色的灯光小世界。总之是静中有动，动中有静；有人在酣睡，有人则醒着；酣睡着的也将各种各样的梦，欣欣然的和凄切切的梦撒在轨道的夹缝里……

列车穿行在阳平关一带的隧洞里，秦岭以至更南些的大巴山已不再似三国时和李白高吟《蜀道难》时那么无人敢于触动，列车进入它们的腹心部位，隆隆的震荡声犹如它们巨大心脏的律动。我这时被完全震醒了，比列车在平原地带行进时头脑更为清醒。我微睁双目，灯光偶或闪过，但更多的时间是在昏暗的封闭中；车轮的回声比在敞阔的空间更具撼动性，还有一种异常的味道时不时地扑人鼻息。我在襄樊至安康间的夜行车中也有同样的感觉。更不必说是在成昆线上饱尝的滋味了。我在这声调单一的夜行旅程中，思路无不集中到一点：当日筑路不易，列车行进不易，人生跋涉不易。但另一方面，也升起一种至纯的神圣感：大自然神圣，人工夺路者神圣，自强奋进者神圣。窗外大江隐见漩涡，在子夜中变换着不同的光色。大桥高跨江上，我恍觉身下有几只大手擎着，有悬空感，却并不使人惶悚，车头柔和地弯曲着，又钻进前面的另一个隧洞。随后，我也顺从地进入。幻觉中似乎站了起来，多少有点神秘地探索一座迷宫。可这时那车头又必是出脱了隧洞，蓦地发出一长声嘶鸣。我知道列车在深夜一般是不鸣笛的，突起长啸，定是不得不发此心声。在此子夜时分，列车的鸣声透出一种悲壮的意味。但并不使人沮丧，更不使人沉沦，却加重了对人生的艰辛感。它警示着有心人：潇洒吗？可以，其实并不那么轻松！

有一次，列车夜间在丛林沟壑间颠簸行进。这一带基本上是约1700年前关羽败走麦城的那条路线。当年必是林木更加驳杂，沟壑更加纵横以致东吴吕蒙、潘璋诸将选择了这样一个有利于设伏的复杂地形而使那位“威震华夏”的红脸爷功败垂成。而今，路况也不能算好，常乘火车的人凭感觉便可略知。也许正因为这样，加上车速不快停站较多，一些灭绝人性的歹徒便选择了这种地带夤夜作案。那是当我在卧铺里被呼叫声惊醒时，听列车员说刚才在硬座车一车厢内发生歹徒劫掠旅客财物的事件，但幸而被乘警和列车员挫败，结果一歹徒被擒，三歹徒慌忙跳车，其中两名乘夜色逃窜，另一名被乘警击成重伤已近毙命……

列车只作短暂停留后，又继续行进了。生命之旅，本应合于正道。逆向邪行，纵然可以张狂一时，终不免葬身于昏暗；地形虽利，逞恶者最终只能是以深壑为墓穴，以乱草为掩体。隆隆列车毕竟不是关羽的赤兔马，正义之气岂能为暗设的绊马索所阻？

最近远行，夜车过崇山峻岭，遇雨，云雾蒙蒙中淅淅沥沥，忽明忽暗间闪闪烁烁。列车在深峡间临时停车，我借窗外灯光看看表，已是凌晨二时二十分，但窗外人并非所有人都进入休眠状态。有两位着雨衣的汉子穿过雨帘，用手电照看山根下堆积的物料，我仿佛听见了他们踏过厚厚落叶时的窸窸窣窣的声音。在他们的身后，显然是临时搭起的工地值班室内有两三人坐在方木上，在微弱的灯光下吃着方便面……这时，我上铺的旅人鼾声如雷，但邻铺在铁路系统工作的干部也醒来了，指点窗外，告诉我：“宝成复线正在运作！”

我历来心存一种崇敬感：修桥筑路、穿山凿隧者何其伟大！一处建成，又移向他处，如飞鸿远逸，却无声无影，将历史的脚步熔铸于山间水上，将生命的光影留在受惠众人的心中。而他们自己，走远的和永远走了的都没有镌刻下姓名，甚至连留下姓名的意念也没有。我始终认为在隧道口上应有他们的姓名。此刻，有一个很普通的词儿突然在我脑海里跳出：“贡献”！是的，贡献。我的思绪一时很凌乱：歌星、大款、建桥工程师、凿岩工，还有黄金宴和方便面，等等，都交错叠印出现……

生命，无尽的征途，有所终也无所终。

夜行的生命，闪光的更加璀璨，阴晦的则更加晦暗。

2002年

武夷山的雨

在武夷山大自然保护区的山坳里，洁白的云丝终日像柳絮飘浮在林梢之上，偶与山野人家屋顶升起的袅袅炊烟遇合，便发生了奇妙的溶解，青色的炊烟被净化了，依然是白云当家，轻盈起舞，每个舞步仿佛都踏出和谐的音律：这里是不容污染的世界！

但也有不尽如人意之处：未来过武夷山的外地人，行前往往被提醒说：那里天可凉哩，六月天早晚也要穿毛衣。可是，如果真听了这话，便要大上其当，在这形似盆底的山坳里，同样也有恼人的暑热，尤其是在正午时分，酷似一个不冒气的蒸笼。

不过，别忙，一到傍晚，轻盈的白云骤然变色、加重，风从毛竹林中扇起，直上山坡，云在万籁的啸声中逐渐聚合，有如胡笳中千军万马在统一的将令中即将出击。

果然，雨丝从云层中直线摇下，开始是缓慢的，柔和的，不大一会儿，节奏随之加快，势头越来越猛，变成斜射的雨箭，再以后，母箭中又分生出许多子箭，雨星儿演化成腾腾水雾，漫天一片泛白，竟难以分出丝缕来了。这时，我总觉得空中似有多少只巧手，在迅疾利落地赶织一架硕大无比的水的幔帐……

天黑时，清风像利刃似地切断了雨丝，只在屋檐上还滴落着已近尾声的雨珠。山水下来了，窗外的溪涧中响起渐高渐激的浪声，撞击着步步设障的石头，弹奏出自然悦耳的琴韵。山坳中的溽热减退了，被溪水漂送到山外的干流，挤压在涧底的沙砾中。肺活量很大、欢快无忧的武夷湍蛙趁这大好时刻，振起嘹亮的歌喉，又像是告慰奔忙了一天的山外来客：可以安心入眠了。

雨，带来了清凉，却也带来另一种效果：著名的武夷山自然保护区的昆虫世界一时间被扰乱了，雨后的蝴蝶和飞蛾之类格外喜欢挤进房间里，在灯光下凑热闹。窗上明明嵌有纱窗，但这些无孔不入的“飞仙”仍不知从什么地方钻进来，惹你心烦，冲淡了因雨洗燥热而产生的舒畅。但，也有别样意外的奇迹出现：它们一光顾蚊子便让位了，也许已成了它们捕食的猎获物。这样，没有蚊帐也可安睡。可见，任何事物往往都有着正反两个方面，相互依存，又相互制约，保证了人的正常生活环境，也保持了生态平衡。

第二天，老居民们和初进山的来客又各自忙碌起来。天还是那么澄蓝，云还是那么轻柔，太阳却常常是看不见的，被峰头隔在了山那边。时光在山幽鸟啭中悄悄地溜了过去，开发山区的计划和工作效率却在加速推进。到傍晚，几乎和前一天的时间不差一刻，又是例行的兴云布雨，只不过这次雨来时，人们谁也没有躲。客人们都站在廊檐下，观赏着雨中山景。当地的村姑们大方地、善意地指点谈论着远来的陌生人，不时发出清亮悦耳的笑声。她们的眼窝看来比北方的姑娘们深些，眼神却更加明净；那没有烫过的自然蓬松的头发，使人联想到山坡上披拢的茂密的毛竹；而她们喜爱穿的不带花色的特丽灵衣褂，又使人感到如长流不息的山泉那般洁净。在她们身上，找不到半丝通常所说的那种“洋味儿”，但也没有一点俚俗的“土气”。这种难得的协调与得体，有时不禁使外来者感到惊奇，但它确就是远离大城市的山坳小村里的真实画面。

雨丝渐细，天色未深，一些外来的客人们，包括年过半百的文人和学者，也仿佛倏地年轻了许多，雀跃地离开廊檐，沿着溪边小径，越过杉木杂陈、微微颤悠的板桥，来造访独居山脚的一户山民。这家的老公公正在编竹篓，儿子正在屋后喂猪娃，儿媳妇刚刚打山草回来，浑身被雨水弄得湿漉漉的。她的个头很小，膂力却很大，斜偏着身子，挎着一个跟她的身子不相称的特大草篮；脚下却敦敦实实地迈着步子。客人中有年轻些的要帮她抬草篮子，她爽朗地笑着谢绝："不用，不用的，很轻的呢。"

这又是一个令人惊异的发现！在这远离北京的深山里，居民们能使人听懂的"官话"竟操得这么好（虽然带点当地口音），竟比来客中的某些见过大世面的城里人说得流利！

眼前是一个空间很大的木屋，分上下两层，下层分成三个等分，其中的一间堆满了编好的竹椅、竹篓和竹凳，俨然是一个挺像样的竹制品作坊。老公公的眼力看来有些不济，指法却极灵活，竹篾在他手里好像都长了眼睛，注入了血脉，手到处都活灵活现了。他一面操作，一面慢悠悠地说着话儿，就像檐间那滴滴答答不断头的水珠儿。

"我们这里毛竹多得不得了！"此地人的语尾拖得很长，音也很重，可能是表示强调的意思。"谁也数不清有好多棵！"

精壮敦实的汉子喂完猪走进屋来，把沾湿的上衣往尼龙绳上一扔，接着老爹的话茬儿："不过也忒便宜了，才一元钱一棵！"

他媳妇马上纠正说："你那还是旧账啰！同志，如今好了，把毛竹稍稍加工一下，收购价格一棵就是八元。甘霖溪流进咱们心窝窝里，山里人腰杆也撑得直了。"

年轻的汉子不言语了，老公公咧着缺牙的嘴自豪地说："靠山吃山靠水吃水嘛！"

这时，儿媳妇沏好了茶，给客人们每人倒一碗。这碗小得很，说是盅儿也许更恰当些。

“同志吃茶，这是真正的武夷红茶。”她热情地让着大伙。

那汉子倒也实事求是：“这红茶是拿松烟熏过的，还不知同志吃着习惯不？尝尝，尝尝吧。”

有的客人喝了，小声说“有点怪味”。但大都说“很香”，倒也不是出于礼貌上的恭维，这从眼神上是看得出来的。

“是用甘霖溪的水沏的吧？”有人问。

“是的！是的！”一家三口人几乎是同时出声。

“甘霖溪流进了心窝窝”——这是武夷山深坳里的一位普通妇女的体味。客人们在这里目睹的是，甘霖溪是从山间岩缝里渗出来汇合而成的，所以才如此清冽的爽心。那么，它的源头何在呢？——

雨，武夷山的雨，夏日傍晚那守信用的雨，自然是用之不竭的水源。外地客人一直在这里住了七天，天天都不例外。那四面高峰就像凛然不阿的值勤战士，有礼貌地拦住过路的雨云。“你要从此过吗？请出示消暑通行证！”雨云便只能照章办理。

于是，充足的甘霖，给武夷山送来一个个清爽的夜，也送来一个个溪流不息的白昼！

1984 年

桃花源的魅力

桃花源是一个令人神往的童话般的奇幻境界，也是我三十年前初读《桃花源记》时就心向往之的地方。尽管在此后的许多年间，人们告诉我：这实际上是一个并非真实的存在，只是表现了陶渊明意在隐居遁世的精神寄托。在大学读书时，还有的同学因为不经意流露出想一见桃源仙境而遭到批判，被拔了“白旗”。但在我的内心里，桃花源却并未因为这些不分青红皂白的诛伐便减弱了引人的魅力。

直到三十年后的今天，在湖南省有关方面举行“武陵笔会”赴张家界途经桃源县时，我才亲临此地。归来还感到奇异难解的是：它留给我的印象是这样深，这般美好，这么多难尽释然的感怀和悠长醇香的余味！

这到底是为了什么，使我这个走南闯北多涉佳胜、一向认定“观景不如听景”的游子惊羡于桃花源的极致呢？

是进门之后那片结实累累的桃林引起了顾名思义的端绪？还是桃花观上厅悬挂的历代名人雅士的题诗触发了我效颦弄墨的意趣？抑或是主人热情待以著名的擂茶使我联想起三国时那位老媪以此茶拯救莽张飞部众的佳话？也许是那酝月亭告诉我唐代诗人刘禹锡曾来此吟诗令我加深了对先贤的崇慕？……

都是，却又很不完全。我急趋步深入探幽，突出的意识还是为了给我熟记和热爱的《桃花源记》寻求注脚，为那位中华民族的杰出人物——大诗人陶渊明的美学追求作些富有意趣的印证。因此，传说中“秦人古洞”的遗址首先使我驻足恋看不已。

这是山根下的一个断层的遗迹，隐约可见似乎是填塞了的洞口，如今已长满了青苔和杂草。由于泉水潜流使它和附近土石保持着永不干涸的湿润。据向导说，这就是陶公《桃花源记》中所写的“山有小口，仿佛若有光”的那个古洞，后来由于地壳变动，山石塌陷，洞口被填没，而今从这里已无法通向那个“有良田、美池、桑竹之属”的神话般的境界。向导的神情是那般煞有介事，听者又是这样认真虔诚。我本来站在外圈，似信其有，又觉其无，但随后也不由得受到了感染，怀着依恋而惋惜的心情离开了现场，继续沿着山壁狭路攀缘而上。突然，去路截断，哦，这里倒有一个不及身高的窄长洞口，黑魆魆的，深不可测。前面有一游客本已仓猝入内，又觉骇异，慌忙抽身退出，大叫：“没光！没光！”我理解此君语意是指“仿佛若有光”那个“光”字。由于他的传染，原来踟蹰在洞口的几个游客一时也难决进退。这时洞内有人高喊：“有光啦！——马灯！”大家才不再犹豫，遂鱼贯而入。我也随同进洞，果见有一二盏马灯照明。虽不甚亮，但路已可辨，倒甚合“仿佛”之词意。我边走边留意，脚下有碎石硌脚，两边洞壁多有斫凿痕迹，显见是经过人工的努力，且新碴毕现，看来工程时间并不太长。正思量间，向导随后跟上，适时介绍曰：“这是不久前才开凿出来的，地点离那个堵塞了的古洞也就只有几十米。”我听后释然，内心以为这并无不可，既然老洞堵塞了，为了达到那个魅人的境界，缘何就不能另辟蹊径？难道还非得使今日老弱妇孺游客从原古洞上方攀越山脊才算真实？才算没有逾越古人的成文规范一步？似这样新凿一洞，任何人都能穿越而入，有许多方便。不足之点是，以今日马灯喻古洞之光多少有损游客所应领会的意境，这也不是不可以改进设置的。

眼前果然“豁然开朗”，有“豁然轩”在焉。“别有洞天”的大字匾额是如此引人入胜。眼前果然是田连阡陌，稻绿花红；四周环山，像个圆桶；恁般静寂，别无杂声，只有树丛深处，鸟啭蝉鸣。果然是另一番小世界，连风丝也被山脊和丛树所阻隔，气温少说比“外部世界”要高上几度。若是在冬令，肯定是一个避寒的难得佳处，但在这溽暑七月，却要比在外面多几分“心定自然凉”的耐性儿。然而，一种索隐探幽的庄严感使我忘却了脊背上汗涌的痒处。

这是一个多么别致的环境啊！它触我进行了新的思考，推翻了过去一些年在脑子里形成的既定的认识。在大学里学文学史，老师断然告诉我们说：陶渊明笔下的所谓桃花源完全是子虚乌有，在那个社会中，根本不可能有一个与世隔绝的仙境。而今我觉得：仙境当然是没有的，绝对的隔离状态也是很难的，但我今夏以来先后深入闽西北和湘南山区，却发现了不少与中心城市和交通要衢远相隔离的幽深地带。譬如闽西北武夷山腹地，在一个三五户的丛林山村与一老年农民谈起，他肯定地告诉我说：他的祖先是宋末元初为避元兵侵害从北边迁过来的，有世代相传的家谱为证。从那时起，数百年间未受到战火侵扰，直到解放前夕却遭到国民党残匪的祸害，最后还是解放大军解放了他们，才传来了山外世界时代变迁的风信。湘西山区是否也有类似情况？似亦不可断然否定吧。由此我联想：陶渊明把此地描写成为一个“不知有汉，无论魏晋”的世外桃源，固然不无夸张，但这种虚构在当时也是有其现实依据的。甚至我还认为：任何形式的文学作品，如果完全脱离了现实生活，一味胡编乱造，不可能有其长久的生命力，而《桃花源记》的引人魅力历久不衰，就绝不是偶然的了。

我在这里固然没有遇到古代装束的“黄发垂髫”，也没有被“延至其家，皆出酒食”，但我却在一座凉亭下看到几位穿戴入时、气质不俗的村姑一起说笑。当伙伴中有的赞赏一位姑娘的皮凉鞋好看时，她说：“这是我爸爸到北京出差买来的。”而另一个小巧的姑娘则指着自己的连衣裙夸耀说：“我这裙子是他从广州寄回来的。”我想这“他”，按通常习惯，多半指的是未婚夫吧！

哦，这就是今日的桃花源！

我继续东行，寻找出去的路径，刚转过一片新建的瓦屋，只见一老一少并肩而来，看眉眼肖似父子。老者肩荷锄头，笑语中不离“责任制”，年轻人手拿算盘，也争说自己的新鲜事儿。当他从我身边擦过时，我清楚听到他说“我们茶社也实行承包了”。语间不胜欣喜。我转过一个小山角，果见一个茶社，此地既卖冷饮，又兼售桃花源游览指南等书刊。我猜想那年轻人或许就在这里服务。

我从新辟的“秦人古洞”进来，看到的是一个新的境界，时代新风中的新的人。他们不仅知汉知晋，更知中华振兴。堵塞了的旧洞口没有阻绝生活的足音，圆桶般的山围也没有窒息他们同外界的联系，北至首都，南至祖国南大门的广州，这里的人都可深切感知共同脉搏的跃动。我在想，假如陶渊明也能来参加此次“武陵笔会”，他会不会产生新的创作冲动？写出《桃花源记》续篇？

以下沿途，我还经过了许多亭苑设施，当不一一赘述，感触最深的是一座不起眼的“既出亭”。以“既出，得其船”一段文意而得名。如今亭下是有一条溪涧，但杂石横陈，丛草芜生，即使有舟亦不可行。好在今日游览者不必乘舟，现代化的小汽车、空调大轿车已在等候。我既出，但不是诀别，更不会迷途，有机会还可能再来，而且要招呼朋友和对中华民族的优秀文化、名苑胜迹有兴趣有感情的人，都来一饱眼福。我本为索隐探幽而来，印证《桃花源记》所记究竟可靠性如何，及至看过之后，对陶公所记真确程度怎样都觉得无关紧要，不论那个流传了一千数百年的名作，是一篇记实文章也好，是一篇想象成分很大的优美散文也好，甚至看作一篇短篇小说也好，都是有很大的认识作用和审美价值的。《桃花源记》如此，按此文设置的胜景亦如是。

我“既出”，怀着对中华民族文化传统和山川胜景的自豪，带着品咂不尽的美的享受和时代新风的洗礼，走出来了。我们还要走进去，走进对祖国历史和现实生活精于思考的宝库，走向一个追随先贤、建树新业的更高一级的境界！

1985 年

武陵源的评价

在湘西，一个自然风光的珠宝库被打开了。

据说是在一个偶然的机遇下，一位摄影家履踪至此，忽然以惊羡的口吻大呼；这是世界第一流的风景区呀！

从此调转了人们的视线，开始注目于这一“养在深闺人未识”的具有天姿国色的极致。

于是，在通向湘西武陵山区的道路上，各种型号的汽车轮子碾平了乱石杂陈的土路，甚至以步当车涉过一条条深浅不一的溪涧。人的本性好像并不是娇气，对于新奇的事物大半怀有一种不避险阻以亲睹真容为快的倔劲儿。

截至目前，已发现和开辟的武陵源风景区，主要包括大庸县的张家界、慈利县的索溪峪和桑植县的天子山。

其实，这一带过去虽然交通不便，但从来也不曾与世隔绝。古之驿道，商旅络绎；高高山坡上，梯田重重。更不必说虬髯老树，常留有猎户的叉痕；长流的溪涧边，还印着采药人的足迹；甚至据说在周围环山的索溪峪里，明代还存在过一个相当繁盛的市镇，仅是卖肉的店铺就有十几家。后来在一次特大山洪突然袭击下，才湮没了那嘈杂的市声，从此屋宇颓圮，人烟稀少，变得荒凉而寂寥。

但这里同样也存在着黑白的对立，正邪的冲突。自古以来，往往是打家劫舍的明火悍匪的出没之所，同时也常常作为揭竿而起的起义者理想的根据地。遥远的年代，有百丈峡中农民起义者与官兵肉搏时震天动地的壮烈呼号；近世以来，桑植县的贺龙率领不甘屈辱的穷苦人们，挥起菜刀砍断了旧世界加在他们身上的绳索，震撼了封闭紧严的湘西崖谷，使反动官府胆战心惊。但在那时，也许人们更多的是有感于切身的伤痛，着眼于对人间贪狼恶虎的抗争，无心抒发什么山水情怀，无暇欣赏这里的奇花异草。这样，大自然的瑰宝好像被忽视了。直至不久之前，虽也增修了公路和铁路，在"左"的狂潮下，也开辟过乱砍滥伐的"浮夸田"，但对这里奇异的景物似乎仍然没有引起足够的关注，那时在几县的接合部，谁多一山谁少一水好像也并不计较。在相当长的时间里，只有风梳轻拢着它那长青的发树，泉流润泽着岩隙的眼睑。甚至连那些地下隐宫——千姿百态的岩洞，也很少打开它珍藏的府库。人们只过其门而不入，并未深入堂奥得见其真颜。

说来也怪，尽管它们没有被置于应有的重要地位，却大半有一个好听的名字。不知是何年何月，由哪位民间诗人或是山村学究，为这些奇山异水起了名号；风雅固然风雅，却含着辛酸意味。也许财主老爷们不屑一顾，风水先生也自有他们的偏见，但武陵山水却当之无愧地承担着这些名分，不惮人为的冷落，甘冒淫雨不断挥动山洪的长鞭，在雾雨风寒中，顽强地度过了多少年多少载！

多少年多少载，至少从表面价值上，似乎还没有发生根本的变化。天子山的名号虽为至尊，却从未戴上过天子的冠冕；索溪虽然长年累月地抖动着闪光的珠链，也从来没有系住匆匆过客的心弦；张家界虽也有名有姓，但究竟它的正宗谱系如何，好像也没有谁做过认真的查考。

而在历史新时期的春天里，武陵源超群出众的美终于被充分认识了。要说机遇，也许带有一定的偶然性；要说时间，也许已嫌太晚了些。但毕竟是发现了，认识了，无论如何，也比继续被埋没要好。要说它的“命”嘛，虽然够不上幸运儿，但也不算是十足的倒霉蛋。

眼前的武陵源，蓦然间身价百倍。摸摸它的每片树叶仿佛都手沾甘露，踏着它的每块岩石仿佛都会发出金钟玉磬般的回音。好像身为一个村夫的大艺术家，长期默默无闻，一朝被认识，便灿然于深山幽谷，光耀四外。对武陵源风景区的赞声越来越高，有人说它兼有泰山之雄，黄山之奇，匡庐之秀，华山之险，一身兼领诸多优长。其实，窃以为：如果武陵源有知，它也未必会那么欣然接受这多的褒奖。须知它不是暴发户，从来不靠叫卖者声嘶力竭的高喊，当然更耻于乞求恩宠。它究竟有多大价值，还是让最广大的人们来鉴别，给予恰如其分的评价为宜。好在真金从来不怕多磨，在这方面，我们的武陵源当是充满自信的。

当我今天来到武陵源风景区，又有一个新的发现：它虽然有了相当的名气，但还是那么仪态大方，质朴自然，未着意装扮，服饰亦不娇艳。天子山固然气度巍然，却没有那副居高临下的骄傲姿态；索溪峪源远流长，却好像在微笑说：远远未到达成功的终点；张家界薄雾缭绕，好像以袖掩面，无意自封为山上之山。

的确，作为风景区，有待进行的工作还很繁重，许多必要的设施尚不够完善，诸如：攀山公路还没有完全通达，有的风景点住处条件也欠佳，有的溶洞仅仅打开大门，更加琳琅满目的珍宝并未展示出来，还要不畏险阻地进一步探索……

有如一个有出息的事业家，追求是没有止境的，登高也没有绝对意义的极峰。只要明天后天还存在更大的希望，只要宏图还有伸展的空间，只要生命还和太阳一样发光，只要真理还循着地球运转……那么，追求的过程就不会终止，武陵源风景区姿容就会日臻完善。

我觉得，武陵源胜景的被注意，与其说是人们拂去云雾发现了美，不如说是美的光辉终归要启开有识者的慧眼。

1984 年

黄河自有风景

黄河，不是单调的一色浑黄，它也有不屑于重复别个的风景；黄河，也不是只有横冲直撞蛮不讲理的野性，也有母性的柔情。

我虽还没有循黄河脉流纵览它的全程，但近几年来也有幸断断续续分段地与它共事叙话，观赏它的壮观，体验它的品性，从深层了解它的所长和所短，综合的感觉是：这是一个汉子，也是一个母亲，它有过并且远未消失小伙子般的活跃，也还保持着纯情村女般的未凿的青春。它是一个真实不虚伪的形象，一个博大而又具体的活生生的形象。

去年夏秋之间，我因公从晋陕之交的黄河浊流上穿渡。此地段人烟稀少，偶有村落隐于山谷之中，不是“鸡犬之声相闻”而是静得使人心烦，只有河水的跌撞声，沉闷而单调，愈使你妄想寻听另外的什么声音，然而没有。

但蓦然间，天云有变，东面天边染霞，西面一片低垂的云幔里，斜斜地抽出雨丝来，节奏越来越急，唰唰唰落在河心。我一时看得呆了，不顾身上被淋湿，恍惚中只觉跃起的浪尖舔着那雨丝，东面的霞色也渐向这边浸染，于是，那浪尖舔着的就不仅仅是雨丝，而是一架跨在河上的彩虹。我自小生活在农村，彩虹对我说来绝不新鲜，但这样独具匠心的彩虹结构我还未曾见过。于是我在想：黄河并不卤笨，它很有巧思。说不定在它岸边的群山背后，还躲藏着一位高手导演或是美工师什么的，不然，缘何来得这般奇景?

雨停了，停了不一会儿，从一条小胡同般的山间小路口，闪出一个老羊倌，羊鞭上系着雨后的爽风，似吆喝又似在与羊群拉话，羊儿也不时发出咩咩声，井然有序地颠着小碎步。老羊倌的羊鞭一甩，好像改变了什么主意，转而把他的心爱的小伙伴喝上左近一架大山。这时，我竟看得呆了，一时忘记了赶路。羊儿登山确有它独特的风姿和步法。难怪传说中当日筑长城就是役使山羊负重登山的，也许还真有点道理哩。但现在我们眼前这位慈祥的羊倌却不需要羊儿负重，他更不需要它们为他自己做些什么，只有一团白生生黄悠悠的羊云飘上了蓝空。真的，好蓝好蓝的苍穹啊，平常人们形容它“如洗”，至少用在现场并不那么确切，它更像本来就是一方玉色的布，被拧干了水渍，滤去一切杂质，又展现出它的本来面目——爽洁、本色、坦荡，厌弃虚饰。

我移步前行，知道在那边有一个山间小镇，有汽车通往县城。但还是几步一停，贪恋脚下眼前的点点景物。我本生长在农村，按说对山野风致不应特别感到新鲜。而今却不，一是因为久居闹市，重感大自然的清新；再则这黄河岸边的风土人情，与家乡那海滨丘陵地带自有其不同情味。就拿野花来说，这一带完全是紫色的世界；淡紫、深紫、绛紫……不一而足。想不到这山野僻乡之地，竟有这样高雅不俗的审美意蕴！前些日子看电视，从播音员口中得到这样一个信息：今后的一两年内，城市女性的时髦流行色据说将以紫色为主。果如此，那得风气之先的大城市反倒要步这黄土岸畔之后尘呢。岂不有趣?

我步上山径，心好像分成了两半：一半是急欲赶到县城，安顿下来以便尽早开始工作；另一半又恐遗漏了这里与别处表面有些形似实则神韵有异的景致，也好在脑子里刻下的印痕更深些。我发现，这里的山坡地并不像我原来想象的或在影视屏幕上看到的那样全是黄土层，偶或也有牛背般的石头卧在土地，半遮半落地兀自不动。但此地的乡亲们也好灵性，竟能寸田争绿，在“牛背”边侧，“牛蹄”间隙，见缝插针地种上谷子、高粱，也还有黄豆、绿豆以至荞麦。有的长得还不错，大谷穗儿嫩嫩的、毛茸茸地抽出来，稚气十足、好奇地打量着周围，还不知羞涩地低垂下头。我再仔细看去，它的根下土地挺干，好像刚下那阵雨有了偏心眼，只往黄河里潲，而偏偏越过这片地方。但这庄稼并不服它的那劲儿，争气地长得不赖。也许它有什么神奇的根须，曲里拐弯地从底层勾向黄河水？

我真想找到这片零碎庄稼地的主人问问，然而不可能。山径愈来愈曲，愈登愈高，但恰与刚才那老羊倌赶羊上山的路成“丫”字形。那团羊云渐渐从我视野里消失了；耳边却传来一种山洪下泄的呼隆声。我一扭头，哟！从上流压下来滚滚黄涛，那声势，用什么“了不得”的词儿形容也不过分，反正比我小时候在故乡遇上暴雨天气河水漫溢那劲头更凶蛮十倍。霎时间，刚才相对说来还是平和的河床骚动起来了，上流的水势突然加大，这也习惯地乱了阵脚。这膨胀了的水流每一个分子都会裂变似的，撑得原先的河床向两岸挤压。一忽儿，出现了一个惊心动魄的场面：刚才我上岸时渡口旁边仅仅200米左右的一个小山包，被粗暴的黄涛生拉硬拽地带走了，完全不容分说，完全不容稍待。在这气势汹汹的浪铲面前，那个山包变得就像不足四两重的泥团，被活活地捏碎了，其用场无非是为下游的河底铺垫加高，为本已浑黄的河水再调浓一些色泽而已。

我的心情一时变得有些黯然：刚才的虹雨、羊云、紫阵、神奇的谷穗突然模糊起来；刚才一步比一步加深的“黄河风景”这个概念变得异常冷静。那突来的黄涛把本已形成的感觉冲激得又待重新组合。

难道这造成水土流失的狂涛也算是黄河风景？我正斟酌间，只见从河对岸放出一个羊皮筏，斜向地、顺应着涛势向这边划来！

我不禁愕然：此时渡船早已停驶，理所当然地避开狂浪的势头，减少无谓的损失；而这羊皮筏的驭者有何燃眉急事，偏要在这当口惹这蛟龙？但驭手怎能以我意愿决定进退，仍在涛峰浪涡里忽隐忽现，忽前忽后，但总的趋势还是向这岸靠近。这时，那驭手的颜色蓦地一闪：红色，火一般的一点红！又近一些，看清了是一个女同志；再近一些，快靠岸了，她那红袄红头绳以至两腮尖上的两团喷红，却在黄浪中衬得分外显眼！

什么浪，什么风，却在她手心里攥着。我仔细察看，她神态自若，也许是平平常常，内心里必没有“骄傲”、“自豪”这类字眼；也没有任何人为她欢呼，眼前也没有任何懦夫衬托她的胜利，只有我是唯一的见证人，却又没有在她面前露面。但她是不折不扣的胜利者，是不加宣扬可能也从未想到宣扬的胜利者。生活中或许有非止个别的默默无闻、谁也不知道的胜利者。

我终于走了，离开了这处并无殊名却仍然使我依依难舍的地段。我眼前仍有那个羊皮筏上乘涛飞渡历险如夷的女驭手，仍有那个万顷浑黄中红红的一星。她确是现实中的黄河姑娘，却又像是华夏民族始祖时期的代表人物，譬如传说中轩辕黄帝的夫人嫘祖啦，等等。

总而言之，她应属于黄河上游，以至于在河源地段出现是最相宜的。

有了这重要的一幕——越涛横渡的羊皮筏，特别是那万顷浑黄一点红，刚才曾形成的感觉又完整起来了。尽管黄涛有时为害于水土稼禾，但我还是要说：黄河自有风景。

1991 年

天下黄河一壶收

偌大一条黄河，行抵秦晋狭谷中段的陕西宜川与山西吉县之间，突然遇到绑架，它恣肆惯了的性子，怎能容得了，它挣扎，它咆哮，它奋争，它夺路而冲，不肯停留半点，终于，绑架者一松手，闪开一条更狭的路，像壶嘴儿一般的狭窄，但毕竟是闯过去了，——这就是壶口，这就是黄水在壶口地带演出的一台全武行活剧！

但只有你来到这里，才能真正领略（而不是仅凭想象）壶口水相搏的态势，体察大自然中“这一个”的鲜明特色。

真是好一个壶口，它确像一把吞黄吐绿的大壶。黄水尽管浑黄，两岸水草照样泛绿。这一切似乎都从壶口中来。黄是茶水，绿是“毛峰”，壶口在匆匆行色中，还不忘沏就这一壶佳茗，供大禹治水源头的功臣们品享。

乍看这壶口，喷出的不是水，而是一团遮天蔽地的雾，水忒急也变形，有如人过性急而失常。这里的“壶”中水一下子被煮沸了似的，顿然膨胀开来，鼓噪跃动；但偶尔喷在人脸上的水星却是那么沁凉，方知它失常的冲撞是来自另一方面的神力。

它的神力完全来自一个“逼”字。后面有追的，前头有堵的，两岸巉岩陡壁紧紧箍住，处境好困难！天上无门，地上无洞，只能逼着大自然重开门路。周围环境逼水，水逼客观环境，主客相逼，相克相生。远远就可以听到的那咆哮，不是黄水的虚声恫吓，而是万不得已发自丹田的喝声：一切胆怯的，都请躲开，一场是真杀实砍的厮拼就在这狭谷里展开！一切不怵的，欢迎，看那惊涛暴跌，四十余米的落差，这是何等的孤注一掷的冒险！前浪续跟，就像胆大技高的跳伞者，谁也没有半点犹豫，也不容许它有半点迟疑。跳下去的却遽然不见，一个个又都像是具有一套绝妙的隐身术，要不然就是已经粉身碎骨，为夺路前行而捐躯于这秦晋狭谷之内？

而在我，目瞪口呆的是为惊叹一种精神，一种为奔赴既定目标不得不抢时间争胜负，因而也不能瞻前顾后贪生怕死的“不要命”精神！

跌下的水头魂归何处？无须悲凉，无须凭吊，凡九死一生者往往活得更好，凡百折而不悔者其信念之花更可长盛不凋。

舍己取义者都没有死，至多是化为另一种形态长生不息。不信，请到黄河下游去详查，一滴也没少，凡是少了的，都变成金谷万斛，流进农民的粮仓，成为出售爱国粮的大户；一星也没丢，凡是丢了的，也都涌进大海，为人工养殖海参、扇贝和对虾担当义务保姆。在这里没有欺诈，更没有卷包潜逃，而是一个无私无偿真诚护助健康成长的水下温床。

“天下黄河一壶收”，壶口，收了它该收的，又施放出应该施放的一切。自古黄河中下游多害，但其过不在壶口，我在想，壶口也试图拦截上游过激过多的湍流，以减少它的势头，使其变害为利，但终因独力难撑，还是遮拦不住，只好长叹不止，发出不无遗憾之声。难怪在离壶口十数里外，便听到它的巨吼。如今，可以告慰壶口：你所不得不施放出的流量，决不只成为祸害中下游的灾星，而逐渐变成驯从听话的良驹，善解人意的朋友。水能伤人，也能养人。壶口，你无须总是抱憾自责，也该将吼声变成欢呼了吧？

这一切，还是有赖于人的伟力，人的智慧，科学的神功。一个壶口，纵然天造地设，蔚为奇观，震天动地，气吞星云，新中国成立前千万年间仍然套不住那条浑浊蛮横不可一世的蛟龙，不能一味责怪壶口力不从心，实在还得归咎于那个不与人民共呼吸的旧制度，那时一个壶口纵然气冲斗牛又奈他何？

初秋，我从壶口岸畔刻有“天上水”字样的牌坊走出，沿河下行，几经曲折，终于到达山东东营市地面黄河入海处。这里四顾茫茫，无门更无一字。但在我的幻觉中，仿佛又进入一座更雄阔得多的水门，门楣上也有三个若隐若现的大字：“杯中液”。

这个笑纳百川永远装不赢的杯就是大海，就是当今沿河亿万民众宽阔的胸怀。我觉得。

如此说来，那个“天下黄河一壶收”似应改为“天下黄河一杯收”了。

这样说，丝毫没有贬低壶口的意思，即使单纯作为九百六十万平方公里版图上的一处出奇的景观、仅次于贵州黄果树的神州第二大瀑布，其身价也足够使人刮目相看了。

壶口就是壶口。

壶口贵在本色。

壶口部位不可变移。

关键是永远保持吐纳态势，保持那种不怵不怯生气勃勃愈挫愈旺的精神。壶口，你说是不？

1991 年

湘西一个字

湘西，我并非头一次来。但四年前那次，是走的北路，去了桃花源和索溪峪，只有三天时间，因为心里总惦记着手编的刊物这个那个，就忍痛回返了。

这次走的是南路，在怀化下火车，乘汽车经过麻阳、凤凰，到达吉首，中间又专程去了古丈、永顺，游览了猛洞河风景区，看了王村——那个如今别名芙蓉镇的地方。

结果，对湘西有了更深一层的了解，感受也不止一方面，但思来品去，概括成一个字最合适，曰：“奇!”

奇在哪儿?

奇在景好，好景中国南北东西都有，但无可重复、鲜能伦比的“这一个”却不多；湘西却有，而且不是名不副实，是实胜于名，甚至是金玉其内，外界知道得不多。在这方面，猛洞河就是一个。泛舟而行，步入妙境，两厢壁立，石怪天惊。只是因为季节关系，树木花草处于眠期，不然色彩点缀得肯定要绚烂得多。通常说“水至清则无鱼”，这里水清如晶，却鱼游深底，朴实多趣的渔家不时靠拢游船，兜售那活蹦乱跳的鲜味。船头击水，惊起热恋中的鸳鸯成双成对地腾飞。我在任何地方都没有见到这么大群的鸳鸯，它们也许是在这神仙难觅的所在集体举行婚礼。可惜这种鸟儿并不似以往人们误认为的那么忠贞不贰，它们，特别是雄性鸳鸯，秉性是过于“开放”了，今日和这个“结婚”，明日又和那个成偶，反正在人们的视觉中都差不多，也分不清它到底换了多少。还有猴群，在巉崖上窜跳着，在低岸上观看着，就中还有一个老头儿，悠然自得地，一心情静地，抱着膝盖坐着，就像是群猴的监护者。

你说这猛洞河像什么？像一条幽深绵长的水上大胡同？你说它像哪里？大三峡？小三峡？还是武夷的九溪？都不大像，它就是它，猛洞河，不能误认的湘西一绝。

湘西之奇，还奇在深山密林中藏着珠玑。酉水边上的王村镇，曲街小屋，店铺罗列，远远仰视，恍似巉崖上披挂着的珠链，反射在晨光中。据说自明清以来，就是一座繁盛的市镇。也怪，这里交通闭塞，只有一条深幽的河水通向东西，人们却不甘寂落，为了生计，也要在顽石上凿出通向繁荣的金梯。当我一步步登上王村由低而高的街巷时，心里生出的就是这样一种感觉。在开放搞活的今天，这里也响起现代化的乐曲。迪斯科的喧嘈，歌星们倾泻不尽的活力，都在这座山镇中得到充分的展示。琳琅满目的货品，在并不豪华的门脸里挑出，上海货、广州货以至港派服装，都没有因大山阻隔而放弃它们的竞争权利。这里小摊上的各种小吃真棒，油条、豆浆，都比北京、天津这类大城市的成色好，面条、米粉也很可口，我在这里禁不住打破了以往不在小摊上吃熟食以防不卫生的习惯，挑着样儿吃了个够。这里我几乎什么都喜欢，只有一桩生意没去问津，那就是一家据说是名影星在这里拍过电影的门脸，只这个背景就要多少多少钱。不只是我没光顾，我注意到其他外来游客也少有来照的，大都是看看笑笑就走了。当然，由于在这里拍了影响较大的电影提高了知名度是完全可以理解的，但如因此而改地名却不见得十分必要。

王村这个地方，在分省地图上只是个最小最小的小圈圈。但要真正领略它的魅力，必须亲身一瞻它的真容。如用漂亮、热闹等的俗词儿形容它，可能都不恰当，却比一般繁华、摩登的地方和人物更使人难忘。不只是我，我问了问同行诸位，都有这种感觉，你说它到底奇在哪里？

我说湘西之奇，还奇在此地人有着别具一格的灵慧。去凤凰城参观，有同志先带我看河边的吊脚楼，好像这就是湘西最具特色的奇物。不错，是够特别的，悬空支着几根木头，人们居然在上面悠然地走来走去，不敢设想发生地震，也许这里根本不曾发生。不过，类似吊脚楼的建筑格局并非为湘西所独有，北岳恒山不是就有悬空寺吗？即是我的海滨故乡，县城里也有半悬空的水上建筑，只不过是用石条顶着罢了。

所以，最使我惊羡的还不是吊脚楼，而是吊脚楼里走出来的人。凤凰城里走出来的固然有沈从文等不同凡响的名人杰士，还有许多已崭露头角和不为人知的文学新秀。从沱江和峒河之滨，从矮寨的盘山道上，我遇到过好多位面带土气却心性灵慧颇具才气的青年业余作者。在这之前，我曾读过他们的文稿，那思维的活跃、文笔的老到使我误以为是出自中年的成熟作者之手，见面后才知他们大都是二十几岁的后生。不知他们经过了什么特殊训练，掌握了如此超常的功力。不久前，我从大堆自投稿中挑选出一篇散文，字体虽不够工整，但文笔颇有特色，生活气息很浓，读来富有韵味。在《散文》上发表后，又被《散文选刊》选载。作者原来是个二十三岁的民办小学女教师，又是凤凰县的，不禁又一次称奇。

人，奇从何来？难道是天公地母所恩赐？我在湘西时，竭力破解这个奥秘，归来后，仍在深思。我想传统影响是有关系的，但从根本上说还在于他们每个人自己。身居深山幽水，朝望旭日迟临，夕盼林鸟早归，火车载来了远方城市的讯息，背篓里漏下来背诵唐诗的书声。正因为曲太高，才更想翻越，正因为涧太深，才更想泅渡过去。动力就是勤奋，翅膀就是真才实学。奥秘就在这里，说奇也不奇。

我还注意到，正因为湘西奇山奇水奇人奇才太多，当地的朋友看得多了，反不为奇。当我从吉首返程中，车行在麻阳至怀化间，突然间峰回路转，深不可测的幽谷中兜网了密密的暮秋的鹅黄，起伏的峻岭间惊起群群斑斓的山雀，却有一条细细的瀑挂在虬结的树丛中躲躲闪闪，宛似一位古代的村姑慌猝间遗落了束腰的丝带。这里是广博、丰盈与神秘、微妙的融合体，一个在寻常地貌中难以寻觅的奇幻世界。我不禁感慨道："假如这个所在移到上海或是天津近郊就值钱了，到了星期天游人们恐怕得挤破山门。"

同车的当地友人谭君笑说："这样的地方在我们湘西多得很，所以它还够不上风景区。"

看来世界上的许多事物都是比较而言。在此处无名的，在彼处未必无名，在此处这般评价，在彼处又可能是那般评价。

我的湘西朋友们，你可知在你踏着走过千百遍的山路，你牧牛时饮过多少次的溪水，你和同伴嬉戏时攀登过的峰岩，在外地许多人眼里都是馋涎欲滴却搬也搬不走喝也喝不动的妙景奇观呢？

怪不得这里的好多普通的"小作者"，往往能运用雕刀般的笔触，写出不同凡俗的"大文章"，也许他们自己没有意识到，奇山胜水都化为胸中的自然，但出手却崛然不凡。

奇而不以为奇，更为大奇。

1986 年

大草原，我的温床

第一次来西部大草原上，我仿佛变成一个天真稚气的孩子，惊喜地几乎叫起来：哎呀，这床真大！

在澄碧如玉液的赛里木湖边，在一望无垠的青青草场上，我竟然真的躺了下来，时而侧卧，时而俯卧，但我更喜欢仰卧。草场虽大，我一点也不觉得空旷；同伴虽少，我也并不觉得寂寞，偶尔有一两个人从我身边走过，对我的行为也并不以为奇，我丝毫也未被惊扰。

我从来没遇到过这么清洁的环境，至少我的感觉中是这样。我身旁的草叶一尘不染，有风，却挟不来一星沙土。就近约两米远处，有一小堆牛粪，但已经风干，我一点也不觉其污秽。我仿佛记得，草原上的牛粪晒干后是可以用来烧火的，甚至能烤熟一只全羊，足见其火力够多么旺了。还有，我鼻息里风的气味也是清香的，有点像纯洁的姑娘头上的发香。

在这阴历六月的盛夏，几十公里外的城市办公室还要不停地旋着电风扇，这里空气中却不时感到有点寒冽滋味了。感谢东道主，她们预先告诉我要带上棉大衣，我还曾半信半疑，担心带去个累赘，没想到真的用上了。看来世间的事情有时就是这般微妙，可测又不可测。曾闻乌鲁木齐市正值瓜果上市时，鹅毛大雪赶来助兴，就是一个寒热相侵而又相融的佳话。在这里，年轻的司机同志还慷慨地拿出他自带的提花毡毯，供我铺在身下。我顿觉这三尺见方焐出来的温暖，扩散到整个草原上了。

我恍惚一下子减了三十多岁，幻觉中的场景也推移到另一个地方，那是我的海滨故乡。我常常喜欢卧在干净的井台边，那往往是天高气爽的秋日，大田都已收尽，只剩下萝卜、白菜和蔓菁还需要浇水，休息时我舒适地躺在麦秸上，闻着那清幽的菜香，还有蟋蟀对我说着听不懂的耳语。而现在，我闭上眼睛，今昔的感觉融汇在一起，稚诚心灵的缩地法，将相距数千里的异地倏然凝聚在身子底下，我整个身心也被诗样的纯情融化在草原上，一时觉得软绵绵的，却有一种说不出的幸福。

四周的景色都那么新鲜，都是“第一次”发现。真的，我走过很多地方，人道某处奇美，某处绝佳，但当真去过，往往是大同小异；而这里对我说来却是全新的境界：那青峻的远山，就跟天穹粘连在一起，雪冠镶了一道银边，宁静肃穆，格调脱俗，这就是与别处最大不同之点；那近处的山坡，一溜向上，好像有一只神奇的手抹过，一个个擎拢着手臂，亭亭地立在那里，其整齐之态，使人联想到秦始皇兵马俑，但毕竟比那更具灵动感，像剪纸动画片，不动中亦有动，树隙之间，都仿佛藏着一个个神话；每棵奇树，都能幻化成一个个仙子。怪不得天山之间、赛里木湖上有这么多神话传说，情由景出，神自境来，再冷峻的头脑来到这儿也会生出奇幻的想象。

远处，大河那边，“姑娘追”助兴的喧笑；近处，热瓦甫伴奏的悠扬歌声，在我耳畔似听见又似未听见。一时间，我整个心神都凝集在蓝天上，还有飘忽而来的一片白云。怎么，撒下了雨点？这里的白云里也藏着雨？雨星润在我的唇上，弹动我的面颊，滚落在我的眼眶里。不知怎么，这时我竟忘记了双亲已不在世，总觉得是慈母思儿极切时飞洒的眼泪。

我又闭上了眼睛，眷恋着这珍贵的亲情。心，醉意融融，似已进入短暂的梦境。莫非说，为了后半生更加神志高爽，锐意进取，才有这千里之外的一眠？

是温床吗？

是的，是温床。这时我才真正体味出这个用了几十年的词儿的涵义。它温在底蕴厚实，它温在人情质朴，它温在冷暖相宜，它温在东西贯流，八方交汇。

人道“五星”宾馆的高级席梦思是一种享受，或曰国际列车的“软包”是一种特殊享受，也许都是；我却觉得都没有这大草原的温床来得别致，来得舒展，来得爽逸。它对我来说，将是终生不可重复的一种难得享受。

然而，既是温床，不可长时间地贪恋，更不可一味沉醉，我忽然想到什么，便霍然而起！那边，风掠赛里木湖水翻涌轻啸，在呼唤我：老兄，休息够了吗？那就继续赶路吧！

于是，我离开了大草场，但从那时起，在我的眼前总是铺展着无边的绿；它无比厚实的底蕴总在滋养我的身心。因为，我曾经在西部草原上躺卧过。

温床，这大自然爱与力的源泉哟！

1987 年

西部沙原手记

我曾多次因乘 43 次和 69 次特快列车去内蒙古、宁夏、甘肃和新疆，经常被漠风扰醒了夜梦。听广播说是三四级风，子夜那风却像疯了似的，揭天刮地而来，且伴以狼嗥般的嘶叫。或许就有狼群借风势向列车逼近，有觊觎列车及千百乘客之势。

每当这时，我似醒而又未尽醒，觑着车窗外面，本是紫色或灰色的低云也被风沙浸染，呈现出一片无可奈何的姜黄色，星月像被剥夺了爱情的败落者，怀着凄然的心绪敛起本就脆弱的光色，隐躲到一个肉眼找不到的角落。远远近近那一个又一个的沙丘，都披上了闪着迷离光彩的袍服，就像霸气十足的自立为王者。那一拨拨仍然猖獗不已的风沙，仿佛是自立为王者抛撒出去的魔袋，恣意搜寻套取沙原上的一切生命。

所幸列车仍在行进，没有被这偌大的魔袋套进沙口。不知怎么，这时我心里对列车产生出前所未有的崇敬。我觉得它是这子夜沙原上唯一的英雄。在几乎无所抗拒的狂沙潮流中，坚持前进方向而未遭劫持就是极为难得的了。

但我也惊讶地发现：车窗外的沙丘也并不是绝对固定不变的。那些沙丘之间也不总是精诚合作，它们好像也有相互撕咬的现象。风沙的走向常常是旋转的，沙流多呈纠缠状。如此旋转纠缠的结果，我明显看到这个沙丘增大了，那个沙丘缩小了。当然也可能是出于我的幻觉，因为列车是以每小时 80 ~ 100 公里的速度行进的，不容我固定地盯向同一个沙丘。不过，它们各自在变化着谅是无疑的。

沙丘、荒原也有安静时，白天在偶尔无风时的印象最为强烈。此时安静得过于死寂，沙面被风怪之手抹得过于柔和，一种内藏杀机的温柔。这些沙面常常形成几可乱真的图案：或像树木，然而是平卧在地的树木，树冠枝叶却惊人地完整，连那细部，诸如桩上的树洞，叶上的纹络，仿佛都历历在目。但这里使我服气的只是图案的毕肖，却不能引起我的振奋，因为它们毕竟不是竖立的，而且是与沙面一色的枯黄。看来，大自然的巧手并不都能给人带来生机与活力！

沙面上的图案或像殉马，一匹匹地循序侧卧，而马的肋骨清晰毕现。这不由人想起了古代的争战，想起唐代诗人王翰的"醉卧沙场君莫笑，古来征战几人回"；想到宋军与西夏、契丹、蒙元之间的骁骑角逐。但为何只有马的骨架，而无将士的遗骸？这嶙峋的马骨，倒更像山东淄博齐景公墓旁发掘出的殉马坑。只不过那是真的马的肋骨，而眼前的图形则是风在胡笳吹奏下点染而成。尽管如此，这图形却仍给人一种残酷的生殉感，半点也引不起我对漠风巧夺天工的赞叹。

那图形或像驼队——这是唯一有生命力的启示。尽管艰难吃力，但毕竟是行进状。倘能作为当年丝绸商队的折光遗影，也算是风沙唯一的"德行"吧！

然而我知道，不论是温柔的也好，残忍的也罢，毕竟是唯一的有状貌的图形，却也都是暂时的，当夜间风暴旋起，这平静立时便被打破，任何的图形或许倏然无影无踪，化作狂风的追随者，挥动沙鞭抽打无辜的空间！

有一次我由西北归来时仍乘坐火车，因为过于疲惫，我已无心仔细分辨沙面上的图形，只觉得一色都是昏黄与空旷。我在想这些没有植被的沙山和漠原在我们中华版图上究竟能占到百分之几？再加上雪山和戈壁，又占到什么百分数？虽不至于过半，但也绝不是九个指头与一个指头的比例。既如此，今后编写学生课本时，在肯定“地大物博，土地肥沃”以激发莘莘学子的民族自豪感而外，亦应如实指出还有幅员不小的土地收获甚微，甚至是不毛之地。如此不仅无害，反而可以避免一味自我陶醉，而努力减少土地沙化，改良土壤，变荒废为神奇，这不是从另一方面也能激发民族自豪感吗？

恰因沙原占地较多，也才更值得我们关注。我们不得不承认，迄今有大片的黄色沙原不仅未呈缩小趋势，而且还在扩大、扩大……

不过且慢，也有绿，珍稀的绿色。不是在绿洲，而是在漫漫沙原上，绿了我的眼瞳！

我所看到的是一列架线的通信兵，走在高高低低的沙坡上，将电线引向渺远的天边，那电线杆是木质的杉杆，绝不似水泥电线杆那么伟岸那么抖擞，有的还微见倾斜，但竖立在荒凉的沙原上，比红柳和沙枣更具生命力，因为我知道，通过它们，生命线上会不竭地流动。表面上没有声音，生命的心音在潜流里振动。这时一只浑身翠绿的鸟儿立在电线上，叫得格外动听，如泉水滴在琴弦上，那电线也是清溪和泉流，一位走在最后的通信兵，显然是被这只鸟儿感动了，从衣兜里掏出口琴，呼应地吹奏着……

这是多么生动的场景啊！可惜临时停下的列车启动了，我只好暂别了这珍稀的绿色和翠绿的声音。

幸而，在一个小站旁，远处军营门旁是一畦畦的蔬菜，虽不甚绿，还带点微黄，但它毕竟是鲜活的生命。想不到，不仅是绿洲，即使在这黄沙世界里，只要加意改造，精心侍弄，也能将地心的露珠光耀在叶旗上。

又是一幅使我眼亮的情景为以上的感觉加强了佐证，那是在傍晚上不着村下不着镇的旷野里，突然有一片幼林出现在离铁路不远的右方，在看似抗风植物的拱围下，中心好像是果树至少是矮桩的材林，最外一圈由铁丝网圈着，大致估计有几百亩大小。两个60多岁的老汉望着西北方向的天空，好像在审视着天候的变化。在他们的身后，是一排白石灰抹墙的约七八间房子（偏偏是白色的）；他们两人的中间，是一条大狗在蹦跳……我惊讶于这一多少有些奇特的存在，但揉了揉眼睛，是真真确确的存在，而不是幻觉！

当然，在茫茫的沙原世界里，这绿色的生命暂时还只是一点点、一块块，但它是一种启示：人类在沙化面前绝不是完全束手无策的。

1991年

深山净土

樱桃好吃树难栽，山水受看人难来。

一场春雨一层绿，山门不敲自然开。

这是两个年轻的汉子在层顶上晒粮时一高兴唱起来的，而且是一唱一和，不是像少数民族地区那样男女对歌，而是一个粗嘎一个高亢地相谐配合，听起来格外动人。想不到在距我老家一百公里的地方，还有如此的好去处。但总是乡亲一脉，我懂得那歌词中“受看”的意思，比一般的“好看”更耐人品咂，韵味更足。

我没来这里之前只听说是樱桃之乡，樱桃成熟之时还有每年一届的樱桃节，却没想到这里的每个村子以至各家各户都被樱桃树簇拥着，被樱桃花朵装点起来。来到这里，方才觉得自己怎地这么孤陋寡闻：樱桃自小就吃过，但樱桃树的姿态，尤其是樱桃花的风采是怎样的，却还真的没有领略过。这回可叫眼睛饱餐个够，而且真应了那句老话“目不暇接”。

你看，村街中间的清溪两侧列队的是樱桃树；农户们门前扑棱着花粉的是樱桃花儿；更有几枝竞秀的是：从墙头上伸出，摇曳着，无声地炫耀，不，也许是迎接着难得深临这山坳里的稀客。

樱桃花并不像它的果实那么娇红，而是说红不红说紫不紫却又杂以粉白的多重颜色。它不娇也不骄，但也很具个性，不可混目于群芳。不过，我一面看一面在想：以此勤朴内秀的村妇样儿般的花树，为什么竟能生出那么娇小玲珑的“红孩儿?”是不是集山水之秀，心洁地灵和母体的综合基因才造化出果中精英?

我注意到，村街的中心有一条清溪，没有一点污色，也不见任何杂物。水是流动的而且抢挤着向前奔去。也有穿红挂绿的娃娃们在溪畔玩耍嬉戏，却没有谁往溪水里扔东西。是怎样养成的这样的环保意识?大人的引导，还是自然天成?我看了半晌，还是有些不解。因为，我在别的许多地方看到的与此相悖的现象太多了，难责我少见多怪。

再往里走，村落渐稀，但景色更奇。这里溪水左弯右拐，前隐后显，将大大小小的石头漱得愈见清爽而且眼前水位渐高，将原来石头上的青苔剃得干干净净，随水漂流而去。这时我猛一抬头，只见路的右侧，有一坨高约丈余的卵形巨石，微微俯视着我们。当地文友告诉我：“这叫山门石，早年的山路就在石头中间。”他领着我攀向巨石那边，一看果然巨石中间有条大缝，宽约二尺，再看那巨石侧面上，有两三行斑驳不清的刻字，粗率而不工整，显然不是出自文人手笔，也非专业石工所镌。仔细辨认字迹，能认出者有“道光二十年……月……乡民开路……造福后人。”屈指算来，那年正是1840年鸦片战争之时，附近乡民不知花费了多少工时，付出多少血汗，才从石壁与深涧之间开凿出一条新的通路，结束了也许自远古以来不从巨石缝隙挤行的历史，但约150年前的乡民们在这交通闭塞的深山幽水之中，可知外面还经历着一场拒毒抗侮的民族自卫战?如今恐已不可查考了。所幸的是，这几行铭记着先人们劈山开路荫及后代善行的字迹，在一切都被视为“四旧”的“文革”中竟没被铲除，我想不能不归之于山民的淳朴和交通闭塞反能消灾免祸吧?

过了“山石门”，拐过一个山角，左首就是号称北方第一竹林的青箭岭了。据说这片山林有约500亩，仰视其高，空中的白云被劈成细丝；手抚其粗，不逊挺拔的多年杨树。密则对面不见同伴身影，只闻会心笑声；润则稍有动静，即有甜露滴落唇边，沁人心脾。这竹是附近农家的一大收入来源，每年刈割一茬。眼前尚不到收获期，故竹林间不见一人护理，自信这竹虽自由地伸展，却从不越常规，始终保持奋然向上之姿，人在与不在都是一样。

时当雨后，竹林外侧小径上稍有积水，但择路而行，并不泥泞。竹林东面山壁之上，是什么花儿这么耀眼？哟，原来是正宗杜鹃！我只在祖国中南部神农架高山上看到过这样成片的杜鹃花，怎在偏北的沿海半岛地区，也有这么上好的杜鹃花丛？可见任何时候在任何事情上都不可绝对化地一刀切，更不能一知半解地作出非此即彼的简单结论。

走下半山，大路南边是一个小村，路边有一幢白色小楼，楼外是人工的曲径小亭，拱桥流水，偶有犬吠之声，却未见狗之凶相，只是作为岑寂中的点缀，提醒人们这里并非是隔世的桃花源，而是改革开放后的一个僻处中的山村。这里的每个村庄都不复看到当日的茅草屋，全是簇新却格局各异的砖瓦房，红色的屋披，粉白的院墙，实用而有生气，不似某些地区为追求气派而竞相建造楼房，而是因地制宜在不宣不躁中扎扎实实地走向小康。这一带的家养优质长毛兔在半岛地区是小有名气的，与山民的性格一样实在，讲求质量。

当然，也许正因为这里地形比较隐蔽，交通仍嫌闭塞，现代化之风吹临较迟，还不够强劲，不及友邻的一些更发达地区那么红火，但也没有与时代前进的节拍脱节，也在发展而且还保留了自己的独特优势——空气的味道很清甜，并不需要拿金钱来交换。

眼下这里的色彩还不十分绚丽，却很和谐自然。你看，从南山坡上走下来的两个小孩，一个穿白上衣戴红色滑雪帽，好像是个男孩；一个着红上衣戴白蓝相间的滑雪帽，好像是女孩。两个孩子手里都拿着一串艳红的糖葫芦，一见我们这个外来者，显然觉得稀罕，却不拘束。那个小女孩走近了，竟把糖葫芦触到我们中的一个年轻记者嘴边："吃吧，叔叔，不脏!"

我们都笑了，脸上的笑纹与清溪中的波纹相映成趣。

1995 年

竹海的雨

说一句不避轻狂的话：去一趟蜀南竹海真不容易，但我终于去了。

对于北方人，别说是到过那里，就是听说，许多人都没听说过。去前我曾对一位熟人讲起我要去“竹海”，她略显吃惊地反问：“怎么，你还没过去珠海?”看来她对“竹海”根本没什么概念。尽管蜀南竹海在数年之前就被评为“中国旅游四十佳，”但从未搞过“炒作”式宣传，因而离它远些的人们知之甚少。这恰如竹的品格，高洁实在而不尚浮夸。

我去了，几经辗转，乘火车由北京至重庆两夜一天，再循高速公路乘汽车至泸州，再自泸州沿普通公路转乘汽车中经轮渡过长江，至江安与长宁之间才算到达真正的竹海。

一路天气还算可以，偶有几滴雨点轻轻地搔着车窗；但进了竹海核心部位，雨便不客气地刷了下来，使我们这些未备雨伞的来客多少感到不畅。哪知这时一位陪同前来的后生以轻松的口吻宽解我说：“竹海遇雨是难得的幸运，不信你看——”这时他递给我一本“旅游指南”小册子，我看了一下，果然写有：“竹海的秋天罕见有雨，极少能逢到一次，那是一种非凡的景致。”

真是：疑是不利却有幸，竹海雨景奇中奇。

这雨不下则已，一下就从凌霄的竹梢上斜潲而下，滤过重重竹叶，荡洗掉了叶上的些许微尘，并将那脱俗的清奇竹香带了下来，落在我的唇际，不仅无半点厌恶，反觉别有一种甘爽。我不再后悔未带雨具，一心享受竹雨破例的赐予。我想起小时候听的故事，说是观世音菩萨以仙露洒向误入迷津之人，或能起死回生。我从未得到这种恩赐，却在蜀南竹海得享到这不啻仙露的教化。我本也未入迷津，但自觉竹雨洗礼后，我的头脑更加清醒，意外发现备受污染的地球上尚有此等净化的小世界！

究其实也不算是太小的世界。这蜀南竹海的总面积有 120 平方公里，包括 8 大景区 134 处景点。如果放在世界上某个袖珍国家里，这块别具风致的地盘要占一个不小的等分哩。可我今天，既然赶上了这难得的竹海之雨，也不必通览诸景，只赏这竹海中雨、雨中竹海就足以令雨波常留心海、雾画隐现目前，而且肯定将终生品享不尽。

走过两边都是楠竹的走廊，眼前是一处开阔的场地。这里有不少售卖竹器和竹制工艺品的摊铺，还有几家以竹类菜肴为主的餐馆。雨珠在餐馆门口的台阶下溅飞，雨帘在摊铺檐边断续垂下，构成一幅很雅致的小景。可能是因季节关系，顾客并不算多，但也有三四十人光景，他们似乎完全忘却了雨还在抛着针梭，竟忘情地站在摊铺的檐下挑选着用竹片编织成的背包和手袋，还有用竹根雕刻的菩萨和笑佛。难怪顾客如此倾心：竹袋，别处哪里去找这么精巧的手艺；佛像以竹雕之，真可谓“六根清净”，了无尘染。买了称心的物件之后，游客们大都又进了“竹类餐馆”，亲口品尝这些以嫩竹笋、竹荪、竹蕈烹调而成的鲜美可口的饭菜。我当然不放弃有幸享此口福。如果叫我品评的话，我不能仅仅笼而统之地说一个“好”字便罢，最确切地说法应是平生第一次品尝到的独特风味。

风味之独特固然来自菜品本身，不过也与这竹海雨境不无关系。当我餐罢走出门来，刚才的雨势变成了牛毛细雨，更确切地说是化为雾状，再看那些摊铺，上面是雾，底部也是雾，一个个琳琅满目的门脸都像是托在半空里；又不禁想起小时候在故乡，冬天里窗玻璃上结满霜花，遮蔽了外望的视线；可如果这时在中间呵口气，再用手一抹，窗玻璃当中就会出现一块融化了的明镜，透过这一小块玻璃，便能看清外面冬日的晨景。眼前竹海这特定环境中的场景，肖似融化了霜花的玻璃“镜框”中的一幕幕。这竹海秋雨难得一遇的极致，今日居然被我捕捉到了。

启程上车前，在这片空场上活动的游客仍不过三四十人。我问当地文友：“旅游旺季人多吗？”他说国庆放假期间游客较多。有些内行为了鉴赏这里各种各样的竹也会专程来此。因为这里的竹类是极全的，除了最常见的楠竹、黄竹、水竹、慈竹、牛儿竹之外，还有一些罕见的珍稀竹种，如墨竹、人面竹、罗汉竹、凤尾竹、观音竹、苦竹、斑竹、石竹、花竹、鸡爪竹等，都具有很大的观赏价值。“当然，这是竹海特殊的吸引力之一。”文友如是说。

他介绍间，我却在想：旅游参观者众当然是极大的好事，按时新的说法是可以“拉动”经济的发展，大大地增加各方面的效益，但如从真正景观意义和环境保护上说，游人过多也会带来某些新的问题。譬如说，在眼前这片“镜框”似的空场上陡增10倍、百倍的游客和买主，岂不成了商品交易会场？在竹间甬道上，人头攒动摩肩接踵，那与赶大集何异？又怎能让人细细口咂个中的意趣。看来任何事情往往都有正反两面：像今天这样，保持竹海的原貌呈示它的独具风姿，固然是一种少有伦比的诗画意境，但可能就显得过于冷清，也少了经济收入；而过于“火”了，肯定有利于经济收入，但自然的非俗况味或多或少地将被削减。任何景区都是这样，重在合理地认识与把握。总之，竹海永远是竹海。

归途上，雨息了，不，看公路路面，越往前就越干，难道竹海外面压根儿就没下？果如此，刚才这雨就是天之所赐，竹海之造化。这难得的雨，更是有灵性的雨。

1994 年

漠风雕镂的“古城”

去岁末尾，我们一行人自库尔勒出发，乘车穿过塔克拉玛干沙漠公路折向大沙漠西北边缘时，眼前惊现出如古城宫门遗留的残迹，在两侧参差崛立的土柱中间，一条曲折神秘的通道夹车而过。这土柱宛似远古时期所建的宫阙的门柱，高耸而怪异。虽是一色暗黄，但看上去却极结实，似乎不需担心，它们会倏然崩塌。

过了这奇形怪状的“阙门”，突然间在公路右侧展现出一座更加完整更加森然的“古城”遗址。许多形貌不同的，酷似断壁残垣的暗黄色存留交错矗立，有的如云南石林中的巨石烛天，有的如戏曲舞台上使用的巨型三尖两刃刀，有的又形如凝固的云朵，有的浑似静止的陀螺……却并无杂色，与周围的沙丘对衬鲜明。我们下了车，离它们不远也不近，大家争相地摄影留念，人们心照不宣，一是因为这背景绝对新鲜，二是内心里还有一些震撼，也可以说是某种敬畏感。

“古城”里看不到一个人，只在半空有几只鸟儿落寞无依地盘旋着。

直到大家照足了相，向导才向我们“揭秘”：眼前这番景象，并不是真的古城遗址，而是一处典型的雅丹地貌。“雅丹”，是维吾尔语，原意是“险峻土丘”之谓也。它们是干燥地带由于风蚀所致。在比较倾斜和缓的黏土性岩层，地面因暴流冲刷，再加上强烈的漠风剥蚀，年深日久，便雕镂成眼前这样的风貌奇观。它们由一系列岭、峰、沟、叉构组而成，最长的可达五十米以至百米，这还不够一座不大不小的“古城”遗址的规模吗？

“够的，就是一座古城。”原来在大家心里，也有雅丹地貌这个概念的。然而，真正亲眼看到它，尤其是如此完整如此典型的雅丹地貌组合，还是第一次。因此，我宁可将它称为“雅丹古城”。至少在此处是这样。

我们并没有马上离去，我还沉浸在无声惊叹的余波中。大自然的伟力与灵性竟至如此。对于暴流与漠风来说，恣意冲刷和削凿山崖也许是一种破坏，但其结果形成的错杂嵯峨的奇观，又不能不说是对既定的自然壮观精妙的再创造，是色泽单调与形态多变的融合，是绝对沉默与绝对令人惊愕的统一体。一方面是精雕细刻的不乏温柔，另一方面却是恍似金戈铁马荡过之后的一片肃杀。我明知是大自然的作用力所为，下意识中又觉得它曾经历了一场几近毁灭的残酷战争。人，没有了，其他活物也没有了，就连疏草也实难看到，至少在一定距离内是这样的。不，事实上是大自然相互之间搞的。可难道大自然中这样和那样的碰撞与搏击不是另一种意义上的战争吗？

可是，也怪了，至少在此时此地，我内心并不那么诅咒暴流和漠风。它们毕竟给我们留下了不可替代，在别处绝难见到的一处硕大的工艺美术群落。如果说，人工之绝品贵在精细而神妙，那么眼前这大自然雕成的奇观则以其粗犷、威猛、奇崛而见长。它们只能说是各有千秋，一个个都堪称绝笔。

我们即将登车离去时，我蓦地发现从一个圆堡式的造型后面闪出一个人影，最突出的形貌就是他头上戴的那顶宽边遮颜的大草帽，也只有在当下电视屏幕上表现剑侠和戏说之类的影像中才能见到，而这人的服饰本质上也属于“戏说”那种，说不上是哪朝哪代的特征。但有一点，整个色调好像也是以灰暗为主，与雅丹地貌的环境倒是很匹配的。此人手执一长棒状的东西，顶端上好像还有缨穗，一面晃着，一面呼喊：“哦呼哟，哦呼哟……”

在车上，我们还在猜测此人到底从何而来，是干什么的。

咳，如无其他异常，这一小插曲作为沉寂的雅丹“古城”的小小点缀也好。如今不是时兴“戏说”吗？只不过要有个度，莫要破坏了这一沉重、深厚、奇崛和纯天然作品的完整性。

我的感觉，“雅丹”是一个既可正视而又不应过分亲狎的景观。

2001 年

落日如画

人们大都喜欢看日出时的壮丽，我也是，海上日出啦，泰山日出啦，都看过，但那是许多年前的事了。去年到新疆，当我们乘面包车迟归时，沙漠、戈壁滩上却笼罩上一层金色，我蓦地意识到已是落日时分，便请求司机师傅停一下。我不是照相的高手，也没有留下绝妙瞬间的奢望，只想录下在这难得的地点捕捉到的同样难得的感觉，使它永远映印在心底里。

视野的那边尽处是天山，很远又似乎很近，难以目测它的准确距离。这时引我注目的是那落日，它并不刺眼，甚至很温柔；那天山在我的感觉中也不只是威严，反而显得宽容慈祥，它承接着落日，就像牧羊人接回他心爱的羊羔。在山那边——我视线看不见的背面世界，不知大山对它的骄子还有什么亲抚的表示；但我倏地意识到，一个我从未亲历过的空漠的夜晚就从现在开始，我的脊沟间不由得一阵沁凉。司机师傅却全然不理会这些，兀自吸着他的“阿诗玛”香烟，好像眼前的一切都已司空见惯。我平时那么厌烦烟味儿，而此刻，我却觉得他喷出的烟味儿也那么珍稀，在这空漠无依的环境中也能填充一些生气。

但昏暗并没有为烟火的一闪一闪而退避，它，肆无忌惮地扫了过来，像是一把大大的魔帚扫着荒原。这时，一切仅有的生命都畏惧地隐遁躲藏，连浪迹的野狐也寻找地洞。看来任何的狡诈有时也难以测度大自然变幻的深奥内涵。

而实际上，祖国的西陲广袤的空间并非一色昏黑，落日也有余韵，在天山的凹处还洇出半边金色，照见着一匹独身的红马；这里也并非一色的荒漠与戈壁，在离山较近的地方想必是有一块草原，远远的，我见那红马依然伏身啃着嫩草，竟毫不理睬迟暮的暗影驮在脊背。也许，只要心身从容，便能俯仰自如，任何沉重的负荷也会变得相对轻松，甚至毫无觉察。

我还发现，愈是在地旷人稀的西部，电线杆愈是密集。或许是唯其空旷，才使地面上的一切显得更加突出。电线无疑是这里最敏感的神经，系着边境的安全和各族兄弟的心声。当然，这时纵横交错的电线传递交流着什么，我却是听不到的，我只注意到有一只并非麻雀也并非乌鸦的灵鸟飞落在电线上。它仿佛是故意地蹬着足爪，活泼地显示着踩钢丝的本领，而绝不是站立不稳；又像是谁派遣来的春的使者在弹奏悠悠琴音。我听不见这声音，但这荒原却能感觉得到，春天不会遗忘它们。

这时我觉得：荒原，夜的荒原，也便有了生气。哦，世界上原来并无绝对的静。你看，一匹红马，一只灵鸟，便熏得早春的黄昏温柔而多情。

司机师傅一直没言语，他耐心地等待着我，等待着这落日从有到无，一支接一支的香烟融化了近于凝固了的时间，在一闪一闪的微光中悄然流动。直到我说了句“咱们回去吧”，他才随手扔掉手中未吸尽的烟蒂。

这烟蒂，正落在一簇早已枯干了的骆驼刺上，小小的火星竟引燃了它。所幸，这骆驼刺只是一个孤立的存在，周围没有别的草木，不必担心会引起燎原之灾。看来，荒原也有使人放心处。

当面包车在戈壁滩上蹀躞回返时，我还回头透过车窗痴痴地望着那一簇小火，依稀看见：一簇新生的骆驼刺又从下面钻出来，仍然那么顽强！

又是一种生命，联结着今夜和明天。

1992 年

井冈雕塑园

当地文友兴致勃勃地对我说："来我们井冈山不能不到雕塑园，走吧。"

我自然应命，果然是一处我前所未见的雕塑群落！

在这里，毛泽东、朱德、彭德怀、陈毅、贺子珍……以及早在井冈后来被收编的王佐、袁文才的塑像都在这里安坐。他们或静思或凝目，或似临战前的整装，或似胜利后的小憩，一切团结合作、是非荣辱，都化作石阶下的一溪清水，定格为暮春时节安详的杜鹃。

当年由山下挑米上山半途稍歇的标志——一棵粗大的槲树依然茂盛。那时不论是坐地户还是后来者，都在这树荫下乘过凉；不论是参加秋收起义还是湘南暴动的，也不论是萍乡、水口山的工人还是平江、浏阳的农民，以及被收编后的绿林豪杰，当年沿着崎岖山路洒下的汗滴都已凝成槲树叶上的露珠，映射着世纪的一轮清月。

是一轮清月。这里白天有白天的气魄，夜晚有夜晚的意境。我在井冈山只住了两个晚上，没有去逛热闹的集贸夜市，也没有去挹翠公园的露天舞会，只是徜徉在那些最能唤起对往昔缅想的所在。走着走着，又来到了白天已经瞻仰过的雕塑园，更是别有一番感觉。那汉白玉塑身的贺子珍，在月光映照下显现出一副清凛的风姿。手执望远镜的彭德怀，趁月色当可射视透穿 20 世纪 20 年代至 50 年代 30 年间烽烟雾幔，却不知能否洞见个人后半生命运中的跌宕风云。又见那王佐、袁文才，那黧黑色的造型，在月光下更衬托出鞍马劳顿的仪态和出身绿林的性格特色……

清辉之下，心心可鉴，人虽作古，神形如生。

尽管在夜晚，位居山顶的井冈山市也很热闹，那夜市的熙攘，那挹翠公园露天舞会的乐声，悉能听到。却唯有这雕塑园完全是静谧的，好像时间从这里流过也要驻足停留三分钟。

次日午饭后，我们乘车下山时又从雕塑园门前经过。我想再与这些井冈山根据地的开创者和战斗者告别。留给我的最后一个影像是：塑像的神情似乎在相互询问："曾记否，同志哥在一口锅蒸过红米南瓜?"回答当然是无声的，但园周树丛中那叫不上名来的翠鸟却抢先作出了有声的回答：记得，记得！……记得！

翠鸟的鸣声是祥和的，令人足慰。我离开了井冈山，但雕塑园的群像仍矗立在眼前：这是革命领袖毛泽东和他的战友以及最早期的红色战士永久的聚会；这是历经艰辛终获胜利的远征者不朽精神回归的故地；这是伟大奉献者们最安适的家园，也是后世瞻仰者取之不尽的思想和艺术的源泉。

车越往前行，路两边的地势越来越平，这意味着我们离井冈山区渐远，离市区的所在地茨坪更远。司机同志似解我意，他停下来，分明是让我回头再望一眼井冈山。我感谢他，深情地回首凝望，井冈群峰在下午的阳光下更显雍容。也不知怎的，这时我觉得整个井冈山就是一座史无前例的雕塑。难说是出自造物的巧手还是革命创业者的精心杰作？也许都有：这座特大的雕塑无疑是自然美和革命创造精神最完美的结合。

1999 年

阿里山和日月潭

很长时间就想写一下我亲历的台湾名胜阿里山和日月潭，却又迟迟没有动笔，原因是如果就广袤的华夏大地而言，类如阿里山和日月潭这样的地方，换言之，这样等级的风景名胜应该是不在少数，但阿里山和日月潭肯定具有其他地方不能取代的特点。那么它们的特色又表现在哪里呢？这就是长时间以来我在思索并逐渐明晰之处。

说到阿里山，它不仅是一座山峰，而是哩哩啦啦的一系列山脉，一般海拔高度在2000米左右，位于台湾中部偏南的嘉义县阿里山乡。当时我们一行人是由台南乘车自低而高蜿蜒而上，沿途山壁险峻、俯瞰右侧幽幽空谷的地段不在少数。但一旦登至景区相对的平坡，则秀色突然展现出来，使人目不暇接。不说别处，单在下榻处的阿里山宾馆阳台斜观时，密林之间的狭径隐着点点碎花，意境深远；再直观下方，层层叠叠的石崖造型奇特，如长盆似的圆钵，同样是托着各色各样的奇花异草。再往下瞧，弯曲起伏但平整洁净的山间公路纵横交错，偶有一两辆小汽车驰过，显然也开得小心翼翼，保持着周围环境的应有沉静。

一列小火车从层崖上轻声驰过。据说终点就是观日的地方，那是我们明天的日程。这便引出对阿里山的全面评价，也就是它的景观和设施的特色所在：包括日出、晚霞、云海，更独特的是它遍布的森林和轻便优雅的小火车。为了明晨的观日，我们一行人一宿都没有睡踏实。天不亮，我们就一骨碌爬起来齐集宾馆门前，及至上了小火车，似乎仍在蒙眬之中。其实，在未达目的地之前，心里仍在犹疑，大半生中看了许多日出：海上日出、泰山日出、黄山日出、长江轮船上观日出，这阿里山观日有何令人惊异之处实未可测。及到了观日岩，于忐忑之中，朝日如约来见。其情景，简言之可分三个层次，一个是“弹”。真个是弹跳而出，于你不经意间，令你目不暇接，仿佛还带着几分顽皮，故意逗你似的。二是“滴”。当它稍稍跃上一个高度，便觉猛然间涨大了一轮，接着是淋淋漓漓，酣畅不止地滴着金液。给人的感觉是，经过了一夜充足的休整，它秉有无穷的精力，纵身抖擞几下，便使大海蒸煮得沸沸腾腾。三是“照”。当它抖擞够了，淋漓掉多余的杂质，便显得清爽圆润，出现在我面前的是一面硕大的铜镜，直面着我们，那神色颇有几分温柔。虽然我们中谁也没使用过铜镜，却总觉得它能照见我们。我一时不知这种感觉是出于人们此时此刻的心情，还是与我们观日的独特位置有关。当我们完全恢复清醒之后，仿佛才恍然明白：这是我们第一次在祖国最东面的一个大岛上，冲着太平洋的方向看太阳初升啊!

归途坐在小火车上，感觉中速度比来时慢多了，使我们能够从容地观看车窗外那变换着的高低起伏的景色，可以说是几乎不重样的新鲜。不知怎么，它使我联想到小时候在庙会上看“拉洋片”，真的，有一种返璞归真般的新奇与安适。

这天下午，我们循传统的旅游路径去赏樱花，深入山间森林。关于樱花，只在北京天坛看过几株，去日本时因为未赶上季节，没有见到花开。此次在这里可谓大饱了眼福，真是上下左右都属于樱花的群落；而且树株花簇形貌并不尽同，但总的感觉是红为其筋，白为肌肤，看得多了，有点儿扑朔迷离之感，真是“不知腊香欲何往，却见粉阵似迷魂”。

再往前走，终于脱离粉阵，但觉丛树参天，尚未到日暮时分，周围却倏然暗了下来，始知已进入阿里山茂密的林区。这里的树种主要有台湾云杉、红桧和台湾扁柏及刺柏等。其中千岁桧为群桧中的老祖，株高40米，树龄足有2000岁。另一株日光武桧，已逾2300年矣。林区沿途也是景点不断，诸如阿里山神木、姊妹潭、受镇宫等。还有造型各异的小卖部、小吃店等。我倒不觉得后者对整个景区是一种伤害，倒是增加了一些人性化的生活气息。当时我就在想：进入幽深的林区，光线如此暗淡，却丝毫感觉不到肃杀的气息，除了气候比较湿润，不似北国的丛林中寒风呼号冷瑟逼人之外，也与这种辅助性的生活点缀有关。看来任何整体布局谐调与否，都必须因地制宜，不可一概而论。

回到下榻处天色已晚，我们不约而同地登上宾馆楼上平台，见那西天晚霞，漫天红匹中舞着金丝万道，仿佛在缠绕着那欲落大海又恋恋不舍的夕阳，但终于挽留不住，万道金丝又渐渐隐逸，红匹又随之泛紫，接着便凝定不动了。从早到晚，阿里山为我们展示了它的绝技，我们也陪伴了阿里山整整一天。祖国宝岛的景色果然非同一般。

紧张的日程安排，又一天早晨我们即转道日月潭。日月潭地处南投县境，车行大致呈由高而低趋势。以前我曾听到一种说法，说日月潭是人工挖成，其实完全是误传，它正处于宝岛中部浊水溪支流上，地道的天然湖泊，是玉山和阿里山间的断裂盆地积水而成。湖中有小岛，以此区分为日潭与月潭，海拔726米，水域面积近八百公顷，比杭州西湖约大三分之一。未来前，也听到两种截然不同的评价，有人说风景绝佳，好得无法形容；也有人说“极一般”，如以祖国大陆类似景点相比，就不算什么，当然在台湾省来说是顶尖的了。及至亲临其境，我认为这样的比法同样是不精确的，与哪个湖比？杭州西湖？北京昆明湖？武汉东湖？抑或是……庐山上的如琴湖等，都不一样，很难简单地区分高下轩轾。仍是这样的话：凡是臻于上乘的风景名胜，与人一样，各有各的美，各有各的风致。

那天我们到达湖区时，始终是细雨迷离地下个不停，但丝毫不影响游览。纵观湖上，小岛两边湖面轻舒，幻觉中如一只飘飘欲飞的巨蝶，那被细雨梳理的空间，犹如蝉翼般的透明中又有朦胧。但周边的山峦托拢着湖岛，便使这只“大蝴蝶”终于不能飞起，只能供游人们平视品享。

小雨也给湖区营造了更加静谧的氛围，使人能够完全以一种沉静的心情来概括眼前日月潭的特色。我总的感觉是：它高雅中又不失亲切，温柔中又富于人情味，舒展中又有一种得宜的规范，整体紧凑中又绝不窄狭。可谓是：“亲切无狎秀且雅，人居仙境仙亦人。”

这时，我回头望去，对面商棚罗列，人头攒动，尤其是来自中国内地的游客，竞相挑选各自中意的台湾小商品。但热而不乱，多而有序，与对面湖面山色相互映衬，亦蔚成景观。此点，我同样不认为是整体景区的赘瘤，设想，如在这雨天，只有孤岛水静，岂不太清寂了些？

当我们即将离开湖区时，东道主又安排我们来到附近当地少数民族开设的茶室。这家茶室看来已是个老字号，墙壁上悬挂的陈旧的老照片分明告诉说：当年蒋氏父子、宋美龄以及其他政要如严家淦、孙运璇等都来过这里。茶室老板母子二人接待甚殷，并由着民族服装的少女当堂表演民族舞蹈，也欢迎客人加入。舞步看似简单，但达到熟练程度、好看动人也并不容易。随后当主客落座品茶时，茶室主人身材高挑的儿子兴致勃勃地告诉我们："过几个月我就要去北京了！""是第一次吗？""是的。第一次！"语调极为热切。

看来，不论是路途远近，只要情真，便如在咫尺之间。

2007 年

袁崇焕无韵歌

一

袁崇焕：

三百多年前的历史曾经呼唤的一个名字，抑或是这个名字在呼唤历史。

呼唤那片被铁蹄践踏得破碎了的历史，呼唤那被硝烟模糊得面目全非的历史，呼唤那备受屈辱而又不甘屈辱的历史，呼唤那被扭曲而仍在拼命挣扎的历史。

他站了出来：

从闽西北邵武县衙惊堂木声中站起来，从父老北望的忧患目光中站起来。

当封疆大吏尽皆股栗拱手请降的时刻，当辽东名将迭遭败绩敌焰正炽的时刻，你站出来干什么？难道你不知道自己只是一个官微职卑的六品县令？

你毫不理睬一切睥睨，也似乎对世俗的嘁喳充耳不闻，携请缨印信，大步登上宁远城楼，一炮将不可一世的努尔哈赤打下马来，威慑皇太极竟至仓皇失措！

兵还是那些兵，饷还是那些饷，身后仍是那个朽如槁木的明王朝，面对的仍是那伙杀红了眼的后金骠骑恶煞，为什么，为什么你一来，形势就顿时改观？为什么你不但不怵，还试图将拟就草稿的历史重新改写？

古人云：文以气为主；作为一支军队，一个真正的人，又何尝不是以气为主？

人！！！

二

对于古人，也不是一种声音。

有的明公评论家站出来发言高论：袁崇焕尽管大智大勇，可惜用得不当，殊不知明皇朝暮霭沉沉，清王师杲日东升，袁崇焕不识时务，以卫护腐朽生产力代表而抗拒先进生产力，岂不是逆潮流而动？

什么？什么？

哦，明白了，他是在为古人深表惋惜：如是明智之人，倒戈随清，岂不博个封侯之位？

荒唐！如袁公地下有知，当挺身破穴，指斥这类明公引路人。

明王朝固然腐败透顶，清军难道就是仁义之师？疯狂掠夺，恣意践踏，难道就是先进生产力的代表？

袁崇焕那颗心是一个发光体，他所率的那支孤军奋战的军队是一道新长城，在这颗心和这道长城后面，是食不果腹衣衫褴褛的平民百姓，是荒旱经年奄奄一息的田禾。

当不少同僚都俯首哀恳，露出奴性本相时，他以大炮发言：此路不通！

不能要求他不打着忠于皇帝的旗号，假如不打，恐怕他最亲信的部下也会把他诛杀。历史的悲剧也正在于此。

痛哉！

三

善者未必善报。

袁崇焕以其丰功伟绩之身反遭碎尸之祸。

固然是由于崇祯听信了清方散布的所谓通敌谋反的谣言，可是，真正的祸根究竟在哪里？

虚弱与凶残是孪生姊妹，崇祯是这两种心理的杂交胚；猜疑与阴逸一见钟情，崇祯与多尔衮既是死敌又是恋人。

统治者只是利用忠臣良将，而永远不会信任他们；他们真正信任的只能是佞臣阉党，扭曲的心理最需要畸形人的谄笑来滋润。

袁崇焕与其说是死于最残酷的凶器，不如说是死于人与人之间可能有的由极端妒恨导致的虐害狂。

他碎尸了，却恰恰又最后完成了自己的形象；他作为用来呼吸的一息终断了，但胸中秉有的那股人间正气却冲天而起。这样，便使他能与文天祥这样的志士仁人在高天烈云间握手。

凡能以浩然正气感召人心、启人前行者，当然也应是先进生产力的代表。

历史上这样的人也许很多，但从另一种意义上说，又太少了！

1887 年

中原正气

平川田畴，麦苗临霜，西望远山，呈屏障之势。京广国道大干线贯通南北，黄河横流下方。尽管新楼矗起，电塔破云，现代化建设节奏加快，但我的鼻息间仍感受到习习古风。端的中原大地风水，浩浩乎一派古今正气！

黄河南岸自不必说，单就北岸新乡至安阳一段，史迹比比皆是，大地之子在这里演出过许许多多或壮烈或哀痛或令人感叹的长短剧。新乡近郊，有殷周之间牧野大战的场地。周武王姬发“吊民伐罪”，驰驱战车劲旅，渡黄河，越邙山，直逼朝歌，促成殷奴隶军反戈一击，摘星楼上一把火，暴虐与豪奢俱顿时灰飞烟灭！此处还有比干庙，在一小村头，庙宇古朴，但保存尚好，“无心菜”的传说在此家喻户晓。且不论“苦谏”是否含有愚忠成分，客观上总归利民，其情也挚，其势亦正，数千年间凡有良知者始终推崇舍生取义之正气。从这个意义上说，也可谓“庙小正风盛，人寡古柏多”。

北上汤阴，有羑里城在焉。昔周文王被殷纣拘留于此，虽经数年矢志不渝，传说所演周易直至今天仍是热门课题。传说也好，真事也罢，这位姬昌老先生的气节和毅力毕竟不差。被拘禁失去自由仍自信事业必兴，潜心蔑敌观其必败，这又为古今为正义事业恪守信念的一切人提供了一个不多见的先例。

羑里城地处一高阜土台之上，有古松柏多株，鸟雀声喧，愈觉其静。目下施工正紧，不仅为旅游业所需，亦为海内外对周易有兴趣之士瞩目之焦点。此际我不由在想：如当日环境如现在一样优良，那姬昌老先生不仅不是囚徒，更似高级疗养院中之佼佼者。但恐怕那时不会如此轻松吧？个中细味，已无可考，只有松柏的祖辈可为旁证。

汤阴地面上最堪自豪的是岳飞庙。汤阴是岳武穆的故乡，在此地建庙是他“平反”后父老的一致心愿。此庙历时数百年而未倾圮，今又修葺一新。只是岳鹏举的塑像由旧时的王者着装还原为将帅风采。院中碑石林林总总，自明以降，迨清、民国以至当代，多为官员、学者和书法家手笔；我无法考证数百年前这些题词和手书者究竟有否岳武穆情操，胸中正气究有几许，但既然慨然命笔，至少最终得承认正风终必将列入历史之正位，而奸邪无论如何不可一世，终不能为其“歌功颂德”。当然，或许今日有这样“新潮”牌智者，会嘲笑岳飞迂腐不识时务，或许会以“现实主义”的享乐观欣赏那跪着的秦桧和万俟卨在当时以长寿而终，一为65岁，一为74岁，超过岳飞近一倍的阳寿，而且享尽人间富贵，是一百个合算的。但殊不知堂堂岳武穆的计算法却不是这样的：尽管只留在世间39岁，但正气长存，能昭示后世、启人奋进者，当视为永存之生命。否则，历史何以有脊梁？如果是非正邪混淆，人间正气何存？诚如苍蝇麇落英烈口鼻，恣意嘲弄，岂不痛夫？

再往北，安阳小屯殷墟则是另一种感觉。这里虽有昔日奴隶主穷奢极欲遗下的阴影，也有奴隶被杀殉的令人发指的痕迹，但毕竟是人民在创造历史，人类文明在劳动和探索中辉耀着大地。甲骨文是这里最值得矜夸的见证。它记载着不仅有阴晦和哀伤，也有正气浩然的伟业。这里不能不提到我的山东老乡、福山王懿荣老先生。这位清末的著名学者、国子监祭酒在一种偶然情况下确认了甲骨文的价值。稍后在八国联军入侵北京时，以一介儒士之身，毅然组织军民奋起抗敌，最终举家壮烈殉难。他虽不是中原人，但有甲骨文一缘相牵，将其列入中原浩浩乎正气一派，亦当粲然增辉。

而今中原大地，承先贤之风范，秉大地之正气，右挟太行，左挽漳水，京广线作为中轴脊椎，振起腾飞的翅膀。在改革开放、振兴国家的大业中再现历史风采。今日正气之风，必将高扬爱国主义、集体主义和社会主义大旗，使一切残花腐叶沉落于沟壑，使一切阻挡中国振兴的邪恶势力永远不能“万事如意”。

此刻，我不由想起文天祥《正气歌》开篇的几句：“天地有正气，杂然赋流形。下则为河岳，上则为日星；于人曰‘浩然’，沛乎塞苍冥”。虽然过了七百余年，仍觉激荡人心。“正气”也者，时代不同固然具体内容有别，但内质依然。正气者，亦即人间正道，天地间之精魂，古今一脉相通；中间或许会有曲折，但正气终不会泯灭，有如京广线上奔驰的列车，目标在前，虽风雨如晦雷电交鸣亦秉其伟力，长声鸣笛。我在列车中，正构思此文，闻汽笛声忽有悟，断然命题曰：“中原正气”。

1993 年

浩浩乎江流

已经过去四十年了，江桥的钢架上仍是累累弹痕，分明是飞机上的机关炮打的。我小时候在解放区老家亲历过这种场面。弹头也许并不很粗，但带着灼热，带着虐狂，却能将很厚的钢板戳成一个个不规则的裂洞。但桥还在，时不时地有火车和运货汽车隆隆荡过，使人自然想起当年那条炸不烂打不断的钢铁纽带。岁月何其匆匆！

也付出了沉重代价，这是毋庸讳言的。就在这条完整的铁桥旁边，原来那座桥只剩下半座，而那一段，被当年的侵略战争贩子带进骨灰盒里了。那余下的一半，却成了永难抹去的见证——侵略者将战争强加于和平人民，人民则以有力的抗击赢得了战争。

鸭绿江水日夜浩荡不息。在丹东这边的江畔公园里，杜鹃花和丁香花竞相开放。杜鹃花艳而不香，其色昭昭，其味深隐，令人不知其味而更寻其味。丁香花朵虽小而香溢四外，质高不在形大，味浓更兼凛正。这两种花品，与这丹东，与这江桥，与这浩浩乎一脉江流，相得益彰，互为映衬。花品、人品、地品融合得如此和谐。格高花不媚，水畅江自清。

江对岸，友好邻邦新义州市静谧而安详。造纸厂的烟囱岸然笔立，厂房栉比。更近处，是一个少儿游乐场，有三五阿姨携引群童，嬉戏于江边。我记得，当1950年岁末，美国飞机狂轰滥炸，新义州一片火海。人民终能在废墟上矗立起新的希望，矗立起人间一切美好的东西。

我在当地朋友引领下溯江东去，去追寻那过去的屈辱与光荣。屈辱是苦涩的，但“知耻而后勇”，不知耻者犹如噩梦中寻欢，以块肉论斤两，其乐亦悲！真正的强者应知耻，应敢于面对哪怕是往昔遗下的屈辱的印迹。九连城的山，瑷河的水，都不曾忘记：1894 年甲午战争中日本侵略者对中国军民的残酷杀戮；1904 至 1905 年日俄战争中，强盗们在中国的土地上进行厮杀，真正倒霉的仍是无辜的江畔中国百姓。贫弱赐给人民的只能是屈辱，知耻而自强，带来的便是山的崛起，水的欢笑。

我惊奇地看到：辽东的山川地貌是如此不同凡俗：岭不甚高而嵯峨多绿，水不湍急而清澈有鱼。在这里，所有俗谚旧文似乎都要赋予新义：“山不在高有仙则灵”，应为山不在高有树则富。满山遍岭尽披带雨梨花，犹如山野村女佩上满头珠翠。“水至清则无鱼”亦不可作绝对观。这里的鸭绿江支流水清见底，雾绕似梦幻，有群鱼穿梭，且为名品，令远来生客啧啧称奇。

这里空气清新，纵有风来携香只能促人清醒而不沉醉。也许此地秉山川之秀又管理有方，故而少污染。看来，严重的污染往往与邪风相狎，清雅不媚常常与正气相伴。

在宽甸县境，我观瞻了明长城东端遗址和太平湾水电站。如果说前者完全是属于过去，是一种防御的象征；而后者则完全属于现在，是为众人奉献的真正福星。为人者，如毕生不能对世有奉献当视为浪费；为江流者，如能发电则更见其辉煌！

回程西向，在丹东鸭绿江桥旁意外又发现了一艘退役的扫雷舰。这是我人民海军赠给丹东人民的礼物，供青少年和广大游客观览。当年，这艘不大的舰只在南中国海西沙之战中鏖战终日，击沉南越伪军舰船一艘并击伤数艘，大扬了军神国威。这与甲午海战中大东沟的一曲悲歌正成鲜明对照。一昔一今，一败一胜，足以发人深省，促使我军将现代化水平推进至必要程度。时不奢予，怎能不急起奋进！

我伫立东沟海中大鹿岛上，凝视海面波光迷离、鸥鸟旋飞，似在凭吊至今仍沉没于海底的“高升号”和数百名殉难的官兵。大海此时悄然无语，而历史老人和久沉海底的官兵却从未闭上眼睛。他们都渴望国之振兴，欣慰地注视着迎面而来的改革大潮。

江海涌流，串起了多少往昔的故事，今日的波光，串起了九连城、大东沟以至太平湾水电站、丹东首届东方丝绸节。浩浩乎江流，源头为冰雪所融。情操出于洁身，故能一派正气，坦荡自如；净心无私，故能纵身入海，义无反顾，信焉！

1993 年

又逢“甲申”

六十年前，在当时的抗战大后方——山城重庆，作为诗人和历史学家的郭沫若，经过深思熟虑，在文思涌动之下，以长江和嘉陵江水研墨走笔，潇洒间，尽显郭体书法之妙，此文题为，《甲申三百年祭》。因时当农历甲申，距李自成进入北京的甲申年恰已三百年矣，文章面世后，引起很大反响。传至延安，震响了宝塔山塔铃，毛泽东特批为整风学习文件之一，以警示全党同志从李自成终致失败的结局中吸取应有的教训。当然，在国民党政府的“陪都”重庆的反响也不啻为一场小小的地震。那位据说癖好骂“娘希匹”的蒋委员长，指令御用报纸对郭文大加讨伐，指斥为含沙射影，借古讽今。其实，以今天的眼光来看，不论郭文的初衷是怎样的，老蒋和他的御用工具基本上是神经过敏，二者是风马牛不相及。因为无论从他们的来历还是政权性质看，李闯王的大顺朝与蒋家王朝都有很大的不同。用一种形象性的说法：委员长的礼帽与李自成的毡笠儿，怎么也互换不到对方的脑袋上；大顺王的雪青马纵然能够日行千里，也赶不上蒋氏夫妇的“美龄号”专机。

三百年去已矣，闯王自然读不到三百年后的这位大学者的文章。假如有魂灵的话，李自成此时也只能在湖北九宫山的树丛间沉思：为什么他亲手掀起的那场狂飙，竟来也速去也速，恍似一场噩梦，留给后世多数人的并不是那么轻松愉快的回味。最初是非同凡响的：陕北的一介脚夫，竟敢言造反，直指大明皇朝；三十岁继为闯王，该是何等气魄！中经几多血战，几度近于湮灭，又能死灰复燃，仅余数骑数十骑却旋即扩至万众乃至数十万众。1644 年（农历甲申）春自太原直捣北京，所经之地，除了不识时务的周遇吉与宁武关一同“玉碎”，其余关隘守将都似泥塑面捏。在这一不长的过程中，闯军又可谓给了“摧枯拉朽”这个古老成语加了新的注解——在汹汹洪水的威势面前，任何高大的城垣无非是多米诺骨牌，紫禁城内那个“真龙天子”崇祯，刹那间，也落地还俗，在歪脖槐树上自断气脉。这一切，似都发生在恍惚中，一切都颠倒得使孔圣人也目瞪口呆。然而，新的大顺皇帝的龙袍还未及做，金銮殿的龙椅也还未及留下改朝换代者的体温，时势又訇然逆转：闯王的军队山海关一战失利，犹如大堤溃决，兵的洪水倒转向西仓皇流去，只是其势不再那么汹涌，波浪无形。也怪了，此时距闯王进京之日才四十余天，难道历史故意给“永昌”年号开了个天大的玩笑？多年来我一直在想：为什么兵还是那些兵，帅还是那个帅，因何忽然不在状态？因何就找不到往日感觉？自出京之日起再也压不住阵脚，再也组织不起一次像样的反击战。这到底是为什么，为什么呵？多年来纵有不少明公解惑析疑，我却未尽释然，相当长的时间里，仍在闷葫芦里搔头。

其实不只是郭老，多少后世大腕，多少戏剧等作品，总是以后人比前人高明的宏论与卓见，透析三百年前的这段盛衰兴亡，但大抵未出《甲申三百年祭》的框架。无非是，大顺军进京后迅速骄傲自满，纷纷然昏昏然，将相腐化，士无斗志。主将刘宗敏霸占吴三桂的爱妾陈圆圆，激恼山海关前线的吴三桂一怒献关，引来清军骁骑入主中原。对否？拜服拜服，一百个正确！骄纵致败，腐化误国，天经地义的至理。不然为什么一代伟人毛泽东反复强调："我们不做李自成。"随后进京"赶考"，公正的历史考官果然给了高分。

如今又是一个甲申轮回，三百六十年前的痛切教训，如日月江河之光，常常折映出李自成饮恨九宫山的悲剧。这当中，虽有好心者为了安抚后人，造出一个湖南石门夹山寺奉天玉大和尚，说这就是李闯王的化身。此说不仅受到许多专家的质疑，认为缺乏经得起推敲的有力依据。我在想，恐怕就连李自成本人如地下有知，也会在草丛间连连摆手：不不，宁可惨败也不自欺欺人，惨败尚可给人以裂骨的刺痛，给后世以警醒；而安慰无异于在伤口上撒糖，甜得使人傻笑，心尖滴血。无论如何，李自成还应是一条汉子，不致做出这样徒然的选择。

已有的就是最后的完全的结论吗？是否已没有讨论的余地了呢？不然，恐怕未必像剪尾巴那样斩截一丝未剩。须知世事犹如一柄三尖两刃刀，纵然三尖都已见血，两刃也许还裹在雾里，有时单一的公式很难完全破开十分复杂的课题。在大的原则和条律之下，最好再作更具体、更切实的观察。譬如说，胜与败仅仅决定于首领的清、浊吗？不一定如此。在这方面，李自成绝不比刘邦、朱元璋之流更耽于享乐。为什么要提起这两个宝贝？因为，他们两个同是在秦末和元末人民大起义浪潮的基础上登基的开国皇帝，然而他们都成功了。所谓的"成功"，就是都做稳了皇帝，而且延续了数百年的个人皇家基业，当然就没有落得李自成那样的结局。如以清、浊而言，难道他们比大顺王更"廉洁拒腐"？还是因为他们的将帅没有"男女作风问题"？今人谁能回答得一清二楚。能回答的只有咸阳未央宫的废墟，还有南京明孝陵石人石马的一脸苦笑。许多人谈问题常常习惯于单刃出手，攻其一点两点，有时为了需要而定题，以达到立论的目的。在下愚钝，但在接受了多年来已有的结论之余，又别有所思，至少有如下几点——

一是不可忽略他们面临的不同环境和条件，这也是一种排列组合。如：刘邦的对手是年轻气盛恃勇乏谋的霸王项羽，朱元璋面对的也是比他相对简单的草莽张士诚、陈友谅之辈；而李自成的对手却是波澜迭起，强中又强。开始面对的是明朝军队，明军貌似强大，又有孙传庭、曹变蛟、周遇吉等并不含糊的将领，正因如此也给闯军造成了一些麻烦。然而，大明朝毕竟已呈日薄西山之势，强弩之末虽还不到“不能穿鲁缟”的地步，也还是渐成颓势，以至不支。然而，最不利的是李自成前门伏龙还未及喘息，后门又抖擞出双料恶虎以十倍的疯狂扑来！憋足了劲的清首领早已垂涎太和殿的龙椅，自小粘在马背上的八旗骄子一个个都箭在弦上；加上吴三桂这支养精蓄锐的复仇军，给大顺军造成了强大的压力。李自成的毡笠儿好歹挤掉了大明朝的末世皇冠，但在清军骁骑和姘靠他的吴军夹击之下，说得客气点是有些不适应，说得干脆点就是非常吃力。因为，战争毕竟是实力的较量，强弱的抗衡也不单是战术运用如何了得！最不应忽略的就是实力对比。在这之前，闯军毕竟没有和清军骁骑交过手。我们不能因为二百年后清八旗军在列强洋枪洋炮面前是豆腐渣，就仿佛觉得在 1644 年他们也是那种窝囊。用毛泽东的一句传世名言形容，无论在明朝军队和大顺军队面前，总的说来他们还是“真老虎”、“铁老虎”。要不为什么曾给闯军造成很大麻烦的洪承畴、曹变蛟、祖大寿等明军将帅，后来都栽在清军手上？（在这之前袁崇焕是一个特例，自从崇祯害死袁以后，明军几乎再无胜绩）用一句老百姓最通俗最好懂的话就是“打不过”。既然明朝军队打不过，难道就不许李闯军打不过？打不过就是打不过，这是实在没办法的事，不能因为谁打不过谁，就一律判定赢者是正义一方，负者就是非正义一方。三百六十年后的今天，老美打这个打那个，而且总的说来都打成了，我却也看不出它正义都在哪里！多少年来，有不少明公指责大顺方在统战问题上有大失误，除了陈圆圆外，还极大地难为了吴三桂的父亲吴襄。这些无疑都是这个农民政权的目光短浅所致。不过，从另一方面说，也必须充分估量那个反复无常、嗜色如命的吴某，这个典型的小人纵然一时归附也极靠不住，稍有风吹草动必然就会反水。狼毕竟不同于狗，永远是一个养不熟的小祖宗。

二是要看首领的不同经历、性格和素质。很显然，地道的陕北脚夫怎能和泗上亭长相比？米脂汉子又岂能与凤阳痞子同流？论“心理素质”，李自成肯定难及那个声言别人烹其父他也能跟着喝汤的主儿刘邦；论本真性情，他身上还有较多的黄土气息。不然，他怎么可能布衣芒鞋上殿？应该说，与庄户人和普通兵丁相处，相对淳朴也许是一个优长，但作为皇帝，如此反倒缺少了一点权谋与诡诈。遗憾的是大顺王没有手机，不然我可以与那个世界的他来个电话采访：实话实说，您当皇帝可称职？准备可够充分？你那班宰相、谋士牛金星、宋献策等人，不过是失意和投机的举子和占卜术士之辈，类如“十八子主神器”的号召力和吸附力的寿命还有几何？人们与刘邦、朱元璋的谋士张良、刘伯温等人相比，恐怕不是后来者居上，反而很差了些档次。其实，刘、朱他们在逐一剪除对手的征战中，已基本完成了做皇帝的条件和必要准备；而李自成却不然，应该说是还没有完全摆脱在长期流动中的积习。过去的统治者和士大夫蔑称其为“流寇”，当然是出于他们的偏见，但在将要进入京城时还没有做好执掌全国政权的调整，仍然是简单的冲冲打打，或者是“黑瞎子掰棒子掰一穗扔一穗”，那就无法应对改变了的新局面，恐怕就只能是流动而进又流动而出。造成这种情况的有领导层的品性和素质问题，在很大程度上更有智慧、权谋和能力的不足。

三是“运气”。恕我直言，自成后运不济。运者，势也，并非虚妄的谶言。譬如说，许多主观因素和客观因素的交叉与背离，乃至偶然性也会导致福祸颠倒。拿现在的话说：一个烟头能使高楼大厦尽成火海，但如碰巧有只大脚踩熄这个烟头便可转危为安。又譬如说，李自成太轻忽了山海关之战（在某种意义上，这是决定命运的一战），在主观上仓促应战是一回事；还有偶然因素，面对春天的沙尘暴大顺军也不占先机。当时清、吴军在北，而闯军在南，北风迷眼倒霉的主要是他们。这种倒霉的偶然性虽不是决定胜负的本质因素，却也不能说是完全无关紧要。三百六十年过去，到底是怨天？怨地？还是怨他们自己？……

无论如何，不仅从李自成和他的“大顺”军致败的道德因素方面，也从实力、能力乃至性格方面全面加以审视，对于警策后世也许更全面、更切实，更有效益。对否？

罢啦，看三国掉眼泪大可不必。今日评说“自成”搞不成，成了又该如何？大不过又多了个不长不短的王朝，反正中国的封建帝制绝不会到他那里终结。

“我们不做李自成!”明智。不仅是不做坐不稳龙位的李自成，也不做坐稳了龙位的李自成。记住“甲申”，不仅以腐败误国为训，也以封建王朝某种阴魂不散为训：君不见如今文艺作品中的清皇朝情结，辫子膜拜，风靡了屏幕，一色的“天子圣明”。难道说不成功是遗憾，失败了全都是教训；而成功了就欢呼，胜利的一方都是佳话？明正德皇帝狎民女李凤姐、清多尔衮与其嫂孝庄皇后，如今在舞台和屏幕上就是佳话。如果真是这样，那可是典型的成败英雄论。其实只要封建制度没变，成功了也无非是一人得势鸡犬升天，弄不好只是多几个挨烹的走狗韩信和蓝玉（后者为朱元璋的功臣大将）。说到这儿，我倒是多少为李自成的大将刘宗敏庆幸。正因为他们那个短命的大顺朝没有坐稳他才是这个结局；否则，他说不定不是死于败退中的乱阵就是亡于主子的禁宫之中。

从这个意义上说，也不必为哪个坐不稳而惋惜，或者为哪个坐稳了又破涕为笑。因为，充其量也只是在封建制度下的改朝换代而已。

公元2004年，又是一个农历甲申。我们中华民族，既不同于三百六十年前那个甲申，又完全不同于六十年前那个甲申。一个新的中国，雄姿屹立于世已五十五个年头。相信下一个甲申，将是一番更辉煌的风景。尽管我们不做李自成，但六十年一个甲申，今年又逢，毕竟是一个相当重要而且很有纪念意义的年份。可否以李自成陕西老家地道的西凤酒向南遥祭，请品尝这三百六十年后的佳酿，其味有何变化?

2004年

劝君王饮酒听虞歌

这是京剧《霸王别姬》中一段“西皮二六”的首句唱词，表现的是西楚霸王项羽被困垓下，已成四面楚歌之势，他的爱妃虞姬为了安慰他，劝其饮酒，由她舞剑助兴。实则这时她内心凄怆，知无力回天，清秋深夜，更觉悲凉。但此女深明大义，决意自殉，一曲《夜深沉》，奏出千古重情。

虞姬此人，有名字又无名字，想必是一个虞地的女子，此时正当妙龄。其夫君也很年轻，在京剧舞台上却是个大胡子，给人的错觉以为是上了一把年纪，其实按现在年龄段，还不失为一个青年将领哩。此公有绝对年龄优势，自称“力拔山兮”，虽未见他将华山扳倒，却将偌大的秦王朝挟在肋下又掼在就地，他打进咸阳，曾在阿房宫举火，烧焦了秦朝十五年，而他的美髯（如舞台上所表）却安然无恙。

这位妙龄女子随夫主征战，显然不是一只光会蹦来蹦去的金丝鸟，当然垓下也不是鸟笼，营帐拒绝“住别墅的女人”。她能在夫君一筹莫展时，微笑中抑泪舞剑，最后时刻饮剑香消，为使夫君免除拖累，以便轻骑赴江东再起。剑能断魂，情难断。

而在垓下，霸业在乌骓尾上飘走，人性却在马嘶中升华。那位曾有过“破釜沉舟”壮举的自负的“霸王”，别姬时刻也必有许多缱绻。我以为，此公以往堪可矜夸的功业不如此际的一首《垓下歌》：“力拔山兮气盖世，时不利兮骓不逝！骓不逝兮可奈何，虞兮虞兮奈若何?”今有人讥之为自嘲，我品之仍不失为慷慨悲歌。

当然，后人尽可评判此人的种种失误。如：坑杀赵卒二十万；鸿门宴失却良机；荥阳城功亏一篑，等等。也许后人总是比前人明白，却疏忽了最致命的一点：鲁莽终归玩不过无赖。

我总觉得：此人得之于年龄优势，又失之于年龄弱势：以三十岁的血气方刚对五十岁的厚颜老辣，便由强而转弱，恃勇者可叹！

倒是他身边的那个女子给人留下的印象更深。她未必有辅佐夫主成就霸业的强烈意识，却比历史上那几个有名的干政皇后更不使人觉得讨厌，如今在垓下（今安徽灵璧县南）有虞姬墓在焉。此墓是真是假不能验看，但史有其人是无疑的。见此墓冢再思其人，更觉非等闲之女流。虽然，她自刎以促夫君再起的用心未能实现，但“大义”可赞。

上述那句舞剑助酒的唱词在后，在这之前还有一段首句为“看大王在帐中和衣睡稳”的西皮南梆子，两段组成为虞姬在此剧中的基本唱段。我童年时在山东家乡跟票友学过，后来又随唱机学过梅兰芳先生的名唱，但至今也未得梅大师精髓之一二。

不过，毕竟是京剧使我开始认识这段历史，也结识了霸王项羽和虞姬这两个人物。这些，对我来说却是早于史书的。可见京剧的益处还不仅仅是一种国粹艺术的鉴赏。

为了“亲临其境”，不久前我专程去了一趟垓下古战地，夜车去，只呆一日，又夜车返回。相熟的朋友笑我“傻”。傻吗？看怎么说哩，只要是我愿意的，傻也高兴。

1996 年

殷墟的静

这里沉睡了几千年，沉睡着甲骨文，沉睡着有关鹿台、摘星楼、酒池、肉林的传说，沉睡着我们民族不可中断的令人慨叹与激动的故事……

如今我小心地来到这里，端的好静。鹿台不见麋鹿奔逐，摘星楼址不见星光落地。也没有酒池，只见留下的挖掘甲骨的遗坑；不见肉林，却有新植的片松和野生的花簇。同样也闻不到“式号式呼，俾昼作夜”的酒腥味，倒是空气异样的清新，鼻息间隐有松叶和马兰的幽香。

在宫宇一旁的空地上，竖立着书写着甲骨译文的“碑林”，演说着远古的当年的占卜、祭祀、狩猎以及风雨变幻种种；然而，却录不下当时“荡而不静，胜而无耻”的语声。

几座仿建的“大殿”朴重而庄严。夯土台基上竖起几根支柱，托撑起庞大丰实的屋顶。屋顶上苫着整齐的秸草，使人确信这就是几千年前的宫殿建筑风格。我在想：就在这块地面上，就在这里，是盘庚、武丁还是武丁的夫人（中国历史上第一位女将军）妇好曾经住过？还是纣王、妲己在此终日宴乐，观赏炮烙灼出油烟抚掌而笑？尽管这两位末日极乐者挖空心思，却也不可能想象出还有比这宫室更豪华的造型和设施。但相对朴素的居处并不妨碍那原始性享乐残酷的虐杀。

这里贵在真实，贵在有别于唐宋豪华建筑的雕梁画栋，贵在它不像北京的明清故宫。没有这种真实，就不会将人们引入那个特定的时代氛围。

这里好静呀，静得使你不忍大声说话，更不忍咳嗽。它离城市很近，却是另一个小世界。我几乎可以断定，它永远不会有北京故宫那么多参观的人们，恐怕也卖不到西安兵马俑博物馆那么贵的门票，但它的奇特的静并不仅仅取决于游人较少，更不在于门票价格还不够高，而是因为它悠远，它更不易捉摸，它还有许多揭不开的奥秘，包括那些甲骨碑文中尚未译出的字谜。

这里果然好静，静得就像殷纣王自焚后的烟灰，静得就像周文王演易时的聚精会神，静得就像中华民族的沉毅性格，静得就像中原大地重新崛起的非凡自信。

过去的殷墟，静得过于沉重；今日的殷墟，静得如智者多思，倩女凝神。

1993 年

感觉中的垓下

如果你是抱着奢望来寻找过多的古战场遗址的话，纵然不致完全失望，恐也不会满意而归。不错，这一带还保有一些值得玩味的地名，诸如“上马铺”、“虞别台”、“霸离村”等，但也多半是寄托着后人的悲绪，谁也没作过仔细的考证。不过，有一点是确凿无疑的，这一片地方就是刘项相争最后决战之役的场地——今安徽灵璧东南稍有起伏的平川地带。如果你不在乎玩赏风景，而是追索一种感觉的话，还是足够你体味一番的。

我忽然想到了“舞台”这个词儿。真的，这里也许没有产生过什么剧种，却是华夏著名的大舞台之一。距今两千二百零六年前那个秋夜，韩信威风凛凛的令旗，伴着张良绝版的箫声，变奏出一曲《十面埋伏》，至今在音乐舞台上仍盛演不衰。

我不禁想起梅兰芳先生的一段著名道白：“云敛晴空，冰轮乍涌，好一派清秋光景!”想来在两千二百零六年前那个夜晚的月亮是地道的“冰轮”；过于明亮，反有点令人发瘆。有时最辉煌恰恰是最晦暗。虽说作为四百年“炎汉”是皇朝风光的起点，但作为垓下决战的主帅淮阴侯（还曾被封为楚王和齐王）韩信而言，其命运已提前透支。所以，表面的胜者韩信和败者项羽谁都不是真正的赢家。

当霸王在乌江（今安徽和县东北）自刎的时刻，韩信的军事天才已发挥到极致；当君臣举杯共庆决战胜利的时刻，残酒溅地拼出一组密码——从淮阴无赖胯下脱出来的一位历史人物，又在不知不觉间走入泗水亭长的胯下。就在这时刻，惨剧与醇酒混在一起同时酿造。

最清醒的是张良，事成后轻装淡出，将大舞台甩在身后。但他也未必那样对世事充耳不闻，在此后的类似清秋之夜，也会透过洞箫的音孔，凝望着未央宫的血光。那是在垓下决战仅仅六年之后。据传韩信就死于桃木剑下。这是流传于民间千百年来的说法：当初汉王刘邦曾许下金口诺言，韩信是不能用钢铁等金属兵刃戕其身子的。那就等于说是：不死的韩信；也使韩信有了一个“固若金汤”的自信。吕后倒也恪守君王诺言，不用金属，而以桃木剑解决之。民间又有言：“钝刀子拉肉最难受。”此说如属实，淮阴侯的不爽之痛可想而知。谁说中国的封建统治者缺乏创造性？桃木剑的创意就很出色很奇特嘛。外国有达摩克利斯剑。中国封建社会有桃木剑。

一般史称：韩信是被吕后杀的。其实不言而喻，吕后敢于下手，早已从至尊那里得到了确凿无误的暗示，只是这样做更为策略些罢了。否则，刘邦焉能不震怒？

从一定意义上说，韩信也是自投罗网。自古以来从人性上说，凡自恃才高之士，总要寻找一切机会展示自身的抱负与才能，因而便择主而从之。类如韩信之辈，虽自负有将帅之才，善用兵或善筹谋，但天生并非能自立之主，不是故意不为也。在一定阶段之内，也许兵权在自己手中，但命运却不在自己手中，其结局可鉴。话又说回来，虽如此，毕竟也在风光的疆场上驰骋了几把，博得个史传留名。有如当今年轻人惯用语：“实现了自我价值。”不仅如此，与韩信有关的成语和故事，至今也还留下了几个，诸如“背水一战”、“胯下之辱”、“兔死狗烹”等。不论是以非凡才智和魄力得来，还是以屈辱与无奈而博得，总是一个“成果”，一般人能吗？

又回到垓下古战场上来，除了庄稼收割后略有起伏的平川而外，只有升起的几簇烟雾，却不是军旅中报警的烟墩，而是极少数农民图省事焚烧的玉米秸秆；还有近村之间两帮顽童相互扔石头瓦片对击“厮杀”。此时，无论是刘邦、韩信，还是霸王项羽，真正的赢家，似乎的胜者还是完全的败者，哪个也全无踪影。除了一、二专家考证者，还有我这样的没事找事的旅人，恐怕极少有人将眼前这片土地在自己脑子里贴上“古战场”的标签。累不累？

1995年

埋下去和掘起来的……

陕西西安周围的地面上有突起的帝王墓群，北京天寿山有地下宫殿，而我这次在江西九江附近，又看到了平民的“陵寝”墓群。它们大都在高阜台地之上，向阳矗立，一个墓群就是一个家族，中间那座最高大也最讲究，按现在的时髦说法是“豪华型”的。虽然没有清东陵的明楼那般势派，却也有着雕工精细的墓碑，有的还真的做成楼阁状，用各色彩漆涂染上耀目的光泽，据说这是本族辈分最高最有权威性的族长。在这老祖宗的身前身后，是他同在冥冥中的子子孙孙，好似众星护月，象征着家族的隆盛威严。这使我联想起唐太宗昭陵的建筑格局，周围也有他的子孙和勋臣。这里不过是缩小了的规模而已。

以上所描述的绝不是仅有的稀罕例子，在我经过的一段公路两侧，便发现了一个又一个，一个比一个更势派。

虽然这厚葬的墓群并非自今日始，在此地也是具有历史传统的。然而确是在大大冷落了一些年之后，近年来又有复兴之势。

一块块可耕的红壤在鼓乐和嚎哭声中被挤掉了，一个人死魂灵又在良木大棺和亲人的祈祷中复活了。

汉武帝刘彻和明万历皇帝朱翊钧等都是在非常年轻时就开始营造自己“驾崩”后的地下宫室，而在近世这块轰轰烈烈闹过工农革命的土地上，竟也出现了这样令人传为趣事的现象：一个干个体户发了点财的青年人，年仅三十就着手营造自己高标号水泥的墓室，做起千把元一口的上等棺材，以准备“后事”；另一位颇有些文化、未进“不惑”之年的有心人，也在请能工巧匠打镂他自己的墓碑，并且亲自设计碑文，铭刻着一生的“丰功伟绩”。当一个赤裸着身子、头上扎着“钻天锥”的顽童骑在水牛背上向这边张望时，他的背景恰就是那些平民的“陵寝”。我一时恍惚忘了这是即将进入二十世纪九十年代的今天，但当我再向前走去，看清那墓砖顶端雕镂的颇为时髦的图案时，便只能确认这是古风习习的当今赣水之滨。

更加奇怪的是，一边是修墓造棺，一边又是掘墓破棺。

当新的墓群刚刚成型，吹吹打打的哀乐随着落日的余晖消失，黑漆漆的静夜里一群拿着各种利器的黑影窜到附近山坡下的古墓旁，开始了他们贼胆包天的掠夺……

此地人常为本乡本土出了多少多少进士以至打头的状元而自豪。尤其是在宋代，由于政治中心的向南转移，文化熏风渐浓，名相贤臣、文人学士如江上波光，树海流云，层出不穷。而且还不止于此，亲王的封地往往也选中这倚山临水、九省锁钥的风水宝地。因此，地面上的古墓比比皆是，价值连城宝物的辉光也掩息了千数百年。

这一时期以来，文物贩子馋猫似的穿梭于城乡之间，灵敏地嗅着何处有出手的猎物。在愈来愈增长的贪欲诱使下，这些地下宝物成为铤而走险者垂涎的抢手货。

离此不算太远的明太祖朱元璋的儿子建昌府益王的墓群被掘开了。不管这墓营造得多么坚固，挖掘起来难度有多大，在挖空心思的硕鼠利爪下是无坚不摧的。淳河怀喜王朱常汭和他的妻妾墓终于被打开了，金银首饰多得叫盗墓者欢喜得眼里冒血，尤其是朱常汭头上那顶七梁王冠是三百多件宝物中的“王中王”。为了急于掳获财宝，三具干尸都被肢解扯碎，月亮惊心之余，也不忍细睹以薄云掩面……

在另一县，一妇女在偶然机遇下拣到了松土层中的玉戒指，发了笔小财，勾起附近村民的馋虫，村中“里正”带头，组成山中掘墓搜索队，凡能发现的古墓一座座地悉数被挖，一层层搜刮，揭开了一页页荒唐的掠夺史……

也有的够不上古墓，只因墓碑显眼，墓室造的讲究早有风闻，也上了硕鼠们的作业名单。但往往打开一看，陪葬物了了，虚有其表，却也不能空着“班师”，只要棺材木料好，改造起来够尺寸，便拆棺扬骨，拿回去打成家具，油漆一新，拉到市面，待价而沽……

呜呼！地上地下，死人活人，演出了这么一幕幕令人啼笑皆非的悲喜剧！

一面是埋下去，一面是掘上来。当然，埋下去的不见得就是掘墓者的先辈，作业者们也不一定是厚葬风气的奉行者。但会不会出现这样的巧合：有人用掘上来的财宝的一部分去换取厚葬父母的花费，再拿出一部分为自已准备“后事”？还真难说。他们既然敢于把无价之宝掠上地面，攥在掌心，也就不吝把上好的“六块板”木料埋入地下。贪婪与“大方”往往是一枚金币的两面，何况埋进去的毕竟只是掠到手的一小部分，一点点而已……

新的死人埋在地下，躺在蛮不错的平民“宫室”和散着松油香的棺木里，享受着在现今条件下可能有的荣光；而享受了千数百年的老死人又被扫地出门，碎尸扬灰，真是一个翻来倒去可笑亦可悲的小循环。

也许有人论点新颖：“埋着也是埋着，掘上来有何不可，死宝变活宝，要富大家富！”却不要忘了，掘上来的只肥了那些硕鼠们，既不会利于国家，也不会富了众人的……

一面是彻底的“不迷信”，不管是王公贵族，也无论是名士风流，只要有利可图，他们尽可以忍受霉味臭味，而要的是硬邦邦、黄澄澄、光闪闪的东西，绝不信也绝不怕什么鬼魂索命，坐立不安。

一面又是未扫除的迷信：相信尸首不灭便能到达另一个极乐世界，而且可以保佑子孙后代繁荣昌盛；还有人间很容易染上的虚荣病，先辈葬得豪华后人脸上也光彩。

一面是被扭曲了的“彻底唯物主义”；一面又是自得其乐的“彻底唯心主义”。

虽然迷信者和不迷信者，“彻底唯物主义”者和“彻底唯心主义”者多半并不同集一身，但毕竟都并存于同一大片风水宝地上！

新的墓群越来越扩大，红壤逐步被挤压，被蚕食，可耕地无声地在缩小；而被盗的“陵寝”尽管被糟蹋得不成样子，也不会荡然无存，其中不少有价值的古墓还需保存，仍然占据着原有的土地。

这里也有火葬设施，但有些人为什么就不去光顾?

所幸法纪的绳网已张开，正在缚向掘墓硕鼠们的利爪，但厚葬之风却不能诉诸绳网，那凭借什么予以革新？赣水依然长流，树影婆娑；匡庐秀色依旧，雾隙含颦。但江畔山下，墓群新兴，龙碑矗立，不仅毫无景点价值，看来是如此不谐调，不雅观！

我终于登上庐山，那些修成了的和掘起了的，暂时都看不见了，但见远远那座山头上，有一尊巨石酷似一个人的头像，有时我觉得他看着我，但当我要仔细看他，他又转了过去。

这个风吹雨剥万年不变的顽固石人。

哦，也在变化。瞧，他又转过头来了！

1988 年

另一种骨气与悲壮

——凭吊“许都”和崖海遗址所想到的

不知别人怎样，在我来说，也许年轻时向往的是炎汉盛唐的风光之地，古都西安及其周边一带，或是深受小说戏曲影响追寻中古不夜帝都汴京（开封）、洛阳之遗存风貌。然而，在长达二三十年的历程中，骊山华清池的余韵、兴庆宫的粉泪怨声也只是存在于想象之中，州桥的摩肩接踵之盛已沉埋于层层地下，大相国寺的香火亦非同昔日之情味……

究其实，所谓炎汉盛唐，更不必说是南北两宋，无不在某个时期表面的隆盛之下也充满着刀光剑影与捉襟见肘的无奈。当我们一提起炎汉盛唐，仿佛全是一以贯之的“六六大顺”，无所不成的鸿运到顶。其实非也。即以西汉初年而言，北方匈奴觊觎的阴影长时笼罩，不然何以有美女远嫁的“和番”之举？再以至今人们津津乐道的大唐开元盛世，似乎举国数千里臣民尽皆庇荫于明皇与贵妃的笙歌舞影、八方臣服于长安十里彩灯的迷离之中。亦非也。其实，在表面歌舞升平、或有朝贡的掩盖之下，边患日甚一日，骁敌咄咄逼近，不然何以玄宗朝中即有迁都洛阳之议？

再者，所谓炎汉盛唐时也并非如人们想象或嘘声鼓噪的那样，“圣明天子”手润天下土地如膏，龙心如水朝野欢畅海晏河清。其实，恰恰是“兔死狗烹”戕杀功臣庶几就是始于西汉开国皇帝刘邦和皇后吕雉之时，一语触动龙颜动辄施以宫刑的恰恰就是“雄才大略”的汉武帝。而发动玄武门事变剪除兄弟逼父就范获取皇位的恰恰就是至今屏幕上万岁声不绝于耳的唐太宗李世民；从自家儿子手中夺将过来据为宠妃的恰恰又是千百年来众人无比艳羡的风流皇帝李隆基。显然，如以中国传统的民间道德加以衡量，以上做法与应有的推崇恐是大相径庭；当然，如以某种公式，即对普通人应以道德标准衡量之，而对“天子”之尊的巨人一类则应重其业绩而对所谓道德人品基本上可以略而不计，那么，在下似乎便有几分想得通了。

尽管如此，毕竟在内心里对那些所谓的“盛世”仍然看得不那么绝对，因为，无论如何还是封建时代嘛。至于对那般所谓“圣明天子”则相对说也打了几分折扣，好像从人性角度上加以考察，他们的“缺点”还不是以“一星半点”便能轻轻抹掉的。

于是，当我上了点岁数，当我有了些较深思考能力之后，我的观点反倒不那么热衷于长安，甚至也不再专注于洛阳、开封。近年来，我却专程去了东汉末年名存实亡的汉献帝刘协的苟延蜗居之地许昌，更专程考察南宋最末尾的小朝廷广东新会沿海的崖门。结果不虚此行，亦未完全出乎所料，取得了多方面的收获。

从地理风物上看，许昌一带沃野千里，麦浪俯仰，随风势时而平展，时而仄倾，光色也在不断变幻，纷呈墨绿、淡绿，杂以碎金点点；在一望无际中又有土丘、残垣、高阜等遗址。通常人说中原大地，此处一带可谓最典型的区域之一。我的家乡胶东半岛固然也是产麦区，但比起这里实在是小巫见大巫。以此开阔平展，以其丰腴长势，我有生以来从未见到过如此大幅度、如此茂密的一无萎黄的麦田，不能不令我惊叹！

从历史遗存上看，许昌郊野虽无近年来依想象复建起来的富丽堂皇的“新古迹”，但每一座土丘、每一段残垣、每一座高阜，无不有来由，无不有说辞。举其要者，其中就有当年汉献帝刘协的伏皇后墓，董贵妃墓，张、潘二妃墓以及华佗墓；就有昔日曾是周长数里约五百亩见方的“许都”城墙残留；就有献帝祭祀天地的毓秀台，用以狩猎的射鹿台与屈辱“禅位”于曹丕的受禅台，等等。虽已残破不堪，然而据考证是货真价实的原位原物。令人流连于前，不能不感慨系之！

然而，最使我感到难得的是一种不同寻常的精神感受。本来，无论是寄人篱下、权作工具的末代皇帝汉献帝刘协，还是南宋末代幼主赵昺，都是极度孱弱、空有名义的“摆设”，还能引发起今人些许的激昂之气吗？他们的“寄居”之地，无论是枭雄曹操为其一手设置的许都，还是被蒙元骁骑追至天涯海角的小小崖山，全都没了起码的帝都风光，还能给予今人哪怕最起码的精神感染吗？

可以肯定地说，有的，我的感受告诉我，真真确确是从中汲取到绝非颓丧而是一种不乏壮烈的气韵！

这种气韵来自于主体的感受，当然也有客体的给予。不错，从形式上看，汉献帝刘协是一个不折不扣的傀儡皇帝。他自公元 190 年至 220 年在位长达三十年，但即位时东汉政权已名存实亡，刘协先为军阀董卓所扶植，建安元年（公元 196 年）又被曹操迎都于许（今河南许昌），成为曹操“挟天子以令诸侯”的工具。至于南宋末世小皇帝赵昺，实际上是在南宋“正宗”皇帝赵㬎在谢太后带领下向蒙元当局投降后，由礼部侍郎（后为左丞相）陆秀夫和保康军节度使（后为签书枢密院事）张世杰等人护送幼主赵昰与赵昺南下，联合南方军民继续与南侵的元军作战。公元 1278 年，赵昰病死，陆、张等人又拥立赵昺为帝。辗转数千里，尤其是经过激烈的崖海大战，兵败至最后，陆秀夫背负幼主赵昺及带自家亲眷投海殉国，张世杰突围后海上遭飓风亦壮烈牺牲。

这前后相距近千年的两朝结局情况虽不尽同，但在一点上也有共通之处，这就是虽同为末世，但当事人还并非从骨子里甘愿逆来顺受，任从强敌或强权者牵制：他们或在牢牢控制之中尚心存郁愤，甚至在不可能中争取微弱的可能进行反抗和挣扎；或在风雨飘摇中不因弱小而颓然放弃，在绝望中亦抗至最后一息，给后世多少也留下一些不屈之声、悲壮之气。前者如汉献帝刘协，后者如幼主赵昺及其母杨太后，更有以陆秀夫、张世杰为代表的臣属将士。都是。

人们常说，历史老人是公正的，但在我看来，作为人的命运却往往并非那么公平。以东汉最末一个皇帝（哪管是名义上的）为例，其智商未必很低，至少比起他的某个先辈或其他朝代的“混饭吃”型的皇帝而言，不仅尚有几分头脑，最难得的是还保有一点血性。年幼时在军阀董卓裹胁之下尚属稚嫩且不说它，稍长后被曹操移至许昌加以“圈养”之后，即渐知己之处境的难耐及胸有郁愤而不可申。当曹操导演的“许田射猎”公然进行示威，当曹操带剑上殿视傀儡皇帝如鸡豚，出入若无人之境，尤其是当曹操指派干将爪牙虐杀其后妃，鸩毙二皇子，该刘协又表现出痛心疾首的怨恨。但却又因力微势单，竟无法保护自己的亲眷，其苦可想而知。我们从小说尤其是戏曲中看到历史上确曾发生过这段故事，譬如京剧《逍遥津》，听高派须生大段的悲叹凄怆的唱腔，给人以痛断肝肠之感。另外，此刘协绝不是一个只会哭鼻子的主儿，他在高压和严密监督下还不止一次地采取了反弹行动，虽然终因无果而使参与者惨遭杀戮，诸如车骑将军董承、将军王服、校尉种辑、近臣伏完等，并因此又株连到伏皇后和董贵妃亦遭虐杀。也许，刘协式的反抗与挣扎付出的代价过于沉重，但至少比起稍后于他的那个“乐不思蜀”的远房宗室蜀后主刘禅多少还有一点骨气。他也许缺乏后世南唐后主李煜所具有的诗词天分，也不及更晚些的“道君皇帝”宋徽宗赵佶那样的书画造诣，但结局总还不至于如徽、钦二帝那样连同宗室后妃内侍等数千人被人像牵狗一般更狼狈吧？这样的反抗已超出“保位”之争的性质，而是作为一个不甘屈辱的人极度郁愤中悲情的挣扎。有一个物证似乎可以说明：就在我落脚之处的乡政府院内，一个大土包被确认是献帝刘协的“陵寝”。可按照一些文字记载，献帝被曹丕生生推翻，即所谓篡夺皇位之后，以“山阳公”的名义遣送至今河南修武。这就有点不大合乎逻辑：如真的远去修武，死后不可能又身返许都故地；倒是民间流传下来的说法更有道理——当刘协一行刚离许昌不远，即遭预谋中的追杀，这样也就葬身于此了。如此结局虽然惨些，但毕竟还算圆了一个“人”的名节，比之于那种人不人、鬼不鬼的癞皮狗未必更糟。

依照社会学和心理学的逻辑，人的生存条件和各方面的关系如发生剧变，纵是残存一种空虚的名义，在精神世界和自我感觉也都会发生变化。献帝刘协无疑也是如此。他尽管在长达三十年的历程中都担着“皇帝”的名分，沿用着“建安”的年号，但其处境基本上是“麻筋勒豆腐”，生存环境十分险恶，恐已达到一日数惊的地步。从某种意义上可以说，他从来也未尝到过“人上人”的滋味，当然也不算真正的“人下人”，其尴尬、无奈与苦涩也许正在这里。但不管怎么说，纵有帝王之名，却无皇上之威；纵可偶一摆出主上的派头，内心里仍是诚惶诚恐，战战兢兢，连做个边缘人亦不可得。然而，可能正因如此，虽与普通平民还有阻隔有距离，但处境与心态反而会自然地、比较容易地“跌落”为一个有血有肉的人，品尝到真正的人性的况味。

何况，就是这个刘协，自出生之后生母王美人（汉灵帝之爱妃）即被妒火甚炽的何皇后所毒杀，他在同为帝王“骨血”一类中也算是命苦的一个。童年时期的刺激与剧创，加之成年后的长期压抑，不可能不使一个还不算太蠢的帝王多了几分生活化的“人味儿”。有一个发生在许郊张潘古镇桑树林中的故事，听起来就有几分别致。献帝曾有张姓和潘姓二妃，本是许昌郊外的采桑女，当刘协初被裹胁来此途中，腹中饥饿，二女见其可怜，以桑葚济之。后刘协在许安定下来，仍心念此二女，遂迎彼至都，纳为张、潘二妃。谁知二女“农性”不改，仍在都城内外教人植桑，因成茂林。可惜二妃二十几岁上即因拯救落水农家少年而双双殒命，颇有点见义勇为的味道。只是当时的掌权者曹丞相未有任何嘉奖追赠之举。幸而今日的张潘镇即因二女而得名，足矣。落魄皇帝纳农家女子为妃，且二女不弃本色，终生钟情于农桑，如不以今人的标准加以要求，也算是有几分人情味吧？

说到“人气”和人情味，另一个人物是更值得一提的。这就是南宋末代幼主赵昰之亲生母杨巨良。她本为枢密使杨镇之长女，南宋度宗时初选入宫为“美人”，生下赵昰后，封为淑妃。1276 年正月，当谢太后、恭帝降元前夕，这位杨淑妃不仅拒降，且带着亲子赵昰和俞修容所生的广王赵昺，与陆、张等大臣转战浙、闽、粤，她继续听政。崖海大战失败，当她听到少帝昺已投海，悲痛欲绝，亦随即赴海而死，时年 36 岁。这位宋末女子有如电光掠海划涛而过，在漫长的历史上也许算不上是多么重要的角色，但有她的出现，却使那悲壮的一页又添了些许色彩；而且在所谓君臣军民之间的关系上无形中有了某种人文主义的况味，还起到了一定的纽带作用。以其教养和性格，关键时尚能作出果断的抉择；在危难的情势下，不可能不放下“架子”，因而便使各种关系变得较为平易与质朴；有她的“配合”，使陆、张等人的举措也便于施行，才使那个海上“流亡政府”得以延续三年之久。可见非常时期，人际关系、不同地位的自然变化，本身就少了些封建等级的森严与艰涩，而增加了些相互信任的人情味。如此当然不同于封建王朝统获天下的极盛期，君王往往蹙眉挥剑，臣下如履薄冰“伴君如伴虎”。两者之间的差异是显而易见的。

由南宋末崖海的悲壮况味和悲悯情怀，我不能不联系到近四百年后的所谓南明福王等小朝廷，同是强敌重压、风雨飘摇，内质的况味却有极大的不同。当时南京的小朝廷尽管处境险恶，却仍沉溺声色宴乐之中，“隔江犹唱后庭花”，弥漫着一种污浊的“粉”“酒”之气。其原因无非是各该君王及其宗亲的素质不同，还有身边的群臣人事环境迥异。如南明小皇帝周围的“辅佐”者马士英、阮大铖之流，与宋末的文天祥、陆秀夫、张世杰等忠烈之士恰成为鲜明对照！可见并非处于末世都会发生明显的改变，也并非处于重压之下必有充满壮烈意味的反弹。非止时势，亦在人也！

对南宋末崖山与东汉末许都遗址的凭吊，自然不同于对汉、唐隆盛期遗址的感觉，前一种“势”虽属下梢，但“气”未必颓萎。后一种盛焰虽炽，却未必充满人性之美。后者与普通人距离甚远，前者反而较易于找到平常人的感觉。盛极时易增“王气”“霸气”，而末世如还保留某种骨气反而多了些悲壮和人性色调，个中辩证道理，如是。

2003 年

嘉峪关真髓

我坦率而不无愧疚地承认：当我乍到我国万里长城西端的嘉峪关时，起先并没有领略到这“天下雄关”的真髓，甚至还曾不恭地感到：那黄土筑成的围墙多少有点窳陋，走得较近时，那并不算太高的墙头竟遮蔽了关楼，足见那关也不够高耸雄奇。无独有偶的是，从一本美术杂志上看到一位画家始而也有类似我上述的感觉，只不过人家出于画家特殊灵性，当他从关楼穿行几次后，便倏地豁然有悟，发现了嘉峪关果然了得，雄奇非凡。我因少了些艺术家的敏锐触觉，从关楼穿行后仍迟未得道，心里急而且怨。

我急的是，行旅倥偬，难作长时流连去发现去体味；我怨的是，似此祖先的伟大遗物，我怎地就未即生惊讶之情？当时我真要默念点什么，请求先祖恕我的不敬与不恭了。

我漫步走出关门，沉思自问：为什么？……哦，也许因为我来前即有先入为主的尺度，从影视镜头上看到的嘉峪关的确雄峻无比，卓然的摄影技术加上播音员美妙动听的解说词，使我在心目中先耸立起一座比眼前这关更雄伟更壮丽的形象；还有一个参照的例证，那就是渤海岸边万里长城东端的山海关，对比之下，嘉峪关则未免稍感“土气”了。

找到这把心理上的钥匙，就破除了第一道认识上的障碍。

出了关门，暮色初笼，漠风萧萧，虽已到初夏季节，但眼前的氛围恍似秋肃。游人大都散去，黄尘随即掩息了轮迹，只有二、三专营的摄影者还在抄着手，交替地捣着脚，期待着黄昏时分的有兴留影者。还有一位日夜不下岗的忠实守关者，那就是关门右侧大理石质的嘉峪关沿革的说明碑，在无声地演说着自唐宋迤至明清以来盛衰跌宕的往事……

蓦地，一辆面包车从市区那边蹀躞着开过来，从车上下来六、七位看上去似台胞或是外籍华人参观者。然而恰在这时，已经下班的管理人员从里面关上了显得陈旧的关门。这些参观者理所当然地露出了不胜遗憾的神色。我揣度他们必是明晨要赶往他处，故黄昏时分到此。其中有的打闪光灯留影，背景当然是悬有匾额的关楼；最引我注目的是几乎所有人都依次手扳两扇关不严还有半尺缝隙的大门向里瞧看，从背部也可察见他们的情急，当他们转过头来，脸上透出些微满足甚至还有一种庄严敬畏之色。

这些远在海峡那边和海外的同胞，未得过关竟至如此，而我这先期承惠者却这般未能倍加珍重，我内心里愧疚了，真的感到愧疚了。

此时天阔寂寥，鳞状的灰云胶贴在静幕上，好像奔逐了一天的猎兽正潜卧憩息；偶有一阵黄风吹过，半天又平添了彗星模样的尘雾。而嘉峪关却未动声色，坦然自若，像是一座驻扎在旷野的营帐，一位富有经验的未忘警觉的宿将在秉烛夜读。因为，从未关严的大门缝隙里，此刻已透出一闪灯光……

那辆满载游客的“小面包”不无怅然地掉头离去了，而我却仍在恋栈——我似乎刚刚悟到了一层新的意味，还要向更深更广阔的方面去品咂它。

天廓的寂寥，星云的异样，嘉峪关的镇定，它给我那种无声胜有声的感觉，反使我不想就此离去——我愈发意识到这之前对嘉峪关观感上的浅薄。

我联想起昨日从敦煌乘长途汽车来嘉峪关的沿途所见，固然也偶见小块绿洲和洇出盐碱的湖水，但迤逦不断的还是大片的沙荒戈壁和灰秃秃毫无绿意的山丘。在这山丘间还有残破的城垣和往昔烟墩的遗迹。当时我就想，以今天的交通工具，我们这些乘坐者尚且尘染面颊，土蔽衣衫，相互视之着实疲惫得可以，其实才只不过颠簸了一日的行程；而昔日——数百年以至一两千年前，那些戍边将士，在此筑城据守，想必是水源奇缺，料草难继，在极端落后的运输条件下，从相距千里以至几千里的补给站运至此地，艰难情状实在难以想象！还有王昌龄、高适、岑参这些边塞诗人，他们尽管并未都来过此地，但怀壮心吟塞曲胡笳远啸，跨征骑听鸣沙刁斗夜寒，无论是在无定河边还是洮水彼岸，千年风沙虽能淹没他们的靴痕，却不能尽销那壮歌遗韵。一座座土城随岁月流逝而几尽荒圮，但万里长城西端的神经枢纽却没有失灵。

阳关只余土丘，玉门关也仅存残迹，而嘉峪关尚在，而且还甚完整，汉、唐以降直到明代，它是边防重镇，而今防御的功能虽已不存，但仍是一种象征——一种众皆倾颓彼独屹立的象征，一种漠风狂啸彼自镇定的形象，一种天廓空寥地旷人稀而此关四周独生绿意的氛围。

呵，嘉峪关，原来具有同类难及的生命力！它地僻偏远，孤悬于荒漠戈壁之中，比起万里东端的山海关，它既无傍海扼山之天险，又无交通衢干畅达之利；如修葺装修，只能就地取材，取黄土垒高墙，在关楼原貌上稍加修补而已。于无条件中尽力创造条件，于不可行中闯出可行之路，它必然秉有一种非凡的真髓，远胜于外表的内在的魅力！

我好像终于理解了（按现在时髦通用语，是“认同”了）我们的嘉峪关。我也该松心地回返了。当我沿原路漫步东行时，那个专营照相的老乡骑着自行车赶了上来：

“同志，到市里还有十多公里，你啥时候才能走到?”

我笑了笑，只顾前行。天到这个时候，路上已阒无人迹，只有我在踽踽独行；而况云有异色，地刮黄风，端的发瘆。可我又在想：既然嘉峪关啥都不怕，我还怕什么呢?

行至半路，我回头望去，嘉峪关楼矗立在西天凝固的绛色霞彩里，在阵阵旋起的风沙中显得那么从容。我这时方悟到：刚才因为过于贴近，反而不能在大背景中见出它的全部真容；现在拉开了距离，便领略了它雄奇的神貌。

哦，我能走在这条路上也是一种幸运。

1992 年

空灵苍凉之美

没有高耸的阙台，没有华丽的碑亭，更没有金碧辉煌的殿宇，只有几座硕大的黄土陵塔，还有散落在开阔地上的馒头状的土丘，还有遍地的石砾和残破的瓦当，还有围拢在主要陵丘外面的“神墙”，还有，还有的就是无际无涯无时无刻的静、静、静的漫流，静的凝固。漫流与凝固是对立的概念，然而给你的感觉确乎如此，凝固使你呼吸欲闭，而漫流又使这土塬、戈壁和沙漠更显得空茫、苍凉。

也没有色彩，尤其是在这早春季节，没有绿，更没有红，唯有一色的灰黄——这是此间大地的本色，甚至也是附近山的本色。既是本色，也不妨视为无色，然而，仰首望那苍穹，淡云蓝天，便衬得这地上也有了颜色。无色与有色在感觉中交替映现，都是相对的，而不是绝对的。

无声又“无色”，难道真是一片乌有了吗？不，肯定不是。如果当真什么也乌有，我和我的同伴就不会来到这里，即使来了也会大呼上当。我们不但没有觉得上当，反而流连忘返，沉入这特定的氛围中了。同样的道理，如果真的是什么都不存在，也绝不会强烈地吸引着越来越多的中外游客，而且被外国记者惊呼为“神圣的奇迹”。

这里的“有”，一方面是实有，那大大小小的土包，有的是西夏历朝帝陵，有的是后妃和王子公主之类的陪葬陵。其中还一定有西夏开国皇帝李元昊的泰陵（至于是哪个土包，尚未确定）；另一方面是虚有，由此使人联想到十一世纪初以党项族为主体建立的封建王朝。它的鼎盛时期，其疆域“东尽黄河，西界玉门，南接萧关，北控大漠”，牧草如梳，塞马嘶鸣，响箭落处，鹰斜鹿逸，一幅八百年前气势崛然的活动图画。倏然，又转为另一幅画面：蒙古骁骑席卷而来，金戈蔽日，镞蝗遮地，杀声伴雷声顿起，漠上细雨却浇不熄如林火把。于是，这些代表西夏灿烂文化的陵园凄然付之一炬。呜呼！

实有是一种美。纵然这现存的荒圮的陵塔并不那么堂皇，但它们作为昔日辉煌的遗存仍然得到有识者的青睐，有的外国人则誉之为“中国的金字塔”，尽管此说不无夸饰，但确也不同凡响。

虚有是另一种美。空旷、寥落、肃穆、沉郁，诸种情调，发人深省。有偌大的空间，足够容纳人们丰富的想象。如果说北京的圆明园引起人们无限愤惋之情，激励国人奋进，力促中华民族之振兴，那么这里——西夏王陵遗址，则使人们感叹时代的更迭，王朝之兴衰，以致战火涂炭对人类文明的破坏；也警示我们今天应如何珍重稳定，珍重发展，慎自保护文化艺术的遗产，等等。一种消极颓圮的景象反能引出积极向上的心理效应。

实有的固能给人以物象和精神之美，而虚有的在特定环境中给人的精神之美也许不啻实有的意义。

我们对中国各民族创造的文明成果都一视同仁；连同曾经有过的文化艺术遗存也同样加以珍视。所以西夏王陵被列为全国重点文物保护单位、国家级风景名胜区。尽管这里尚存的地面建筑甚寡，但仍视其为一处独有的风景。我想除却它的不同寻常的历史位置以外，它正处于贺兰山环抱，傍近大河，亦不愧为天然形胜之地。当初不知是哪位明眼人选中了它——果然好风水！

一群翠鸟从远处林带中飞来，在一座最大的陵塔上空鸣啭了一会儿，又向贺兰山那边逸去。这使我忽然悟到：幸而七百多年前蒙古军手下留情，没有干净彻底地将这里的一切夷为平地；幸而这里干旱少雨，也不致将这些大土丘和残垣完全摧毁；幸而那些盗墓者……不然，如果什么都荡然无存，连一个土丘和一段残垣也无有了，还会列为国家级文物保护单位和风景名胜区吗？我在揣摩着。

看来，作为文化艺术遗存，说一千道一万总还得有些有形的印记吧。

1994 年

寂寞：大泽乡的土台

或许我这人与雨有缘，回想过去几十年凡是给我留下深刻印象的所在，当时大都下着或大或小的雨。这样，我的一些散文，就不能不提到雨景；而绝非“情不够，雨来凑”。这不是，先几年我专程去安徽宿县，只整整一日，老天就时断时续、时大时小地下着雨。上午去灵璧看了虞姬墓，下午是临时起意，去宿县大泽乡瞻仰了陈胜、吴广公元前209年（距今2214年）揭竿起义的故地。

当我在宿县城的一家饭铺吃罢午饭，雨本来有些消停了，天空的云团被撕得很碎，我心里庆幸不会再挨浇了。谁知上了一辆稀里晃荡的运营小巴，走了不远天上的乌云便重新抱起团来，大雨点子像银币似的拍打着车窗玻璃，本就超员的小巴里的乘客可能已习惯了这样的天气，脸上的表情大都有些麻木。坐在我身边的一位三十八九岁的中年男子许是看我有些异类，从侧面端详一阵子之后终于问我去哪里做甚？我如实告诉他去大泽乡“看陈胜吴广”。后面的一位小伙子高兴地插嘴说：“巧了，他就是大泽乡的村干部。”我看了看也有些像，便请他到那里后给以指点。他验看了我的证件，不再犹豫地答应：“没问题，我带你去。起义的遗址就在我家的前面，不远。”他给人一种信赖感，我心想遇到热心人了。

人，有时不得不处于绝对被动的状态，不论你平时觉得怎么怎么样。我在途中就是这样，只是绝对被动的觉得折转了几个大弯。那中年男子说：“到了。”下车时，雨势半点未减，我们谁也没带雨具，只能任其摆布；确有压力太大反不觉重压之感，不管不顾地在雨阵里冲突，脚下的泥水溅起浸湿了半截裤筒，而且越来越沉，因为不只是雨水，还有烂泥。村干部将我带至他坐北朝南的家屋，前面是雨雾迷蒙下的旷场。他的妻子切了一个西瓜，招待陌生的客人。村干部安慰我：“过一会儿雨会小的，我再带你去看。”

“你们这里总是下雨吧。”我的问话还有一句潜台词：2000 多年前的陈胜吴广当年就是因为连降大雨误了期限才被迫行动的，难道说 2000 年间气候就没有什么变化？还是一种巧合？不过，这倒也好，与当年天气情况的重合，更能体味那种真实的场景。

过了不到半个钟头，雨势果然弱了些，我急于要去现场，村干部拿出雨伞，我俩分别撑着，踏着泥泞，来到前面 200 米开外的陈胜、吴广起义故地。这里四面有围墙，村干部请管理处的负责人打开园门。虽是国家级文物保护单位，但没有别的人来，我估计即使不是雨天，参观的游客也不会多；或许有门票，但因村干部与管理人员很熟，经他介绍，我俩自行地进来。进门处有陈、吴的巨型雕像，给我的感觉沉重而肃穆；加上是雨天，周围静得连稀疏的雨声也被空气吞没了。雕像后面就是一方偌大的土台，多高，眼前没有数据，我也没问向导，目测约三五米光景。上得台来，几乎没有什么另外的建筑，如果不是为了实地感觉，而按一般游客看光景的心理，肯定将会大失所望。而我却无半点失落感，联想得很多，很饱和，最关键的一点是，好心的向导以十分肯定的语气告诉我：“这是实实在在的起义原址，我们世世代代住在这里，一代代传下来，证明没错。”这就够了，绝对不虚此行，对于一帮赤条条的戍卒农民来说，还能要求他们些什么呢？

最有价值的是：这是真的，真的就在这里发生过，而不是伪造的；如属后者，纵然是亭台楼阁又有几许价值？

天云复又被扯开，我忽生一种联想：莫非是陈胜、吴广诸人的在天之灵，以“竿”揭开雨云，才搅了个七零八落？这正如当年这帮首义者，尽管闹腾了半天失败了，却从此也把偌大的秦朝搅了个不亦乐乎，再也稳不住局面。他们以自身失败的代价为他人作嫁衣，尽管也是始料不及的结局，而他们造反的对象也是始料不及的。由于一帮被逼无奈、缺乏纲领的穷小子敢为天下先，最终埋葬了曾经不可一世、庞大的也是中国历史上在位最短的秦王朝。

以往读了不少谈及陈胜、吴广失败的起义，最常用的词儿就是“一场悲剧”。今日我倒觉得未必非如此看不可。对于一个重大的历史事件，一个历史阶段，不论是悠长的还是一闪而过的，重要的是曾经发生过或存在过，这就具有沉重的分量和不简单的价值。不然，为什么这一个不起眼的土台，就被命名为国家级文物保护单位？我非常赞赏有关方面的眼光和标准，他们没有浅薄的势利眼，也不完全以成败论英雄。

“先生，你琢磨啥哩？”村干部见我半晌不言语，试探地问我。但没等我回答，又接着问：“你说这两个老兄为啥不能成功？”

“你说呢？”我微笑着反问他。

“打不过人家呗！”他这一下打开了话匣子，“陈胜、吴广怎么说也还是庄户人，扫它几个秦朝的地方政权、地方武装还可以，所以攻下了陈县（今河南淮阳）和赵、魏等地。可是跟经过训练的章邯大军交手就顶不住了，结果只能给人家项羽、刘邦他们垫背。”

想不到眼前这位中年汉子，竟有他一套不俗的见解。比之于过去若干年中那些“农民阶级局限性”笼而统之的定式至少从一个角度讲出了一些实在的道理。在他执著的催问下，我也从另一个角度说出我自己的看法……

当然，我绝不想在这大雨天里搞什么学术研讨会，也无意全面评价这场农民起义的得失，但我结合这几年所思考，深感自陈胜、吴广始，迤至隋末某些农民起义军，直到明末李自成的大顺军，他们的具体情况尽管各有不同，但在一点上是近似的，即通过自身的浴血奋战，削弱和摧毁了旧有的政权与军事力量，但无不给另外新起的摘桃者（不论他们是本民族还是异民族）趟平了夺取政权的道路。不论他们有哪些缺点和弱点，但身上总还带有农民固有的朴拙，而那班摘桃者在有些方面却高明得多，最明显强于他们的是作为封建帝王少不了的机变与权谋。相比之下，陈胜也好，隋末的一些农民军领袖也好，乃至李闯王也好，也许他们都有称王称帝之心，却缺乏真正立足帝业各方面的必要准备。相比之下，借天下纷乱、群雄并起最终摘桃的刘邦、李渊、爱新觉罗·福临（实际上是多尔衮）等基本上都做足了准备。从文化思想上说，陈胜、吴广直至李自成等仅有的大体是在儒家思想浸染下的农耕文化；而步其后尘的成功者拥有的则是具有流氓混混意识或贵族军阀之类的强力文化。也许后者同样“学历”不高，但他们拥有权谋和强势文化思想，比之朴拙的农耕文化在夺取政权上更实用，更具杀伤力。这也就是陈胜、吴广之辈多半只能起到推土机和铺路石作用的致命因素之一吧？

“先生，陈胜最后是不是被人暗害了？我记不起那小子叫啥名字了。”

向导的一提，又使我想起了那个叫“庄贾”的叛徒。叛徒的产生，源于一种功利意识，更有深层的人性原因。大抵是某种政治军事集团力量趋于下风更不用说是末流阶段，一些原属投机者、心术邪行的趋利者，便极有可能采取叛卖的行径，其中有的杀害原来的主家以求荣。其实不仅是杀害陈胜的庄贾，还有杀害黄巢的黄的亲外甥林言（可谓贴身警卫）等。这种现象，不仅在古代农民革命中有，近世革命队伍中也不乏其人。如著名英烈方志敏、杨靖宇的被捕都有人告密；皖南事变中的项英也是在睡梦中被叛徒所杀，同时被害的还有新四军领导层中的多位重要人物。至于在抗日战争中出现的汉奸之多，则更为人们所熟知。在抗战的最艰难阶段，国民党军中成建制的叛降而变为伪军者，更成为一种“现象”。恐怕在某个时期某个民族这种现象更成为一种突出的特点。

我和村干部向导不期而遇，在土台上流连的40分钟内相互谈了不少，他也显得很高兴，直至离开故址回到他家里，他还热情地要留我吃晚饭，“饭后我送你到宿县”。我要及早赶至火车站，晚上还要乘车回北京，便谢绝了他的好意。他在门前道边上送我上了一辆回宿县的小巴，依依地与我挥手告别。谁知刚出村子不一会儿，雨又下了起来，而且比先前下得还邪乎。我心中不由得默默感谢陈胜、吴广二位的“在天之灵”，使我有了一个空隙看了他们揭竿而起的故址。但在同时，我却又生出另一种想法：雨下得大些也好，有声有色。从车窗回望土台那边，灰白色的雨雾如重重挽幛，揭天刮地的呼呼雨声还夹杂着雷鸣，也使那土台减少了些寂寞。

只是不要形成泥石流，破坏了那个仅有的土台。

1995年

朱元璋新说

说到明朝开国皇帝朱元璋，就我不完全看到的，研究其心理状态及发展轨迹的文章即有多篇；是否有专著（书籍），我尚未看到。但也足以说明：人们对这位出身于底层的洪武皇帝，是抱有非同一般兴趣的。

我所读到的该朱的心理剖析，主要是说由于其出身卑微，曾当过在当时说来并不体面的这个那个，所以在他的内心深处始终有一种潜意识的自卑感；而在登上“龙位”之后，这种潜在的反差反而无比地加大，乃至疑神疑鬼，变本加厉地猜忌，近似鲁迅笔下的阿 Q，因秃则延及“光”、“亮”也心犯忌惮。这样，该朱便因疑虑而生抑郁，尤其是在太子朱标夭折后，更是日夜担心他亲手创建的朱明王朝受到旁人觊觎而谋篡，乃至制造出一个又一个骇人听闻的大案冤案，竟至株连无已，杀得十分开心。举其大者：如原丞相胡惟庸案。该胡固然有专权树党之行径，但究其实，并无真正证据谋反大罪，却在洪武十年（1380 年）被杀，而且在胡死后又不断累加罪状，洪武十九年言其通倭，洪武十三年又制造胡曾通北元里应外合，等等。任意大兴党狱，无限株连，前后共诛杀三万余人，世称“胡狱”。更有甚者，由胡案而延及李（李善长）案。该李本是朱元璋得力的“后勤部长”，后任左丞相，并封为韩国公。就是这样一个为朱元璋立下汗马功劳，并为其儿女亲家的元老级人物，亦为朱所不容，在胡惟庸处死十年后，仍以莫须有的胡之同谋罪处死无商量。稍后（1393 年）又制造蓝玉谋反案，将这位被封为凉国公的勇敢善战的大将军杀害，并株连残杀达一万五千余人。此外，还有几位不明不白、疑点重重的功臣之死也多半与该朱皇帝有关。如在他夺取天下的战争中被誉为军师诸葛亮的刘基（刘伯温），本在天下初定时即仿汉初张良之举，辞官归里。但就是这样，仍然受到该朱的猜忌，不久死去。表面上说是忧愤而逝，实则是朱皇帝借丞相胡惟庸对刘基进谗，派人将刘毒死而除掉心头之患。另如与该朱同生死共患难、亲如手足之情的开国重臣、名将徐达，表面的死因是病卒（53 岁），但据信是该朱“御赐”与徐所患之疾相克的烧鹅，造成不治之结局。综观该朱之绝对思路，此说无疑是可信的。有意思的是，还有几位功臣之所以得以幸免，大半是因为过早地去世，这里有常遇春，是早在 1369 年北伐蒙元班师途中暴病而死的。当时朱皇帝还未腾出手来思考“久安”的万全大计，常遇春英年早逝反而捡了个便宜。这一点绝非是虚妄的推论，二十年后被彻底清除的蓝玉就是常的得力部下，以株连无已的法则看，常遇春则是很难逃脱干系的。还有一员大将胡大海，早在该朱登基前的 1362 年就已牺牲，当然也就不在清除之列了。至于该朱的凤阳同乡、后被封为“东瓯王”的汤和，因为太熟悉哥们的性格了，他在适当时机自请解除兵权，因而深得皇上欢喜，致使该汤得以古稀之年善终，这真是一个少有的特例。

数百年来，关于朱洪武大杀功臣的行径很多人都是熟悉的。笔者小时候，在我的故乡可谓妇孺皆知，其行为动机人们也懂得是为防这些功臣位高权重而造反，影响了朱姓皇朝之运祚。如上所述，近年来海内外有不少人也都饶有兴趣地探索与剖析这位朱皇帝何以如此杀得疯狂，杀得眼红！大抵不出“猜疑成性说”、“心理变态说”、“重度抑郁症病态反应说”。而我经过较长期思考，对史料的揣摩，尤其是结合其他一些封建统治者的共有心理状态加以该朱皇帝的出身、阅历和独特个性综合研究，尤其是结合民间对人际关系亲疏的发展变化规律的辩证认识，始有此意旨，即“近极易烦，密久多忌”。具体说来是——首先，一个值得注意的现象与这种发展变化关系很大。这就是朱元璋所赖以起家并奠定基业的将相班底，其主要成员除刘基（浙江青田人）等少数人为外省籍，而大都与他均为濠州（凤阳）同乡或与凤阳毗邻稍稍扩大一点范围的同乡。其中徐达、汤和也是凤阳人，李善长、胡惟庸、蓝玉等是定远人，而常遇春是怀远人……这样组合起来的举事骨干以至后来的将相班底本身就有一种天然的地域亲情优势，以其出发点到阅历性情，应该说是都彼此了解，便于交流，特别是起事的早期相互较易于信任，虽然未必是“上阵父子兵”，却也是“乡亲哥们兵”，自然就彼此了解，心心相通，配合默契。如果说在起始阶段，这种乡亲集团是自然形成的话，那么到后来，作为集团首脑的朱元璋，无疑是看到了这种自然亲密关系的好处和优势，再加以淋漓尽致的利用与发挥，而且根据他们各自的特点和优长，有意识地进行分工与职务安排，并给予了许多显赫的封号。

按一般平面思维推论，这种乡亲班底的确在事业奠定与发展中取得了非同寻常的效益，近世也有“老同乡、老同事、老同学”相互借重而共同受益的现象。上个世纪前半期著名的蒋总裁、蒋校长就极端重视乡土效应。其最亲信的将领不仅要黄埔出身，更看重浙江人。如陈诚、胡宗南、汤恩伯乃至特务头子戴笠、毛人凤等，都是浙江人。而且这些人最后都随同他去了台湾（当然也有例外，曾担任过国民党政权台湾省省长的陈仪也是浙江人，只是因为蒋在败退中陈心生异念，即被蒋干脆利落地残杀。可见乡亲关系在蒋那里也并非绝对靠得住的)。

而作为早于蒋某人六百多年前的朱皇帝，乡亲集团在天下既定后立马就走向了反面。其实原因很简单：从本质而言，封建统治集团内部的乡亲关系本身就是双刃剑，维系存在的力量是非常脆弱的。作为“家天下”朱明皇朝的开国者，就连同姓的亲子间亦能发生尔虞我诈、相互残杀的举动，何况是异姓哥们之间？起事之初，因为利害基本一致，需要相互协同，相互借助，甚至是一损皆损，所以比较紧密的乡亲关系当然是相互有利的，但当大事已定，君臣关系已定，各自的身份便发生了根本的变化。尽管君王对昔日的哥们伙伴封以这个“公”、那个“王”，也还是改变不了实质上的巨大差异。当日彼此知根知底(包括睡觉打呼噜，吃杏不吐核这类生活习性也瞒不了对方)；尤其是在相互借助时的忍让和妥协的积淀，这时都重新浮出水面。“知根知底”不仅不再构成优势，甚至反成为最大的犯忌之事。往日的忍让与妥协如今可能转化为另一种心态：君王一方不妨重新加以盘点而“秋后算账”。假如这时昔日的伙伴、现时的功臣头脑再稍欠清醒，仍然贪恋昨天的亲近无虑，那就极可能招来腻烦，由烦而觉得讨嫌。到了这个火候，纵对君王喊上八百个万岁、万万岁，恐也不会听起来“耳顺”。有人可能从历史上的“好皇帝”中提出不这样的例证。譬如年号章武的蜀汉皇帝刘备，不是对丞相诸葛亮基本上仍如以往吗？可惜比他晚上千余年的、建立起统一的大明帝国的“第一任”朱皇帝没有他那样的好性情、耐心烦。更根本的一点是形势不同，处境不同。蜀汉说到归齐不仅未得统一，在三国中也从未真正地横起来，刘先主不仅需要诸葛亮，就连赵云、魏延乃至廖化这样的将领也需要。而大一统后的朱皇帝这时就觉得他们不似原来那么需要了。愈是原来太亲近、太无距离，这时反而愈觉应该拉大距离，甚至有怕烧怕燎之虞。此乃“近极易烦”之谓也。

另一个方面，作为昔日的伙伴，今日的功臣，即使想转弯，也难保一下子消除不了已经形成的习惯心理，一下子适应不了那种壁垒森严的君臣之距。何况他们也都被封为重量级的高官，一下子也拿捏不好很难合适的尺寸。譬如胡惟庸，身为丞相，在一般情况下，就是一人之下万人之上，如在过去随便惯了，突然收拢得很紧，也真难为了他，如果再私欲膨胀，不善于也不想夹着尾巴做人，那就离倒霉不远了。从他的实际情况看，不也真的是“专权树党”吗？而且已经“讨嫌”还不知趣，仍以妒忌之心撺掇主上，进一步清除本已隐归故里的刘伯温。单从这件事上说他与朱皇帝的心气也许是吻合的，但他却没有想到：干完了这一单生意之后便更为皇上看透了他存在的危险性，实际上离他的死期更近了。可见，逆着自然是不行的，有时顺着同样也不行。而那个李善长，儿女亲家的特殊身份从一般意义上说好像多了一道护身符，但在特定情况下（特定的人、特定的心境）反而多了一种致命的因素。原因很简单，就是过于亲近了，还可以说是亲上加亲——老乡、战友加至亲。见面忒频，促膝谈心的机会很多（如在现在，动辄打电话，没准儿情况更糟）；其中有些话皇上肯定有爱听的，但难保也有些是不顺耳的。以朱元璋后来的心态和性情，注定不顺耳的比例会越来越大。如果该李还没有眼力劲儿，沿袭过去的老路献这个策那个策，更不必说是捡这个漏那个漏的，那必然会加重主上耳噪。如果是普通人之间，只是疏远淡化也就是了，可别忘了，这是封建体制下的君臣关系，特别是碰上该朱这样一位特定的“君”，那不是好就是坏，不是生就是死，好像没有什么可以折中的处理办法，最可靠的办法就是永远见不着他，彻底解决也便彻底舒服。只要他惦记上哪个，纵然逃到天边，恐也难免被定点清除之厄运。我想，这是那位儿女亲家到死也许明白也或许一直未彻底明白的“辩证法”。所以，从这个意义上，他们这些人的结局，部分的也应怪自己。太看重甚至醉心于那个“亲近”了，他们未必能看彻“双刃剑”的厉害。在这方面，真正出身农家的徐达在大事已定后处理得是相当难能了。他平时万分谦恭谨慎，除了在被召见时偶在莫愁湖“棋胜楼”与昔日的老搭档杀上一盘（恐也要让主上几个子儿）外，基本上是深居简出，保持自以为恰当的距离，当然更无结党营私之类的勾当。如此这般，即使“御赐烧鹅”助了死神一把是真的话，皇上也不会公布他的什么罪状，而且还隆重地封了一个“中山王”。对于另个“送别”了的昔日的军师刘基，生前曾封为诚意伯，死后又谥号“文成”。谁说杀昏了头的朱皇帝不会区别料理呢？这已经给徐达、刘基一类留足了面子。不仅如此，估计也会仿照一千多年前的魏王曹操那样还要加以“厚葬”哩。

还有一个不能不说的话题是，从一般人的本性和心理学角度上说，不论是何种类别的关系，君臣、朋友、情人等，欲要保持永久的至亲至密难度是极大的。密久则疲，密久则忌，忌甚则有可能向反方向发展。也许正因如此，中国传统人际关系的一条重要经验是：君子之交淡如水。如此虽无巨利亦少大患。而夫妻关系的潜隐致命因素是：习以为常。因此，致使许多明公为之开出“保鲜”药方——夫妻应经常积极想出新招，使“审美疲劳”注入新鲜活力，双方都能感受到如初恋和新婚燕尔般的浪漫与刺激。这种想法很好，招也频出，但欲奏奇效，谈何容易！人们经常津津乐道一千几百年前唐玄宗与杨玉环的久蜜不衰的爱情佳话。且不论事过久矣，谁也无法得见其全部真相究竟如何，多半是从大诗人白居易的诗歌和后世洪昇等人的剧作中获得的强烈印象。即使是百分之百地可信，在成千上万的男女之间也不会占到多数的概率。至于中外古今文学艺术作品中的一些爱得要死要活热恋男女的典型，常使多情者感动得涕泪横流。但人们也注意到：这些典型故事多集中于“始”，而回避了“久”，更并不在意“终局”如何。其实，我们本文的焦点在于“密久”，而使人感到忧虑、难度最大的问题也正在这个“久”字上。与此相对的强劲吸力则是新奇。我听到一个“小故事”，说一位年轻的女士在终于得见她崇慕已久的特大腕儿时，只是一次紧紧握手就使她回去三天舍不得洗手。而她的丈夫也是位有名的演艺界人士，据信他们之间握手绝对不会妨碍她及时洗手，恐怕连一天也坚持不住。因为她所处的角度与追慕者不同，她不可将她枕席之间的大腕当成“天王”，仰视为神。我从来没有将此视为一个无聊的笑话，也绝不认为这与上述对朱皇帝的心理剖析无关。它恰恰印证了以上所言相当多的人之本性，无疑，这也是一个重要的心理学课题。

不可否认，“密久”而未崩的友朋、情人等尚属个人之间的关系，在世间也是存在的，但那无不是经过大小曲折、或隐或显、反复折冲、双方相互修补、诸多建设工夫才能达到的，不是“顺其自然”所能之；而且局外人也只能见其表面。所谓鞋子挤不挤脚，只有自己的脚才真正知道。更何况，个人关系又绝不可与封建时代的政治关系可比，而君臣之间又是政治关系的最典型的体现。而且，作为朱元璋这样一个极为独特的君王，他所主导的人际关系又是人的某种本性的最深层的体现。因为朱皇帝也是一个人，一个特定的人，他的心理效应自然要集中地乃至残酷地表现在他的人际关系尤其是君臣关系上。在他的身上，“近则易烦，密久生忌”这种法则体现得更为淋漓尽致。这种由“烦”而忌，由忌而恶的结果之一就是：他从此不再设丞相，只设“内阁首辅”，而且一直延续到近三百年的大明皇朝终了。可见，“忌”、“恶”得何等决绝！

当然，以上对于朱元璋深层心理剖析尤其是在人际关系中的残酷体现，只是该朱生命史的一个组成部分（一个极其重要的部分），不等于这位明代开国皇帝一生作为的全部。如果论及业绩的话，这位洪武皇帝还是很有些可圈可点的东西的。我历来认为，作为封建帝王，他的个人品质与其业绩之间是不宜简单对号的，有时还可以表现出很复杂的情状。因此，他们是不好与普通入一样在“鉴定表”上填以“优点”、“缺点”的。所以，本文也不可能对该朱的“优点”和“缺点”作出全面的综述与分解，这是无须赘言的。

2011 年

汴京三咏

开封，我心中久已向往着的历史名城，很多年来，我虽然未得亲瞻它的真颜，但对它绝不陌生。少时看历史剧，魏都大梁就在我心底留下了深深的印象，稍后读历史看小说，作为北宋都城东京，它的盛衰荣辱也曾引起我由衷的仰慕和忧伤。但那是遥远的过去，一九四八年，当我在千里之外的胶东捧读解放开封的红字号外，我确已喜泪盈眶了。当时我已感到，我与开封更加贴近，它从此便属于我们，属于新时代的今天了！

若干年后的今岁初夏，我终于实现夙愿，来到它的身边，亲眼瞻仰这座名城的风采，抚今追昔，使我深深激动，引起我许多思索，这里有赞叹，有怀思，有缺憾，也有新的向往。择其要者，披阅成文，可称为“汴京三咏”。

古城——顽强的再生力

从史料记载中，从人们的传说中，我们的开封固然有过金镶玉砌的荣华，有过八方景慕的繁盛期，但就它建都后整个两千多年的历史来看，它并不是一个绝顶幸运的骄子。由于兵燹的侵害，它也曾几度身负累累创痕，特别是北宋末年靖康之耻，血腥冲污了皇宫禁苑的花香，铁蹄践踏了州桥上的夜曲，作为一个城市虽未从地图上抹去，但那凋败景象也足以使后世人想见而饮泣。

由于黄河水患的袭扰，我们的开封多年来有如时常面临蟒蛇的缠绕，苦苦不得安生。这种威胁总是不离它身前身后，不断决口，大灾小灾，耳听洪水将至，天鼓轰鸣令人心悸，一旦冲决，人漂物散朝不保夕。最惨痛的莫过于人为的决堤，崇祯十五年九月十五日夜，明王朝的守军悍然在城西北扒堤，致使全城尽成泽国，三十七万人口最后仅仅剩下三万多人。故都开封，遭到毁灭性的打击！

由于气候的变化，黄水泛滥的消极影响，大自然给予我们开封城的待遇是越来越苛刻，能够利用的条件越来越少了。早先，开封周围渠流纵横，林木繁茂，雨量调节均匀，气候比较温和，后来由于种种成因的影响，渠道湖泽均被堵塞淤没，造成沙荒遍地，气候的调节也受到不利影响。

在相当长的历程中，开封城虽有古都之名，但规模日蹙，挣扎在风沙水患之中……

然而，我们的开封是倔强的。就它整个历史来看，并不是一蹶不振每况愈下的，而是几经忧患，几经颠簸，却又奋然抗争，峥嵘站立。它搬不走，躲不开，只有迎接灾难；但它又不甘于命运的摆布。城，有衰就有盛，人，有灭就有生，就像一个性格无比顽强、信念无比坚定的人中强者，面对道路的坎坷，命运中的重重艰难，始终没有低头，而是战胜了一个又一个的非同寻常的困难，达到一个又一个新的境界。

开封也没有灰心丧志，虽然它有着比之其他历史名城更多的灾难，但同时也表现出非凡的、令后世人振奋的再生力。它有过两千年前魏都大梁早朝的振兴，尔后近千年间迭经盛衰，终于有了北宋时的百年鼎盛；它有过南宋之后较小规模的降格，而终于又有了新中国成立后至今三十八年来现代化的日趋繁荣。

在外国历史上，有庞贝等古城的泯灭，在中国的版图中，也有新疆高昌古城等的颓垣残迹，而开封没有落到类似结局。它还是它，从古汴京到今日的开封，它走过了自己独特的道路；一条饱经忧患的道路，一条命运多蹇而又终不屈服的道路，一条绝非暴发户而是艰辛创业的道路，一条比任何道路都更值得尊敬的光荣道路。

相国寺——引人遐想的凝聚点

大相国寺的尊号，还在我少年时代，就时常在似梦非梦的想象中出现，它几乎是和开封这个地名同时在我心底生根的。

我一想到它，就仿佛亲眼见到花和尚鲁智深的种种趣事和生活片断；我一想到它，便恍似置身在那个中古世纪游乐场的热闹氛围中；我一想到它，就如同看到当日东京五行杂处、雅俗共赏的一个缩影。

因此，我今次初到开封，刚刚下榻，就急忙向人打听相国寺在何处，迫不及待先要看看它。

在热情的当地同行的帮助下，我不仅看到了它的门面，而且仔细观赏了它的纵深部位，步履遍及每个角落。于是，往昔的美好想象与今天的现实感受双流融合，今日的存在与明天的向往交相叠映，剔除了未来前想象中虚幻的东西，也增添了原来未曾预计的分量。

矗立在我面前的真实存在，是一座名副其实、卓然不俗的寺院。虽然这些年我已去过许多名寺宝刹，但相国寺仍有它独特的格局和堪为骄傲的艺术价值。我在它木雕千手佛面前惊叹了，我在八角琉璃殿前瞠目了，我在它充满历史感的院径上漫步，有一种既庄严而又空灵的升华感。它的非凡格调，它的大家风范，都显示出这是一座真正历史名城中的寺院。

然而，毕竟名寺宝刹不止是“这一个”，它还不可能处处都表现出不可重复的独特风貌，今日的大相国寺还有我原先想看而未能完全看到的东西。也许因为我过于偏爱它，所以就我个人狭小的期望而言，还有几分渴待弥补的缺憾。

我想象中的大相国寺，除了它的超拔的建筑风格和雕塑艺术之外，更具特色的还应有百艺竞技夺彩、八方珍奇献绝的热烈场面，更具有大都市中的“民间色彩”，更具有现代化中的“传统风味”。这样，较之一般寺院更具有不可重复的独特风貌，甚至只能是国内的这一个。

我想象和期待中的大相国寺，是更加名副其实的“大”相国寺，它的内部空间和周围的环境比现在不仅要开阔，而且要更丰富更充实；不仅仅是开封城内的一个观赏点，而且是一个占相当比重的组成部分，提到相国寺就自然会联想到开封，而提到开封就会想到它的重要特征大相国寺，使二者成为形神相映的有机体。

总之，相国寺，它应是一个汇涌古今的文化湖泊，往昔繁华期的沉珠应重新升浮，辉映着现代文化的波光，成为人们美好遐想的凝聚点。

龙亭——时代更迭人世沧桑的象征

我和许多游客——今日的普通人，进入了北宋时期的皇宫禁苑，看到了我久已知名但未识其貌的龙亭。

作为周王府的游山亭，也可能是北宋“大内”的遗迹，只不过是全部建筑中微不足道的一个。当日的全部繁华，只能凭借今日空地的规模、波光潋滟的水面，来推测它富丽豪奢的景象。

无论是根据人民的爱憎演绎出的潘杨湖，还是根据昔日发生的历史事件精工制作的群体蜡像，只是为这个荒圮了的宫禁故地丰富了色调，增添了点缀，而最真实地说明时代更迭、人世沧桑的，我觉得莫过于龙亭下面那荒地的土丘和丛生的树木。

我在龙亭一侧伫立许久，凝望着南面那一大片略显不平的空地，丛丛不规整的树苗在风中摇曳，透过树隙，似乎还望不到尽头，蕴含着一种神秘意味。我的同伴不无谐趣地问我："这是否就是封建时代所说的王气呢?"

我笑了，王气也罢，废墟也罢，反正昔日骄立在此处的重楼迭宇、金狮玉马，包括那个风流皇帝徽宗赵佶宴乐的笑声，都早已埋葬于尘下，只有今日那丛树的深根，也许偶或还会触摸到那些沉埋物的温凉。

过去的毕竟已经过去了，不论是合理的还是不合理的，欢愉的还是伤痛的，都不可能再原封追回了。沉埋于地下的珍宝来日有待发掘，但废墟上面也不是一无所有，这些望不到头的树苗，不论是自生自长的还是人工栽培的，雨后更呈现出昂奋的长势，青枝绿叶毕竟属于鲜活的生命!

更重要的是，众多的游客，本地和外地的，穿戴华丽的还是衣着质朴的，都涌进了这座昔日的皇家禁苑，他们沿着高高的台阶，登上龙亭，不问这是不是当日的建筑原貌，内心都仿佛觉得登上了旧时皇朝的殿堂。

尽管这里没有成群的建筑，只有荒废的遗迹，但对一般人来说，并没产生多少悲凉和感伤，而且从某种意义上说，荒废了的也是一种可供认识价值的存在。

何况，在昔日北宋王朝宫苑附近，在整个开封城，新的建筑工程，特别是居民宿舍楼正在纷呈迭起。这众多的游客，既是这龙亭名胜的主宰者，更是那些新工程的创建者和配享者。

龙亭是时代更迭人世沧桑的象征，它亲察目睹那边的潘湖混浊，这边的杨湖清纯，它亲察目睹旧日开封曾有过的萧条和今日的振兴。

龙亭之龙在哪儿？——在高层楼工地升起的吊车上，在开拓者心灵的窗口上腾飞！

1985 年

青石板上的脚窝

大路旁青石板上有两个恍如脚窝的凹痕，一位身材颀长、年老清瘦的村学究指给我说：这是北宋末年徽钦二帝北上时留下的脚印。

这当然是未足凭信的传说，但靖康二年（1127年）当金兵入侵北宋都城汴梁俘获了徽、钦二帝父子押送至五国城，走的大致是附近的路谅是无疑的。好在这石板上的脚窝只是传说，并没有作为正式的古迹而渲染，更没有新建庙宇以供祭祀。传说也者，总可以由它去了。

然而，这石板上的脚窝毕竟引我驻足良久，也使我对那八百几十年前的往事想了许多……

二帝北徙，当然不是一次潇洒的旅游，更不是去北境巡狩，只有木轮囚车碾碎了昨日东京残梦，冷雨抽走锦衾遗下的香温。在中国自从有帝王的历史上，恐怕由赵佶父子开创了破天荒的纪录：一个皇帝，一个太上皇，还有后妃侍臣等，一发儿都作了乖乖的俘虏（此后三百年明英宗朱祁镇被瓦剌部掳去，那基本上还是皇帝老儿孤家一人），可见当时的宋官家有多惶乱，连会跑的双脚都忘记了自己的本能。也许他们只懂得坐龙椅，当然，太上皇偏爱抚拥名妓李师师，也善琴棋书画。不过，不能不使人联想到：那瘦金体的楷书如衰弱的国力，工笔花鸟飞走了生命的神韵。大敌当前危亡之际，已故去几年的音乐机关首脑、词人周邦彦的琴谱退不走骁骑；高俅遗下的蹴鞠球，在孔武强悍的四太子兀术眼里，恐怕不过是小孩玩具而已。

在中华民族的浩然正气谱中，人们对这种由腐弱而致的屈辱从来不会施以廉价的同情，至多是引起一种感叹。因此，这里没有纪念的遗址，更没有十里相送伤心亭。只有青石板上两个歪斜的脚窝，人道是徽钦二帝北徙处……

说起来只是一个简单的物事，我却在这里流连了许久。到黄昏时分，那位村学究早已离去，却有一个穿着讲究而未免俗气的大款“贵妇”牵着她的爱犬走过石板旁边的岔道。本来，我会为她步行来这郊野而感到诧异，幸而也是刚才那村学究随口告诉我：就近那个小镇上开张了一家爱犬医院，使用的是祖传秘方，一两剂药便能包好。想必这款妇也是去那医院求医的。我正思忖间，那大路上一辆卧车扑地刹车，车门启处，那款妇抱爱犬入内，车又吱儿一声向城市那方逸去。这时，暮色渐深，石板上那脚窝更显得模糊起来。

我怀着复杂的心情踏上归途。蓦地，一种声音使我的心为之一振。原来是远处京九铁路桥墩工地在打桩！这声音真动听，它是属于今天的声音，属于我们这个时代的声音，也是我心中的声音。刚才在那青石板旁流连，心里太窒闷了，骤然听到这打桩的声音，我不仅不觉得喧闹，反而循声走去，好像凑近了才能更好地品听共和国脚步的跫音。

也巧，晚风拢起半天祥云，俄顷，竟淅淅沥沥地下起雨来。我觉得这雨是被打桩声召唤来的。我没带雨具，但也不急不忧，我乐得这雨下得饱些，洗绿中原麦苗，也好洗去石板上脚窝的尘垢。

端的好雨！

明天，京九铁路南跨淮河、长江，北穿黄河，那又将是一番盛景：无论是阴山之麓，也无论是松嫩平原，中华各族人民其乐融融，自祖国首都乘车沿新的干线直趋岭南，犹如极富活力的大动脉，流荡的尽是至爱亲情之血，振兴中华之气！

那时从车窗上看那青石板上的脚窝，是真也罢，是假也罢，只不过是历史积雪上的鳞爪，特定情况下的一种变形的记号。也许它没有太大的价值，但也不必抹掉它；每当列车隆隆通过时，引起人们一点记忆也好。

1994 年

古镇夜声

去年，在散文笔会期间，曾去苏州市属地区的三个古镇（周庄、同里、甪直）观光，当时感受很多，但时过半年有余，仍未写出什么。不是不想写，实在是因为这几年，关于江南古镇尤其是周庄，写的人太多了，其中也不乏精致之作，自恐再写不会有什么新意，以致迄未动笔。昨夜做了个梦，梦见幼时由父母带领去县城（父母共同带我这是唯一的一次）的情景，如闻那动听的市声，而且是在农历八月十五的傍晚，那意味自是非常。醒来后心中交织着很复杂的情味。父母的身影无法追回，却勾起我在江南古镇的感受：那里通常很静，偶闻之声更是动人；尤其是夜声——古镇夜声。

夜声敦促着我，不写出是不行了。在甪直经历的是白天，而在周庄和同里，各度过一个静中有声的夜晚。

我们漫步在周庄狭窄而清幽的市街上。大都是一边有店铺，间有两边都是门脸的。这店铺门脸很自然地使我联想到自宋明以来市镇景象的画图，尤其是张择端《清明上河图》中的生动片断。店铺中大多是中年老板娘，售卖的多是大大小小、各种各样的旅游纪念品，每见有人走过，便满面赔笑地打着招呼，那吴侬软语声音不高，仿佛唯恐惊扰了这小心翼翼的夜色。文友们的脚步却在水泥地面蹭出回音，尽管轻而又轻，却还是不得不出声，只因为这古镇的夜色太静，像轻柔的江南丝绸那么平适。我对并肩而行的当地文友说："如果是石板路，那就更原汁原味了。"文友轻轻一笑："原先肯定是石板的；尽管这里保存得好，也难免有些改造的。"

无意的解释，倒使我想起我山东半岛故乡的县城，当年的街道全是用整轮的磨石铺筑的，吴地这里不致那么粗犷，但估计也是石板或碎石铺就。南北风格虽说有异，却也有许多近似之处。譬如我在同里镇偶尔发现：一个水流拐弯处，可能遇到水下石碴阻拦，水面上出现一些漩涡，而且发出极其悦耳的漱玉声，傍晚时分更恍似一种乐器的奏鸣。这种声音我小时候在县城也是听到的。我的故里虽非典型的水乡，县城却也有吊脚楼式的房舍建筑，石柱之间是日夜淌水的，那种别具意味的动听的声音自幼时便储存在大脑里，几十年后在江南水乡又得到重合。也许只是我的褊狭体验：凡是最亲切的东西总是很容易与自己的故乡或父母所在地联系起来；何况虽地有南北，毕竟都属于华夏文化圈内。所完全不同的是：人家这里保存得基本完好；而我们那里由于战争或人为的拆毁，原先的造型和意韵均已不复存在。

也是在同里那天晚上，我们一行人在东道主陪同下吃晚饭。这是一座二层楼房，建筑风格古雅。坐下来以后，不知怎么我又想起《水浒传》中戴宗和石秀在大名府吃饭的那座酒楼，端的中古情味。类似的感觉前几年在河南开封第一楼品尝宋味"东京小笼包"和在山东阳谷县狮子楼上也曾体验过。只是这里的陈设更富江南情韵，窗户雕饰得很精致，那云状的图案很启人神思。我们正边吃边聊，忽然听到窗下临街处有人在喊。有人问"喊什么"，东道主告诉说是"蹄髈"，即是一种经过精料加工的猪肘子，是当地的特产。我透过纱窗向下看去，在临街对面，售品窗口已有数位顾客，还有的在回头招呼同伴："蹄髈，真棒！"一听就是北京来的游客。这喊声在静夜里的街市传开，就像云层裂开一道缝，漏下几颗星星。这一招呼不打紧，连我们中的一位笔会参加者也坐不住了，她来自大西北，父亲原籍苏南，多年未品这特产口味，特地关照女儿，尽量带些“蹄髈”回去。过了约二十几分钟，耳听木质楼梯响，伴着一串满足的笑声，估计她必是如愿而回。在这静夜，在这幽雅的古镇里，这样不加收敛的笑声也是罕有的。

但最难忘的夜声还是在周庄。晚饭后，我们全体笔会参加者乘小船循与街道大抵平行的小河漫游。举头灯影是迷离的，在幽暗的水面上晃动着斑斑驳驳的波纹；鼻息间是别一种气味，好像是水的清气与石壁上青苔的混合体；船儿几乎是全无声息地滑行在水波里，一一穿过我们白天就已熟记的拱桥——双桥、富安桥、贞丰桥和福洪桥。在行进中，有的文友知我能唱两口京戏，便提出要我助兴，大家都吆喝起来。盛情之下，我实在难以推却，便舍得打破静夜氛围的代价连唱了两段。不只是因为文友们的鼓励，实在是个人也觉得这环境真好，河壁是湿润的，空气是湿润的，就连声音也变得湿润了。由此我想：同是一个人，同是一副嗓子，在不同的环境、气氛和情绪下，效果竟会出现如此大的差异！看来，人要活得好，是绝对离不开客观世界对他的激发与承认；反过来说，个人又应以什么样的态度来对待客观世界呢？

当我们到达终点下船后，刚才为我们撑船的一位中年船家女突然大展歌喉，唱起二十世纪四十年代即已流行的《四季歌》，一时把大家都震呆了，不约而同地止住脚步，肯定都是在品享这难得的乐音。真的，在我听来，她的歌唱得虽不及当年金嗓歌后周璇那么娇柔，却充满火样的泼辣，水样的流畅。这是真正的夜之声。这夜声，毫无造作之态，冲洗了某些古老的陈封气息，使古镇变得空前活泼起来。

2000 年

国粹京剧

两百多年前，盛行于长江沿岸的“四大徽班”，正当乾隆皇帝八十岁生日之际，由御用“部门”的一声召唤而进京，从此湖广韵融入了京腔。至少在老生、正旦、净角等行当中，还保留着不少的“上口字”和“尖团音”。直到今天，如果一位正工老生或正旦青衣完全以现代普通话吐字发声，那将会被行家们指为相当的“不规范”，十分的“不地道”。

这就是所谓京剧融汇形成于京，却又不完全姓“京”的微妙之处。

那么，最初的“京剧”是谁？哪些是它的宗师？可以说它是“同光十三绝”，它是程长庚、张二奎、余三胜……它是谭鑫培、杨小楼、王瑶卿……很有意思的是，姓京的“京剧”在相当长的时间内，其掌门人和台柱子较少是籍属北京的坐地户，倒是江淮流域乃至江南人氏者占了大多数。例如谭鑫培、余叔岩等都籍贯湖北，程长庚、杨小楼等原籍安徽，梅兰芳则籍属江苏，而周信芳（麒麟童）更是浙江人氏。在老一代的名伶中，倒是离北京最近的天津占了一席之地，号称为“老乡亲”的孙菊仙自成一派，曾叫响一时。只是在大致相当或稍晚些时候，名角在北京（如程砚秋、言菊朋等）与河北（如盖叫天、李少春等）等北方地区如雨后笋生，众秀并起。

还有，京剧衍生发展之日就不那么囿于门户，遮颜蔽见，而是从不拒绝兼容并蓄，广纳弦音。它既有昆曲洞箫里溢出的魂魄，又有胡琴大师指缝间漏出的精灵；它既有地方剧种乃至民间小调的粹选韵味，又有诗词歌赋绕梁三日的余音……

京剧的表现手法，基本上是虚拟；但一切又都是实指。对它来说，所谓“天下”就在脚下，四周景物尽在演员眼瞳里闪现。八尺舞台上说无便无说有也俱有。有山、有水、有车、有船；有生、有死、有静、有动。手中的马鞭挥出千里驰驱，水袖抖出潺潺溪流。从几声急骤的锣鼓点中，能听得出千军厮杀；从月琴的纤指拨弹中，品得出剧中人心潮难平。台上如泣如诉，台下如醉如痴，许多时候，内行的戏迷们只听不看，而是细细地品味，甚至能在椅背上叩出隐隐的指痕，难怪我小时候在故乡，人们极少说去看戏，而几乎都是“听戏”。

“京剧”，在二百年间起伏跌宕，但总的说来是辉煌多于不幸。上个世纪二、三十年代，大师迭出罗列突起一座座高峰：四大名旦，前后四大须生等，不一而足。看来，愈是顶尖的国粹，愈是不能永久地拢在一区乃至一国，往往会经意不经意地“渗”出国门。二十年代末迤至三十年代中期，当时“梅博士”风华正茂，先后远渡美国、苏俄与东瀛日本。就是在大洋彼岸的美国，获得了“文学博士”的殊荣，与蜚声世界的电影明星卓别林结识并成为知交，在苏俄，戏剧理论大师斯坦尼斯拉夫斯基和居留于此的德国戏剧家布莱希特等都以近于倾倒的心情欣赏这来自于东方古国的“神秘艺术”。曾经阅遍世间各类戏剧的权威们无不耸肩惊叹——不可思议！不可思议！他们无不折服于无布景的舞台上何以能够千变万化，却又令智者能懂那《打渔杀家》中河水、船和人之间协调的互动，打击乐声中人物的轻盈起伏准确而又令人神往的意境。一种极其特殊的戏剧美学，一种舞台上的别开生面的诗。于是，又一个表演体系诞生了，而“梅兰芳”这个响亮的名字也传遍了中国。

新中国诞生后，国粹京剧在“推陈出新”中得到了合理的延续。五、六十年代，中国的老观众仍然在传统的京剧氛围中得以微醺状态的享娱。而且又派生出一个新的现象，新中国的京剧访问团，连连风靡欧陆，在另一个相当挑剔的文化地域走红。就连“音乐之都”维也纳的金色大厅里，中国的打击乐和胡琴、二胡有时也成了主角。《拾玉镯》中孙玉娇手中的无针之针、无线之线无形牵引着金发碧眼的观众的注意力；而“大闹天宫”中美猴王手中的金箍棒，更使整个欧洲人的眼睛围着它旋转……仿佛中国京剧团一变而为流动的大使馆，已建交和尚未建交国家的有幸观赏者，就像看默剧《三岔口》那样，不需语言就能彼此相通。

据说当年“老佛爷”慈禧十分地爱听戏，有的名角蒙恩而受到诰封，有的受到其特殊钟爱而倍获赏赐；但其实她如同将孱弱的皇帝玩弄于股掌之上一样，也只是“玩”戏而已。真懂吗？非也。所以，正如百年前西太后的长指甲没有点破京剧的魅力的奥秘一样，三十多年前遭遇“文革”的断代，“红都女皇”江青的拨弄也没有从根本上摧毁这桩国粹。新时期以来，在当局的大力扶持与热心的从业者的努力整合下，京剧仿佛又经历了一个新的春天。前所未有的境遇是：国家电视台和有关方面连续六届举办青年演员擢拔大赛奖，还有隆重的全国性的京剧票友赛事；更新鲜的是京剧团走进了学校，一宗千锤百炼的艺术真心诚意地与年轻的票友们“结拜”。参与其事的还有在中国居留的好奇的老外，他们除了饶有兴致地背诵唐诗“床前明月光”，偶也会哼一句“一轮明月照窗前”。这是难度很大很容易走调的“二黄倒板”，非常“吃功夫”的老生唱腔，他们也偏往虎山行，也要尝试一下。尽管离着应有的佳境还不知远近几何，但切合了一句使人听着十分信服的贴心话："重在参与"。这一切都昭示出一种旨在普及的势头。

当然，任何的艺术品类的产生与发展都与它的时代土壤不无关系，京剧毕竟是形成于二百多年前的时代背景下，渗透着那些年月各种各样的思想观念和欣赏趣味，与今天的许多人尤其是众多现代派的"女孩儿"和"男孩儿"的精神需求与欣赏意趣很可能相去甚远，指望京剧一时间像流行歌曲乃至某些电视节目那样的接受率与收视率是不现实的。也不能因为没有达到这样的普遍指数就预言京剧如何如何的不行了，甚至会和地球上的珍稀物种一样自然地消失了，云云。

即使不必加一顶"杞人忧天"的大帽子，至少也敢说一句不加任何装饰语的三个字："不会的"。

其实，即使在几十年前京剧还处于盛期时，也不是人人都趋之若鹜的。我同学中的大多数人普遍的一个反映就是："听不懂唱的是什么"。我清楚记得胶东解放区出版的《胶东文艺》登载的文章中，有人几乎是以轻蔑的口吻说："平戏（当时的称呼，北平是也）中的旦角咿咿呀呀地大段的反二黄，听着都快睡着了，"说明历来基本上"萝卜青菜，各有所爱"。

因此，我认为，一种成熟的艺术形式只要具备相当稳定的影响，有相当范围热爱它的观众，为时间证明是有深厚根基、独特的艺术魅力，纵然它永远不被人口中绝大多数比例的男女老少所青睐，也丝毫无损它真正的价值。适当推助扶持是必要的，却也无须拔苗助长。也不必太多地指望"从娃娃抓起"就会有朝一日人人都成为京剧迷。我同样要说一句并非泼冷水的话："不会的"。

还是以包容的心态去对待人们的喜欢与不喜欢的问题吧，譬如说对于“样板戏”，有不少经历“文革”灾难的过来人一听到那种唱腔，就不禁想起十年浩劫中的非人遭遇；而另一些比较年轻的听众则不管唱词中有否“三突出”之类的遗毒，还觉得颇为动听。对此，目前还未见到有一种斩钉截铁的权威说法，也只好由不同情况的人们“跟着感觉走了”。又譬如开国初期基于政治倾向和思想内容颁布了为数不多的有问题的京剧剧目，其中就包括表现明代正德皇帝冶游大同宣府宿民间小店诱淫民女李凤姐的《游龙戏凤》（又名《梅龙镇》）。而前些年自动开禁，舞台上和电视屏幕上演得较火，而且被某些媒体和专家点评为“表现了皇帝与民间少女的一段爱情”云云。许多人都知道，明武宗朱厚照是历史上可算顶尖级荒淫无度的“天子”，强占民间美色无数，最后暴死于他设置的淫窟“豹房”之内。对于这样的“爱情遇合”，人家争演的雅兴不减，又有什么办法？再譬如：有的大城市出了非止个别的“天才京剧小孩”，在电视大赛中摘金夺银，被家长引为骄傲，也引得别人羡慕，但我也听到更多的青年学生反应冷淡：“一点也不喜欢”。我以为这都属于正常，一句话：包容万岁。

其实，对于一般人来说，不必要求太高，过苛，只要能听听京剧总的说来还不失为优美的唱腔，又何须听懂每一句唱词儿？要的是如唐诗宋词般的韵味，那里有春雨，有秋色，有人情，在一定程度上，也能疗治浮躁与心灵的荒旱。不信，请看在公园的长廊里，春雨正为票友的清唱伴奏呢。

这也是一种珠联璧合。

2009 年

国粹书法

我在想，假如没有据说是发明了毛笔的蒙恬，我们至今会不会一律都用圆珠笔写字？假如没有集造纸技术之大成的蔡伦，我们会不会直待西方发明了电脑才……不然我们的双手，在漫漫一两千年中将缺少一种最具文化品位的功能。

所幸那样的危机毕竟没有发生，这才成全了李斯、程邈、钟繇等书家；尤其是成全了书圣王羲之，在当时江北刀丛漫长而相对安定的长江南岸，写下了千古啧啧的《兰亭序》，逗得三百年后的“天可汗”唐太宗也寝食不安，由于爱之过切，据说在他临终时采取与帖同穴入土为安的绝招，为后世创下了一个千古之谜。

为了这出神入化的象形文字，张旭、怀素舞起了笔端之下的“墨带艺术体操”，颜真卿及其虔诚的效法者们垒起不用砖石却比砖石结构更流传久远的“风骨长城”。而米芾、董其昌在刚柔相济中又变幻玄机，墨色的线条在史书的行间圈圈点点，跨过了八股文的高栏，穿越改朝换代的硝烟，该留下的大都留了下来，该为人称道的一直为人称道，而不论这些挥毫者留没留下画像，更遑论有没有玉照，人们却凭借自己的想象去揣摩他们的风采，甚至绘其肖像；至于是否肖似，观者均不过于计较，宁可信其似，而不愿妄加贬疑。譬如，既然米芾号称米癫，那么必然是一路癫狂，形神飞扬之至就是。

在古代，人们在评价书法的神韵及功力的同时，总是习惯伴随着对书家的品行加以审度。最突出的是唐颜真卿在抗击安（禄山）、史（思明）叛乱中坚贞不屈，而为人视其气节与书法并重。而宋、元之交的赵孟頫，因是赵宋皇族却以身事元，尽管其书法亦受推崇为一体，但结合气节综合考量，似乎多少打了些折扣。再如明代晚期的松江董其昌，世传居家时与其子欺压乡民，好像在审视他的书法时，自觉或不自觉地也对此君多了几分负面感觉。更有甚者，据传南宋巨奸秦桧诗词书法均有相当造诣，却就是因有勾通金邦残害岳飞等不赦恶行，其书法竟一无留传者。

毫无疑问，在科举盛行的时代，考场中除了文章的较量外，书法也绝对是不可轻忽的。我国科举史上的唯一流落到宫禁之外的状元卷，是明万历年间的籍属山东青州的赵秉忠（公元 1598 年中状元），我看过这份状元卷的复制本，两千六百四十字工整优美的楷书无一涂改者，这样的思路、这样的书法功力均非常人所能及。我因此又在想：今天所知的当年屡试不第而后来成为某个方面名人的赴考者，除了考官的不公、考生所表达的思想不合上意等因素之外，其中有的有否在书法方面尚有某种欠缺或涂改而影响视觉等原因？当然，后者只是一种猜想。

在中国，也许还有一个特殊的现象，即历代帝王中为数不少的具有不浅的书法功力，个别的还有独特的创造哩。一般人的着眼点多半倾向于雄才大略、有作为的君王，这方面的书家当然并非个别，人所周知的如唐太宗李世民、清圣祖爱新觉罗・玄烨等人在书法上都堪称一家；但在功业上并无大建树，甚至腐弱无德的帝王，也有可能在这方面颇有造诣。宋徽宗赵佶的“瘦金体”向为不少人所称道，他的儿子宋高宗赵构其实也是书法高手。前年笔者在台湾“故宫博物院”看到赵构的书法真迹，如单从功力上讲，实在不比对其父印象差。尽管这个偏安江南贪图享乐的南宋第一任皇帝在诸多方面乏善可陈。

书法作为典型的国粹，其影响也早已深入民间，甚至穷乡僻壤。我小时候在老家，听大人们讲，我的一个大表哥找对象，还是半自由恋爱。而女方之父却要考核一下他这个未来的女婿毛笔字写得咋样。为此，他耍了一个小花招，由其女儿将对象请至家中，以为其小女儿写书皮为由进行“考核”。结果我的大表哥的毛笔字未入那位当过国民党团副、眼光严酷的未来岳父的法眼，对其女儿施加负面影响，差点搅黄了一门亲事。就连我上小学时，还赶上一段重书法的时期，一般家长和老师在看待学生未来有否“造就”时，毛笔字写得怎样至少是一个重要的标志。记得有一次，当在东北谋生的父亲回得家来，不问我的语文和算术课成绩，单单要看我写的大仿和小楷。这还不算，他还逼我将邻居一位同学的大仿本要来供他比较，结果他认为那同学写得比我好，因此将我“撸”了一通。要知道，在这以前父亲是极少批我的，这足以证明，我们那地方书法遗风之盛。

在我的记忆中，顾不上重视书法的是开国前战火纷飞那几年。至于“文革”年代就不必说了。近年来的和平岁月中，重视书法之风又在社会生活中抬头，直到今天仍有方兴未艾之势，墨色线条正在雅俗群体中游走。当然，有时是在熏染一种融融古意，有时又是在展示一种有身份的时尚。不消说，那种科举进身的动因已经永远不复存在。

在大市场的喧嚣中，书法也没有绝对成为有距离的观客，它在散溢着不俗墨香的同时，在价格观念上也没完全超然。在极少数大腕手中，价格超过了京、沪黄金地段房地产。一般是论平尺，乃至按字儿；比较便当的方式是，有时夫人在门口收费。

但有一种盛况是值得称道的，即书法在中国土地上空前的普及效应。尤其是在各地的离退休老干部（还有许多“老年大学”）中，羊毫和狼毫挥成了龙飞凤舞；兴奋处，墨汁溅在长寿眉上，端砚挤得骨灰盒远远退避，书法由此被赋予养生怡情的新宠。一年四季，室内充溢墨香，胜过了传统的岁寒三友。

书法早已不再是士大夫与某些“寒士”的专属。在一些群众性的讲座中，我们还能听到莘莘学童在回答老师的提问：“书法又称为法书，是汉字的书写法则。主要讲究执笔、用笔、点画、结构、分布等方面的方法。譬如执笔……”

这声音还不乏稚气，却又那么认真、执着。在我眼前，仿佛流淌着一条条溢着墨香的小溪，从两千多年的源头而来，向中华文明的新天地而去……

2009 年

两颗文星的命运

——关于王士禛与蒲松龄

清朝康熙年间，在山东中部出现了两颗文学之星，一颗是幸运的，为众人托举而虔心礼拜；另一颗内核炽烈而外缘淡然。若干年后，前一颗归于它应享的适当地位，而后一颗却拭去世尘的遮掩，灿照闪亮，辉耀神州，今天其影响已扩及海内外。

这就是新城（今桓台）的王士禛与淄川的蒲松龄。

王士禛，是清朝初年声名卓著的诗人，别号渔洋山人，为当时文坛盟主，神韵派首领，官至刑部尚书。他的曾祖父王之垣，明嘉靖壬戌进士，官至户部左侍郎，祖父王象晋，明万历年间进士，官至浙江右布政使；叔祖王象乾，官至兵部尚书，晋爵太子太保；其父王与敕，清顺治元年拔贡，封国子监祭酒。王士禛生在这样一个世代仕宦的家庭，有诗文熏陶的环境，又有进身取仕的条件。他的一生，除勤于政途之外，就是著述交游。他寿逾古稀，著作甚丰，主要有《渔洋诗话》、《池北偶谈》等。

而蒲松龄的终生际遇则几乎完全相反。他少年时虽崭露头角，随后却在科举道路上累累失意，大半生的时间基本上过的是穷塾师的生活。但底层的生活也促使他更能够体察民间疾苦，多舛的命运也造成他胸中郁忿借诗文以倾吐。他最辉煌的著作《聊斋志异》奠定了他在文学史上的地位，借鬼狐以状人生，以曲笔鞭笞魑魅，人物情态活灵活现，细节刻画惟妙惟肖，不愧为中国短篇小说之王。

我这次步访山东中部淄博城乡，有幸第三次瞻仰蒲松龄故居，特别是第一次来到桓台参观了与王士禛有关的“忠勤祠”和“四世宫保”坊，除感到一种精神满足之外，心中还有一些复杂的意味。历史当然是公正的，但在某个阶段中对于某些人和事，也常常不那么公正。蒲氏故居已修葺多次，早已吸引着众多的国内外谒访者。王氏忠勤祠近年来也整修开放，还有与王士禛相关的其他遗址也相应地受到重视。但有所不同的是：蒲松龄故居在当时只是三间茅屋和同样简陋的小厢房而已，今日的格局完全是新中国成立后装修扩展而成，而决非蒲老先生生前原貌。王士禛家族的忠勤祠却不同，它在建立的当时就是青堂瓦舍，几进大院，树木森森，势派赫然。恐怕不论今天如何整修，比之原貌的威势肯定还有逊色。一个蒲氏故居，一个王氏祠堂，在当时却是一个陋牖敝户，门庭清冷；一个是朱门香车，拜者络绎。即使是历史，在当时也有势利眼，怎知就在这蓬门晨开时走出的那个口衔烟管与过往路人闲聊的村夫，就是若干年后被广大的人们确认了的大文学家；而那位被当时士人才子所仰慕膜拜的大诗人和朝廷命官，其文学成就竟不能与那个村夫比肩。

真的，笔者也是山东人，对我这两位先辈老乡不存在任何偏向。蒲松龄的作品我当然喜欢，王士禛的诗文我也读过不少，但我不能不公正地说，王的作品从思想到艺术出类拔萃者还不算多。也许我妄谈，他在当时文名之高，是不是他的官保了文，官升文名也升。而蒲氏就缺乏这个优势，他只有凭真功夫立足。令人特别感兴趣的是，这两位作家都写过一篇《地震》，都是描述康熙年间山东郯城县大地震对淄博地区波及的情状，但在思想艺术的各个方面却不难分出高下。

但我假想在当时，一般评论者看了这描写同一物事的两篇文章，恐对王文的喝彩声倒要高于蒲吧?

这是假想也不是假想。历史也许最终是公正的，而在当时由于受到种种晨雾暮霭的遮蔽，也可能做不出立竿见影、准确无误的判断。

当我在王氏"忠勤祠"中，聆听着女讲解员以清爽的普通话娴熟地讲述着王士禛的高祖王重光效忠于明王朝的种种业绩："抚谕"平蛮，为嘉靖皇帝营造宫殿而涉险采木，亲身深入林莽，结果触瘴而死。嘉靖皇帝因而赐书"忠勤不悯"。这些，当然都是王氏祖先的荣耀，历史的局限是不可苛求于古人的。但我听后，毕竟还是撵不走内心的不畅。我觉得，作为文物保护自然是必要的，因为它具有较重要的史料价值。但如在今天不分青红皂白地大加弘扬对封建皇帝的"忠勤精神"则未必可取。"文革"中统统砸烂固然是令人诅咒的野蛮行动，今天对一切封建思想糟粕一味称颂也并非完善之举。笔者是很崇敬蒲老先生的，但即使对这位闪烁着思想和艺术辉光的先贤，当这次在蒲氏故居听讲解员念及他直至古稀之年还锲而不舍地赴省城赶考时，我也隐隐产生过一种凄怆的感觉，仿佛在心里说："我的老先生，你三番五次，还不死心哪！你难道还不明白，那班形若槁木、心存偏见的考官们，是不会对你这个并非决然循规蹈矩的村夫学士给以青睐的。"参观之后，在归途上，我又产生出另一种宽解蒲公的理由：也许他并非完全由于迂腐，而在很大程度上是体现出一种"不到黄河不死心"，誓以自己的文才一展宏愿的"拧劲儿"。如果是后者，那倒也谈不上什么局限性不局限性了。

在去新城和蒲家庄的路上，树木萧疏，朔风刮面，但同行诸君谈兴不减，集中在乡梓这两位文学家的友谊上。说到王渔洋如何官高位显而礼贤下士，不以势位论交，与蒲松龄保持了数十年的诗文友谊，并传为佳话；说到公元 1711 年（清康熙五十年），当蒲松龄在家听说王渔洋因病去世时，哀痛万分，立时提笔作四首悼诗以寄深情。这些听来也不无感人之处。但这恰恰又勾起我多年来百思未得其解的一个疑团。王士禛既为高官又是名士，他何不在山东抚台或济南知府面前为蒲松龄说上一两句话？那肯定对改善这位文友的处境会生立竿见影之效。究竟是什么原因没那样做？难道也是如某些人与人之间的关系那样，对坐清谈可以，微不足道的帮衬也行，但要使自己担些干系的关键事儿，则对不起，不帮也罢。这也许是笔者幼稚的揣测，孰知不是蒲公自己清高，不需朋友举手之劳，必要自己在竞文场上较量一番，才受之无愧，也未可知。不过，毕竟未见到有关这方面的确凿记载，也就难免要使晚生猜测下去了。

上述如此那般，绝无扬此抑彼之意，只是为文之道，不宜一味歌功颂德，糖上加蜜，也得坚持实事求是的精神，既是历史的，又是现实的；既为承前，又为启后。即使是向外介绍，也要使人信服方好。正如我在原桓台城看到的那座气象巍然的“四世宫保”坊，我一方面为这座明代建筑能完好保存下来而由衷庆幸，另一方面也不想在这钦准“圣恩”面前顶礼膜拜。我在这里珍重的是一宗文物，而在蒲公画像面前品味的是一位杰出文学家的资质和精神。

但不论蒲松龄还是王士禛，作为文化巨子和他们所创造的精神财富，不仅属于我们中国，也应属于全人类。

星，不论是大星小星，亮度有何差别，但都是星，都是不会轻易消逝的。

莫斯科，雨夹雪

莫斯科的初冬，并不像我原来想象的那么冷，都十一月初了，地面气温仍有四摄氏度，自早晨开始下雨，一直到黄昏还没有停下来的势头。从国际机场到市区的高速公路两旁，白桦树都在雨雾的幔帐里，看上去格外深幽，充满了神秘的气氛。

渐入市区，层楼梯次增高，大都呈灰白色，除了过去在图片上看到的那种尖耸的格局而外，一般的高层楼样式变换不多。但主干马路很宽，而且有快车、慢车和人行道之分，却很少见到自行车。街树不止是一行两行，仍然可以称作是林带，在雨中静静地呆立着。据说，莫斯科四季都很少刮风的。所以树枝并不见摇曳，却因此也少了些活泼气氛。

然而，在我们飞速行进的小轿车里，倒是一点也并不窒息。两位年轻的翻译，是刚从东方语言文学系毕业的大学生，一路上倒成了他们校正汉语发音的好时机。男的叫阿廖沙，一副文秀清雅的模样；女的叫叶莲娜，长得格外小巧玲珑。他们都对北京话的儿化音感到新鲜，对四声的细微差别也很有兴趣。其实，在这方面他们请教我算是找错了对象，我常常苦于自己的胶东方言四声不准；倒是惊羡这两位没到过中国的年轻人何以汉语说得如此娴熟。

同车的另一位苏联作家协会女工作人员不会说汉语，只是感兴趣地听着。叶莲娜介绍说，她叫冬妮亚。我立时想到了《钢铁是怎样炼成的》里保尔少年时的女友，那个林务官的女儿也叫这个名字，于是我竟然未加思索地说出口来。他们对此既不反感，也不热情，从神态上看似乎对这部曾经脍炙人口的作品比较漠然。但他们对现实中的莫斯科却是以热烈的口吻做着介绍。当小汽车驰过一个车站时，叶莲娜说这是首都的九个火车站中的一个，是开往西北方向去的；“这是高尔基大街”，“这是列宁大街”。当汽车从一个阔大的门脸儿经过时，他们说这是北京餐厅，卖的是典型的中国风味菜肴。我问他们来吃过没有，都摇摇头。看样子绝不是不想品尝，也许是因为没有机会，或者因为这里是高级饭店，他们也不容易进来，这就不便细问了。

汽车在苏联作家协会院子里稍停，院中有一座列夫·托尔斯泰的坐像。翻译解说道：这是因为托翁曾到过这里，所以修建这座塑像以为纪念。但是，雨却有点别扭，反而越下越来劲，既不照顾兀坐沉思的大文豪，也不照顾我们这些迢迢前来的客人们，托翁倒是不怕淋的，我们却已是头发眉毛一把浇了。

尽管雨还在下，红场仍是要看的。几辆小汽车继续开动，在一条宽阔大马路的边道上停下来。边道下面已积了雨水，主人们是不在乎的，她们早已穿上习惯穿的小皮靴，我们可都要趟水而过了。但实际上又过不去，在这种小汽车如过江之鲫，齐头奔涌的街道河流上，谁也甭想有一丝空隙穿越马路。这时主人指领我们转入地下，顺地下通道前行一大段，上来就是红场了。

黄昏时分的红场，云隙中透出几缕绛色的斜阳，使人沉浸在类如白夜的神秘氛围中，但雨还在慢慢地抽丝，一时也顾不得管它。我倒有一个也许少见多怪的发现：这红场既不像我原先想象的那么宏大，也不如过去在电影上见到的那么开阔（由此我更加佩服摄影师拍摄技术的高超），甚至在我看来，它只是一条并不算长的通道；再看那列宁墓上的检阅台，也不算高大宽阔，不知怎能容纳那么多的检阅者。然而，当我想到红场的过去，心头上还是油然产生一种庄严感。特别是在那个严寒的冬天，希特勒法西斯的军队直逼莫斯科城下，狂吠狺狺，举世震惊，而以斯大林为首的苏联统帅部，还是断然决定照常举行纪念十月革命节阅兵式和游行……既想到此，我仿佛觉得这红场顿然变得阔大了，它的每一块铺路地砖上都有着历史庄严的履印，它的每片边墙上都储留着悲壮沉雄的余音，凡是不适时的恼人霪雨都应消散。

这天因为天色已晚，加之不是开放之日，瞻仰列宁墓的渴望只有留待明日实现了。去时，留给我的深刻印象是列宁墓门口那两个站岗的卫兵。他们的身躯笔立，神态凝然，严肃是足够的，但多少有点板滞之感。

睡了一夜，雨丝改装了，一身缟素，纷纷扬扬，落在脸上，还有些湿漉漉。雨夹雪吗？不，更确切地说，是雪夹雨。瞻仰列宁墓的行程就是在铺地遮天的雪花中开始的。这天，是十月革命节的前两天，当地的各界，特别是中小学学生来得特多，因此队伍排得足有二三里地长短。白种人的少年脸蛋儿本来就是粉嫩的，再加雨雪风寒浸润，愈发红苹果似地耐看了。他们都戴着五颜六色的滑雪绒线帽，我们代表团的七十多岁的老团长也戴一顶灰色绒帽，其他的人都光着头。看来是全部警察都出动维持秩序，他们吆喝着跟上距离，许是对远道来宾要求更加严格之故，一个警察喝令我们的团长摘掉帽子。我的大衣兜那个部位有点隆起，这是因为在大使馆餐厅吃中饭时发的一听啤酒没舍得喝，去时仓促又没有搁在居室，就随身带来了。警察眼睛甚尖，一眼就察见有异物，喝令我掏出来，见是啤酒，便叫我存在旁边一个存物处，我一急之下，为免麻烦，就随手送给过路的一位老妇了。

进入列宁墓，气氛更加肃穆，警卫少说有数十名，里三层外三层地护立着，都是同一个神态。列宁遗容看上去是粉红色的，很新很新，就和前几天在保加利亚索菲亚看到的季米特洛夫的遗容同一种色泽。我算了算，伟大列宁已经逝去六十二年了，半个多世纪的时间，遗体保存得还这么完好，实在使人惊叹，这和他的不朽事业同样是一种奇迹！

走出列宁墓，循高墙绕行半周，又依次看过逝去的苏联党政军著名人物之墓，我较为注意的是斯维尔德洛夫、加里宁、朱可夫等人的长眠地，尤其是约·维·斯大林，这位自我记事起就已熟悉了的名字，他也享有与其他人物同样规格的半身雕像，目光微微低垂，好像在沉思什么。令人安慰的是，在他的面前也有人们献的两三簇小花，比起来也并不算很冷落。尤其使我感兴趣的，这些花不是纸的，也不是塑料的，这样的季节，有鲜花绽放，也是够难得的了。回头望去，鲜花在落雪的掩埋下还渗出点点淡红，有一种寒凛的静谧美。

回到大使馆，雪团抖得更紧，仿佛还带着扑扑的柔软的声息。同行者古君提出何不趁此雪景，到外面照几张相，不也别有风味？我道也是，大门口就是一个街畔公园，挂雪的白桦树，红白相间的枫树落叶，冰封的小湖，埋在雪中的绿色长椅，特别是对面那座高耸建筑——莫斯科大学，拍照出来是别有风味的异地风光。那在大门口值岗的苏联士兵也感兴趣地远远瞅着，脸上还露出憨憨的笑，不像适才红场上的警卫那么冷峻，如临严阵。

回到住处的楼窗外侧，蓦然发现一个令人惊喜的奇观，一株枝繁叶茂的浴寒树擎起紫红色的花束迎着我们，迎着我们这些来自北京的亲人们，我心中不禁涌出两句不成诗的诗句：“万千生机临风遁，一簇红云赶雪来”。因为看见了它，也更觉是来到自己的家里。还真是，这里李大使设便宴请我们进晚餐，二秘小王同志（只是因他长得少相，故称小王，论年龄倒不见得比笔者小多少）跑前跑后，为我们张罗杂务，还耐心地带我们参观了使馆内的设施，倒也开了不小眼界。当我去财务室兑换外币时，还碰到一位北京老乡（我现时家居北京，也可算老乡了），她原是北京市的一位小学教师，后随她爱人调至驻苏大使馆，小孩还留在北京。她一边熟练地点着美钞，一边以脆亮动听的北京话问我京门乡事，一时竟使我忘记是置身异国遥乡。

夜观莫斯科街景，突出的感觉是灯光通明，电力很足，那些霓虹灯虽无光怪陆离奇形异色，却也遍体生辉，变幻莫测。看着看着，我又回到那种感觉中来：莫斯科的天气并不十分寒冷，虽是雪天，未穿厚棉衣也不觉得彻骨生寒。莫斯科的红场也不像原来想象的那么开阔，原先感觉的产生，也许是因为伟大列宁安卧在这里吧。

看来对于任何地方，只有亲临其境，才更接近于真实。

1987 年

西伯利亚风雪线

清晨，天空虽有雪云，但阴得并不紧，懒洋洋的阳光从云缝间偷偷地漏下来，在车窗前一掠而过。这里是一面下雪，一面晒阳，奶油般的柔光抹在铁路旁的雪上，把雪地调和得情味更加浓郁。

道轨两边各约十几米远近，都是浓密的白桦林，枝丫像一个个身材细长、正在凝思的人抄着手，承接着多情的雪花，静静地、一动也不动，仿佛进入了奇幻的意境。忽然，一群觅食的麻雀飞来，剪断了雪线，跳跃在枝丫上，白桦林中的静谧气氛被惊扰了，但我想它们也许并不讨厌这些雀儿。过于宁静，也需要喧噪的调节，无声固然有时也是一种妙境，但总是无声无息毕竟也缺乏应有的乐感。

我们乘坐的国际列车对所经车站的当地人来说，显然还是比较新鲜的。站前人们的目光大都显得沉静、柔和，有的流露出难以抑制的热情。

在鄂木斯克车站停下来散步，一位五十多岁、工人模样的高个男子，见到我们显得异常兴奋，摘下头上的皮帽子挥舞着，加强着他所要表达的语意。可惜他所能掌握的汉语词汇太少，我们只听得出他在五十年代后期到过中国的哈尔滨。当我们上车后，他还向我们流露出孩子般的真诚的笑，车开动后，他扭过脸去，好像在掩饰着什么。哦，原来他流泪了。

我看到一张爱激动的诗人的面孔，一种只习惯在自己心坎上写着的诗。

雪线把这诗行拉得更长了。

我腕上的表针没有拨，还是北京时间，所以当时间指向下午两点时，暮色就开始笼罩下来。车内仍是别一个小世界，温度计的水银柱仍然凝恋在二十三度上。

列车在新西伯利亚车站停得比较长，我们都下了车，尽管雪中的月台很滑，也没有使急于活动腿脚的旅人们望而生畏。起风后的雪片已不那么温柔，抽在腮帮上，麻辣辣的。这时，一个刚刚下车的女孩子有些好奇地瞧着我们，想接近又不好意思。我们中会俄语的同志以长者的口吻同她叙话。她很羞涩，就像隐在叶丛中的山桃，红得腼腆；那蓝色的瞳仁深蓄着两泓澄纯的晶液，在暮色中也未闭拢这心灵的窗户。她说她还差一年，就在十年制学校毕业了，此番是来看望她祖母的。果然，不大会儿，一位胖似树墩行动却很利落的老妇人过来了，那女孩子抢过去，挎起她的胳臂，举步登上天桥。从她们的背影看去，晚风撩起这祖孙二人的头巾，巾角厮接在一起，抖碎了翻滚着的雪团。

列车再次开动时，风雪来得也更暴了，空中的云仍不时被撕成碎块，却茫然不见星月，只见大团雪球劈空而下，仿佛还透着亮光，我的幻觉是雪拥抱着月亮一同滚落下来，跌进林边未冻结实的河里，不然为什么那冰面上好像迸射出几道银光？

我躺下来，还在想着：白天看到的路旁村落里那些木板墙铁皮顶的房屋，不知能不能安全无恙地经受住这风雪？那板墙从外面看是有缝儿的，如果里面不贴厚毡，想必是会漏风的吧？……

列车在伊尔库茨克车站停得最长，全车的人几乎都来到候车室。这里，一位中年女售货员正在卖油煎包子，就跟苏联电影《战地浪漫曲》中卖的那种相似，只是不像那里面的女主角那么扯着嗓子叫卖。

食品摊前排了一串人，我只恐误了上车，顾不得排队，便上前递过去一个卢布，伸出四根手指示意。那女售货员瞅了排队的顾客一眼，见没有什么反对的表示，也就微笑着夹给我四个包子，找给我五十几个戈比，我知道这是排队顾客们对我的谅解，便向他们点头致谢，他们也报以颔首礼。我把包子拿到车上尝了尝，除了多少带点牛油味不大适应外，总的来说还算好吃。不知怎么，《战地浪漫曲》中那个在雪地上跺着脚，总带着一种玩味的笑的女主角的形象又浮在我面前，她卖的油煎包子想必也是这种味道吧。

一夜在车上只顾酣睡，没有察觉已抵贝加尔湖岸畔，直到天亮时才看到它的容颜。可是火车又走了大半天，还是没有离开她的一侧。原来这路轨就像一条长长弯弯的铁索，兜住了她的半截身子，也许为贪恋她的美，不忍瞬息而别？这雪后的天穹还是这么阴晦，莫不是被这湖面抽换了半天碧蓝？它无愧是世界上最深的湖，给人那种深湛的感觉使我想到年轻时在什么地方看到的一双饱含深情的眸子。

这贝加尔湖，我固然是头一回见到她，但似乎也并不完全陌生。我早就知道汉代的苏武在这附近牧过羊。还有其他的一些故事……

列车终于离她而去，明显的是折向南方，面前出现了连绵而浑黄的沙土山，跟后面蓝色的湖形成了鲜明对照。我马上意识到，列车又将通过另一个邻国的境界。

西伯利亚漫长的风雪线，使我们这些旅人不免感到疲累。但也有强烈的新鲜感。如果是乘飞机，俯视无非是茫茫雪云而已，没有赶上航班而乘火车，倒赚了个“塞翁失马，焉知非福”，也许我头一次深深理解了这句话的真意。

1988 年

未经加工的日记

——写在东欧

1991年11月3日　晴

出了我驻罗马尼亚大使馆，漫步向南，约半公里，向右拐，是一所面积很大的公园。周围本有铁丝网，但有许多缺口，可以随意进出，没有任何人售票、把门。公园里很静，很静，就像枪声刚刚停息那般寂静。近处，是一簇簇的红枫。单株的，像盛满葡萄酒的高脚杯；攀在架上的，更像盛装的新嫁娘，被助兴者劝进了足够的酒，连脸颊也是喷红的。

公园里游人很少，最使我注目的是几位老者，他们各自坐在绿色的长椅上，椅子上放置着不止一种报纸，有的报纸上还搁着眼镜，奇怪的是他们中很少在看报，那一双双迷惘的眼睛只是凝视着前方，也不知在想什么。有的看我一眼，想说什么，却没有开口，仍把视线移向前面，好像并没有任何集中的视点。稍时，有一个老人颤颤巍巍地站起身来，想必要离去，用手去摸那长椅，但眼色不济，既未摸到报纸，也未摸到眼镜。我不得不走过去，帮他将眼镜递到他的手里。

一个小松鼠从枫林间窜出来，分明是想与我亲昵。我想起过去听一些出国的朋友讲起在北美碰到过小松鼠与人为友的趣事，想不到在这里也遇到了类似情节。但后来我才看出，这小家伙是来向我要吃的。我缺乏应有的准备，没有带任何可吃的东西，只能是抱歉地张着两只手。它见此情景，也便失望地重新回到枫林里了。

在湖滨，倒是有一些垂钓者，但与我以往对钓鱼者的印象不同，他们中却是三四十岁的壮年汉子，而不是消闲的退休老者。我注意到，他们的手都很大，手指挺粗，根据我的经验，大半是抡过榔头或拿过钢钎的人才会有这样的手。然而他们现时握着的却是那么轻细的渔竿。时光过得那么缓慢，那么滞重，鱼还没有上钩，嘴里衔着的烟卷无声地自燃着，烟屑落在湖中，几点火星淹息在茫茫的湖水里，显得那么微不足道，钓鱼人也全不顾得。

没有人把守园门，同样也没见有料理花木的园工。

在湖畔小路上漫步，几棵歪脖柳向外倾斜，枝叶似在默默地沉思，也许还有憧憬，只可惜没有谁来将枝干扶正，以致有的树根一半裸露在外，一半没在水中。

出园时，有一个满面灰黑的小个子打着手势向我要火柴点烟，我掏出打火机燃着了，他匆匆冲我点了点头。

远处，传来一阵又一阵的犬吠声。

不是黑夜，犬也汪汪得这么急？这也是我以往的经验中所没有的。看来，人的生活经验难免是褊狭的。

1991 年 11 月 7 日　多云

时令已进入冬天，列车上还没有暖气。尽管是国际列车，一时也凝缩成为冰冷的小世界。不知是乘客们迟到还是时间也睡着了，这本应准点的国际列车也迟开了一小时零三秒。

公出的，旅游者，失业闲人，与国际“倒爷”同居一个包房，暂时分不出职业和身份。满口“哥儿们”，还有“练摊”的生意经——

“你在哪儿?”

“我在建国门外秀水街。”

“你是走哪路的?”

“服装，外捎丝织品。”

“都是走俏货。”

“咳，万儿八千的不够在这儿一宿输的。”

“老弟，抽烟，肯特的。”

“过时啦，抽我的红塔山，不次于洋烟……”

于是，夜的包房变成了赛烟会，尼古丁在此处也交上好运。我平时偶尔也吸一支，但在眼前这硝烟弥漫的氛围中，我也消受不起，只好退避出去。在门外的过道，隔窗望着外面，不见一丝星月。我不由纳闷：难道星星和月亮也会失业?

从上车到天明，也没看见一个列车员，更没有送水的，扫地的；没有餐车，连便餐“盒饭”也没有。但在列车穿越国境时，却过来两个乘警，检查护照还有所带的美元之类。一个女“倒爷”赔个笑脸便安然通过，而一个来自北京的小伙子凭空损失了几条“红塔山”，认个倒霉也算拣了个便宜。另几个男女同胞据说是证件有差误，被轰下车去。在穿过边界铁丝网时，不服气地直骂“傻X”。我知道这是北京年轻人最流行的口条儿。反正人家对方也听不懂，再抗议也没用。

在边境上顶个儿折腾了两个钟头，直到上午十点才开车。这时窗外景物尽在眼前晃过，但任何东西都悄无声息，大自然与人像是在打着哑语，不肯说明深藏的内涵，只是无声地让人意会。许多的景象却在我意料之中，并不感到有什么惊异，最使我注目的是那一块一块早已成熟的玉米地，迟迟仍未收获。玉米棒子有的耷拉在秸秆上，好像是倒挂的惊叹号!

包房里不知是谁喊了一声："布达佩斯就快到了!"

我看了看表，比正点又已晚了两个小时。

1991 年 11 月 13 日　雨

来布达佩斯快一个星期了，下了五天的绵绵细雨。密密的雨丝像一个偌大的蛛网，将电视塔紧紧地缠住。

布达山上新富翁的座座别墅，顿然增加了不小重量，压得多瑙河似乎也有些倾斜，在河对岸低地部分形成了一个明显的滑坡。

在我下榻的饭店就近——佩斯中心广场上历代的英雄塑像，被雨水淋得精湿变了颜色。在雨天里，一切却显得有些黯然。向导告诉我，河畔那幢高耸的灰楼是往日的一座重要机关的办公大厦。我望着那窗口像是一只只失神的眼睛。

我冒雨向中心商业区走去。两旁的高大建筑都是一二百年前建筑师们的杰作，那些雕饰显然是王权和富豪的象征，当然也有不可忽视的艺术价值。只是有的楼面上弹孔累累，无疑是经过激烈巷战的遗痕。而且并不是同一时间落下的。有的当然是 1945 年苏德战争时的印记，有的则是 1956 年那场事件的创伤；还有的是什么时候留下的呢?也许只有那弹孔自己才分得清了。但同样是它们都不会说话，只有任凭后来人加以解释——昨天那样解释今天这样解释它们都默默地听着。

进入居民区，街道显得狭窄了些，但两边屋宇高度未减，使人感觉上格外幽深。人行道上，全被小汽车塞满，大多是波罗乃兹、拉达和往日东德产的"卫星"牌小车，间或也有档次较高的"奔驰"。看来驱车外出的人并不多，绵绵的雨倒省却了人工冲洗。映现在我眼前的是各种汽车的图案，多彩而迷离。

在这里，有许多不怕雨淋的人，他们大都徜徉在街心公园里，经营着各种各样的生意。有国际“倒爷”，也有无本求利者，有老也有少，有男更有女。

这粘胶似的秋末冬初的雨，真使人难耐。晚间去大剧场观赏蒙古马戏团演出时，我问翻译兼向导：“这天什么时候能放晴?”他含笑摇摇头，伴随着一个耸肩的动作。散场时，我却看见一些避寒者向地铁入口处涌去，其中有一个衣服单薄的中年男子反问我几点钟了。我通过翻译告诉了他。这不由使我联想起我国南宋张孝祥词作中的一句：“不知今夕何夕。”

走回住处的路上，雨不仅没有停，反而还夹杂着雪花。有的飘洒在我的口唇上，那么沁凉。这是我第二次尝到外国的雪味——那回是在1986年，列宁墓前。

时隔五年，雪味依然，那么我的心情呢？我在想。

1992年

那夜：感觉地中海的月亮

人生总会有些偶然的际遇。在当今航空事业发达，相距万里夕发朝至的迅捷条件下，我却在偶然情况下乘轮船泛行，度过了一个相当完整的地中海之夜。当然，对于一个东西长达四千公里、南北最宽处约一千八百公里的横跨亚、非、欧三洲的世界最大的陆间海，我的此番夜渡还仅及地中海的一角，但那夜天无纤云，月光如镀，搔得我几乎不忍入睡。说来也怪，我不禁想起中国京剧《霸王别姬》中虞姬的一段著名念白："云敛晴空，冰轮乍涌，好一番清秋光景！"

也真是，船在海中，四顾茫茫，本来是十分单调的景色，但在甲板上举头一轮皎月——别忘了这是地中海的月亮，于是，便古往今来、东拉西扯地联想到与地中海沿岸有关的一些故事来。

船居海中看来单调，而地中海沿岸却绝不单调。你看呀，从这里西经直布罗陀海峡可通向大西洋；东北以达达尼尔海峡和博斯普鲁斯海峡连接黑海；东南经苏伊士运河、红海通印度洋。千百年以来至今，多少震惊世界的重大事件在这里发生，多少纵横捭阖的人物在这里演出过他们令世人注目的悲喜剧。无可否认，地中海确是一个多事的海，事态瞬息多变，但地中海的月亮，却依然闪烁着千古不易的银光。不是吗？当年威风八面、不可一世的恺撒大帝的权杖也没有将它击落；后来那位似乎是无往不胜无所不能的拿破仑站在阿尔卑斯山的最高点，却也够不着地中海的月亮！

今夜，地中海的月亮依然。

据说，千百年来的航海家们，虽曾犁穿大洋，游弋四海，见过地球上各个角落的月亮，却对地中海的月色格外青睐。有的船长一进入这里，感觉上只当作是欧亚非三洲内院的鱼池，表面上似乎很幽静，月下的波光仿佛是一片片奋飞的银色蝴蝶。船员呢，启碇离岸少则一月，多则百余个日夜，看那波光恍惚是情人的手帕，熟悉又有点扑朔迷离。当然，如在当日远涉东方的商贾们的眼里，月下波光是不是正在铸造带咸味的银元？无尽无休地……哪怕是过过眼瘾也好。不过，最好不要起风；一刮大风，船身不稳，海面都已混沌，哪里还有想象的兴致。

想必，地中海是经常风起浪涌的；但今夜无风。

在风息海平之夜，地中海的确是月光理想的栖息地；而月亮，又是地中海忧喜的信号灯。周边有多少名城，举其要者就有法国的马赛，意大利的热那亚和那不勒斯，埃及的塞得港，等等，哪个不反射着地中海的月光？哪个不围着地中海的月亮旋转？设想如果没有地中海，如果不是多少年来航海业和商业的发达，哪里有这些名城的繁盛与崛起？在某种意义上，它们都是地中海品牌的落地小月亮？只是地上的小月亮有时热闹得烫手，不再像天上的母亲月亮那么心凉，那么耐得清寂。

我觉得，至少在今夜的航行中，我最需要月亮。

有没有不需要月亮的呢？我想也是有的。现代化的航母就不需要月亮照明。就在此时远处的夜色中，有一个巨大的船影，我的同行者中有一位对飞机和舰只颇有兴趣的年轻人判断是“大黄蜂号”航母。如是，那它对有无月光当然是无所谓的：高科技红外线完全可以彻底瓦解了通通黑夜；战斧式巡航导弹完全能够将力量对比的天平恣意倾斜，循着死神划定的弧线，准确无误地击中母亲的惊叫和婴孩的哭声。

转念中，我希望不是，不是“大黄蜂号”抑或是别的什么号。至少在今夜，让这月光得以平适地栖息，让这忧喜的信号灯以暂时的“平安无事”陪伴需要它的人们度过这个银色的夜晚。

我知道这时海畔岸边有很多很多的窗口都是昏暗的，它们都热切欢迎月光莅临。尤其是停电的日子里，月光被人们视为明哲的降福者。在地中海沿岸及其附近的一些地方，停电与局部战争从来就没有休止过。那些孩子们的饥饿的眼睛里，月亮是能发光的汉堡包；只是它太高太高了，他们多盼望着，明天或者后天晚上能离得更近些……

如此看来，月下地中海并不是亚、非、欧内院的鱼池。今夜表面的安适与平静，只是暂时的现象。它是东西两半球的主要的通衢孔道，世界上的一切大的风云变幻，几乎不可能不在这里造成晨起波翻，夕惊浪涌。

果然，当月亮向一边倾坠时，海面上的波光也渐形弱化以至暗淡下来。原来那恍似翩翩奋飞的银色蝴蝶，那情人扑朔迷离的手帕，还有什么正在铸造的带咸味的银元，等等，都是在想象中而存在的。没有了想象，这一切都不复存在，只是愈来愈暗淡的波光而已。

又过了一个时辰，月光更趋清淡，夜幕正在舒卷，看来天快亮了。这时不知怎的，我倒是宁可这夜长一些，不是希图苟安，而是让那残留的想象多伴随我们一时。天一亮，沿岸的城乡景色肯定是丰富多了，但现实中的严峻同时也突显出来，需要我们另一种面对。

我预感到，这地中海航渡的一夜很可能是唯一的一次。今后，固然在任何地方都会看到月亮，但在地中海中看月亮却几乎不会再有。尽管人们会讥我天真可笑，我却仍执拗地认为：地中海的月亮就是地中海的月亮。

2000 年

我们进屋时，一抹夕阳从他粉嫩的唇角悄然移过。但纵然是夕阳，与花季少年碰撞，也没有黄昏的垂暮感，却有一种朝夕共处的融合美。看来，夕阳并不是在任何环境中都是“黄昏”的同义语。

我们在这里吃了一顿不早不晚的晚餐，才不得不离开这座意味甚浓的第戎。出城驱车再走一程，就是阿尔卑斯山西麓的山坡地带。山坡草地呈鹅黄色，像是硕大的金梳自山巅斜落苍茫。草地上散布的小木屋星星点点，我目不转睛地注视着它们，半天竟无一人出入。不知是有季节地使用还是作为一种象征性的景点？更有不成群二三只错落的乳牛一会儿食草，一会儿又仰望西天夕阳的来处，那模样总给人一种不无怅然的感觉，似想留住今夕的金黄，也是留住这哪怕是暂时的安详。

我也是，尽管听说阿尔卑斯山里的景色美得十分了得，却还是留恋这里夕阳皴染的一切，而丝毫不在乎黄昏时分可能带来的迟暮感。是迟暮是生发，在很大程度上取决于自己的感觉。

2001 年

进入瑞士

“进入瑞士了吗?”

“进入了。”

不怪我问，因为欧陆许多国家之间，没有明确的界线。不，也许有，但如事前没有人告诉你，你坐在大巴里并不知道。然而，不知觉么，我还是感觉到了。

感觉有是吗?——同是阿尔卑斯山区，这里的天、地、水和植被，都像是另一个小世界。我总觉得，就像进入一个偌大的淡蓝色的玻璃匣里，四下里都是透明的，却又似乎有遮拦。这时，一列火车从斜刺里驶来，蜿曲地奔阿尔卑斯山脊而去。但我又觉得，那个淡蓝色的玻璃匣被轻柔地捅破了，一时间，高山间的团团积雪，丛林间的坨坨红叶，山坡草地上的座座木屋，还有低洼处的凹凹小湖，却似这偌大玻璃匣破碎后的遗落物，五颜六色地各就各位，似静而动，动静互融，犹如经过一番飘忽后的复归。待我清醒后方才知道：这只是人的一种错觉与幻觉，一种无酒自醉的幻觉。

列车已经穿过山体而隐没，此际不晓得又在哪里重现。但它却像一首诗，灵动在我的脑际。真的，它没有我们所熟悉的列车那种喧嚷，也没有钢铁长龙那样的沉重，更没有人头攒动的拥挤，连车体的颜色也那么柔和，是暗黄色的。风起处，那乳白色的窗帘撩动一对白发老夫妇车中对坐的谈兴。哦，也许他们的发色本来就是白的，其实并不老；也许他和她只是偶遇的旅伴，而并非是夫妇。如是这样，则又是我的一种错觉。

奇怪的是，就在这个本当彻头彻尾沉入绝对温馨安宁氛围的时刻，我的神思同时插入在瑞士还有在奥地利，好像也是在阿尔卑斯山区发生的列车倾覆和隧道中起火的灾难性事件。我当然知道在任何的幽静中也可能有突起的噪声，在绝色的美景区也可能有一丝格格不入的丑陋。但幸运的是，我这回没有碰上，眼前可称是一色儿的美，耳畔可谓是一股脑的静。什么叫完美？如果再加挑剔，那就是太苛刻了。

车抵路边的一个小镇小憩。我的同行者也是新闻界同行要抽空去会见在异国“落户”的一位老朋友，而且强拽我同去“看看”。我只恐有所不便，本欲辞却，又拗不过他的执意。他为了表明对我的信赖，几乎是硬性地要我看那位老同学给他的邀请函。我约略地掠了两眼：“听说你要来瑞士，高兴的心情可想而知……执拗地邀你来，就是想让你住一回林中木屋，一起在蓝幽幽的淖边听枫唱虫鸣，执手相对。你若不来，我全没了兴致……望了快一年了吧？再不来，冬雪又将提前赶至……”

不消说，由于我的有意回避，并没有仔细审视那位飘然来迎的中年女士，自然更没有询问她的身份以及在此地作何“发展”；我却不禁迷上了在阿尔卑斯山区大环境中的这个小环境的景致。她这里好像很久没有人来过，只有阳光从叶隙中透过重重阻隔漏下来，漏在铺满地面暗黄的落叶上，一片片的，像人的脚掌大小，迤逦地走向林中空地的木屋。这光影的脚步没有声音，连平常人们习惯形容的窸窸窣窣也没有，只有新的落叶在飘落，那是绝对悄然的，只是摞在原先那光影的“脚掌”上，由于太阳的西斜，角度的变换，那“足迹”稍有变换而已。但突然间，两双真人的脚掌踏在铺展的落叶上，这林中小路上有了声音，一种富有生命力的罕有的声音。

尽管我是被“拽”来的，还是不愿干扰了这场难得的会见，除了一两句出于礼貌的寒暄，剩下的只有多余的尴尬，至少我个人的感觉是这样。所幸这时，蓦然在我身后的一棵苹果树上，砰地掉下一颗脱枝的果实。我一回身，弯腰去捡，又是一声，第二颗苹果下落，但这回是打在我的脊背上。真巧，恰得其时，使我规避了一个或许是不应被第三人介入的瞬间；那有灵性有眼力的苹果也真逗，为何猝然脱枝下落，而且无独有偶……

但这只能是一个瞬间，一个人生梦幻般的驿站而已，我的那同行并没有在林中木屋住下。大巴是最现实的，它只是机械地继续前行。以下的行程大都是城市：日内瓦、洛桑……有早已脍炙人口的名胜日内瓦湖、人造喷泉，还有作为瑞士最引以为骄傲的特征产品“劳力士”满天星名表。说来也怪，这些似乎都与我进入瑞士以后那种近于梦幻般的感觉并不完全谐和。也许是因为城市与城市不论哪个国家类同处毕竟多于奇异之处，而那山、那水、那树、那云甚至是植被的气息却大有殊异。有的地域尽管也是佳处，却还是凡间；有的却脱俗得使你羽化而入幻境。终于，当我们行抵卢塞恩湖畔，我再一次找回来先前那份感觉。

卢塞恩湖目测并不甚大，却一望深幽邈远。两侧山壁耸峙，直摩青云。看尽头处仿佛翻卷过去；那边到底是什么去处，不知道。我不想问，问清了地名反而冲淡了现时的感觉。先前我就想过一个问题，但还较朦胧；现在，就是在这里，我印证了曾有过的看法。我分明觉得：不同的民族，不同的地域，不仅在文化习俗上有异，就连山川木石也各有其神貌与品位。譬如我联想到我们湘西的猛洞河，论其格局形貌，与眼前这两山夹峙的卢塞恩湖有些近似，而感觉却大相径庭：猛洞河再“猛”，那白石、黄土、绿树看起来还比较柔和，但眼前这卢塞恩湖，石壁和树木却异常峻森，却又给人以不染纤尘的感觉，纵然也许只是幻觉；那湖水湛蓝却不透明，只觉有一种水银似的凝重但肯定绝无汞毒；偶有风来，轻抚水面，连岸边人的肌肤也似有一种痒丝丝的感觉。在岸畔廊桥上，第一排灯盏中倏然亮了三五，我这才意识到时光已近黄昏。却也怪呢，一个不算太大的湖，也没有一只快艇，一只画舫，竟诱得我呆看了半晌，它究竟有何特殊的莫可名状的魅力？正想间，岸上的灯影在湖水中碰碎了，那光点却又层层地升浮上来，接近水面时，又摇曳而下，好像水底有什么异人在调弄，也未可知……

入夜，我回到临湖的下榻处，始知同室入寝者正是邀我一同去会友的那位同行。他此时睡得很熟，虽非鼾声如雷，也香得可以。我忽生联想：他昨日会见的那位老同学是否也睡得如此安然？

我仍留恋那卢塞恩湖的夜色，凭窗看去，不知是光学作用还是为何，这时的湖色又从深蓝色变为淡蓝色。看来，造物主居心要将我装在这重新整合后的淡蓝色玻璃匣中了。我情愿，一点不觉得有什么可怕，反而觉得很温柔。

整个瑞士，就是一个淡蓝色透明得可以自由出入的玻璃匣，我恍然感觉。

2001 年

罗密欧朱丽叶之城

我们来到意大利东北部的一座不大也不太小的城市，它名叫维罗纳。可同行的多数人并不在意它真正的名字，都称之为罗密欧朱丽叶之城；换句话说，只是因为这里发生过罗密欧与朱丽叶之间那哀情奇绝的故事，才专程前来亲眼一瞻其真颜的。

其实，维罗纳的独特之处绝不仅是那个故事，它还是一个既古老又现代的优美去处：其城墙很别致，全被棱角塔所镶嵌，建于公元一世纪末的古罗马圆形剧场也极有名，还有大约五十个不同时代的教堂。它的现代工业也不落后，机械制造、纺织和造纸等是其强项。然而，如果不是莎士比亚笔下出现的那一双令人扼腕叹息的人物，人们由其侧一闪而过也许留不下什么深刻印象。却正是因为有了他俩，多少人便甘愿在此流连。可见“地以人传”这句话具有多么强烈的吸引力！

正是因为曾经有过他俩，维罗纳的街道、教堂和城墙便使初来者也似觉熟悉：那数百年前的古老教堂可是朱丽叶随其家人祈祷的所在？当她暗自左顾右盼视线却被幽壁阻隔时，罗密欧也许正从鹅卵石铺就的街道上匆匆走过……而此时，两个世仇家族的极端人物都向小广场逼近，一场为永远分隔这双有情人的械斗即将发生……

纵然这一切都是并非出自想象的真实，那也早已成为过去，仅以莎翁在1594年创作并演出这个悲剧至今，也已有四百多年的历史。但当我们步行至朱丽叶家这个院落，一切却又似昨天刚刚发生。这所比普通院落大不了多少的“四合院”，除了正面看似坐北朝南那幢三层小楼尚较“豪华”外，其他设施简直看不出这就是当年的那个贵族之家。不过，所有的人前来都不是为了鉴赏华贵的庭院，而是为了亲临其境体味那个哀艳动人的故事。现场一位留学意大利的华裔研究生告诉我说：现场塞得满满的来客中，就有来自欧、亚、南美三洲约20多个国家的慕名者。我并不怀疑他的话的可靠性：不但是院子里，就连楼上和阳台上，人们都得礼貌地依次上去才能有机会不虚此行。

在这里流连的近三个小时中，我至少发现和注意到两桩令人不无惊异的现象：一是楼房的墙砖上刻满了密密麻麻的拉丁文字。砖是烧制得极好的暗黄色硬质料，似乎还挂了釉。但就是这样，那些留言刻得极清晰。我为了弄明白，又请教那位留学生：是否都是“到此一游”之类的浅薄无聊手笔。他说大都不是，而是抒发了观后的感慨；还有失恋者或忠诚遗憾者的题诗，乃至请冥冥中的罗密欧和朱丽叶指点迷津者。而且自300年前至今的不同国家的人士都有，当然，大都是意大利人和欧洲人。

还有一个令我惊异的现象是：在这里照相的人简直“疯了”！可以说，凡是进了这个大门者没有不留影的。在楼门，在朱丽叶塑像前，尤其是站在罗密欧与朱丽叶幽会的阳台上，让下面的人仰拍则更为热衷。阳台很小，也不高，却时常挤满了人。我真担心那阳台承受不了这超负荷的重量！留影的人有年轻人，也有白发银须的老者，还有着婚纱礼服的新婚丽人。更使我一时难解的是：就我所到过的一些著名的所在，诸如英国伦敦唐宁街10号、法国巴黎凡尔赛宫乃至日本东京的天皇府邸、韩国首尔青瓦台总统府，或近或远都有人作为背景照相留影，但都没有“朱宅”这里的游客密度大，更没有在这里的留影者如此充满激情。难道这个小小院落的吸引力竟能胜过皇宫贵府？一双悲情男女比许多大人物更令人柔肠百转，激动不已？……

我终于走出了这所院门，记得是向南又折往东行。夕阳中那教堂的尖顶正瞪目送我。市街上两边商店橱窗中琳琅的货品表面上与其他都市也没有多大不同，却就是，却就是别有一种意味充溢其间。是什么味儿？难道还会是罗密欧与朱丽叶的情味吗？也许是我的心理作用，但又不全是。

我真不能不服：一个感人至深的故事，一双悲情奇绝的恋人，能如此深深浓浓地熏染了整个城市，甚至数百年后不衰不息。可是，假如不是莎翁的那个剧作，这个故事和这双男女能够飞跃丛山大洋为千千万万的人所熟知吗？这就是文学艺术的魅力了。

那么，今后的文学艺术作品还能产生如此超越时空的魔力吗？我又忽生呆想。

2002 年

迷失威尼斯

“以河为街，以舟当车”。这是我幼时在小学课本上读到的对威尼斯的典型概括语。如今又是半个世纪过去，当我实地来到这里，这座位于意大利北部的“水都”是一种怎样的状况呢？

大致依然如是。只不过，当我乘坐古典意味极浓的“贡多拉”小舟自街巷穿过，那千年石墙已被水齿啮噬得斑痕驳离，有的屋舍似乎已有难支之势，有的楼窗洞开，残破的布帘在秋风中百无聊赖，看来已是人去楼空。我心中不由地生出一种感喟：水能使城成名，亦能使名城致伤。不过，从主要方面说，水仍是威尼斯的优势，岛和桥仍是它鲜明突出的品牌。支撑这座世界名城的，至今仍是它那118个小岛，有如118颗硕大无比的珍珠镶嵌在它的峨冠之上；而它所拥有的四百多座桥梁足以炫示于世，但今天毕竟已太古老，那多呈弓状的桥身如负重千年的老者，在昔日英国大诗人拜伦笔下，发出一声遗韵无穷的长叹！

我们一行人在一条不起眼的小街上的一家体面的中国餐馆吃过午餐，由当地向导引向著名的圣马可广场。这位意大利人据说是个中国通，但只能说一些结结巴巴的汉语，中间还不时杂以英语。但我勉强听得懂，他说：“请大家记住，就过三座桥，回来……这样……也是，我在第三座桥边……守着。”我理解他的所谓“守着”就是“等着”

之意，大体明白就行，不必苛求。

圣马可广场聚集了来自五洲四海的游客，我一时难以估测有多少人，但如说是摩肩接踵也实不为过；而且这是一个名副其实的广场，一个略呈长方的宽阔空间，四周矗立着古典的哥特式、罗马式和拜占庭式的多样建筑，说它是一所露天的建筑艺术博物馆倒也并无夸饰。广场上的活物，除了人就是鸽子。此际的鸽子一色是银白的，恬静无哗地不时腾空而起，与人们脸上的笑意一样恬静。是的，尽管这里是威尼斯人口密度最大的处所，却没有谁纵声喧哗，仿佛任何人的旅途劳顿都消融在四周建筑的精妙绝伦之中；那因拥挤而稍稍冒头的浮躁情绪也被纯净无瑕的飞鸽带至云层。那云朵，也是纯白的，与白鸽相映相谐，是一种温和的宽容同时也是一种庄严的禁忌，使任何人的不良情绪都不忍在此泻泄，也使任何粗鄙的表现羞于展露。

在起始的一段活动中，我还时不时与同行者三三两两地碰面，但当我被广场一角的乐队演奏的乐曲牢牢粘住而不得不驻足，进而又情不自禁地在台阶上驯服地坐地倾听之后，我眼前已不再看到熟悉的面影，甚至任何从我面前走过的陌生人也视而不见；当然，谁也不会注意到我这个普通的黄种人。我的神态已完全淹息在勃拉姆斯、门德尔松和施特劳斯等音乐圣手乐曲的幻境中。我已忘记了时间，而时间更忘记了我。直到乐师们演奏得累了，中间休息时，我才从刚才的幻境中蓦然回归，下意识地站起来，眼前没有一个熟悉的同伴，全是陌生的外国人！

我感到一阵震悸，走！一刻不容缓。我本走路就很快，可犹嫌太慢，恨不能三步跨作一步，去追赶不见影儿的伙伴。脑子里只响着那位意大利向导的话音：就过三道桥，就过三道桥……然而，三道桥过去，却不见他以及任何熟悉的人在桥边“守着”。

我心中一阵惶悚，怪不得他人忘了我，只怪我忘记了他们。我一时间失去了应有的镇定，在就近，不，往返穿梭，连我自己也不知转了多少圈儿，却仍然只是一片陌生。我已完全顾不上览阅尚未仔细欣赏迎面送来的美景，心里最清楚此际孑然一身意味着什么——我的外语不行，尤其是完全不通意大利语。倏忽间感受到的滋味只有小时候去城里看戏被人冲散找不到母亲和邻居差可相比。此刻，我已不再是颇见过些世面的成年人，而突然变成一个迷途的稚童。所幸，当我胡乱碰撞了几条胡同之后，惊喜地又撞到中午就餐那家华人餐馆门前，我向他们打听轮船码头在哪儿，我的好心的神州血统的同胞为我指点迷津：往西，再往北就是。

我一径向西，几乎是跑步前进，不知累的双脚在古老的石砌路面上拍打个够！但西边尽头处全是水，换一个胡同，尽头处还是水。真个是：水城水都都是水，火烧火急急煞人！

或许是急中确能生智，我折回几步，从一个不临水的小细管胡同穿向北面，一出口便见码头就在眼前，一艘即将开拔离岸的大船微微翘动，几个同伴早在船头上盼望，一下子捕捉到我，齐声大呼我的名字。我疾步登上桥板，便如幼时在乱人中发现了母亲和邻居——我终于回归到亲人的怀抱。是亲人，真正的亲人未必都有血缘关系。当我心神稍定仿佛才意识到：在有些情况下，其实我并没有什么强点，在刚刚过去十几分钟以前，我已尝足了“孤弱”的个中滋味。

渡船正点开行，万幸它并没有甩掉我。我站在甲板上，再看威尼斯的水，毕竟温柔可人；再看水边的楼房，苍老中透着坚毅，祝它们健康长寿。

威尼斯作为世界名城，形貌极其特殊，布局也极其复杂。也许正因其特殊而不一般，欲透彻认识它才要多付出心力；惟其复杂而非简易，理顺它才需要费工夫。

2002 年

澳大利亚森林

从澳大利亚归来，有朋友问对那里印象如何？

我反问："你是说城市吗？"

"当然首先是城市。"

"城市，这个与那个好像区别不很大。"

"那……什么给你的印象最深？"

"森林，澳大利亚森林。"

啊，澳大利亚森林！无论什么时候想起它来，仍然回味不已。我不敢说那个国家，那个七百七十多万平方公里的大岛树木的种类不多，但就我触目所见的林株绝大多数是银灰色，并不那么修直甚至有些倾伏扭转向上之势；其中有的仿佛是被生生剥了树皮，或多或少裸露着毫不在乎，仍然不肯倒卧下来，自管顺势抓云而上。妙！

当地通告诉我说：这些都是桉树，澳洲大叶桉，一般均为带绿乔木。枝、叶、花常能溢出芳香。只可惜我来得晚了，没赶上它早春花期。这种树材质不错，坚韧耐久，连铺轨、建桥，其他建筑也能派上用场。不仅如此，其叶还可提取挥发油哩。由是，常可听到的一个短语蹦出我的脑际：浑身是宝！

不过，这里震撼我的却不是它的使用价值，而首先是那种充满神秘感，身在世间却又不涉喧嚣的超绝之美。

当我乘大巴车由悉尼去首都堪培拉的路上，两边的桉树林使我想起小时候看到的西洋画片。那时，我并不以为是真实存在的风景；而现在，我不得不承认那画片真切地表现了一种清俊的气质甚而令人欲避不忍欲近不能的非凡意境。

树棵的生长似无规则却又绝不错乱；密度很大却又将人的视线引向深远。但你无法判断它的纵深究有几许，问当地通也没获得确切答案。直到在半途一个服务区购物时，我才抽空独自疾行至桉树林边，强烈的好奇心促使我大胆走了进去。我唯一的感觉就是静，出奇的静，只有脚底下踏过的碎叶声在和我做伴，与我絮语。但两脚向前迈时却仿佛是失去了意识，就像落在棉花上似的。幻觉中想到了登月者在月球表面上履步。这种幻觉的产生事后我想可能还是由于心里发怵；太陌生也太静得异样。却也怪，越是发怵越是要硬着头皮步步深入。我原先误认为走着走着总会看到林带的极限，哪里想到愈往纵深树株就越密。蓦然间，一双物件从里面蹿了出来，我不禁惊得向后一仰，再定睛看时，是两只不大的袋鼠，向林边一纵一纵地逸去。这似乎是在提醒我：快出来吧，不然就会被甩下的！

我扭头折返，脑子里却想了很多。书上说人做梦时可以在片时浮现出长时间跌宕起伏的情景，其实醒着的情况下有时何尝不是如此。我知道，眼前这高速公路也是在森林间开辟出来的，还有澳大利亚东海岸的大城市悉尼、墨尔本、布里斯班等，哪一个的形成和兴起也不超过二百年。在十八世纪后半期之前，也都是原始林莽、天然海滩和沼泽地，中间散落着土著部落的居民点。最早是荷兰人发现了极小的局部。但只是一掠而过，真正发现它的还是英国的航海家和探险家科克（又译为库克）船长，他之后的1788年英国人开始开发新南威尔士，1829年占领澳大利亚全岛。

今天看上去，森林是静谧的，静得几乎使你不寒而栗，真的，毫不夸张地说是“不寒而栗”！也许是一百年以至二百年前，这里沿海的森林地带有过太多的呼叫和厮杀，有过太多的火花与血光——那是绝对力量悬殊的较量，滑膛枪、来复枪对弓箭，资本积累的疯狂掠夺对原始性的本能抵抗，其结果可想而知。大量土著人倒在血泊中，阻塞了森林中狭窄的通道，只有少数幸存者逃往本岛中西部贫瘠区域……至今所余，一说为四万人，一说为五六万人。而当年远涉重洋侵占此地的盎格鲁——撒克逊白人，成为澳洲的基本主人，他们仍与森林结缘，不过不是如几百年前的土著主人那样穴居野外或结草为庐，而是在桉树或金合欢树、木麻黄树的绿叶掩映下，于精巧舒适的别墅阳台上，尝闻林木中各种野花的馨香。从某种意义上说，森林就是澳大利亚的历史，有文字记载与无文字记载的历史。也许这历史有的篇页过于沉重，所以森林才那么静，静得有点不胜负荷。

不过，当我再上大巴继续前行时，我终于注意到林株罅隙中那温柔的阳光，阳光投射在树株根下的落叶上，有一种斑驳的美丽。这时，我的心情忽又矛盾起来：假如当日没有必要的砍伐乃至焚烧，能够辟出车轮下面这条高速公路吗？假如当初没有那场外来者与土著人的争战和驱逐，现代化进程是否会自动降临在这世界闻名的澳大利亚东海岸？一时间，原始少变的淳朴与粗暴侵吞的无义，静态封闭的自守与恃强推进的发展，两幅情景两种截然不同的观念在我脑海里交互出现，错杂格斗。然而，眼前毕竟已是今日之现实，澄蓝的天空，洁白的云朵，浪边的楼宇和不闻杀声的森林……

我还在等待着另一个我做出最后的也是再无争议的结论，但也许，这种结论永远不可能那么十分完美而无懈可击。

“多晦气，这么多老鸹子！”

一位旅伴和同行的发现将我从滞重的思路中拉回来。这时我循着他的视线向车窗外望去，原来是一大群乌鸦飘浮在路边森林的上空。它们中好像有一个是指挥者，集群式的忽上忽下，忽东忽西，但大致都不离那片最高的林株之上。我理解刚才那位旅伴的厌恶情绪：在国内许多地方，都认为乌鸦是并非祥瑞的象征。但我也听说，地球上有的国家和地域却不是这样，还把乌鸦作为好运来临的信使哩。你看，这又是一个多么的不同！不过，有一点恐怕是共同的：天下乌鸦一般黑。

现在，我倒是宁愿认同故乡老农的经验之谈：黑老鸹子扎堆飞舞是即将下雨的征兆。如真是这样，我将有幸看到澳大利亚下雨的情景——在一眼望不到边也望不到头的森林中那种空濛无垠的意境。

2003 年

非洲西南端的“八仙桌”

何谓奇绝的景观？也许标准非止一个，但最鲜明也是不可不具备的标志，当是在本国乃至整个世界范围在某一方面无与伦比，或者干脆说是找不出完全相似的另一个。其无比独特与魅人的力量无疑是最突出的优势。

我所领略过的南非开普敦北端的桌山就是一个堪称奇绝的所在。

桌山也者，顾名思义，此山仿佛是一张大方桌。不错，从山下远处望去，的确是四下里齐斩斩，山上面平展展，除了大的形状有些独特而外，似乎并没有什么魅人的风采。但当你乘缆车登上“桌面”，再一看却就不得了啦！不说是山半空那各色的云朵不断变换队形，为迎宾演练忙活得不亦乐乎，更叫人瞠目吃惊的是“桌面”上那无法形容得尽的石姿！这么说吧，就好像是当初地壳变动时，那不负责任的造物主慌慌张张地倒了一大桶滚烫滚烫的岩浆，然后头也不回地逸去，留下了这么一摊子“后遗症”又何曾管得，一晃却就是百、千、亿年！

真是歪打正着，造物主的胡乱堆砌，便成就了一处不同凡类的奇绝景观。正如艺有绝活，山亦有绝景。你看这“桌面”上多满，简直无一处空白点；你看这石姿何止百态，几乎无一个完全重合者。有的如巨象昂首，翘鼻卷云；有的如狮群俯仰，无声中似也有声；有的如男女相对，欲吻又止；有的如一柱举重，片石挥旗……你刚走出迷宫，又陷地窟；刚刚豁然，迎面云团又扑。迷乱中有空明，清寂中有喧声。原来是摄影中的青年男女，不甘一味默然，狂喜中相机跌落石隙，伸手探进，怎奈石缝太深，眼瞅心爱之物在底，也只能耸肩顿足，萍水相遇的游客纵是热心，亦无趁手工具，只能报得一声叹息……

但这仅仅是个别人不快的小插曲，对于绝大多数有幸登上桌山的人们，可能都在浸历着平生罕有的异常的良性感觉，一幕幕变幻无穷的图像都在加深着难忘的记忆。数以百计的陌生面孔相对间，彼此感知的都是一种平和的惬意，至少暂时是得到了心灵的安然与净化。我不知道在这以前更难知在这以后桌山上是否会发生不测事件，但至少在我亲历的这段时间里，没有任何恐怖的感觉，从人们彼此的目光里，也没有发现任何相互猜疑和仇视的火星。

此时，我忽然生出一种感觉：这是世界上的桃花源。哦，桌山上没有桃花，那么就是奇石之源，净心之源，忘我之源！

不是吗？据我在这里邂逅相识的一位国内新闻界同行说：此际在山顶流连的游人至少有三十个国家和地区的钟情者。他们的来处远自北欧的挪威、南欧的希腊、大洋洲的新西兰，还有太平洋中的瑙鲁等。这位新闻界同行据称通晓英、法、德三种外语，出于职业习惯，他做过一番调查，谅是大致不错的。而且仅从我的视觉上看，这数百人中，白、黄、黑、红、棕都有。真的，有些确是棕色或偏红色的。我小时候读地理课本，是有红、棕二色的，不知后来为何只提三种颜色了。可眼前明明就有嘛！

不管怎么说，反正是一个不大不小的世界，已浓缩到这“桌面”上来了。

在“桌面”盘桓了三个小时，该下山了。但在下去前，还要尽量在桌山南侧俯瞰著名的维多利亚海港。据说当地有俗谚云：登桌山不看维港等于白上山。此话虽有些夸张，但在近千米高的山崖观港与平地直视自是不同：那艘艘舰船恍似稚童玩具罗列；偌大海港缩为后花园中一泓清湖；那舰船上以及堤岸上的人儿很像早期黑白纪录影片中蹦蹦跳跳晃来晃去的往来者，多少显得有点滑稽；那轻柔的绝白的云絮在水皮上浮悠，仿佛是一些满身白绒的蒲公英种子，被谁噗地吹了口仙气，再也不是等闲凡体了。人在这种情况下，很容易产生出某种不近实际的幻觉，我真想化作一只鸥鸟或是白鹭什么的，一翅儿飞下桌山，在绒球般的云絮陪伴下畅游于可亲的水面……

当然这是绝对使不得的，如果这荒唐的幻觉变成真实，那还了得！

乘缆车下得山来，回首仰视桌山之顶，仍觉得那么平整。现在我算是有资格说：如不实地登顶，在山下看“桌面”之平只能是一种错觉而已。

不过，这倒也合乎许多事物的规律。譬如文章之道，从大框上看也许不能完全不循章法，甚至有的文章风格就是那么平正严谨，但文气、节奏乃至一些要害的细部，却绝不可一味的平，不仅需要有起伏与嵯岈之状，甚至还要“蹦”出绝非一般和令人称绝的闪光点。这不应理解为刻意的装饰，应是为文者神思中“地壳变动”灵感点化生活使之然。

桌山是非洲西南端的一张偌大的八仙桌，但不知有无类乎中国传说中的八仙?

2004 年

渔人码头遇雨

在一个不冷不热的空间里，一场急骤却又不失温和的小雨斜潲而下。迷离的视线里，广告牌全是英文字儿，在雨中匆来匆去的人们也大都是体高步大，深目金发，而我的感觉却就是“洋”不起来，甚至并没有完全意识到是在界域外邦。为什么？只是因为眼前这雨——从模样到气味乃至抚在面颊上的感觉，与我自小到大对雨的深切体验一般无二；幻觉中，好似我当年上小学时那个农村市镇九里店。真的，那年头我经常在那里临街廊檐下避雨，如今，好几十年过去了，我还是在避雨。

几乎是从我记事时起，就听校长和老师讥讽过某些“西崽”，说啥“美国的月亮也比中国的圆”。虽然当时我没有亲耳听见有人这样说，但据信是实有的。而今我来美国这些天，因总是连阴天，无缘看到月亮，却遇到了下雨。我只能实事求是地说：美国的雨与我自小所熟悉的雨，感觉上并无异样。

当我走近这被称为旧金山渔人码头的著名所在时，竭力搜寻与渔人和码头有关的特征。但至少在大面上，既未见到渔人，又没有看到码头的设施。但既然称谓如此，那么在百年前至多是二百年前，肯定是一个渔人码头的原址无疑。直到这时，随同前来、在此地工作的新闻界同行以饶有生趣的口吻介绍这称谓的由来。他说当美国西部开发之初，这里原住着一批以捕鱼为生的“化外之徒”，很不好驯服。州政府颁布纳税的法令，文中有“凡本州土地”之语，这批不买账的主儿就钻空子说“我们这里是码头，不是土地。”州政府为使文字更加严密，又改为“凡本州土地和水面”云云，那些主儿又说“我们这里是石头和木头筑成的码头，既不是土地，也不是水面。”据说就这样胶着了好些时候，最后才被强力制服。这掌故不知可靠程度如何，反正是一直流传至今，同行是笑着讲的，我却听得认真，故而印象颇深。

我边听边登着木质台阶，脚下伴随着吱嘎吱嘎的响声；心境却似在百多年前，恍然是踏在“渔人码头”的桥板上……

台阶之上，或者说是二层楼和三层楼上，满是蜂房般的商店摊位门脸。它们多而不乱，静而且净，除了混合着各种我不大习惯的香气之外，一时实在挑剔不出它们有一般商场常有的嘈杂和无序。诸多门脸内的货品五光十色，以日用小商品和包装的食品为多。售货者青、中、老均有，而女性远远多于男性。给我的感觉是惊人的安详，一副不冷不热却又不是满不在乎的表情；绝不存在巧言煽情，更没有任何对所售货品炒卖的表示。我想了想，此时距“9·11”过去仅五个月，这里的人们虽无惊魂未定之色，但总的说来是趋向于冷静，不知是否一向如此，因我系初来，无从作何比较。

我独自信步，转到三楼的北沿，俯望那边。袖珍港湾中整齐地排列着密密麻麻的舴艋小舟，桅杆耸立，帆都已落下，在斜风细雨中一个个兀自沉思，全无心情闹出半丝声息。我料它们在晴天里必是供人闲乐的游艇。此际却没有一人光顾，颇有一种“阒然花无主”的寂寥。但毕竟显示出一些昔日无愧是著名码头的余韵。

当我自三楼下来时，在阶梯上与上述那位同行兼向导擦肩而过，他随便的一问：“您没买点什么？”倒提示了我。我手头上正写一篇长东西，稿纸用完了，间或有空时还写上一点儿，岂不在此买些稿纸回去？于是，在二楼转悠时特别注意文具店。转弯处，有一家分明是夫妻店使我停住脚步，迎面的玻璃柜中列列都是纸笔之类。此时女主人在柜台，男主人正在货架上料理东西。我的目光自然是直奔主题，注意我所欲的稿纸，示意女主人拿这拿那。因为我要挑选与正使用中的稿纸大小相仿佛者，难免多麻烦了些，我就发现眼前这位年逾“花甲”、肤白硕腮的女老板大大的不悦，不仅是不悦，还带有一种傲然的轻慢。当我指定一种日本产的稿纸并按标价掏出三美元时，她庶几就是把稿纸扔过来了；与此同时，还回头和她的先生甩了一句什么。她的先生比她还要矮半头，面相并不凶恶，而且还有几分无奈，对她的无来由情绪并不呼应，却也未说什么。

我毕竟买到稿纸，而且是在渔人码头买到的唯一的纪念品。

所以下楼的时候，我尽力想把这小小的不愉快忘掉。出国前刚从一本杂志上看到一则“健康要诀”，提醒人们凡事要“糊涂一点，大度一点”。我竭力使自己保持一如平常的心态，但尽管如此，当我下到平地再度观雨时，却觉得这雨与我自小熟悉的雨还是有点相异；再看这渔人码头，还是大大不同于五十年前我家乡那个淳朴古雅的小镇。本来嘛，时代不同了，何况又是在一万公里之外的异域，怎么能，怎么能完全一个味儿呢？

不过，那渔人码头给我印象之深的原因，我并不认为只是由于一点负面的不快，其中的因素应当说是很复杂的；就连那吱嘎吱嘎欲说还休的木质阶梯，袖珍港湾里的集体等待，寂寞无奈的游艇，还有那粘胶般的下得没完没了的细雨都是……有如那五光十色的货品，一下子也分解不清。

2005年

诗歌

早年诗作

傍晚出新港

傍晚出新港，
放眼千里外：
劲风吹得浪花放，
一声呼啸万顷白！
浪花放，
万顷白，
莫非万马刚驰过，
海上留得蹄踪在？

渔帆烟波里，
烟波漫天外，
点点萤光桅上戴。
西北榆关，
东南蓬莱，
碣石低岸，

长岛悬崖，
海湾千里合一抱，
紧挽双臂不分开！
风呼海啸，
渔人稳坐捞金台。

西天晚霞，
东方瑞彩，
航轮款步日边来。
惊起群鸥银翅拍，
一片乡音飞舱外：
笑谈家乡八月甜，
烟台苹果正红腮……

客轮入层云，
旅人登天阶。
梦里船行又千里，
走出祖国胸怀！

原载《新港》文学月刊 1961 年

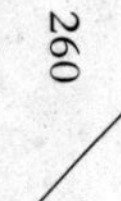

静静的渔港

星星手牵着灯光，
齐跳上林立的船桅。

哪是灯光？哪是星星？
金花缀满了霞天锦被。

满载的渔船已经返航，
渔歌的余音随鸥鸟远飞；
只有夜风最末一个归来，
捎来海蛎子特有的美味。

渔家的窗口熄了灯火，
小港在海湾臂腕里安睡，
水淋淋的渔网挂在滩上，
象喝足甜酒一样沉沉欲醉。

气象员姑娘却打开窗扇，
双手推出满海月辉。
记录簿上添一行娟秀的小字：
“明天海上还是风轻浪微……”

原载《人民日报》1962 年

最热闹的时刻

火热的心儿，闲不住的手，
港湾呵，难分黑夜和白昼。
白天里，十里烟云遮蓝天，

最热闹的时刻，却在黄昏后：
广播站的喇叭高唱《不夜曲》，
拨红云，但见烟囱林立托星斗。

甲班和乙班，在火光里告别，
太阳和月亮，在船台握手；
父亲下班困觉，儿子投入战斗，
白天和黑夜，在父子心里交流。
班上人——为的是质量全优；
梦中人——盼的是汽笛高奏。

码头正卸货，转眼装车走，
灯泡千百箱，后跟老铁牛，
驰往那花乡、绿野、金山沟。
港湾呵，你一个夜晚不合眼，
为将千百个夜晚变白日，
为使千百个白天织得更锦绣。

深夜里，风息波平海不皱，
隆隆的机声也压低了歌喉，
港湾呵，祖国城乡都在睡梦里，
你只恐喧声太大打扰了好战友；
骤然你抑止不住，汽笛一声吼，
那是祖国发出新号令，你响亮地回答“有！”

原载《新港》1963 年

支书家的新嫂子

支书家的新嫂子，
有点嘴皮碎，
碰到三婶二大娘，
唠唠叨叨不住嘴：
“俺家那口子，
好像不知累：
白天去忙队里活，
夜间又尽开啥会。
要他办点家里事儿，
不知要等到哪一辈！
哪天跟他坐下来，
定要评介是和非！”

三婶二大娘，
担心支书受拖累：
“支书呀，你可要站稳立场，
新娘子要扯你的腿。”

支书心有底，
听罢笑微微。
回家先把猪娃喂，
喂罢猪娃又挑水。

大嫂再也耐不住，
夺过扁担耸双眉：
“谁稀罕你笨手笨脚，
难道俺没长两条腿？
误了公事怎得了，
别忘今晚有大会，
你的工夫贵……”

支书家的新嫂子，
就是嘴皮碎。
支书到县里去开会，
三天没有回，
她遇见三婶二大娘，
连说带笑话一堆：
“俺在家忙的满头汗，
他在外逛荡可倒美，
这趟他回来，嘿！
定要找根麻绳拴住腿！”

等到支书他回来，
天色已落黑，
不见“麻绳”在哪里，
却见饭菜都齐备。
虽是庄户家常饭，
样样合口味。

支书走得实在累，
饭罢倒头睡。
这时有人来“打官司”，
一个暴怒一个眼含泪。
原告说：
这孩子掰了我一穗苞谷；
被告说：
他打我一拳还要赔。
大嫂代替支书来“断案”
出言真干脆：
“你嘴馋太没出息。
你抬手打人也不对，
咱贫农眼光要放远，
这是谁对谁？”
说罢走向自留地，
掰了三穗苞谷给原告：“我替这孩子赔。”
原告脸红知有愧，
连连摆手往后退。
惊醒支书问情由，
原告被告夸大嫂：
“人说大嫂爱唠叨，
原来是嘴碎心不碎。”

好事传十里，
雅号满村飞：

“大嫂是支书的‘参谋长’，
不露声色红在内。
夫妻二人为集体，
绿秆上两朵红缨穗。
下回队里选模范，
少不了她也算一位。”

原载《诗刊》1963 年

历史回声

孙中山（组诗）

翠亨村

翠亨村秀丽平和
没有一点肃重的王气
犹似本村一位成员性格
少怀大志
却无意黄袍加身
只希望中山装的纽扣
反射出太阳的本来光色

他呱呱坠地的年代
毛虫正蛀蚀中国版图
香港、澳门如两团乌云
扑向南窗一片昏暗
北风将“天京”余烬的灰腥

送入襁褓中男婴的鼻息
北风南云都在低声呼唤
——孙文

风云呼唤中成长
小村却并不寂静
姐姐缠足的痛哭，伴着
打更的梆子声直到天明
平生第一次抗议的对象是母亲
敢对千百年来的习俗说“不!”
更懂事时他才明白
被裹疼的不只是姐姐
那执掌生杀予夺的圣旨
与伤筋断骨的裹脚一样
紧紧捆绑住人们的手足
不分男女　就连那
最安分的山水也疼得啜泣

他痛恶缠足
如痛恶象征皇权万岁的圣旨
日夜思索　怎样使
千百万双紧裹的手足舒放
手，不再用来触地跪拜
脚，应走在自己选择的道路上
为此他离开牵挂着的翠亨村

辞别了姐姐痛楚的哭声

作为医生

作为医生　他
奔走于澳门——香港——广州
匆匆
听诊器谛听着心室的颤音
蹙眉推动伶仃洋的浪涌
此时体弱多病的中国
还能经得起几把圆明园之火
国库的余额已被太后号画舫载走
搜尽四万万干瘪的腰包
还能凑得起四万万五千两吗？

病入骨髓
手术刀已难疗救
不如两耳谛听紫禁城动静
让来复枪暂且取代手术刀
惠州——镇南关——黄花岗
志士喋血凝成殷红的席子
卷起
罪恶制度积存的污腥
期待民主共和的秋雨洗礼
在烈士洒血处看枫叶摇红

或许后世明公
会伸出两根手指品评——
作为医生是够格的
作为军事指挥家还稍嫌文弱
罢啦，空调车里的智者
知否万事开头难
我钦佩历史的先行者
敢以数十载前赴后继
将两千年帝制打入坟丘
剪除积满污垢的长辫
洗雪腐败软弱带来的民族耻辱
也许口才不及同乡康、梁
但他敢于喊出这两个字
——革命！

只有敢于否定“天子”而不畏死
才称得上是革命
只有扳倒龙椅而不坐
置于博物馆作为永逝的象征
才是跳出怪圈的革命家

武昌枪声之后

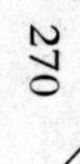

那是一个空前干渴的季节
天空也耗干了眼泪
太和殿的三岁顽童

颤抖在摄政王的膝头
举国觉悟者的双眸都盯着南方
终于燃亮了武昌首义的枪声

虽很仓促
历史已在楚望台上定格
如同炸弹中间开爆
长江、黄河、珠江都腾起浪花
八旗兵尚在烟枪嘴上烂醉
新军连夜抢占了时局的
制高点

先生火速归国
礼帽上还隐伴五洲风尘
“神州”支离已久　急需
高手连缀于高原与大海之隙
欲倾大厦太沉　谁能
力臂扶正于世纪的黎明?
扬子江浪拍燕子矶崖壁
道出海内外华夏子孙的心声
就在太平天国覆灭四十七年后
还在那个地方　一缕晨曦
照射在新翻的台历上
无声地宣布——
从此中国不再有皇帝!

中国人太多　有人就有口
有口难免便有争议
有的说那场革命是划时代的
有的说那场革命并不彻底
也许都对　却有一个事实很铁
自那以后纵有反扑逆流
只能像辫子盘在遗老头上
夜静更深时放开顿足捶胸
张勋复辟军与燕北沙尘一起消散
袁“洪宪”的皇帝梦枯萎在群妾哭声里
从那以后还有龙
却不是“真龙天子”，也没有龙旗
只雕饰在故宫的圆柱上
生动在民间传说中
不再吓人　唯留一点美丽

刘公岛

刘公岛是一颗药丸
百年前苦苦地吞下
吞进衰老无力的咽喉
窒息了一个大清王朝

成山头——“天尽头”

“天尽头”不是神功睡枕
反成为强盗的垫脚石
跳进“海军公所”的禁苑
裹走二万万两雪花银
只留下一个收条
——马关条约

华清池

华清池水很温柔
温柔得使人娇弱无力
既能洗去香汗淋漓的微垢
也能洗去立身立国的元气
泄漏的水汽化为一条白绫
扼断了盛唐最后的喘息
但后来文人也蘸着这池水
写出了《长恨歌》和《梧桐雨》

文天祥

自古以来有千歌万曲
绝少能为人人传颂

无数有心人却记住你那支歌
它至少与太庙的古柏同龄

你也许是不幸的
没有早生在唐开元盛世
但你也许是最有幸的
让末世烽火来考验你的脊梁

在狂风般的膻骑面前
你那支部队也许显得孤弱
但你那志节的浩然正气
足能压住骠骑旋起的沙尘

你终于被俘了
但“俘虏”的概念从不敢同你沾边
兵马司的铁窗束不住你飘洒的须发
张弘范的舌头磨不平你心的棱角

官禄利诱对于你
轻如你鞋上的一星污尘
临刑前你掸去鞋上的尘土
用铁镣的乐声奏出一曲正气

戚继光

你没死于战场，但晚景凄楚
你解救了无数被倭寇劫掠的妇孺
却没有挽留住背你而去的妻子
只因你两袖清风，家无长物

你最终也没有功则受禄
登州山林的秋叶落下你的叹息
你的剑锋可以洞穿倭寇的胸背
却猜不透皇帝老儿到底想的什么

更奇怪的是数百年后
还有人对你进行“现代化”的评论
说你当年抗倭阻扼了“蓝色文明”
不然中国早就进入了商品经济社会

无论是褒是贬，红口白牙
你都听不到也看不到了
你生来就是为了惩戒邪恶
这一条基本可向归宿的大地缴令

但蓬莱水城的清波至今照见你的面影
闽浙沿海父老仍在传颂你的英名

长城黄崖关的山形酷似你悬留的斧钺
使一切觊觎中华的鬼蜮望而心惊

关天培在虎门

江北的风霜老将
铸成南国的一座丰碑
须发飘起多难的岁月
与南海浪花一样素白

失去要塞的不是你
是背后那面昏黄的龙旗
金镶的椅子也会生锈
嶙峋的脊骨坐塌了二百年的朽木

虎门要塞一尊折损的炮
换来了一个愤怒的三元里
关提督的身躯訇然倒下
惊得沉睡的山河猛地跃起

也许正因为有了你
虎门才无愧于它的名字
正因为你的佩刀在你的颈项
构成悲壮的十字架
虎门淌的才是血

而不只是耻辱的眼泪

包拯在肇庆

千里为官
抖袖拜揖岭南
青衫上还有几颗黄河雪粒
西江暖阳悄然吮化
融入鼎湖水中
又澄清几许

也许为他
七星岩欣然聚义
彼此约定
为新任知州添几分新绿
仅此而已
谁都知道这位黑脸大人
偏将千年古语颠倒——
就是要打送礼的!

公元十一世纪某日
一叶小舟悄然驶进水洞
没有惊师动众前呼后拥
只有一随员手持雨伞
州官择一小片岩壁

简单留言后有落款
不须炒作“父母官”德政
潺潺水声可以作证

出洞时天降大雨
随员自然撑起雨伞
此时天空雨云密布
但知州的伞撑到哪里
哪里便云层裂开
闪出一片青天

州官离任时
没有带走一块名贵端砚
这又何妨
所经的大地都是纸砚
挥手清风作笔
落笔无声
千地矗起口碑座座
比任何名砚更无价

项羽

有绝对年龄优势
自称“力拔山兮”
虽未见他将华山扳倒

却将偌大的秦王朝挟在肋下
又掼在就地

后人尽可评判
此君的种种失误
坑杀赵卒二十万
鸿门宴失却良机
荥阳城功亏一篑
也许后人比前人明白
却轻忽最致命的一点
卤汉玩不过无赖

垓下
霸业在乌锥尾上飘走
人性却在马嘶中升华
清秋闻楚歌悲凉中反觉亲切
别姬时刻必有许多缱绻
功业成败不如一首《垓下歌》
绝望时竟当了一回诗人

得之于年龄优势
又失之于年龄弱势
以三十岁的血气对五十岁的老辣
恃勇可叹

虞姬

有名字
又无名字
一个虞地的女子
想必正当妙龄

夫君也很年轻
在京剧舞台上是大胡子
曾在咸阳阿房宫举火
烧焦了秦朝十五年
夫君的胡子当时无损

妙龄女子追随征战
显然不是一只金丝鸟
垓下也不是鸟笼
营帐拒绝“住别墅的女人”

能在夫君一筹莫展时
夜深沉中抑泪舞剑
最后时刻饮剑香消
为使夫君轻骑江东再起
剑能断念
情难断

如今在灵璧
有虞姬墓在焉
此墓真假不须验看
但史有其人
此情可赞

韩信

胯下之辱
是一步险棋
出去了
又回来了

出去
碰上萧何月下穷追
汉中拜将
回来
在垓下设了十面埋伏
单等霸王入套
九里山是大舞台
韩信有上佳表演

从胯下之辱
到十面埋伏

相距十余年
却又是一步之遥
其实进入伏击圈的
不只是项羽
还有淮阴侯韩信
垓下的土堆是最高点
也是他命运的终点
外国有达摩克利斯剑
中国有特制的桃木剑

出去又回来
十几年转了一圈
从淮阴无赖的胯下
又钻进泗上亭长的胯下
结局可鉴

印证桃花源

一篇《桃花源记》，引出
千年谜团，探索桃源究在何处
东西南北，众说纷纭
至今意兴不减，想弄个清楚

余性喜旅游，跋涉远足
皖、赣、湘、鄂，脚踪遍布

也领略过据称的几个桃花源
唯是常德地区桃花源，心服

环境氛围，感受到陶公笔触
渔人蓑衣，溅起点点雨珠
观客体神似，问主体心是
于是步前人后尘，余情愿追逐

山根下断层遗迹触目
昔日洞口似在此，草木杂芜
沿山壁继续攀援而上，哦
一洞口“仿佛若有光”，俯身而入

眼前豁然开朗，“别有洞天”
果然“有良田、美池、桑竹之属”
四围环山如桶，恁般寂静
特殊小世界，风也被山脊所阻

这特定情景使我重新审度
忆当年对陶公“批判”的种种谬误
什么“桃花源完全是子虚乌有；
所谓仙境纯粹是引人误入歧途”

其实，偌大的中国版图
地貌各异，出神入化，山重水复

至今未启封之域，神秘去处
使浅见者瞠目结舌，何止三、五

余就曾在一人迹罕至地区
有老农问："毛主席还健在否"
这使我联想当年武陵人所遇
不知有汉、魏晋，绝非信口诈唬

这里虽非"世外"，却不啻"仙境"
引得唐代诗人刘禹锡不辞远路
"翫月亭"中刘大诗人缅怀先贤
更为眼前胜景陶醉，不亦"仙"乎

今自"秦人古洞"入，知有汉
更知中华两千余年历史，厚今通古
头顶是蓝天白云新风习习
脚下是良种水稻试种圣土

也有"黄发垂髫"，却非当年装束
老者也有手机，青年都着时新衣裤
但不必"延至其家，皆出酒食"
先请进茶馆，品擂茶味道不俗

离前，在"既出亭"小坐
依依，何时芳姿重睹

蓦然，一古代布衣乘舟远去
余亦“得其船”，急请武陵渔人加速

及至追上，疑为先贤陶令
恭问：“此可是尊驾笔下桃花源?”
答曰：“汝既觉其像即是。”
“桃花源果在此处。”余由是彻悟

神州咏叹调

神州不醉心于大漠疆域大唐盛世
神州要求今天向它作出响亮回答
神州绝不欣赏鸦片烟枪蜷成的问号
神州喜爱西昌发射中心成功腾起的惊叹

神州不再是站在长城堞口望空感慨
神州还要在载人飞船上与兵马俑对话
神州不仅有“天尽头”和“天涯海角”
更有“郑和号”远洋轮和巴城赛场升起的五星红旗

神州是学生，读熟了百年国耻史
神州是教师，告诫侵略者的幽灵请勿妄动
神州不会使龚自珍和方志敏长留遗憾
一定为《己亥杂诗》《可爱的中国》装上烫金封面

我仍然渴望，渴望神州富强再富强
我仍然梦想，梦想神州辉煌更辉煌

红色征程

“七一”是这样的日子

“七一”是这样一个日子
她是两千万英烈共同的生日
又是九十五年风雨永恒的记忆

“七一”是这样一个日子
她是砸开旧世界铁栅的巨锤
又是打开新天地之门的钥匙

从“七一”到“十一”
不过九十天的距离
但历史走了二十八年

每一次攀登都是腊子口
每前进一步都是雪山草地
“七一”在天安门广场迎接胜利

她又在大会堂门口为战士送行
征程中有顺境也有曲折
但风展红旗永远是春天的呼吸

我们熟悉“七一”的声音
从嘉兴南湖轻拨的桨声
到今日“高铁”横跨江河的车轮声

我们熟悉“七一”的光色
从上海望志路小楼的星光
到今日中南海深夜灯光的投影

这是一种伟大的继承
从方志敏的《清贫》
到今日开发区的富有

这又是一种光辉的发展
从延安大礼堂的初建
到神奇的深圳速度

在今日中国
誓为“七一”长明火炬增辉者
当无愧于称为战士

在今日中国
亿万民众且倾听希望的回声
应是一个最清亮的“七一”

寻找井冈山

罗霄山脉静静地
静卧了亿万斯年，除了
采药人惊心动魄的攀援
百鸟奏鸣的自娱自乐的乐曲
再就是泉水日夜涮洗的
本来就很洁净的山岩

后来才有自称劫富济贫的
山大王出没　却始终
就像弯曲的山径无明确目标
只是当从上海到秋收的农村
都弥漫着血腥气息的傍晚
一位留分头的气质非凡的书生
才和他的同志在岩缝间探路
终于　在黄洋界找到了俯视全国的
制高点：在茅坪的窗前
麻油灯和着淡淡的墨香
洇出八个毛体大字——
星星之火，可以燎原

山　永远只是等待
等待有心人的寻找
假如没有那历史性的找寻
井冈山可能至今还在静卧
至多是一处还算不错的景观
而现在它在中国山的系列中
第一个曾是全局命运的联络站
世纪雄鸡曾在这里最高处报晓
令当时上海关的时钟也为之震颤

南昌起义

不能再等待
不能等待屠刀扼杀中国生机
在一个古称豫章的地方
几个令时光难忘的面影闪过
他们无心考虑个人前程
只想在间不容发的十万火急中
挺肩将欲断的栋梁担起
以“八一”去回击“四一二”
对一百天的喋血作出回应

是真战士　站过来
站在镰刀与锤子下面

以首义的枪声
再一次向党宣誓
江南雨季的闷雷
没有窒息幼年的党
几天后武汉的“八七会议”
代表们踏着晃动的木质楼梯
从小窗望着江面
船　还在浪中穿行

这时刻也许
一些忧心忡忡的国人
暂时还不知中国发生了什么
但中国最大的刽子手明白——
偏偏有那么些特殊分子
没有被血腥的空气熏昏
只是他未必意识到
红白两军已摆开决战态势
就从这天
开始！

从瑞金出发

从瑞金出发
指向浩渺
深夜看不清地图

只有指北针紧蹙眉头
细雨声问着脚步：去哪儿
不答
唰唰唰唰
一脚泥泞滑到湘江东岸
西下

从瑞金出发
匆匆告别乡井
来不及洒泪
也不习惯温存喁语
何时回来
也许很快
想急了就抓把红土
和着眼泪捏成圆的
那就是我的心

从瑞金出发
有目标也无目标
目标就是那颗红星
在额头上照耀
也没有具体目标
狭路在枪声疏落的空间
为了保存下来再度崛起
以额上的红星去碰枪口

甘愿

瑞金，渐远
却也使归期渐近

遵义的选择

一座普通的小楼
难与摩天大厦比肩
但几乎任何的高楼大厦
也不及这座小楼辉煌

当年在奔跑途中
枪炮声中难得的沉静
就在这小楼里进行选择
选择中国的命运

当时年轻的哨兵
只是例行地执行任务
怎知当他一转身时
历史已发生了重大转折

他不知道
谁也不知道
在这里选择了真正的智者

选择了艰险但拒绝灭亡

今年一月当我走进小楼
我恍然看见会场里举起的手
每只手仿佛都是参天大树
合起来就是一片森林

这森林的覆盖面很大
后来绿化了整个中国

延安

宝塔山登山一望：好大雪！
覆盖了西安、北平、南京、重庆
但当暖阳在杨家岭东山升起
雪融后清晰地分出红绿灰黄

穿草鞋的人转了大半个中国
终于在中国贫瘠的一方土地落脚
选择是由于天时、地利、人和
人据地而起，地因人生辉

窑洞窗前移动着的一支毛笔
促成中国现实与未来的精彩对话
炊事班屋顶上的炊烟袅袅

与新华广播电台的天线并立十三年

延河水蒸熟的陕北小米
把革命养足了；然后东渡黄河
去收获一九四八、一九四九年
船工解开白头巾，张扬成鼓荡的风帆

重走长征路随想

十年前那场围追堵截
是信念和意志马拉松式的较量
一方是克虏伯大炮加鸦片烟枪
一方是额头的红星映亮北斗星光

暂时的挫折而不被消灭
就有重新崛起的希望
强者舞台失道照样留下笑柄
弱者发挥淋漓尽致仍不失辉煌

假如当时铁索桥头半途迫返
假如沼泽地里未能拒绝深陷
假如腊子口前不敢飞越天险
假如……

信念和意志战胜无数个“假如”

“假如”这边是绝境，那边是通途
应知后来的一九三六、一九四五、一九四九
这些闪光的年代都是长征铁流浇铸

首战平型关

东渡黄河
向同胞和敌人亮相
愤怒的黄河在血管里流淌
中国的土地不是无人之境
这是个紧张而严酷的时刻
设伏的指战员将时间咬在牙缝
将胜利消息暂时掩藏

那些嗜血成性的东洋鬼子
正得意地拭着指挥刀的血沟
骄横堵塞了他们的耳朵
哪里听得见就在百里开外
那代表四亿五千万同胞的心声
正从十五岁的小号手胸中呼出

就在这冲锋号声中
灰色的山洪压向敌群
何止是设伏等待了一天
而是压抑了近百年

冲锋的战士也许没有想到
此时注视他们的有邓世昌
还有佟麟阁和赵登禹
看他们将百年的屈辱
第一次痛快淋漓地
洗雪和倾泻

以意志对武士道
以正气对邪恶
以血刃对血刃
以火舌对火舌
以迸溅的血花
烧毁了泪水浸泡的岁月
在中国晋西北的山沟里
“皇军”军旗在余烬中蜷缩
从此，东山上
升起的还是中国的太阳

瞿秋白

大队人马向西　他往东走
不仅是按照既定的安排
也是长征的一个支流

他身体羸弱，一直带病长征

从《赤都心史》到《饿乡纪程》
从西伯利亚风雪的银袍
到海参崴外海穿过夜雾的目光
从汉口“八七会议”上压抑着的咳嗽
到上海亭子间凝视远飞的鸽铃
在中国和异国广袤的大地
走过了几个“之”字形的道路
过早地开始了信念的长征

他走得太累
从上海到瑞金
再从瑞金到长汀
路程不算太远
但连阴雨路上充满泥泞
命运有时并不体恤病体
小人以指认他换取血腥的“阳寿”
置他于死地者不会相信他是大夫
虽然他的确自幼志在疗救人生
他被囚在幽暗的斗室　虽然
他当总书记时的办公室也很促狭

他太累了
安详地坐定
但激流仍从他喉咙冲出
如同他翻译《国际歌》时的状态

突发枪声
枪声封闭了见过列宁的人的眼睛
枪声也给一个布尔什维克最后定位
人生得一知己足矣　人生
给自己生命画一个无愧的句号
足矣！

红岩村主人

嘉陵在呜咽
颠簸的山城
朝天门不堪朝天
天云已被敌弹烧焦
地上一片火海
太平门谈何太平
那时他来了
穿云来了周公

曾家岩无晓无夜
桂园里不卑不亢
鉴别魑魅
寻识友朋
一颗最明亮的星
闪烁在雾重庆

只见他双眉舒展
谁解他心潮难平
新华日报的“天窗”
怎容下他一腔激愤
风摧江南一叶
使他远望息烽
此时戴老板的眼睛
与枇杷山白骨的磷火
一样迷离叵测
考验着他的大智大勇

从容！
穿梭于重庆——延安
何虑死生
简陋的机场上
起落着祖国的命运
百年的周公
早已下对黄土
上对青云
以苍生之子的虔诚

李大钊在 1927

一身旧式棉袍
仿佛还在残冬季节

心却早已欢呼
欢迎新世纪的春光

当时古老的中国
古老得过于沉重的中国
他
喜爱抚摸青铜器的铭文
却又痛恶九鼎的重负
压折了多少苦力的脊梁

从西城文华胡同到北大红楼
他在沙尘暴天气中奔走
书斋没有使他绝对“安静”
也不会屈从于银元打造的大锁
虽然酷爱图书馆丰厚的藏书
却不会将陈封气息当作熏香而
陶醉
一旦确立的就不会改变
信念坚定在血腥的刀丛里

终于，在一个昏夜
扼杀春讯的绞刑架
架起一座死亡之门
他，向 1927 年走去——
那是死亡也是永生

凛然的双目倏然定格
凝视着赤旗
没有血
只有正气

钱壮飞

惊天动地　大智大勇
以多少震撼人心的词语形容
也不足以突显此人的一生

在蛇窟里周旋
在毒液里游泳
一颗心两副面孔

最难——
绷紧了神经的从容
最窃喜也最苦——
被不共戴天的人“重用”
随时准备着
将危险咬在牙缝里
以必要的死换取永生

千钧一发的关头
革命生机被挑在刀尖上

他将超人的机智与果断
系在分秒必争的列车机轮

终于使一切转危为安
周公的美髯在转移中得以修剪
这位拯救者一昼夜的生命值
究竟多重？世间恐没有这样的
神秤

他从蛇窟走向人间
大地仍弥漫着血雨腥风
他也从“革命夜行者”投入长征的群体
我猜想，开始也许有点不太适应
后来
传说他在抢渡金沙江时失踪
或者牺牲于乱军之中
其实他本就来也匆匆去也匆匆
一颗奇亮的流星从天空划过
然后化作陨石
也没有刻下名姓
只陈列在博物馆里
空气出奇的静，静
哪一尊是他?
暂无回应

方志敏和他的队伍

一支不足万人的队伍
向蒋介石的心脏部位挺进
凭着三发子弹的老汉阳造
去完成北上抗日的神圣使命

带兵的人没进过军校
却在上海滩的公园里
看到“华人与狗不得入内”
使他心炉里愤怒的火焰
锻造“向旧世界宣战”的操典
一个书生成为指挥官
委任状是饥饿者的呼号
队伍行进在蒋介石的心尖上
触动了江浙财阀和外国老板们
地雷
这支队伍打光了最后的子弹
可恶的叛徒
指认他就是方志敏
告密者的手指
一端将他钉在十字架上
另一端套在狞笑着的钱孔里
获得暂时的喘息

又过了十四年
开国大典时
他呼吸在赣东北一个小村
新鲜空气里
没有登上天安门城楼
但人们仰望城楼的一角
有一本《可爱的中国》

西柏坡的奇迹

土坯房
一座座农家土坯房
五万分之一地图上红箭头
逼视着南京国防部豪华的作战室
展开五千年华夏史上最大的较量
强烈反差　鲜明的对比
这就是西柏坡！

此时在辽沈、中原和华北大地
穿灰、黄军装的指战员跑步前进
披将校呢军服的“国军”望风披靡
沂蒙山红嫂手纳的布鞋
追逐着美式十轮卡仓皇的车轮
胜者头脑清醒　输家仍有不解的谜

这就是西柏坡！

从“四·一二”彼方不可一世
到决战时我方摧枯拉朽
时间才过了二十二年
连巍巍昆仑也向一边倾斜
连不驯的黄河也心平气和地入海
是庄重的主题　也似传奇的神话
这就是西柏坡！

当蒋“总统”乘坐美龄号专机
穿梭于南京、沈阳、北平、徐州之间
毛泽东签发的几十封电报
已掀起新旧年交替的风雪
每片雪花都化为决胜的捷报
未来的命运在小村庄里敲定
这就是西柏坡！

仰视杨靖宇烈士塑像

他是最孤单的人　当时
仗打得只剩下一人一枪
只有白雪和红松相伴
但这只是时空的错觉　其实
东三省三千万同胞　还有

全中国四亿五千万同胞　都和他
在一起　只不过在此时此地
他作为他们意志的代表　一个人
宁愿将漫天风雪披在身上；一个人
将白山黑水的苦都嚼在口里
他是二十世纪四十年代初最富有
的人
——拥有一切不屈人民的心声！

他是最饥饿的人　当时
草根和树皮都已吃光　肚里
只有棉袄里的烂棉絮　逼迫你
创造出超极限纪录的是万恶的敌人
他们将全东北的大豆高粱都搜刮
到日本
去加速法西斯军事机器的运转
他是用一个人的绝对饥饿
以减轻相识和不相识的战友饥饿
的痛楚
更是为了将来永远不再饥饿
他以干净的空腹向历史证明：
一个真正共产党员除了党和人民
的利益
自己甘愿一无所有！

他只有普通男人的身高　如果
他走在哈尔滨或沈阳的闹市里
除了敌人的密探　一般人不会
认出——
他就是日寇悬赏抓捕的杨司令
可是，他身躯的光彩直逼云霄
连星月都会因之而增辉　虽然
正直的共产党人不会自我扩张
更不会
为自己打造虚饰的光环　但正义
与真理的光辉本来是孪生兄弟
往往会对历史进行隆重的追认
也许当事人闻不到鲜花的香味
但人间正气最喜与他合影　这时
谁又能测量出他们的真正身高？

仰视杨靖宇的塑像　我看见
四面八方的新鲜空气都向他涌来！

百业千秋

彭总

他不是通常的烈士
却付出了最大的牺牲
不仅在寒冬经历暴风雪
即使是春月秋风的季节
也遭遇到冰雹的袭击

好在他是条汉子
统帅中的汉子
既爱透过望远镜观察敌情
也常常凝思人民的命运
目光穿过时空
测量着井冈—太行—上甘岭
一个赛过一个的海拔高度
他却都毅然地大踏步跨去
将凶残的敌人逐向死亡

最后他那结实的身躯
耸立在多云的庐山上
那是他生命的主峰

若干年后
在他的家乡和许多地方
风行修建豪华坟冢
以期死后也享受贵族待遇
而他的骨灰盒里
只有“万言书”和一本“自述”
那分量却很重很重
只因它与民族精神的基石
联结得很紧……

焦裕禄与泡桐

泡桐长了几茬
又收割了几度
枝柯有的当作烧柴
活跃在长寿佬的暖炕
树干被做成门框
亲抚着小康之家的春联

焦书记离去近四十年
最后的风沙仍不忘给他添坟

不忍消失
无论是穷时还是富时
兰考的风里总有焦书记的
呼吸
年轻一代都没见过他
许多人却硬说和他认识

我设想——
假如他活到现在
在干休所里
他也不会只顾抚弄离休证
一心苦等节日的补助金
手电光仍甘做他的贴身秘书
引他走向尚未脱贫的农户
轻声儿拍着板门……

纵然楼房高过了泡桐
也不会遮住他的视线
在楼房和泡桐的间空里
会找到过去与现在对接的阳光

黄继光

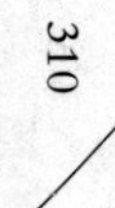

在轻重机关枪的吼叫中
胜利之路有被截断的危险

当时间急得快要爆炸的关头
一个中国四川农民的儿子
跃起！以穿军装的血肉之躯
堵住了侵略者的咽喉
窒息了机关枪变态的吼叫
倏然，汉城、东京、华盛顿
指挥部钟表的时针大惊而止

从此
黄继光的名字成为一个象征
一个虽死却又叫死神战栗的形象
也能叫迷信武力淫威的魔鬼懂得
世间有一种能使枪炮闭嘴的
神奇！

千百年来似乎都认定
人的生命远不及松柏长久
而恰恰有一种特殊的人
生命的延伸胜过所有的生物
这种人虽也从广大人群中走出
却走向非凡走向含金量极高的境界
虽然稀有，却比普通与平凡更真实
因为世世代代一切崇尚正义的人们
都与他感同身受　相识　相知

想起张秉贵

一个“卖糖的”
竟使千万人想了半个世纪
而且注定还要再想下去
如今，时兴说“魅力”
那张秉贵这是什么魅力？

心地、态度，还有高超的“手艺”
简单吗？“一抓准”可是名副其实
对糖果而言，他心里有杆秤
对他而言，顾客心里也都有秤
买他的糖果，不只是舌尖上的享受
更是精神境界的提升——
在旱天感受到喜雨
在劳累时顿觉轻松
在郁闷中如见开心的知己
认识的不认识的都在选择
宁可排队耗时也要不虚此行

甜了一口温润一生
认识一个人信赖了一个社会
他是个“卖糖的”
只有三尺活动领地

他又不只是卖糖的
他给千千万万的顾客和看客
颁发了一份无形的信任证书

他是公众的直接受益者
因此是人所公认的“良心大使”
他人走了好多年
但我们还能看到他的塑像
假如他还能回到他的柜台
我们甘愿还去排队
那糖果不论价钱
我们都买！

消防战士的心语

最不喜欢听的字眼是“火”
最能调动神经线的也是“火”字
最爱读的小说章节是赤壁火攻
最感快慰的是扑灭了居民楼灭顶之灾

同样是山　在不同场合
爱憎反应却截然不同
在井冈山最爱听讲“星火燎原”
在兴安岭山林最忌讳“驴友”野炊

最感念人类先祖“燧人氏”钻木取火
最理想的是“水火无情”终止于我辈
如果说成也是火败也是火
那我乐于担当利弊之间的裁判和掌控

雷锋的微笑

一提起雷锋
就会看到他那经典的微笑

雷锋的微笑是真纯
就像早春融雪滤过的爽风
初夏季节山尖上预示雨讯的云
秋日籽粒饱满撑开的玉米穗
冬雪覆盖下麦苗清甜的温馨

雷锋的微笑是大爱
是将津贴寄给孤贫大娘后的欣慰
是载重车驰过崎岖山路的轻松
是为少先队员佩戴红领巾的相互映照
是清晨想象天安门广场升旗的情景

雷锋的微笑是永恒
是他丰富的内心世界的导引
是不受时光流转左右的青春定格

而悠然逝去升华为灵魂的隽永

一提起雷锋
就会想到他那经典的微笑
经典之所以经典是历史的验证
他的品质最高却仿佛又最普通
经典既经过锤炼又自然天成
微笑是生命开放最灿烂的花朵
一个瞬间足可以代表一生

共和国之星

任何人心中都有向往的星
任何的星都有独具的品性
有一类星数十年间光色不减
有心人称之为共和国之星

这类星不需要人为的包装
更摒弃自我炒作；他们
在人流中行走悉如常人
不佩戴珠翠却能自然发光

将公汽车厢视为奉献的平台
每一站都能测定人生价值
抢救受难者于山洪泥石流

而自己是自觉“断后”的“高官”
将百米码头延伸为无限的天地
托举集装箱让理想与现实接轨
对“毒黑”绝不留情以心血喷薄朝霞
外表和内心俱美的女公安局长……

真正的星不分职业和“身份”
“出镜率”也不是星光唯一标志
金星银星不如亮在人民心中
数十年间有多少潮汐阴晴
共和国之星却从未暗淡
既然每天升起的太阳都是新的
星就永远是共和国春天的眼睛

追凶没有尽头

一枚指纹，一个脚印
证据通常是默然无声
但它活起来胜似龙泉利剑
剑不虚指，足有“削铁如泥”的力度

正义与邪恶相生相克千百万年
谁也开不出何时“停战”的时限
正如罂粟花成不了“形象大使”
暗夜也蒙不住便衣警察的锐目

高铁和飞机羞于被罪恶损污
却愿为千里追凶者尽力加速
当案犯从焐热的被窝里惊起
司晨鸡的鸣声又高上一个音阶

追凶没有一劳永逸，只有接力
没有最后的成功，只有一个个的战役
对得起肚腹的常常是方便面
警员的微笑，催开了路边的蔷薇

情感密码

“爱”字密码

一个字
似乎用得很滥
可人们还是乐此不疲
足见它陈旧又特新鲜

一个字，内含密码很深奥
中国的梁山伯和祝英台
外国的罗密欧和朱丽叶
都参与破译了千数百年

一个字，难煞密码专家
虽然破译过突袭珍珠港
也破译过中途岛日军机关
却很难确知她与他何时变脸

一个字，并非四季常温
连春城昆明也有风雪变幻
它有时是吐鲁番的火焰
它有时又是根河的酷寒

但毕竟它是一字千金
一诺重过那万语千言
还有胜过任何发动机的动力
不惜上天摘双星为她打造耳环

一个字，照亮一条追求之路
这路比春运的“高速”更拥挤不堪
至少在初恋和蜜月的时段
这个字使用率最高，声儿最甜

十年

邂逅只见一面
她主动相请
照过一张合影
只她一方珍藏
他函索
十年也未寄来
望云雁过匆匆

十年
山水千重
她每年寄包茶叶
用新手帕密密地缝
却未附只言片语
他只品茶香
不见伊人

梦就是梦

她没有杏眼
也没有双眼睑
伴侣促她去整容
她拒绝改变自己
心知另一个人爱着

但仅此而已
从没有越过护栏
她总是说“不”
那人也无悔无怨
雨晨孑影去远

她没有杏眼
却总是脉脉含情
昨夜她为他说了梦话

醒来枕边伴侣问她
她答说：梦就是梦

送行

一本书，是他赠她的
写的是一个二十一世纪庄稼汉
一个痴迷嫁接的园艺师
一个爱脸红的“小封建”

一幅画，是她赠他的
画的是农耕时代的谷雨播种
男的扶耧女的背绳
水牛背上坐着红兜肚小童

一席话，像蚕儿吃桑
在候车室的长椅上
小站的电灯有些昏暗
都在对方眸子里破译密码

一列车，呼啸而来
只在本站停靠一分钟
一分钟紧握在两只手里
然后被开车铃声生生扯开

手松开的时候
前景顿然有些忐忑
盼来时，希望他乘高铁
送别时，愿意他坐慢车

一场春雨和一柄雨伞

曾经见过几面，今又碰见
一场春雨约来一把花伞
“你没带伞，别淋着
我还有，你用过不必还”

如再下雨，又碰见熟人咋办？
她还能有多少伞？又不开伞店
问雨去吧，一切它都会看见
答案也许都在伞的下面

这里不是许仙的西湖
也并非上演什么《白蛇传》
今逢蛇年不错，却没有蛇
都是凡尘中人，不想成仙

老未老

大半生寄情于山水之间

人与自然处处都难以分开
“抬头纹”好比是山的皱折
双眸犹如是眼镜湖的别名

老了吗？怎么我没有觉得
对比青涩我更倾情于丰厚
对比火烈我更希望悠长
激情的牵手难分谁主动与谁被动

一般人是用时间来计算生命
而伊是用生命来浓缩时间
远望时误以为山泉已经干涸
亲近了乃知泉脉依然活跃

笑窝里的甜酒

那时他最崇尚纯洁
还钟情于普通人的质朴
在大学暑假回乡期间
为玉米间苗时与她偶遇
她指点他应拔去蔫苗
他告诉她最科学的合理间距
两条粗短的发辫系着夏风
那都市女同学缺少的红润脸蛋
右腮上的笑窝盛满了甜酒

他虽未醺倒，却带着酒香
回校懵然撞上“文革”风暴

他因言论失当触犯“天条”
十年后万幸死里逃生
有位同学冒死代收一封死信
是她八年前由乡间寄给他的——
信中最要紧的话就是“我等着你”
她等他了吗？他无权问
他等她了吗？更不敢等
又过了二十年，早已不时兴发辫
笑窝里的甜酒已被骄阳灼干
时光是人的指缝间的过客
无暇回头，纵然回头已难辨认

但他还是回了一趟故乡
是为奔母丧的那个夏天
事毕他终还是想起她来
——不知道她过的怎样？
远处高树上噪蝉颇不耐烦
似乎在说：你管得着吗？

村外田埂上见一村妇后影
挎着的竹篮里盛满新割的猪草
脚步匆匆，短发上白星点点

或许是风吹绒花故意逗弄?
看走相像她，他尾随着
在雨后泥泞的田埂上
然而，她始终没有回头
蓦地，他停下来
双脚踏在前行者的脚印上
叠印着，加深着
似有某种感觉，这就够了
又何必苦苦追去!

深海浪花

感情深入了
深入到对方的内心
赤裸的脚却不敢深入太远
小趾的神经也要保持清醒

快乐到了极致
犹如海云中惊爆电闪
最美的浪花也似双刃剑
当心埋伏看白鲨的利齿

爱的力量再大
还是挣不过劫夺者的偷袭
海誓山盟再沉重

有时经不过被强风抹去

在海水深处
最悦人的往往是白的浪花
最忌讳的是殷红的颜色

短篇小说

偶然事件

一

早退晚退早晚退，你老我老都要老。

一向青春似火的“铁老头”史汉云终于还是退休回家了。“老头”至今看上去也不像老头，但毕竟已是六十五岁。他从来不喜欢染发，现在也只能算是两鬓斑白。自抗美援朝战争爆发，他出于一腔爱国热情与对气焰万丈的“世界宪兵”的无比仇恨，毅然“投笔从戎”。当时的一个高中生，在志愿军铁道兵中就是中等偏上的知识分子了。虽说是连队的文书，但在必保钢铁运输线与美机狂轰滥炸的抗争中，已完全与文绉绉的笔杆子兵绝缘，基本的战斗任务就是装卸、抢修、抢修、装卸……无休止地手搬肩扛，不分官兵地挑战死亡；从凝固汽油弹的狼口里抢回一条条的性命，活下来也只能说是侥幸。停战回国得蒙上级垂青，进了军事学院，毕业后留校任教。退休前已算是一名资深教授了。虽说只差一年半就能享受离休待遇，但他始终觉得生活已是蛮优厚的了。比起那些全身被烧焦“埋葬”于清川江尸骨无存的战友，比起长眠于“三八线”以南“划”在非军事区那边的同乡伙伴，我史汉云还有资格患得患失？

也真算凑巧，生命重新开始，正是21世纪伊始。除了可以撰写在岗期间少有余暇着手的军事题材的著作外，更有了较多的时间坐看电视。看电视主要不是为了消遣，而是尽量搜寻与他战斗青春有关的抗美援朝内容的影片——即使是纪录片也好。但令他每每遗憾的是，所获真是少之又少。除了偶尔播放的老片中可以找到一些有关的内容外，近年来拍的新片中竟一点有用的都没找到。不过，老史生性自谦，宁愿将此归咎于自己上了年纪，眼色不济，或者是自己搜寻得还不够。失望之余，也许是为了轻松一下，他便将频道调到其“选项”之一的“动物宇宙园”节目。他之所以被这个栏目所吸引，不是因为他要研究动物习性，在很大程度上是因为受到一位不相识的同乡和著名老作家的一篇随笔的启发。老作家说他最爱看与动物有关的电视节目。这位作家性格平和，不爱争争斗斗，他欣赏的正是动物们的各种平和有趣的生活习性和情态，说是这样的节目有利于自己养生云云……

然而今天，还是这个脾气并不暴躁的史汉云“老头”，正欣赏着“动物宇宙园”节目的时候，却突然满腔愤怒地拍案而起——

原来，电视里正播着这样的一个情景：在一所规模不小的动物园，虎与狮们正分别狂吞着活鸡、活羊与活鹿。吃者吼、扑、撕、嚼，吱咯吱咯声不绝于耳；被吞噬者惊恐、绝望，上天无路入地无门的惨状无以复加……然后特写镜头又对准虐杀者的血盆大口，长舌舔舐。胜利者的姿态被烘染得淋漓尽致，而被蹂躏的弱者的碎骨残毛也在镜头之下被恣意地展示。更有甚者，讲解员还在一旁高调助阵：“兽中之王的东北虎，草原巨无霸的狮子最喜欢吃活物，最爱喝有热气的鲜血。为了尽量保持这些真正王者的无比凶猛的天性，为了提高娱乐性和对游客的吸引力，应该尽量扩大活食的种类来满足广大游客的要求。您看，狮子、老虎、狼和鬣狗这些食肉动物都很有智慧，它们捕到猎物，往往并不急于吞食，不使猎物一下子咽气，而是尽情戏耍、折腾，直到玩够了耍累了，才开始大快朵颐……还有，这些食肉英雄们最懂得疼爱后代，传承捕食本领，你看，它们用彼此能懂的叫声指示儿女们不要乱抓，一定要狠狠咬住猎物的咽喉，往最致命的部位下口。就是身躯庞大的水牛也不在话下。咬！狠狠地咬，别松口，直到对方趴下！对，就这样！对，这就对了！好！”

虽是纪录片，但讲解员却已完全进入了角色，好像其本身已成为狮、虎等凶猛动物，或者是它们的代言人，整个身心都已融进“王者”、“巨无霸”的亲身体验之中。

“为虎作伥！”史汉云闷闷地迸出了沉甸甸的四个字，却不料被隔壁蹬缝纫机的老伴儿听见了，过来问他：“什么东西触动了你的肝火？”

“你瞧！”他指着屏幕仍然愤愤不已：“讲动物习性是可以的，为什么还要掺进那么多的感情色彩？本来客观展示弱肉强食就很容易产生宣扬暴力的效果，对青少年有极大的负面影响，现在又加上制作者的癖好和倾向，简直就把动物性和兽性人格化了。依我之见，别叫什么‘动物宇宙园’，干脆改叫‘兽性展览园’得了。你看你看，从疯狂饕餮又转到发情交配表演，讲解员声调都变了，咽着口水津津乐道！”

老史说着，摁了遥控器，关上了。

“咳，何必没火点火？你想看动物干吗不观赏熊猫？”老伴韩栗秋轻淡地笑着说。

“熊猫当然很可爱，可也不能老是看熊猫呀，否则我也要变成熊猫了。再说，熊猫是最珍稀的动物，千呼万唤也不易出来呀！”幽默是老史的本性，即使在心中不快时也要时不时来上两句。

“我看哪，还是写你想写的书吧，准保你就又来神儿了。”老伴儿说着，又去蹬她的缝纫机去了。

老史还真听话，真的坐到写字台前。但拿起笔来，却又写不下去，好像神思还在别处，只是托腮凝神望着窗外……吃晚饭前，女儿冬梅下班回娘家来，叫了声：“妈！爸！今晚做啥好吃的?”

老两口都没应声。妈没应声，可能是厨房里隔音没有听见；爸没应声，多半是还没有平静下来。女儿在文学研究所工作，搞评论；也写散文随笔，被人誉为哲理型的女才子，但每每在某些观点上与父亲发生龃龉。一见老爸此刻的表情，根据她以往的经验，心里就知道了十之八九，却没去直接问。待到老妈端上饭菜，才问道：“爸又怎么了?”韩栗秋只对女儿说了个大概，最后给了一句评语：“你爸快七十的人了，就像小孩似的。”

老史也许深知一说话就会和女儿发生“摩擦”，便若无其事地吃起饭来。但女儿却主动给他做起“工作”：

“爸，我倒并不认为您是犯小孩性儿，而是反映了您真正的观点，您是很认真的。我嘛，也理解您的感情。可您不要忘记了一个天经地义的自然法则，其实这个道理对您来说简直就是小儿科。我不说您也会想到‘生存竞争，优胜劣汰’这句话。从实力上来说，狮、虎、鳄鱼和其他凶猛动物就是胜过鸡、羊甚至看似力大体重的牛；再从长时期形成的习性上说，食肉动物就是要以食草动物为食，这是自然规律，甚至只有这样才能保持生态平衡。我说这些，其实谁也都懂。我理解您是从感情倾向上说不好受，甚至接受不了。可这又有啥办法呢？毕竟是感情代替不了自然法则，我们怎么能扭转和改变远古以来就形成的铁律呢？爸，按说我没必要说这么多话，但我不愿您为一些无谓的小问题摧动肝肠。尤其对于上点岁数的人来说，更需要保持心平气和，否则，真的会有损身心健康啊。”

史汉云只吃了一小碗米饭，便放下了筷子。他本不想多说什么，因为他明白女儿本意不在和他进行什么辩论，而是出于关心他的身心健康。但他又觉得女儿并未了解问题的焦点所在，所以应该向她做些解释，便对女儿说：“冬梅，不必说，自然法则我懂，我也还没到老糊涂的年纪。其实我是话在动物，却意在于人。吃鸡吃羊就叫它吃好了，何必大肆渲染‘活吃’之惨之暴之好玩？捕食本领高超就高超呗，又何必高调教导如何撕咬才能叫猎物死不能马上死活又活不成？依我看，这就叫兽类人化，人欲兽化。”

冬梅笑道：“爸，这倒也好理解，无非是相关人士为了追求商业利益而刻意吸引观众眼球的做法呗。”

“说得倒轻松。”父亲语调似乎转缓，语意半点也未妥协：“关键是这种展示会产生什么效果。要知道，观众中有不少是成长中的孩子，不能低估那个‘潜移默化’的影响。”他话头一转，又深一步说，“难道天底下哪个凶暴就得命定享受霸权？而相对驯良的被肆意凌辱就是天经地义？”

本来，话说到这里，也就可以告一段落了。但女儿却又从哲学的角度开始了分析：“除了天性食肉食草，还有个数量的多寡问题。不是说物以稀为贵吗？相对于羊、鹿、角马和斑马等等，虎、狮、豹之类数量还是要少的，所以以天性的增减法来保持一种平衡，从哲学上讲可能也属于‘物竞天择’，不是人的感情能够改变的啊！”

按照惯例，老史将自己用过的碗筷“自觉”地送回厨房，但女儿的这番话仍没有使他“住口”，他边动作边说：“物以稀为贵，看从什么角度讲，采取保护措施，尽量不使它们灭绝，这是善举，谁都不应当反对的。但保护和人为地扶助某种兽类称霸是两回事；同样的道理，数量多的可能不够珍稀也在情理之中，却也不应该有意无意给人以贱类的印象，好像它们生来就应该是霸主的口福。”他送罢餐具回来，仿佛刚想起来，“哦，又不对了，狼的数量并不珍稀，却也是强调要大力保护的。年前我去内蒙古，那里近年来狼的数量大增，对牧民的牲畜危害很大，但因为不准打狼，面对受损也无可奈何。唯一的办法就是加高加固围栏，只有一个防字而已。”

“这可能也是理智与感情的矛盾之一吧。”宝贝女儿最后来了个“模糊哲学”。

“算啦，别在家里举行学术研讨会了。”母亲素来有一种文静风格的幽默。“都啥年月啦，还在进行两条路线的斗争哪!”

女儿一伸舌头，老爸多少带点勉强地一笑，饭桌上的争论暂时告终。史冬梅见时候不早，便给“老公”打了个电话，说娘家这边有点事需她参与商量，今夜就不回去了，她与老妈一起就寝。老爸回到自己的卧室，默默地，不知在想些什么——

今晚是他极少有的没有冲澡就入睡的一个夜晚。

二

其实，老史今天发脾气并非反常，而是他很长时间以来对人们习以为常的一个问题深感困惑而且积压太久的总爆发。作为一个生活经历丰富的资深教授，他不可能如老伴儿调侃的那样“像个小孩”，也不可能一味地跟兽类中的狮子、老虎较劲，他真正在意的是将本属自然的现象偏偏要人为地注入一些具有负面社会效果的因素，而这种负面因素总是很容易引发他的某种联想，即他天性和人生经历中极其敏感的一个课题：人类社会的不平等，人欺负人，人践踏人，霸权、霸道与所谓的习惯法则被歪曲乃至被强奸……

老史入睡了，不，也许是似睡非睡，因为一睡就进入了梦境——一个曾经历过的真实情景，一个埋藏了很久却仍然刻骨铭心的情景。不错，那是朝鲜战场。他们这个营刚刚修好了一段重要的铁道线，想进入右侧山脚的临时掩蔽部休息，这时团部打来电话说：据侦察兵报告，在他们左方十几公里的一条山间公路旁，美军和仆从国的散兵袭击了一个被炸多次的朝鲜村庄。这个村庄基本上只剩下老人、妇女和小孩，匪兵们仍对他们下了毒手，被虐害者处境十分危急。而我军的大部队正在左前方三十公里外与敌激战，那个村庄处于敌我犬牙交错的部位。电话中命令他们这个营，如铁路已经修好，可留下一个连协同高炮连监控这段关键部位的铁路线，另两个连可由营长带领，急奔那个叫古槐洞的村庄，尽可能从敌人魔爪中救下朝鲜民众。事情紧急，考虑不了兵种问题，关键是他们这个铁道兵营离那里最近……

营长和教导员当机立断，决定留下教导员和二连在此坚守，而营长立即率一、三连跑步前进。两个连其实也只有一百余人。十几公里的山路他们只用一个多小时就到了村前空地。营长命令大家暂息脚步，借山的一个拐角贴着岩壁望去，只见一群兽兵面前（真的，当时他们就是这样称呼那些灭绝人性的家伙的）一些老人和小孩横七竖八地倒在地上，估计已被虐杀；而一长排的妇女则浑身赤裸，有的想用衣物遮挡身体即被对面的兽兵射杀。几个头领模样的家伙在相互说些什么，可能商量怎样依次糟践他们的猎物。不必说，大家都怒不可遏，营长立马吩咐文书小史在出击的同时向敌军喊话。史汉云在中学读书时学过英语，能说一些战场上的常用语。即时，神兵如利箭射出，敌军只顾作孽，完全猝不及防。

“放下武器！缴枪不杀！”“快快投降！”喊话声如晴天霹雳。

在敌军惊呆之下，一个排的战士立即穿插至敌军与朝鲜妇女之间，刻不容缓将惊魂未定的妇女们护送至山角后面。

然而，现场的正面却发生了重大的意外：这群敌军主要是美军还有土耳其和韩军，他们在美军上尉的暗示下，向我志愿军扔出一些美式30步枪之类，但当营长和一些战士上前去接收武器时，隐藏在后排的敌军突然向我指战员开火，营长和十几名战友应声倒地——原来兽军是假投降！

“杀呀！”三连长一声怒吼，我军余下的指战员集中仅有的自动火器，美造汤姆生冲锋枪，苏式转盘枪，日式手提式与驳壳枪，齐向敌军喷射出复仇的怒火，未出一分钟，敌兵的躯体像被刈割的秸秆倒下。

这回，二连长和一连指导员只带领文书小史上前，十分警惕地检查敌尸，以防假死。最后，证明都已受到应有的惩罚之后，他们才离开。但就在这时，眼尖的小史发现一具敌尸轻轻在动，他本能地大喊：“出来！出来！”还真是，从敌尸下面爬出一个非常年轻的美国兵，举着双手：“别杀我，我……我投降。”声音是颤抖着的。

小史判断，这个美国兵的年龄应该是与他不相上下，至多十八九岁，脸上的土灰掩不住粉嫩的面皮。他确认对方没有武器之后，又一声断喝：“出来！”

一连指导员命令小史：“看紧了他，走！”他们押着这名俘虏回归队伍。突然，从队伍里跃出一个身材不高却很矫健的战士，挺起上了刺刀的步枪直扑那俘虏兵！小史知道：这是全营极勇敢的山东兵刘二虎，说时迟那时快，史汉云一闪身，挡住了那个俘虏兵，刺刀只差一点伤及他的左肋。俘虏兵瑟缩着：“别杀我，我没对你们开枪，长官……”这时，面对着指导员、连长和小史的是一张极端恐惧的苍白的脸——整体的强横和凶残转化为一个小小局部的孱弱与哀怜。

“你们干吗还护着他?”刘二虎眼里噙着泪花，枪在双手紧攥下微微颤着。

“他已经投降了，他是俘虏。”指导员这样说着，眼里却似乎也闪着泪光。

“他们刚才还投降了，可是营长他……”刘二虎带着哭音，可眼里又在冒火。

“那不一样……”看得出指导员的心情非常复杂。

“刘二虎，回去! 史文书，你负责押送，不许有闪失，这是命令!”最后二连长一锤定音。

他们在归部前，还简易却十分郑重地掩埋了战友的遗体于山脚下。连长用刺刀削下一块带树皮的木片，史汉云找了一块煤石，使劲写上“中国人民志愿军铁道兵古槐洞英雄连烈士墓”的字样。最后，他终于忍不住放声大哭起来。

后来，还是小史和一位排长受命将美军俘虏押送至后方战俘营。据说，那个年轻的美国兵在战俘营中“表现不错”。停战后遣返时，因为小史的驻地离战俘营不远，他还去那里看过那个年轻的美国兵，分别前，还在一起打过一场篮球……

半个世纪后的一个晚上，进入老境的史汉云在一个梦境中几乎是全真地回映了当年的那个场景。醒来后，联想到幼时孤儿寡母所受到的欺负，八路军和人民政府对他的拯救等，好像又给他重新上了一堂正义与邪恶，强暴与良善，残忍与人道，尤其是誓死对抗恃强凌弱的人生大课。

这个开通又倔强的老头——他至死也不会承认自己的联想是什么荒唐逻辑! 他绝不是一个教条主义者，绝不是一个硬把自然属性与社会属性扯到一起的迂腐老朽。天性和后天经验都注定老史对这一问题的超常敏感与绝对坚持！

三

这天上午，老史接到从东北林区打来的一个长途电话。打电话的人是他的表弟邢东山，在林区法院担任副院长。虽说是表弟，而且小他十多岁，他们却情胜手足。只因表弟自幼父母双亡，姨妈——也就是汉云的母亲就把他接到自己家里，将其抚养成人。母亲那双瘦削的肩头担负起两个男孩的成长负担，直到她安详地闭上眼睛。表兄弟俩虽不在一起生活长达三十年，但彼此却交流不断。虽说当今社会通讯已十分发达，但他们兄弟之间还是沿用老例，每月至少有二次通过书信倾诉衷肠，而且相约必须使用毛笔。不过，今天上午，对方打来的则是电话——主要意思是，上月邢东山来信说，他要来这里出差，可能还要住些时日，现在却因有一桩官司非要他主办，至少本月份是来不了了。当表哥在电话上问他是一桩何种性质的官司竟如此重要时，表弟说是一猎人套住一只老虎并致其毙命。由于案情中有些关节牵扯到国家对珍稀动物的保护政策问题，所以必须由一位经验和政策水平都较高的干部来总体负责，以便把握得更为妥当。

在电话中，史汉云对老虎死亡的前因后果问得相当地细，但他并没有在电话中表达他对此案情的看法，因为虽有一些想法却还不够成熟。经过一番思考后，下午他就决定给表弟写信。俗话说“无巧不成书”，不，眼前的问题并非完全巧合，以前在通信中也涉及过。汉云心里明白：在这个问题上，兄弟俩的观点存在着无可回避的分歧。只不过彼此许久没见面，在通信中谈一些分歧问题毕竟不是什么快事，而现在，正是汉云心有纠结的时候，他不能再憋住不说了。他认为自己有责任提醒东山注意，而且他自信所坚持的看法并非偏执之见——

东山弟：

你电话中所言，对于我来说已不算什么新课题。只不过最近我看电视时，更触动了那根异常敏感也许是多此一举的神经线。其实，在这个问题上，我们之间的观点并非是完全对立的。譬如说：就是要坚持对动物的保护原则，尤其是对地球上已经濒临灭绝的珍稀动物，我们谁都负有神圣的责任。而你的工作，又恰巧是属于这方面的前沿阵地，此点，我是深为理解的。

至于一些珍稀动物对人类的娱乐和愉悦功能，我自然也是认同的。如在动物园和马戏团等，也应被允许进行一些无害的表演。然而，这一切都是有原则、有限度的。而且，它们中往往存在着“双刃”效应。弄不好，还会产生某种负面作用。

你电话中说，当时信号不大好，我再复述一遍，看是否准确，上月一只母虎咬死了猎人的父亲，而且几乎吃光了那位年已花甲的老者的大腿肉。后来，那个猎人激于“不应有”的报复，在林中暗暗设置了弹力极强的铁夹笼子。这种夹子有一种特殊的威力，野兽越挣扎越会引动锯齿般的尖刺扎向它的要害。就这样，拼命想挣脱的老虎最后终于被扎死了。按照法律这个猎人可能要被重判。因为他套住并扎死的正是当今最珍稀最宝贵的动物之一——老虎。看来，我一直不希望看到甚至也不愿听到的事终于还是看到了，听到了。

我既然知道了这件事，就无法不表达我的一种想法：不管怎么说，猎人的父亲是被老虎吃了，此在先；而猎人套毙老虎是出于激愤，此在后。不知道人与动物的纠葛是否适用于人与人之间的仇怨纠纷。譬如说，在人与人之间，一个男人污辱了另一个男人的妻子，后者出于愤怒而报复杀死那个男子，通常在量刑上是有所从轻的。由此推论，我想猎人为了报复咬死并吞噬其父的老虎而杀伤了它，也应在量刑上给予足够的考量……

愚兄　汉云　匆草

一周之后，表弟的信如约而至。文字并不很长，却语意明晰，毫无含糊成分——

汉云兄安好！见字如面。我充分理解你的心情，你的耿烈，你的正直，读之令我感动，但我也很牵挂吾兄，吾兄切不可忧思过度，有损身心。当然我最知你是少有的心胸开阔之人，自能善于调节。以下数言，皆出自弟之肺腑，无一字虚言。

其一，我之工作职责所系，任何时候，任何情况下都不能以感情代替政策，一切皆以法律为准绳；而且，还要力戒其他社会因素介入法律。

其二，弟素知吾兄对“弱肉强食”、“恃强凌弱”这类行径深恶痛绝，除了天性，与吾兄的人生经历密切相关。然而，恕弟直言：切不可将自然界的天然习性与人类社会的善恶问题混为一谈啊。

其三，千百年来形成的食用习俗恐怕应该得到充分尊重，非我等所能改变。毫无疑问，它必然有其合理之处。就像猛兽爱吃的鸡、猪乃至牛羊，同样也是人类的常用食品。既然人类食之没有谁认为有何不可，那么猛兽食之更属天然食性。

……以上所言，对错与否，仅供吾兄参考。好在你我兄弟自幼相待以诚，言无不尽，千里音书，重在求真。万望兄善自保重。

弟　东山顿首

史汉云平静地看罢，不禁哂然一笑。“嗯，小山够自信的。”但他不假思索，仿佛在看信的过程中就已有了应答之词。他立即提起毛笔，写了一封同样是言简意赅的复信。老哥俩虽然用语温和，但骨子里基本上是针锋相对——

……感情代替政策无疑是不对的，但作为一个自然人与社会成员不可能绝对没有感情，不可能对自然界和社会上发生的事态绝对保持漠然。执法之外的人士不适当地介入司法是不应该的，但司法又不能完全不注意听取社会上的正当声音……

……动物的自然习性与人类社会的善恶是有区别的。但对动物的自然习性如果宣传不当或出于某种目的人为地过度装点，便很可能对社会道德和正常活动产生不良影响。所以说这两者也不是全无关系，也不是可以绝对“井水不犯河水”……

……我从来没说过不准猛兽捕食猪、羊乃至体型更大的水牛，也没有那种威力管那么许多，何况我也绝对不可能成为非洲草原的酋长。我只是希望人们少些推波助澜，或者高调欢呼："哥们儿真棒!"……

这封信挂号寄出去之后，一周内没有接到对方的回信。近两周后，史汉云接到邢东山的一个手机短信："汉云哥：这些天我正准备主持开庭的一应工作，就暂不写信了。这是本地发生的首例虐虎致死案件，我和同事们必须严正履行自己的职责，以维护法律应有的严肃性。"

汉云读着这则短信，眼前不由得闪现出表弟少时那张"小大人"般的早熟的脸。当时，抚养他的姨妈，也就是汉云之母问他："你长大了想做啥工作?"十四岁的小东山回答得毫不犹豫："当一个法官。"在中学时期，他又受音乐老师的影响喜欢唱京戏花脸，尤其是黑头老包。对京戏完全是外行的汉云经常听到表弟哼唱的是《铡美案》中的唱腔："包龙图打坐在开封府"，《赤桑镇》中的"还望嫂娘多体谅，按律严惩法制伸张"……十多年后从政法大学出来，他果然成为一位法官……

然而，也许"天有不测风云，人有旦夕祸福"的民谚并非妄语，又是一周之后的晚上，汉云下楼去买晚报，回来后老伴儿韩栗秋神色异常语调断断续续地告诉他："刚才我……接到弟妹打……打来的电话，说东山他……他出事了。"

"什么事?"汉云遽然一怔。

"开庭的前一天，他答应抽空陪儿子小虎去天……天然动物……园。在狮虎区……不知怎的小虎趁大家不注意，从……从司机驾驶室……爬了出去，想近距离给……给老虎照……相。东山一看，急忙下车想拽回小……小虎。可……可这时老虎兽……兽性大发，把东山扑倒了！”

“怎么样了？”汉云手中的晚报掉落在地。

“胸腹部受重伤，送医院抢救，说已无……无生命危险。”

汉云稍稍松了口气，但长时间没有说话。

又过了一周，听东山老伴儿电话中说：伤者已能说些简单的话语。汉云立马给尚在医院的东山打去一个电话，是弟妹接的，然后又把电话递给东山，东山只低声说了一句话：“不……要紧，这……只是个……偶然事件。”而史汉云多说了两句：“老虎是珍稀动物，要保护；人的生命也很宝贵，数量再多，几亿几十亿，也要保护啊。”

原载2012年6月号《天津文学》，2012年8月号《小说月报》选载

天意公园

一

他，周士云，现年五十五岁，如在过去，应该说是已进入暮年了，但他却还没有结婚，而且是从未结过婚。原因嘛，还要追溯到三十年前的1967年。在那个欲哭无泪、令人啼笑皆非的年月，他因为不小心拿有领袖像的报纸包了鞋子；又祸不单行，在看纪录片时随口说到副统帅太瘦，竟被单位公认的“老实人”，也是他的好朋友明君臣“严正”揭发，而被打成“死反革命”。因为，按照当时的逻辑，拿印有领袖像的报纸包鞋就意味着公然污蔑最红最红的红太阳；而说副统帅太瘦，就意味着他身体不好不能当接班人。更按那时临时颁布的法令：凡是污蔑攻击伟大领袖和他的亲密战友以及中央文革的现行反革命分子，都毫不含糊地要判处极刑。尽管他也为自己的“错误言行”进行了辩护，但权威方面毫不理会，他先是被卫戍区军管，只待执行。然而，“合当他命不该绝”，遇到了好人——卫戍区的一位军代表考察这名叫周士云的出身和经历以及“犯错误”的具体情况，认为他“本质不错”、“一贯表现良好”，而且“主观故意的根据不足”。在军管监押一年半之后，交由革命组织进行群众专政。就这样，从1969年初至 1976 年“四人帮”被粉碎，将近 7 年的时间，一直在凝聚了邪恶人性与暴行的“红旗造反总部”的股掌中，受尽了人间最残酷而无所不用其极的压榨与蹂躏……在这当中，曾经与之信誓旦旦地表示终生相濡以沫、永不变心的初恋“对象”也离他而去，不久就与他人结婚。

在上述精神的与肉体的、感情上与道义上的打击和背弃之下，他以非同寻常的心理坚韧抗击着多重灾难的摧残，保持了健全的心性与人生的方向，终于熬出头来；而且在时过几年之后，被任命为一个处级杂志的主编。但这时他已至不惑之年，虽然一切尚属差强人意，只是有一桩大事可以说是“晚了三春”，这就是他一直是孑然一身，甭说是未建立家庭，就连女朋友也未交一个。不是没有任何人关注，主要的原因是他本人对此已心灰意冷，一门心思投入他钟爱的刊物之中，偶尔写些应景文字，也并非他的主业。因为他很有些自知之明——缺乏文学创作必备的天赋。而迄今未婚的另一个因素是，他常常看到他身边的同事，十之五六的夫妻间经常叮叮当当，有的还闹得鸡飞狗跳，而其中之二三最终不得不离婚分手了事。联系到他年轻时唯一的一次恋爱结局，他认为这婚姻问题也绝不都是一个美满的结局，更不都是什么“天作之合”的金玉良缘。甚至有时就连凑合着过日子的最低要求也不可得。可能是他“一朝被蛇咬十年怕井绳”，也可能是他以偏概全的思想作怪，反正“结婚”这个几乎人人都无法逾越的门槛，对他而言，确实不是一个值得艳羡得流哈喇子的神仙之境。

说也怪了，就在公元 1999 年的春天，对这个叫周士云的男子来说，胶着了长达 20 年的局面（前 10 年是不得已）竟有了微妙的变化。那是在一次整个大区六省的报刊业务交流会上，听当地领导同志介绍地区发展情况时，坐在前排的一位女士引起了他的注意。其实，说是“注意”也并不全面，因为只是那位女士一个局部——一双舒展、大气被他自认为好看的双足，还有那修长而匀称的双腿。从这，他判断她必是位不胖不瘦的高挑个儿。虽然他自感有点不好意思，却还是忍不住又看了看她面庞的侧影，神态凝然、恬静，不是那种俗尚的漂亮姐型，却绝对是位落落大方，具有良好气质的中年女性。

在此后的三天开会期间，天缘使他们分在同一个小组。尽管他还有几分拘谨，二人倒也有过一些语言的交流。从自然的谈话中，他得悉她是距他所在城市南面 300 公里省城里的一家名为《女性世界》综合性杂志的副主编，只因为主编近期身体欠安，由她代表前来。而且在她自报家门介绍自己的身世时，不经意但也或许是经意地告诉她现在是单身，有一个十岁的女儿由外公外婆带着。女儿的爸爸 6 年前在出差途中遭遇车祸，不幸……在此会最后一天分手前的自助餐上，她对他显然亲近了一步：“你喜欢吃什么，由我给你拿。”也许是开玩笑，她还说“我比你年轻一点儿嘛。”其实何止是“一点儿”，她才 42 岁，比他小 13 岁。

分手后，各自回到自己的所在地，不消说，又各自为同为 84 个页码的刊物而操劳。所不同的是，两人私下里书信来往频频，还有长途电话，大都是其他同事下班走了以后……

在这非同寻常的两个月中间，他也不时在反思自己：为什么会从 20 多年心灰意冷状态中被唤醒？为什么会一反常态在开会之间注意到一个本是不相识的女性的双足？难道真如一家叫《生命时刊》杂志上说的那样，是磁场吸引所致？否则为什么使自己改变性情了呢？要不然，爱的意念怎么就从冬眠状态回到复苏的春天？终于，他与那位叫苏琴的副主编同时也是一位很有个性的散文女作家共同作出了再次会见的决定。就在端午节这天，她专程乘火车来到他所在的这个城市，而且选定这里最有名的天意公园作为他俩“初恋”的约会之地。这注定是55岁对43岁的“初恋”，一种特殊命运组合的开始……

二

无独有偶。在春末的季节，天意公园对本城的许多人（包括年过花甲的老年人）都是有吸引力的。住在左边小区的三个退休老头就商定端午节到这座公园遛鸟。他们老三位，一个叫武字忠，68岁；一个叫李铁铧，65五岁；最小的一个叫汪军，62岁。他们养的鸟儿分别是百灵，绰号赛阿瞒；蓝靛颏，绰号小雄信；黄雀，绰号新歌星。

这老三位当年都有风光过的一段，尤其是武字忠，“文革”中被专门调出任民兵小分队队长，率领几十号精壮的队伍，配有枪支，昼夜巡查，只要发现他自认为“有问题”、“有情况”的人或事，不容分说带到队部，轻则拳脚相加，重则拘押审讯，一直风光到“四人帮”倒台，才又回到原单位。而李铁铧和汪军当时都是他的亲信手下。直到现在，30年过去，他们都已年逾花甲，却仍然是铁哥们儿、老邻居。

“今儿天儿不错，咱哥仨到天意去遛遛，一者是给鸟放放风儿，二者有好看的妞儿，也能过过眼瘾。”李铁铧打年轻时起就好这一口。

“唉，过眼瘾顶球用？又不能亲自尝味儿。咱们得自觉，老了就是老了。”汪军尽管最年轻，遇事头脑最清醒，或者说是最有理智。

武字忠表面上没有理睬二位老弟的对话，左手提着鸟笼，右手做了个兰花指的形状，逗着笼里的赛阿瞒：“宝贝！宝贝！哨一个。”急得李铁铧和汪军直催他：“老武，你咋不吭一声？改性情啦？”

老武一扭脸，虎虎地说：“我看顶过瘾的是演练一下老本行，注意搜索耍流氓的镜头，来个声电袭击，不击死他们也能吓得半死。”

汪军立马作出反应：“能成吗？如今年头变了，咱们可别乱来给自个儿找麻烦……”

“咳！这有啥，君子动口不动手嘛！”李铁铧明显倾向于“老队长”。

于是，这老三位明是遛鸟，几双眼睛却向甬道的两边搜索，捕捉他们共同感兴趣的目标。蓦然，武字忠鸡蛋壳般的大眼睛倏地又胀了一轮。李铁铧和汪军也循着他的目光向右边看去：原来在藤萝架下坐着一对中年男女，此刻依偎得甚紧，显然关系相当亲密，大白天里，情不自禁地脸腮贴着脸腮。

“流氓！”武字忠冲口而出，激动得声调都变了。“是两口子吧？”汪军有意淡化着事态。“不可能！”武字忠仍有当年“文革”的那般自信，“是夫妻的话，谁不在自个儿家里热乎，还能跑到公园里搞下巴！”“下巴”，此地俚语，“鬼混”之谓也。

“也不是搞恋爱的？”李铁铧像专业侦探般分析着案情，“谈恋爱的都是二十啷当岁；这俩都是四五十岁的人了，还谈啥恋爱，不是耍流氓又是干啥的？”

“可我听说……”汪军分明是担心惹麻烦，又小心翼翼地提示着老哥们儿，“听说现在法典上的流氓罪取消了……”

“取消不了，流氓到多咱也是流氓！”老武转口又说：“就算是流氓罪这条取消了，还有个社会风化的问题儿；对啦，还有个维护精神文明这一条！”

汪军知道他的老队长是个“常有理”，从“文革”到现在，30年来他不但没一点反省，还时刻情不自禁地炫耀当年的威风：“一条马鞭提在手，想抽哪个哪个抖。”现在汪军也不想惹他，就闭嘴不吭气了。

老武向来处事果断，立时向李铁铧发布命令：“老李，你快去公园派出所，报告这里的情况，最好叫他们过来个人，维持社会治安人人有责，我们也要发挥点余热嘛！”他说这番话时，声调有点阴阳怪气。

“我去那里……咋说好？”李铁铧心里似也缺些底气。“咋说？报案呗！”汪军抢先说了。他只怕老李畏难大哥改叫他去。

李铁铧瞪了他一眼，心说：你这个不剔鸡毛光想吃现成的黄鼠狼，还敢支使起我来？多少年来，他只听武大哥一个人的。

“你就说发现了一桩流氓扰乱社会治安案，最好请他们的所长过来。”武字忠话说得带七分自信。接着，他又加了两句：“根据我的经验，这两个肯定是搞‘下巴’的，一审一个准儿！”

李铁铧还是不大情愿地走了，临去时他又瞪了汪军一眼：你这个阴扇子，节骨眼上你从来是不冲锋的，看回头我……这里武字忠向汪军也发出了斩钉截铁的命令：“兄弟，咱们俩来个男声小合唱，一起喊！”

“喊啥？”

“喊‘大流氓’，不歇气儿地喊。这叫敲山震虎！”

随即，“大流氓，大流氓”的和声在公园里扩散开来，打破了“天意”近百年的寂静；就连30年前“文革”中也没有波及的特殊空间，在改革开放若干年后的一个近午时分似乎变成开批斗会呼口号的现场。而且声浪越来越高，由拼劲的尖声渐成带嘶哑的疯狂……

武字忠此刻已完全沉浸在近乎变态的兴奋中，一种极端压抑后不顾一切的宣泄，一种恶性怀旧中含有某种痛楚的爆发，一种生理与心理机能双重的报复方式。其实，一个人的话语和行动往往并非是单一的构成，在极短的刹那间，可以伴随而成多种意念。这时的武字忠，在狂喊中就伴闪着回忆：在他生命前半截中有那么最难忘的10年，按时下的说法是“幸福指数”极高。别的方面不说，单是他带着他的“小分队”，巡游于当时的公园、河边、墙角旮旯，在搞对象的或他们认为“搞下巴”的男女身上，就捡了数不尽的“洋捞”。直到不久前，老武在喝得半醉时对他的酒友还眯着笑眼说：“那几年的日子就是皇上驾到也不换！”这是极度狎邪中的得意忘形。然而近些年来，还是照他自己的话说是：“在沙漠里放屁，闷得连个响声都没人听见！”每当他和“队友”们来公园百无聊赖地遛鸟，有一些镜头对他产生着绞心般的刺激。在这种情况下，他暂时完全忘却了平时颇感幸运的得意，还是觉得有亏损。曾经胜算的是：10年中干了那么多在正常年月里挨枪崩都有余的事儿，只是因为他没有跟“四人帮”直接挂钩，又没定为“三种人”，作为“老粗”听人支派“打零杂”，所以清查时屁事也没有，不会写检查也没人叫写啥检查，结果是干赚不赔。然而现在，又觉得晚运不佳要设法“补课”。

于是，又一个彼此的双人喊声开始了。

“大流氓！大流氓！大流氓……”

坐在藤萝架下的周士云和苏琴当然听到了这声嘶力竭的恶作剧，而且也清楚明白他们的指向。俩人虽还在依偎着，但显然已冷静了许多。苏琴小声提示说：“要不咱们离开这儿？”周士云却作出了不同的反应：“我们一动，就意味着向这类变态狂示弱了。我们没有做什么出格的事，心不亏，理不屈，看他们能怎么样！”但苏琴还是坚持离开：“何必跟这些无聊之徒斗气呢？”她说着，就要起身，却被士云按住了：“我倒要看看这些红眼狼有多大的能耐。过去那些年月已经剥夺了我等获得幸福的权利，如今在合理宽松的日子里，我们还不该维护自己的正当权益吗?”

苏琴一双温情的眼睛给了眼前这个男人以深深的理解，她只说了四个字：“我支持你!”这时的周士云完全稳定下来，他好像已将曾经几十年遭受的深度磨砺，都投入到眼前这桩看似小小的猝不及防的挑战中，准备着事态怎样进展抑或是自然消退。苏琴又重新握住了他的手，是理解也是无声的支援。不过，她还是略带不解地说：“按理说，看这遛鸟人也都是六七十岁的人了，还这么不厚道!”她的话引起了士云别有所思的一番话：“其实厚道不厚道不在于岁数的老少。前些时候，我从《生命时刊》上看到一篇心理科普文章说：有些本性偏恶或心胸狭隘的人，随着生命的变老更加嫉妒别人的幸福。他们自己觉得丧失了能够获得享受的条件，就变本加厉地膨胀某种仇视心理，尤其仇视男女之间的爱情，在这部分人的心目中，仇‘福’更胜过仇‘富’。想不到叫我们碰上了。”

这时在对面甬道边，两个“敲山震虎”的人看到这边的被炮轰对象不但没被击垮，而且连撤离的迹象也没有。武字忠显然被激怒了，完全丧失理智地喝令他昔日的下属汪军：

“再加大力度，继续炮轰金门!”

“大流氓！大流氓！大流氓！耍——流氓——”

可能是喊得太累，心力透支，声音反而小了下去。其实藤萝架下的周士云是准备他们冲过来的，然而却没有。

幸而已近中午，公园里游人渐少，不然此处肯定将成为众人循声一探究竟的“热点”，喜欢看热闹的观客是不会放过这个机会的。

藤萝架下，42 岁的苏琴纯情少女般地看着他，说出一句似乎与这具体小环境不搭界的话：“你真行……”

三

与此同时，去公园西大门一侧派出所“报案”的李铁铧，也在向庞所长报告案情：“我们老三位都是公园附近的退休老职工，虽说是身退，心不退，平时也自觉自愿地维持社会治安。今儿个发现东门北侧藤萝架下有一对上岁数的男女不地道，我就……”

“怎么个不地道法？说得具体点儿。”这位庞所长从警28年，仅在“天意”就干了10年所长。有人说他是“老油条”，瞧，这会儿他手里就摆弄个钉书器，一副似听不听的模样。

“绝对不是搞对象，嗯，不是正当谈恋爱的，一大把年纪了，动作很出格儿。”

“怎么个出格儿？”手里仍在摆弄钉书器，眼睛偶尔瞟一下报案人。

“贴得忒紧，好像还亲……亲嘴儿……反正是不堪入目！”李铁铧本来只读了3年小学，退休后挺爱看些闲书，也掌握了一些文词儿。

“这又怎么样呢？说明了什么问题？”摆弄钉书器那位站起身来，结实有力的身子似要向李铁铧压下来。

“太有伤风化，特别是对青少年一代影响忒坏。我们不能不抓精神文明……”

李铁铧当年也是个“百战之身”，在场面上一般是不怯阵的。

这时从里屋走出一个年轻的小警察，却没说话。庞所长以不冷不热的口气对李铁铧说：“你稍待一会儿，我办点事儿就来。”说着，就进里屋去了。

李铁铧一时摸不着头脑，所长的动向使他的心里不由得有点打鼓；事已至此，也只好硬着头皮候着，谁知那个“老油条”葫芦里卖的什么药？眼前这个小警察在桌前看一张本市的街道图，连瞅也不瞅他一眼。屋子里的空气闷得好难受。

过了不长也不算太短的时间，庞所长总算出来了，对报案人只是不咸不淡地说了句：“事情我都知道了，你走吧。”

“你咋……知道的？”李铁铧本能地瞪大了眼睛。

“我都看过了，没那么出格。”仍然是那么不温不火。

“您看……过了。”李铁铧悟出了他话里的意思。刚才他在里屋，分明是调看了“事件”前后电子眼的录像。“这个有心计的老油条！”李铁铧一时有点不知所措，最后仍不识趣地提了一句：“那您过去检验一下那俩人的身份好不？”

“我为什么要过去查，有必要吗？”庞所长下面的话变得尖锐起来：“用不用我过去检验一下你们老几位的身份？还有，你回去告诉他们，少在公共场所大喊大叫的；再出格一点的话，那可真是要按寻衅滋事办了。”

“唔……”李铁铧并没有喏喏称是，无奈地出了派出所，心里说：“真他妈抱着木炭亲嘴儿，白碰了一鼻子灰！”

回到与武字忠和汪军会合处，老武还当头撸了他：“你咋一个人来了？我俩等你都快尿裤子了！”

李铁铧正没好气儿，一时也顾不得触犯不触犯他的老队长：“是血是脓都叫我李铁铧一个人吞了。那庞所长一点不给面子，不表扬不说，还把我斥回来了。叫我带话给你们，再在公园里大喊大叫，反而是咱们出格了，要拿啥寻衅滋事办哩！”

“他妈的没举报有人搞‘下巴’？再咋的也不能整见义勇为的呀！”武字忠一百个不服劲儿。

"人家派出所有电子录像为证，说不算搞'下巴'。"李铁铧只好实话实说。

"年头变了！年头变了！30年前……"武字忠还没说完，一向会看风色的汪军抢断他的话："没用！好汉不提当年勇！老皇历不能倒着看。"

武字忠白了尖儿的眉毛倒竖，心说："小鬼也想当判官了。"本想发作，可能又怕激怒对方索性"叛"了，便使劲咽下一口唾沫："便宜这两个了。"

李铁铧想起庞所长的警告，不禁倒抽一口凉气，解嘲说："武哥，咱们今天这一仗也没输，敲山震虎的目的也算达到了，那两个也没敢乍翅儿嘛！"

汪军更会顺情说好话："再说就连常山赵子龙也有老的时候。"意思是提醒武字忠压一压自己的火气，识时务吧。

三个人提着鸟笼，一时无言地向西大门那边沉沉地走着，想必是各自都在想着相同的与不同的心事。武字忠显然是为了转移沮丧的情绪，强作笑意逗着笼里的百灵鸟："阿瞒！赛阿瞒！拿出你的看家本领，吟一个'何以解忧，唯有杜康'。"引得李铁铧也逗起自己的蓝靛颏："小雄信！小雄信！哨一个金少山的'锁五龙'！"汪军却有一搭无一搭地逗着笼里的黄雀："小歌星，给主子争口气，拿个名次吧……"

就在这时，两位中年情侣也已离开藤萝架。按周士云的主意，就与那三个"喊派"擦肩而过；可苏琴这次绝不由他：没必要刺激变态狂，以免引起意外的冲突。就这样，她挽着他沿着樱花丛中的狭窄小路信步而行。这一片不大的樱花林是从域外移植而来，此际开得正茂，红丝白雾不离面前身侧，使二位游客一时忘却了刚才发生的一切，此情此景幻化为一个纯诗画的小世界。

当他俩走近西大门时，庞所长正走出派出所，恰好看到他俩的身影。所长颇有感触，在心里说："要亲密，在哪里不好，何必跑到这公众场合来……"

可这时苏琴也在想："尽管今天有点小小的不愉快，可还是不虚此行，哪里能有天意公园这样的浪漫氛围？真是'天意'。"

但她却没想到遛鸟的武字忠一见他们捕捉的对象即将走出公园大门，莫名的妒忌与报复情绪又冲荡开来，提示李、汪二人说："喊！喊！给他们送行！"

"大流氓！大流氓！大流氓！"——最后一波恶浪尾随出门，但已是强弩之末。

这声音，引得在公园门外玩陀螺的一帮孩子的大惑不解，瞅着提鸟笼的老三位不约而同地在问：这三位爷咋的啦？

原载2012年《北京文学》8月号

九秩童心

一

通常人们习惯用“耳不聋眼不花”来表明老人的良好状态。眼前这位老人不仅限于此，而且面无老斑，头发间少有白丝（不是染的）。最近上了几次电视，侃侃而谈，条理清楚。这不是，竟惊动多年断了联系的老同事、老朋友打来电话，向他表示祝贺，也探索他的养生“奥秘”。

其中有一位现已成为著名历史学家的昔日“小字辈”，也突然打来电话，使老爷子感到了一点儿不寻常：

“是老邹同志吗？”这是他们当年的习惯称呼。

“是我。您是哪位？”老爷子显然没有辨出对方的声音。

“我是刘自韵哪。”对方那主儿习惯在语尾上带“哪”，“最近见您在教育台上出现了三次，一次谈宋哲元，一次谈张自忠，一次是讲‘七七事变’前北平的动态，我都看了，很有些新东西。您的声音和二十多年前几乎一模一样。九十了吧，真不简单。对照我自己这精气神儿，惭愧死了。一激动，就从《海沽日报》那儿打听到您的电话，抄起来就给您打啦。”

“感谢，感谢。”邹老爷子也挺高兴，不过他说：“我要更正一点：我是虚岁九十，能活到过年闰四月的话，才满九十整。不管怎么说，‘七七事变’前后那些年，我随我叔父住在北平，先后与宋哲元和张自忠做邻居，他们都挺喜欢我这个‘小孩’，宋哲元爱跟我‘拉钩’，张自忠爱摸我的大脑袋。我讲对他们的印象，有啥是啥，不玩虚的，一句话，实事求是。即使我感觉是缺点的，也如实说，这才叫真实，才叫有血有肉，是不是?”

“是的。所以才引起了我很大的兴趣。”听声音刘自韵也很高兴，“你我分别二十多年，再有机会去海沽市一定要去拜会您，当面向您请教。”

“欢迎，老朽我欢迎你，真的。”

“您虽比我老却不朽，我比您小二十多岁反而真的老了，见面您就知道了。”

接罢电话，邹老爷子余兴未息，刘自韵的一番话，热诚感人，他深知不是虚意恭维。作为一个耄耋老朽，谁还会有闲心来追捧？而有关自己的身板和精神头儿，倒的确不是“小刘”一个人这样说，可谓有目共睹。人到暮年，其他东西都可略而不计，唯有身体、精神直接关乎生命质量。既然活着，不说是“发挥余热”、“老有所为”，至少能做到自己少受罪，别人少麻烦。

就在这时，老爷子的手机响了两声，是短信。他按照女儿的“谆谆教导”，依程序小心翼翼地捏出几行字来——

裕良先生：

您的书稿《从“七七事变”到北平解放》经我社三审通过，决定出版。出版社不付稿酬，赠书三百册。如您同意，请近日来我社签订合同。望复。

人文出版社

×月×日

邹老爷子连看三遍，不，也不知有多少遍。半年才接到回音，但毕竟不是退稿，如今出书多难——他心里门儿清！不掏一分钱还给三百本书，这无异于天上掉下来的馅饼！一个无权、无势、无钱的老东西，还不知足？

二

邹裕良出生于华北地区一个著名民族企业家的大家庭，其叔父邹天虹在多个城市拥有化工、船舶、玻璃等多家企业，具有强烈的爱国意识，在民族存亡关头和赈灾济困中多次慷慨解囊，而且广交朋友，在各界代表人物中具有很高的威望。裕良生活在这样的家庭，受到良好的教育。其生父早亡，但母亲知书达理，灌输给他的经典语汇是："要为社会多做好事，少给自己搂好处"，"要有好身体，好精神，不要好面子，好虚荣"，"吃亏不哭鼻子，是非面前要动脑子，以理服人不赛嗓子，背后对人不使绊子"……

裕良在北平上学，由小学、中学而大学。在辅仁大学读书时接触到地下党员，日本投降前夕秘密加入共产党，直接归市学委领导。他利用特殊的家庭条件，多次掩护地下党员脱险。但党组织对他的具体指示是：颜色要"淡"些，政治表现要"边缘"些，生活作风要"散漫"些。

新中国成立后，进城了，分配在海沽市军管会文管处，工作繁重紧张，心情却不错。军管会撤销后，市委、市政府下面成立了文联、文化局，老邹起初担任文联副秘书长，秘书长是来自冀东的一位“老粗”干部，怎么也看不惯这个来自大城市，出身于资产阶级家庭，上过大学的“少爷”。看不惯的至少有两点：一是在整天忙忙活活中还是有点儿散漫，上下班有时不按钟点，办公室看材料时爱跷二郎腿等；二是看到些无关紧要的小事，爱说点儿玩笑式的调侃话。这在秘书长看来“很缺乏原则性”，因此每在大的运动中，机关内部思想检查会上都要检查多次才能勉强通过。不言而喻，在新中国成立后的十七年中老邹虽未被打成“胡风分子”、“右派分子”之类，却也走得蹀蹀躞躞，职务和级别动得特慢，十七年一贯制的老副处，直到“文革”前还是个十六级。不过，却也未见他闹过情绪，抢过“彩球”。不仅如此，有一次因为提级名额不够，他生生地让了还振振有词：“我暂时还是独身，没负担；老罗老婆孩子一大堆，自己又有病，这一级给他吧。”

不过，说老邹原则性不强，也不尽然。“文革”开始时成立“十六条”规定下的“文革委员会”，选主任时，他对当时一位名叫张振汤的管人事的人公开提了诸如品质不良等五大条意见。那时是啥政治气候，他偏要哪壶不开提哪壶，结果可想而知——半年后闹造反夺权，那个叫张振汤的人摇身一变，又成了“红旗造总”的一把手，第一个就把邹裕良揪出来实行“群众专政”，罪名是走资派加反革命黑线人物。

这个老邹，在重压重刑之下似乎也负重若轻，关在小屋里写交代材料时还“忙中偷闲”，写起《三十年代海沽第二监狱的斗争纪实》，不料被张振汤突袭查获，不消说又是一轮毒打和批斗，罪名是“在被专政中还不忘炮制毒草”。这个老邹，在九死一生中竟还向张振汤提了个要求："振汤同志，去年医生说我肾不大好，最好少吃盐。现在，机关公务员在食堂打的饭太咸，能不能由我的家里人给我送饭?"

"不行!"张振汤暴怒之下又扇了他两个嘴巴，而且纠正说："亏你还在北平上过大学，尽说白字儿，我这个汤不念'tāng'，告诉你，念'shāng'，难道你不知道《岳阳楼记》里有一句'浩浩汤汤(shāng)'吗？娘的，多蠢哪!"

事后，在一起关押的难友说："这个老邹，都啥时候了，还有闲心写作，还提什么要求!"可这就是老邹，有啥办法!

终于熬到"四人帮"倒台，市文联又恢复工作，当时干部配备处于青黄不接的茬口，老邹一上来就被任命为文联秘书长，漫长时日的"副"字消除了，多年的媳妇熬成了婆。然而改革开放之后，新人如雨后春笋般成长起来。按说老邹也是一位作家，且仍不失年富力强，他创作的以上世纪三十年代海沽第二监狱惊心动魄斗争为背景的长篇小说《血雾腥风》印数多达三十万册，受到参加过这场斗争的健在的老革命家的赞扬。即使这样，在一九八七年市文联换届时，他只获得了一个"理事"的头衔，开会时，与一些毛头小伙、青春女孩儿坐在下面，机械地履行划"√""×"的神圣权利。但从没有任何人听老邹发过半句牢骚，也没听他"高度赞扬"过哪位领导。又过了一段时间，他便从工作岗位上退了下来，在负责机关人事工作的小郭手边的花名册上，"邹裕良"的级别是"行政十五级"。终于比"文革"开始时长了一级。

离休回家的老邹进一步淡出人们的视线，也有人偶或看到他在本市日报或晚报上写的一些短文，无非是追忆当年北平地下党斗争与解放初期海沽市接收改造中的一些轶事。

三

当晚，在邹裕良就寝前，电话铃突然响了起来，他伸出迟疑的微颤着的右手拿起听筒接听时，对方的一声“爷爷”，使这位心淡如雪的老人感动得倏地热泪夺眶。他嗫嚅着说：“朋朋，孩子，是你……爷爷想你呀！”

“爷爷，我考上大学了，北京的，就快过去上学了。”

“朋朋，怎么长得这样快？”

“我已经十七周岁了呀！”

“在北京上学，好好，好好……”老邹空前的絮叨，一种真正老人式的絮叨，这在平时是极其少见的。

“朋朋”是老邹的嫡亲孙子，十年来一直远在两千里之外的一座城市里。那是因为朋朋的父亲——老邹唯一的儿子在俄罗斯经商时被人杀害，俄警方虽也做了调查，但一直未能破案，家属又远在中国，事情最后也就不了了之。消息确认半年后，朋朋的妈妈决定改嫁远走他方，而且带走了朋朋。

当时，八十岁的老邹受到丧子之痛的遽然打击，那没有刮净胡子的脸腮像两块冷冻了的带杂质的石板，微微颤动了许久，却没有掉泪。按说“白发人送黑发人”是中国人传统的一种剧痛，何况又是唯一的儿子，但老邹又一次表现出他遇事的反常。儿子的这种遭际，对他说来似乎也并非完全意外。记得儿子决定要出国的前一天，他再次明确进行阻拦，掰开揉碎地对他讲：“那边的形势很乱，社会秩序也很糟，安全没有保证，孤身一人，举目无亲，有什么事儿连传个信儿都很困难。这话我说了好几次了，你妈也不同意，她这几天的病情又加重了，你也不是没看到。听爸妈的吧，老话说，三思而后行，节骨眼上勒住缰绳，也算是明智之举。”但儿子去意坚如铁石，他有他的“雄心壮志”，“爸，我知道您是疼我，可人这一生机会是不多的，当年我二爷爷纵横华北，商名传遍中华，他的儿子和您这个侄子都没有继承祖业，我们老邹家的商脉快断根了。看来注定应该由我接续上，再也不能像你那样……窝囊啦!”儿子犹豫了一下，还是吐出了对老子相当不恭的评价。

爷俩最后还是谈崩了。

儿子辞别父母妻儿，扑向那块风雪交加的茫茫大地——一个陌生的正在翻天覆地变化着的国家。

一年之后，噩耗传来，最初的说法是为了争抢摊位中国人之间发生了斗殴，还有的说是暗害分子的仇杀。

此事的后果接踵而来：老伴本来就患有严重的高血压、心脏病，丧子的剧烈打击，使她在得知噩耗十一天后即撒手人寰。妻子“走”后，老邹一度说话极少，却亲自骑车到市中心最有名的照相馆“中国照相馆”放大了一张妻子的中年照，“供奉”在卧室正中，初一十五敬香，没有一次中断，口中还念念有词。

女儿偷觑，老爸每每眼中含泪……

接着就是儿媳改嫁，而且带走了他的连心肉“朋朋”，临走只留下一句话：“爸爸，我觉得有点儿对不起您，但没有办法。”他心中刺痛，但也不得不忍下了。

不久，孙子就随妈妈远走他乡，尽管孩子也曾悄声对老邹说过：“爷爷，我会很想您的。”但老邹并未将这话过重地放在心上，孩童嘛，不管在一起时感情多深，时间一久，人地两疏，也就淡了。何况他体恤朋朋，既然生活在另一个家庭里，过多打扰他，对他的心灵也不见得会产生护持的效果。所以，平时也很少联系。纵然痛，也只能强力抗着。想不到孙子十七周岁时突然打来一个电话，怎能不让他欣喜若狂？

“爷爷，不管学校多么不理想，我也要考到北京去。实话告诉你，我就是因为要离你近，能和你见面才这样做的！”

朋朋清亮的话音，十分脆爽地打动了爷爷。对已经习惯不敢期许的老邹来说，这已经是天大的意外了。他放下电话，半宿未能安眠，睡前的结论性意念是：“我有理由知足了。”

四

作为精密仪器厂的一名工人，老邹的女儿还没有退休。他四十一岁上得到这个宝贝女儿，算是父母的老生闺女了。家庭条件不优越，父亲的命运多舛，女儿在初中书读得不是太棒，但也不怎么差。老两口没有任何“成龙”“成凤”的巴望，闺女对双亲也知疼知痒，初中毕业后一咬牙上了技校，一心想早点挣钱与父亲一起养活多疾的母亲。她结婚的对象也是普通得不能再普通，早一年技校毕业在厂里干“保全”，本分、厚道却还手巧，什么电工、钳工活儿几乎无师自通。这对丧妻失子孑然一身的老丈人却是个极大的方便。

不过，老头不想给闺女女婿添麻烦。早前单位给他这位离休老干部分了两室一厅的房子，女婿在隔着三条马路外住的是父母留下的两大间平房的遗产。他们两口子商议：为了与年迈的父亲做伴，早晚能有个照应，打算把自家的两大间平房租出去，搬到父亲这里来住。两好并一好，不是更好？

又是一个没想到。老头儿毫不犹豫地行使了否决权：“不！不！

不要这样，在一起你们的负担不加重也要加重，我也不会比一个人轻松。再说，眼前我身体什么病也没有，走路、买东西、做饭都还能自理，等不能自理那一天再说。你们现在还都有工作，每个大礼拜带着小妞来看看我，我看看小妞比什么都好。我是喜欢孩子，但也喜欢清静，要不为什么当日在老房子住的时候，我和朋朋他们分两个单元住？你们能理解我，就是最大的孝敬。就这样，就这样！”

他的执拗，他的决绝，最终还是获得女儿和女婿的理解。他们太熟悉这位长辈了：能够理解他，他是最惬意的。

“分居”问题算是解决了。但过了些日子，女儿端砚过来做了一番“卫生大检查”，发现厨房有些凌乱，卫生间洗刷得也不够干净，就向老爸提出为他请个小时工，每周过来整理三个小时，小时工的报酬由他们夫妻二人付。这个建议，老头儿不好硬性反对，他的回答是：“试试看吧。”

于是，三个不同的小时工，一位是湖北的，一位是甘肃的，一位是贵州的，都是三四十岁的阿嫂，由物业祝师傅安排前来。老邹从祝师傅那里得知，三个小时的报酬是一百二十元。然而，也就是在来这儿仅仅三次之后，老邹就打电话给女儿，请她不要再叫她们来了。端砚没有在电话上问明究竟，下班后专程过来，一进门就问：“爸，干得好好的，为啥又变卦了呢？”

老爷子语气平静：“其实原因很简单，她们拾掇得是很好，可拾掇完了之后我还是要做饭、烧水、洗澡……两天以后，还是照常的模样，再好看，只是一阵子，我不能不干实事儿呀。所以，那一百二十块钱就省了吧。”

“还有别的考虑吗？”总归是闺女最了解老爹，她看出他内心还有别的想法。

“还有就是……”老爸像孩子似的在追问下说了实话：“一次换一个面孔，半天里大眼瞪小眼，我不习惯，算了吧!”

女儿一笑说：“要不干脆就给你雇个保姆，时间长了，不就习惯啦?”

“端砚，你就饶了为父吧!”老邹摇着头笑说：“你还想多制造一起遗产纠纷哪？电视、晚报上这类官司越来越多了，当然，人家那都是名教授大专家……”

听话看神儿，端砚见父亲奔九十的人，还能这么诙谐幽默，说明他内在的生命力还旺盛，这也是做儿女的福气。正想再说什么，父亲又以恳切的语气说：“端砚，你们至少几年之内可以放心。我平时虽然只有一个人，可并没有孤独感，远者说，隔着几条街就有你，树梧和敏敏；近者说，我每天还能写几百字的短文，虽然很慢，还有说话的对象。在大的人生世界上，可能没有我的踪影；可在小的心灵世界里，我还没有退出人生舞台呀!”这番话，女儿听了着实感动，她为自己的父亲而高兴，觉得他表面上淡如老菊，内心里却有很深的修炼功夫。单从养生角度上讲，实在是一种不俗的境界。怪不得不论大事小情，他都是那么轻言淡语，清风薄云。

接着，老爷子又“孩子气”起来：“端砚，你给我一个月的试验期，我保证会一点儿一点儿地改进。一个月后，你和树梧一块来个大检查，如果不合格，你们就批评，罚款，我再重新来，好吧?”

这一个“好吧”弄得女儿无话可讲，心里却说：“谁叫我摊上你这个爸爸呢?”在并不太光亮的电灯下，她看着腰板挺直的并不那么衰老的父亲，在他宽厚的胸膛里仿佛隐现着一颗跳跃的童心。女儿一面是欣慰，另一面又是怜悯。

五

大约过了四个月光景，老邹的生活程序一如常态。一天过午，他安适地睡了一觉，醒来后不一会儿，外面有人按门铃，他从门镜眼上向外看了看，是一个男人，有点儿眼熟，但还是警觉地问了声："谁?"外面人答："是我，邹伯伯，我是墨宣高中时的同学，甘百华。"

"哦。"他开了门，把客人让进来。来人满面沧桑，衣衫随便，看上去比实际年龄要苍老得多。

这位叫甘百华的中年人开门见山地做了自我介绍。他说他与老邹的儿子墨宣一同去的俄罗斯，但过了一段时间，分头在不同的城市"练摊"。一年以后，得到了墨宣被害的消息，说是醉酒后互殴，具体情节不详。不过，直接置墨宣于死命的人他听不止一个人说过，但由于有种种"私心杂念"，尽管中间他曾经回国一次，也"没有到府上来"，再加上自己这么多年"没混出个模样来"，就更没心思顾及别的了。现在，他决定在国内闯，不再"外漂"了，这才想起老同学墨宣惨死的遭际，觉得不告诉他的亲属实在对不起人。

"请邹伯伯原谅，我知道现在才来告知真情，是晚了三春的过错。可我还是要登门谢罪，也使我心里好受一些。"

来人说到这儿，顿了一下，就进入了语意的关键处："直接致死的凶手不是别人，就是'文革'中迫害您的张振汤的儿子张荣商。他犯案之后，立即逃之夭夭，据说是转移到了东欧，具体是哪国，这家伙狡兔三窟，再也没有看见过他。这事儿我向俄罗斯警方反映过，当时他们那儿也挺乱，追查了一阵，人没抓到，时过境迁，也就石沉大海。”

说到这儿，甘百华从背包里拿出一顶旱獭皮帽，一副皮抄手套，还有一个俄罗斯大号套娃，非常虔诚地说：“这是我们中间分手的时候，墨宣送给我的，我想把这些东西转交给您，算是他的遗物吧。”

“谢谢你。”老邹话说得有点儿漠然，信手把几件东西搁在茶几上。这时甘百华又往前移了移，声音压得更低些：“邹伯伯，我觉得您还可以向中国警方重新提起这桩旧案。有用得着我的地方，我可以出面作证，也好弥补一下我心中的愧歉。”

但他想必会注意到，此刻的邹裕良表情宁静得惊人。只有细察，才能看出他腮上未刮净的花白胡子茬微颤着：“谢谢你提醒我这些，但暂时我只能说——我说的是暂时，不想深究了。有些事情您想究就究得了吗？就说我本人吧，鼻骨，还有太阳穴护骨，都是张振汤拿拳头捣坏的。太阳穴骨 CT 检查还有裂纹，鼻梁——”他指给来人看，“是不是还有点儿歪，能究吗？能复旧如初，完好无损吗？我已是快九十的人了，心也累了。过去的事都没有忘，但恐怕也只能是带到骨灰盒里喽！”直到这时，老邹才抖出几声笑，但笑得很干，唯一湿润的是他不自觉沁出的眼角的两滴老泪。

来人最后显然是有点儿无奈，欲言又止地走了。

老邹坐着沉思了一会儿，将来人带的几件东西摆在老伴遗像前，口口念念有词：“玉娟，这些就算是你儿子的遗物吧，你也验证一下。我对那位客人说的话想必你都听见了。我的回答也很明白，我说了个活话，说是‘暂时’，其实就那样了。追究什么？有用吗？没用！没用……”

然后，他写了一个字条：“×月×日，邹墨宣高中时同学甘百华送来，据说是墨宣之遗物，暂收藏。”用厚塑料袋装好，搁在立柜最里边的角落里。

这件事，他会和女儿和女婿讲的。至于“处理方案”，不论他们赞成还是反对，他都不可能改变的。

六

中秋节又到了，一家老小四口在“大本营”团聚。全家吃过饺子之后，又在阳台围坐象征性地尝吃月饼。天上云团如龟裂的土地，纵横多缝，圆月越过一道道的“沟壑”，时隐时现，洒在地上的光亮也时放时收，别有一番情味。

老邹深有感触地说：“这才是真正的辩证人生，有光就有隐，有阴就有晴，哪里有那么多永远的圆月晴空，我觉得这才是真实的中秋夜。”

九岁的外孙女敏敏自小富于想象，她手拈一块传统样式的月饼，刚想咬合，却又停止，凝思了一霎后问姥爷：“外公，我现在吃的月饼与您小时候吃的一个样吗?”

“说一样也不完全一样。现在的月饼花样多，包装复杂，最不一样的一点是——”外公瞟了瞟孩子的父母，沉思着说：“我小时候的月饼每一块上面都有个纸片是为了纪念古代的一个大事件，应该说是一个统一的信号吧。”

“什么信号?”敏敏显然感到很好奇，急切地问。

外公犹豫了，转口说：“等你再大些时我再告诉你吧。”

“我都九岁了，还小?”敏敏鼓凸着小嘴说，“到什么时候才能孝敬外公呢?”

“你已经孝敬外公很多了，外公很欣慰。”老邹深情地抚着敏敏扎着两条小辫的头顶。

“我什么时候孝敬外公了呢？我又没毕业，没工作，等……”敏敏仰起头，一双晶亮的大眼睛仿佛含着泪水。

由她的大眼睛，老邹又联想起女儿端砚幼时那双极为肖似的双眸，他十分正经地说：“都孝敬了，敏敏，其实你妈妈也在小时候就孝敬过我了，现在的孝敬，都已远远的超额了。”

女儿与丈夫对视了一下，又不解地问父亲：“爸，这话是从何说起呢?”

“这是我个人早已形成的观点，可能很格涩，所以从来没对你们说起过。但我一直坚持认为这是对的，你母亲生前我对她透露过我的这种观点，她的性格可想而知，不说同意也不表示反对。我的观点是：孩子，不论是二代还是三代，都已在孩童时期，譬如说两岁到七八岁之间就回报长辈了。就拿端砚来说就是这样，在你幼小时，爸爸的心里其实很纠结，很苦，在外面极少顺畅过，唯有回到家里，孩子的天真可爱，孩子的音容笑貌，包括调皮幽默，都是很好的开心钥匙，任何的忧闷与不快，都在孩子不可替代也伪装不出来的情态下冲淡了。孩子大了以后会说小时候那是无意识的，算不得有意的孝敬。而我觉得，愈是无意识才愈是率真，愈是没有一丝一毫的装饰才愈让人觉得有那么多的可爱之处。这难道不是孩子对大人的回报吗？到哪里还能找到这样的回报方式？反正我是第一等珍视它的。所以我就得出一个格涩的结论：孩子小时候已经给了大人足够的愉快，给了超出其他方式的最难得的精神回报。我不知道别人是怎样感觉的，反正我邹裕良觉得孩子给予我的已经足够了。”

老爷子在月下显得激情洋溢，不待女儿和外孙女做出反应，又自然地提高嗓门说了下去：

“我最忘不了的几个片断，每次想起来都热泪盈眶。随便举几个例子吧。‘文革’前的一九六五年端砚才两岁，当时我正帮助白沽盐场写场史，在那边生活已经一年半了。偶尔回来，孩子都眼生了，伸着两只小手使劲往外推我，嘴里还嚷着，‘你抖！你抖！’‘走’字说不清，发成了‘抖’的音，弄得我们都禁不住笑。我不仅不生气，还觉得自己的女儿太天真有趣了。有时我不经意地把手搭在孩子妈肩上，更引起孩子的‘愤怒’，老远就跑过来把我的手抓下来，还骂我一声臭爸爸！这还不够，临去时又狠狠瞪我一眼。我和敏敏的姥姥相视一笑，平时寡言的她这时也给了女儿一个称号——‘小警察’。

“‘文革’中，孩子长大了，可也跟着爸爸尝到了苦滋味。最初，表面上我还有自由，晚上从单位回来，在小学做会计的妈妈参加批判会还没到家。哥哥墨宣在姥姥那边上学，因为姥姥一个人孤单。端砚可能一个人不愿进家，便到邻居李二妈家，一见爸爸回来了，就鸟儿般一翅儿飞过来，从脖子上取下钥匙，抢着说：‘我开门我开门！’这时，炉子里的火快熄了，爸爸笨手笨脚，又是女儿说：‘我来我来！’拿起火钩子，三捅两捅，火苗扑地升了上来，父女俩相对，都笑了。但爸爸这时心事重重，逗孩子开心说：端砚，如果老虎来了，你咋办？孩子手持火钩子向外一指说：我敢打老虎！爸爸只能把感动的眼泪憋回去，怕被孩子看见。不久以后，‘四人帮’的几个头面人物发布新指令，进一步向所谓的‘反革命文艺黑线’发起总攻。有天上午，天空中下着小雪豆儿，我没让端砚上幼儿园，牵着她的小手，拖着沉重的步子到附近一所大学去看大字报，想从那里面嗅出点儿什么声息。孩子一声不吭，只瞅着爸爸的神情，表现得比任何时候都乖。真的，特乖——父女俩好像有一种无言的默契。

“又过了几天，东躲西藏的爸爸知道无可逃避，决定豁出自己，是火海也跳进去，免得连累妻子儿女。分手那天早晨，他送女儿上幼儿园，深知即使不是永别，也是久别，却没告诉孩子。到幼儿园门口，孩子一脚门里，一脚门外，没回头看爸爸，却向斜对门妈妈上班的小学凝视了一眼，然后才走进幼儿园，消失了小小的身影……这以后，因为爸爸被‘群众专政’，两年不得回家，但孩子的音容笑貌，却一直是他强劲的支撑力量。这不是回报是什么？还有比这种回报更珍贵的吗？”

他使用的“人称”有点儿乱，但却又浑然不觉。

三个人几乎是屏息地听着，谁都不出一声。直到他的话告一段落，女儿端砚才含泪长舒了一口气，开口说：“爸，您这样高度评价孩子的童心对您的回报，可您是否觉得，您九十高龄，还充满着纯净的童心呢？您说，是不是？”

女婿树梧是一位技术工人，本没有那么丰富的情愫，这时也深切地悟道：“就是因为爸爸有童心，才能理解孩子们童心的价值。”

老邹轻松地笑了：“话应该这么说，是孩子们的童心深深地感染了我，我才保留了几分老童心，彼此彼此。”

不知什么时候，外孙女敏敏悄悄地跑到厨房去烧水泡茶了，这时已经把茶盘托过来了，但只有三杯茶，她恭谨地说：“外公，这是我爸上月去浙江出差带来的白茶。白茶象征着纯洁，敏敏先敬您一杯，您讲了那么多，该润润嗓子了。”

外公笑问：“那你呢？还少一个杯子呢？”

“我是晚辈，学孔融让梨的故事，最后再用。”敏敏伸出食指，扪着小嘴说。

七

初秋时节，老邹有两件事装在心里：一是十年未见的孙子朋朋即将来北京上学，而且电话约定，他报到一周后的双休日就来海沽市与爷爷和姑姑见面。另一件事是当年的老同事刘自韵即将专程来访。作为历史学家，老刘很想当面了解上世纪三十年代与北平相关的人和事，另一方面，他也特别想当面“领教”老邹何以有如此好的身体和精神状态。说白了，就是取养生经。

老邹清晨起来到住处附近遛早时，不禁想到最近各方面对他“养生秘诀”的浓厚兴趣。其实连他自己也说不出什么特别的答案，说来说去不就是那么老一套的几条：体勤活动啦，饮食调配啦，生活节律啦，更重要的，他视为铁律的一条是：尽量张扬良性心理效应，尽量减少负面精神侵扰。前者，即使没有世俗的“好处”也绝对为之；后者，有多少“利益”也坚决拒绝。这一点，老邹承认，是最难彻底兑现的。

走着走着，不由得走入著名的八百米绿荫走廊景观。那些攀藤植物抄手覆盖的神奇使这位也算见多识广的“过来人”流连忘返。正在他着迷地品味之际，对面过来了一位显然是中风后遗症患者的男人，他拄着“抓地虎”式不锈钢拐杖，歪歪斜斜地走过来。尽管此人歪嘴斜眼，面目狰狞，老邹还是认出了他就是四十年前几乎夺去自己性命的张振汤。只听说此人“文革”后清查被定为“三种人”，开除党籍，被发配到郊区鸡场干行政工作，却不期然在这样一个所在遭遇。他走路时一只脚向外作“扫堂腿”状，看来，即使病后，仍带有攻击性特征。当他从老邹身边蹭过时，老邹似乎感到一股阴风，脚下差点儿被他的“扫堂腿”扫着。

不愧是两代仇家。老邹估测，如果他儿子是杀害墨宣的凶手属实的话，他未必不知情。不过，老邹决意不去查考了。

快走到绿荫长廊尽头了，老邹蓦一回头，见刚才那人也将走至那边的尽头。那个影像，不由得使他联想起七十多年前海沽战役刚结束时进城途中看到的一堆被击落的 P51 野马式战机残骸。

咳，他大脑里不经意地涌出这么几个字：“总的说是知足了。”

这也许是一种风马牛不相及的感觉组接。

原载 2012 年 11 月《阳光》月刊，2012 年 12 月号《小说选刊》选载

不成功的碰撞

纪先生所在的这个出版社规格很高，仅就领导干部退休乃至退居二线就有自己的一些规定。譬如说，局级和处级虽都是 60 岁完全“下课”，但局级 58 岁即不能再担任领导，还能干两年具体业务工作；处级 55 岁就退居二线了。

纪先生是副局级，按规定自今年初即不能担任领导职务，但还给了他两桩工作，即担任社内两个影响不小的刊物的终审。而且，办公室也没有“挪窝”，还是在他任职时的 110 室。纪先生素来为人低调，连住房也不例外，当年分办公室，他就主动提出自己坐 110 室。这间办公室不仅在阴面，而且靠锅炉房，据说有污染，他自然是首当其冲，吸入的不良气体可能会多些。但他什么也没说，也没说“作为领导干部要以身作则，吃苦在前享受在后”之类的高水平的话。

不知是遗传基因所致，还是他深谙科学养生之道，纪先生虽已五十有九，但身板很直、满面红光、步履轻健，尤其是说话声音听起来非常年轻。有一次，外地有一对中年夫妇要来出版社商谈出书事宜，事先打电话联系，总机把电话不知怎么转给了他这个“甩手掌柜”。中年夫妇的丈夫听到接电话这个男子的声音不过四十几岁，他妻子却说只有三十多岁。来到这里一看，这位纪先生两鬓已钻出白发，而且有较深的抬头纹和较明显的“眼袋”，虽说不像三十岁甚至四十岁，却也不像他的身份证上的年龄。按此地的习惯说法是："挺少相，少相多哩!"

也许任何人都有他独特的生活习惯，纪先生也未能免俗。譬如，他办公室里明明有暖瓶，却不肯到锅炉房去打水，总是端着一只蓝花茶缸直接到锅炉房去接水。刚开始，人们也不在意，日子稍长，引得烧锅炉的物业"小女孩"带点奇怪的表情问他："您没有暖瓶吧？我这里还闲着一个，要不，您先拿去用?"她说着，就去不足5平方米的小屋里面的木桌上拿暖瓶。

"不，不，我有；就是觉得离得近，直接用这个——"他晃了晃手中的茶缸。"这样不是还省一道手续吗?"

"您这人真有意思。"物业"小女孩"笑着，露出一排很小很小却排列齐整的皓齿。

这之后，每当纪先生去锅炉房打水时，迎着的都是她那甜甜的笑。日子长了，她的着装，她的模样，都不可避免地给他留下了印象。她穿的是本单位物业所有的女孩子的统一工作服：浅粉色的上衣、淡蓝色的裤子、绊带青布鞋。她还够不上是那种"漂亮妞"型的女孩，但绝对不丑，一张五官小巧的小圆脸，白中透黄，但不像是病容。在他的感觉中，她比他还要大方些。纪先生心里最清楚：自己是个脸皮薄的男人，这还是因为上了岁数，年轻的时候，甭说是对女性，就是跟陌生的男性说话也常常脸红。

从他俩偶尔的对话中，他得知她是就近省份的一个县城里的人，今年才18岁，家里有父母、姐姐和弟弟，姐姐已经结婚，弟弟刚上初一。她还不无骄矜地告诉他：她们县出过两个很出名的人物——貂蝉和吕布，并且说城西还有貂蝉墓，她小时候随大人们去看过："大着哩，有一个人多高。"她用小手比划着。

对她这一席话，他听时虽也轻轻点头，可至少也有两点想法：一是在推行计划生育的我国，她家既不是偏远地区，又非少数民族，为什么当地能够容许她父母生三个孩子？这一点，只能归咎于他还是孤陋寡闻，至少是有点书生气；二是什么貂蝉、吕布家乡和墓冢之说，据他所知就有两三处之多，这回又听说一处。其实他曾经考证过：吕布的原籍是在今属内蒙古包头西南一个叫九原的地方，而貂蝉这个人物，在《三国志》中还没有名字，到《三国演义》中是有了，但在很大程度上仍有虚构的成分，至于籍贯和死后的墓冢之类，恐怕就更不好说了。对于历史上的实有和传说中人物，民间历来就有以讹传讹的情况；改革开放以来，为了推动旅游业和招商引资，许多地方都在争名人，“乱点鸳鸯谱”的情况层出不穷。如果叫一个物业“小女孩”分辨出哪是真哪是假，那就太难为她了。所以，纪先生听着也就是了。他的点头，其实等于说“我在听，我在听”。

有一次，他拿着茶缸去接水。她告诉他：“还没开，待一会儿就开……”他回到办公室也不过一刻钟，就有人在外面轻轻敲门，但不说是谁，更不说做什么，直到他过去一开门，是她。她说：“水开了。”这似乎很平常。

又有那么几次，他去接水，她在走廊里擦地，每每抬起头来，冲着他笑，却不说话，但笑里好像蕴含着许多语言。不过，纪先生并不认为这就是羞涩。因为，在他看来，如果羞涩就得脸红。他毕竟是搞社会科学的，也难怪他在考量别人心理时的单一性，比起心理学家乃至作家之类一般说来要稍逊一筹。

日复一日，笑复又笑。他注意到，有时纵然她很忙很累，额上沁着汗珠；有时她的物业领班对她态度不好，但只要见了他，仍然要“偷”上一笑。他宁愿把这笑理解为18岁“小女孩”的天真无邪，也许对别的上岁数人也这么笑。但下意识间又想能避就避开这笑，甚至还有些怕，也不知咋的。

“笃笃——笃笃!”上午，他正在看终审校样，外面有人敲门，不，应该说是“弹门”，很温柔，很小心。他从直觉上感觉到，敲门的不是办公室的小邹。因为，小邹的敲门总是直不隆通的“咚咚咚”。他应答着：“稍等。”因为他正在改一段文字，然后才去开门，又是那张小鼻子小嘴的小圆脸。“水开了，刚开。”上次是他去接水，水没开，乃至水开了她来通知他；而这一次是水刚开，她就“请”他去接水。而且通知过后，有一个无言的停顿：她的眉头微皱，嘴角翕动着，没有笑。他感受的信号是一种真切的催促，甚至还有一种母性的情怀。真的，是母性，很母性。尽管事后，他自感有些过敏的荒唐：怎么能去这样想一个比自己小40岁的“小女孩”！怎么能将一个未婚的18岁的“小闺女”（他的老家就是这样称呼这般年龄的女性的）与“母性”这样的概念挂钩?

尽管他对自己进行了这样否定性的“批判”，却还是按捺不住一个不安的预感：假如像今天这样，每当水开了，她就来通知他去接水，那就太麻烦她了。自己到底是哪些地方引起她肯定并非一律对待的注意，使她显然是自发地如此格外的照顾?哦，哦哦，是了，有一次她在水房烧水时，他去接水，她让他稍等一会儿，马上就开。就在这不过十分钟的近距离相处中，她应该说是倾吐她对他的看法：“我觉得你这人挺和气，一点架子也没有；然后……”她也染上了当今都市女大学生等时尚女性频率极高的口头语；“然后”下面是什么，她没有说，或许是她感觉到了什么，又表达不出来。

他倒并不太介意：“和气”又算什么呢?确实，纪先生出生于乡村，从小家境也很清寒，所以穷家孩子的罪都受过，而许多农村孩子没干的活他却都干过。只是因为生在新中国，他才靠着自己的刻苦努力上了大学，干上了一份比上不足比下有余的工作。但也许正是因为他那出身和经历，对他人，尤其是干力气活的善良的服务业后生，有一种发自内心的关悯，至少是绝对的平等意识吧。却不料在这位物业“小女孩”心目中，引起了如此不一样的感觉。唉，没办法！

然而，这时他却没有预料到，一场不露声色、悄然无声的“危险”正在向他逼近……

双休日，他经常到办公室来，家里人都已习惯。因为，纪先生在业余时间也写些随笔、杂文之类，虽然文学性不太强，更谈不上浪漫气息，但社会针对性还是比较强的。他自己心里很清楚：自己不是快手，只有蔫不溜地慢慢磨。以前他大礼拜过来，自己也没感觉那“小女孩”是否注意过他，而这次，当他与往常一样到锅炉房接水时，她好像在那里等着他，仍是那样笑，但笑里含着某种强烈的气息：

“你双休日还加班？也不休息？”

“我……这就是休息……不累。”他没有向她解释是来做什么，因为没有必要，一两句话也说不明白。再说，他回答的也是实在话——写点小文章等于是休息、解闷呗。

就这样，他端着水杯回屋里来，继续写他的东西，可就在这时，外面敲门了。虽然也是“笃笃——笃笃”的节奏，但急骤，力度大而不稳。他出去开门，她没有说有什么事，自管跌撞进来，却未忘回手推上了门。她笑着，不说话。他立马意识到事态非常。她的笑，有些怪怪的，而且缓缓却强有力地向他逼近。他本能地退着，下意识地张大了嘴巴。在这难以分秒计算的时间里，他觉得与对面这个人在年龄上发生了突然的倒置：她是大的，而他自己是小的，并且是一个相对的弱者，而她则是一个强者！

他退、退……终于，他退坐在自己的椅子上。虽然已到了犄角旮旯，似乎已无退路，但他毕竟已稳住了“阵脚”，觉得自己踏实多了。而她在距离他一米远的地方，暂时也没有继续向前。这种短暂的松缓，使惶悚的他得以主动地对她进行了“疏导”：

“你是一个很好的姑娘，非常好。我们都是从农村来的，我、我很理解你。假如以后你……离开这里，调到别的单位，我想我会去……看你。”

纪先生此时自己也不知道为什么要对她说这番话。不，在一定程度上是有意识的，却又觉得半明不白，也不知她听懂了没有。

说来也怪，她仿佛敛起了笑，一种正在思索的样子，却还没有退去。这时，他的心情稳实多了，更从容地说：“我的两个孩子中有一个也是女儿，从年龄上说，她是你的大姐姐。如果她认识你的话，一定会喜欢你的。你是一个很好的女孩子，真的很好。”

她似乎在听，也似乎没有听。不过，他觉得她脸上的表情很复杂，是愠怒，是困惑，又好像是一种无言的怨尤。但现在他更加确认，她比她的实际年龄要大得多，是大在心上。

他忽然又提醒她一句：“你烧的水开了吧？”

话既出口，他立马意识到这话说得很蠢，而且表演的成分很重。但歪打正着，好像提醒了她什么。她那白中透着微黄的小脸掠上一层红云，沉沉地回了句：“水早就开了。”回身开门离去了。

纪先生这时稍觉心安，却仍有点惊魂未定，一时静不下来，半个字也写不下去。但也就是间隔了不到十分钟，外面的门霍然被推开，她这次未经敲门的程序而直接冲了进来。真的，在他的视觉中，她就是带着一种冲激的动力，又是一个波次的缓慢而强有力地向他逼近。他觉得她的眼睛里的物质在燃烧，小巧的鼻子似乎在翕动，而并不丰满的胸却起伏着，比刚才那次更剧烈，也更带盲动性。但他这次仿佛有了些底，一动不动地坐在能转的椅子上，好像就是一个阵地，只要坚守着……

突然，一个救急的声音传来，不亚于传说中菩萨的拯危之举。“杜心雨！杜心雨！”是在走廊拐角那边喊的，威厉而间不容发。纪先生听得出，这是那个领班小头头——一位个头不高，看上去很有主意的“女孩”喊的。纪先生曾不止一次听到过这种喊声，凡是她对属下打工妹下命令时，都是在走廊拐角处就喊将起来，而从来不必走近锅炉房。

杜心雨！——她以前曾经认真地告诉他自己的名字，但他并没有记住，更确切地说是没有记，这次外面那一喊可能使他再也不会忘记这三个字。

杜心雨一慌，来不及说一句话，急促地返身离去了。这说明，领班头头的声威能够压住任何自发的情绪冲动。

他绝非什么能掐会算的智者，但现在他有一种预感：领班的这一声喊，对她是一种震慑，不论领班当时是否知道她身居何处。她不会再进他屋来了，至少眼下不会，甚至可以预见的以后也不会再进来。

已经发生的事，就像是梦，却又不是梦。也怪了。他这人，从来讨厌自作多情，但刚才的事，他从未怀疑过是自己过敏。何况，他终审的杂志之一，正是本社的品牌之一——《生命月刊》，曾经刊载过不止一篇这类文章，谈及少男少女青春期问题。他最难忘的是一位曾留学欧美的国内妇产科专家的一篇文章，她根据自己丰富的临床经验，明确指出女性之间某个方面强弱程度的差异是大于男性之间的相互差异的。如果这种差异出现在青春期，常常会表现为一种突发性与盲动性。由于当事人在各方面的极不成熟，往往以本能的冲动形式出现；由于缺乏理智，便常常不计后果，甚至根本来不及去考虑后果。

由于生理强弱差异，还有家庭、环境、性格等原因，不可能凡处于青春期的当事人都会这样，但在比较适宜、比较特定的情况下很可能便会发生。可是，为什么就叫自己碰上了呢?

纪先生也在检点自己，在过去的几个月中，与这位物业“小女孩”接触时，自己有没有不妥之处？譬如言语之间、神态表情等，有没有使对方产生错觉的地方？他“检索”的结果是否定的。应该说是不仅没有，而且自己还相当注意。唯一的解释就是：她的工作地点离他的办公室最近，除了她的物业同事，他可能是她见面最多的人，特别是男人中见得最多的一个。她离开父母和亲人，感觉亲情太少，任何不经意的“温暖”，都会在她的心目中浸润开来。不过，这一解释好像说服力也不够强。因为，“小女孩”才过去不长时间的燃烧型冲动绝不是一种亲情的替代，只能是青春期的勃动……

他承认，一般说来他是比较理智的，尤其是在与异性相处时，更不必说是与这样未婚少女相处时，他不算迟钝的敏感往往使他想到事情的后果，哪怕只是浅近不宜也可能带来不必要的后果。但他不会将这类“小事儿”告诉任何无关的人，首先是因为他绝对不能对这个“小女孩”造成任何伤害。何况，他也不认为他采取这样的应对方式是什么“坐怀不乱”，更不是什么“高风亮节”。他这人其实在各个方面一向都很低调，他只不过不想在自己并无传奇色彩的生活中增添什么不必要的麻烦。这一点他很清楚：如果自己在刚才的强烈盲目的进逼下稍有闪失，那就无异于火上浇油；而“火”一旦烧起来，至少在短暂的时日内是捂不住的，一旦扩及开来，他不但颜面尽失，而且在这间十余平方米的“办公室”是绝对待不住的。

中国的某些男人是最好面子的，而纪先生又是这最好面子中的一员。

他想，刚才的两个回合实际上是一场心理上的较量（虽然对方并没有意识到这一点），但无赢家可言。对他来说，措手不及的遭遇战能够不那么丢盔卸甲、狼狈不堪，已经很庆幸了。

但事情发生后的情况，还是有些出乎他的意外。他注意到，烧锅炉的物业换了一名年岁稍大的女子，而那个真的可以称之为“小女孩”的不在了。他不知是她的领导察觉了什么，有意将她调换，还是她自己主动请调的？对此，他内心并无太大波动，因为他问心无愧。

秋去冬来，一晃春节也过去了。大约是正月初六吧，那天是纪先生值班，刚过年，事情不多，下午五点多他就离开办公室，出单位大门准备上公交车回家。也就是一出一进的当儿，正与一个“女孩儿”走个碰面——“杜心雨”！

他之所以没有即时认出来，是因为过去习惯见她穿工作服的样子，而这时她穿的是崭新的绿色羽绒服，戴一顶时新好看的杂色绒帽，肩上一个挎包，右手还拖着一个红色的拉杆箱。

“小杜！”这是他第一次这样称呼她。

“哦，我刚从老家回来，我……”她说着也带一点笑，但很勉强。

“家里都挺好？”他问得很真诚。

“挺好，都挺好。”仍然没有笑。

“我还以为你调走了呢，原来是……”

“我转到行政楼那边去了，四号楼。也许……”她边说边进大门，最后的一句话只说了半截。

当他上了8路公交车，还在品味着她的这句半截话是什么意思，好像已经揣摩出一点内涵。再联系到她刚才那几句对话时的神态，他内心不自觉地有些怅然。

春节后相当长的时间里，他再也没有见到那位叫杜心雨的物业

“小女孩”。有一次，他到行政楼去办新换的工作证，经过那里的锅炉房，见到的是一位陌生的服务员在拖地板，绝对不是杜心雨。他这时才完全悟出那句半截话的含义——她显然真的是离开了这里。

但他认为没有必要庸人自扰，将物业“小女孩”的走与年前那次“碰撞”联系起来。因为，他当时应该说是非常委婉，非常“有策略”的，不应该使她产生负面刺激构成什么伤害。所以，他宁愿将她的走视为一种巧合，或者是物业行中的一种正常的交流。

不过，也就在十来天之后，当纪先生终审《生命月刊》的付印校样时，看到一篇似乎能给予答案的一篇文章。这篇文章是某研究所的一位研究员综合摘录了欧洲几个国家相关科学家的最新科研成果。他们破译了人的尤其是女性染色体的若干密码，得出的结论是：无论从染色体、遗传基因，还是性格上考察，一般而言，女性都比男性要复杂得多。女性比较起来更爱反思、多变化，说有时一个意念在一天中就能变换反复多次。这一点也启发了纪先生。看来，那位杜心雨未必是遇到了客观上的麻烦，而在很大程度上是出于自己的反思，冲动的潮涌归于平静后，心态便有可能走向相反的一面，深悔自己做错了什么，而过分地觉得脸上挂不住了。她很可能与他相反：开头什么也来不及想，而潮头沉落后才重重地想；而作为十分理智的他，更多的是想在事情的前头。甚至不仅仅是青春期所致，而与每个人的生理、心理、气质不尽相同，处事也不相同。《生命月刊》的文章中，也谈到了不同的生理因素“强”与“弱”的问题。纪先生对此虽然缺乏研究，但仔细想来很可能是有道理的。

“小女孩”走了，他预料她不会再回到这里；但多半不会离开这座城市，因为这里对物业服务需求量很大，工作不难找。她们不在本单位人事编制之内，来去是自由的。他不会忘记自己去年对她说过的话："如果你调到别的单位，我会去看你的。"而且也是真心话。只是有一点，他决不会向人打听她现在哪里、手机号码多少……他肯定不会去侵害他人，却也不愿意自己受到这样或那样的危害——他不想分解这到底是优点还是缺点。

但有一个细节很可能已成为事实：春节正月初六，在单位大门口第一次称她"小杜"，基本上也是最后一次。

从表面上，这是局外人谁也不知道的人生中再小不过的一桩"碰撞"，但在当事人内心里，却不见得是波澜不惊、微不足道。

原载2012年《雨花》一月号，并获得《雨花》优秀短篇奖

福祸恩仇

“小长假”无事，我专程去看望了当日的老领导和忘年交仪生同志。由于平日自感我们这代人阅历单薄，仪主任在任时我就愿意听他讲幼小参加革命的经历种种。这次在坐下品茶当中，他并没有谈及少年战争中的“五关”闯险之类，而是涉猎到“文革”迫走“麦城”的人性况味，我反而觉得益发地有意思。

出于对朋友和前辈的尊重，我一点不敢走形地记叙了他的一段五味杂陈的际遇，对我本人与后辈们应该都是不乏启悟意义的……

他说的是上世纪六十年代中期，自正式参加革命工作后鲜有的一段被器重的情况。当时他所在的文联机关大部分人员都到农村去搞“四清”，只留下小部分人员负责机关的日常事务和进行建国后十七年文艺作品的“梳理”，以便对有问题的作品进行革命的“批判”。

他们机关留下的两位领导一为男性，一为女性。男性领导是一位来自冀中的老干部、曾出版过一部战争题材长篇小说的尤奇同志，当时的职务是文联副主席、党组副书记，行政十一级。女性领导是来自延安的南方女同志吴痕，当时的职务是党组常务副书记，行政十二级。女性领导负责的主要是机关的行政和党务工作。男领导基本上是一件事：负责组织领导审读组的阅读和准备写批判文章。

而我后来的领导仪生同志当时正当“而立”之年，原是文联下属的《文艺烟云》杂志的主力编辑，本来他的身体是很健壮的，只因“三年经济困难”时期工作过于劳累，加之营养太差而病了一场，稍有好转后赶上“四清”运动，按规定便被留了下来。

但他说：“说实在话，我对搞批判并不感兴趣，不过倒是读了不少过去未来得及读的书。还有，在这当中，北京有一家大出版社的社长和几位编辑来这里组稿，择了几个有代表性的‘点’组织作者采访写书。那时挑选作者自然要通过单位的组织领导，我估计大半是主持工作的吴痕推荐的我。当然，作为具体抓审读组的尤奇也不会不知道。总之，我被他们出版社确定采访并撰写一个选题，这就是在全国都有典型性的亚东毛纺厂。因为该厂的资本家是留美的，而且完全仿照美国的办厂的模式，所谓‘文明管理’是也。我花费了一个月的时间采访、开座谈会、体验生活，又以一个多月的时间整理素材，进入写作过程，最后如期地交稿。没有想到，一个意外的结果出现了……”

这个意外情况是：一本区区十万字的小说乍一出版，着实便“火”了起来。举其要者：中央人民广播电台马上开始播讲全书，北京和其它省市的晚报和日报连载或选载，中央和地方的多家报刊好评如潮……不过，仪生同志却安之若素，不论外界如何“轰动”，他心里仍有自知之明：他并不认为自己这本书在艺术上有多么高明，很可能是因为选题和依据的“本事”切合时代要求和读者的口味，因此在一年中即多次再版达六十余万册。不管作者本人如何低调，在家的两位领导却为之感到高兴。男领导尤奇直接在审读组例会上称赞作者仪生的新著是：“近年来出现的一本很有特色、有时代感的好书，也是本市的一桩可喜的新收获，而且也是全文联审读组的光荣。也就是说光‘破’不行，还要‘立’嘛。”女领导吴痕不只是口头上，而且在具体举措上也体现出对仪生同志的抬爱。在这一时间段，北京举行了亚非作家代表大会，会后有一个非洲国家的代表团要来本市参观访问。市委将这个任务交给文联主持工作的吴痕。她的果断作风是人所共知的，估计她除了向市委宣传部汇报之外，并未与其他任何人商量，即决定由她带领仪生去车站迎接客人并陪同三天参观访问。这对仪生来讲，是一个破天荒的待遇。在这以前，凡有类似差事，当然要由市文联或作协主席以及著名老作家担当，哪里有仪生之类“小字辈”的份儿？而此时，一是因为一些人在“四清”前线不便回来；二是吴痕同志有底，就是要由根红苗正的新生力量出马，“不拘一格降人才”。

不过，这也使感觉细致的仪生开始意识到，在家的两位男女领导固然都对他很好（一洗他过去几年在别的主管领导重压之下的抑郁），却也带来了新的踌躇：两位领导似乎都在“争”他，这也未必是不需要他认真面对的新情况。

果然事情渐现端倪：有一次，因为他身在北京的妻子生小孩，花费陡然加大，二人的工资支出有些拮据之势。在与尤奇同志闲谈之时，仪生“不小心”透露出这层心事，没想到次日尤奇就带来了30元钱，好说歹说也要仪生收下。仪生坚辞不肯收，尤奇正色说：“算我借给你的，你宽裕了再还我不成吗?”领导的真诚关切，而事实上却又需要，仪生只好收下了。却不知怎么，也许是当时有审读组别的成员听见了他俩的对话，转告给了吴痕。反正过了些日子，吴痕在与仪生看似随意的谈话时，“点”出了这事：“听说尤奇同志借给你30元钱，其实你实在有困难，可以向单位申请嘛。我们的干部制度中是有这一条的，如果你写了申请就可以给你批嘛，但最好不要向私人借钱。”仪生素来面皮薄，他顿时脸红了，过了不几天他的小说稿费寄来，除了马上还清了尤奇的“债务”，还给妻子买了她梦寐以求的

"燕牌"缝纫机。剩下的，搁起来，以备妻子产后需要帮助料理频繁回京的火车票之用。这里还有一个细节，据仪生同志说，当他还钱的时候，尤奇有点惊奇地问："干吗这么急啊？"

随后"文化大革命"的风声越来越紧，"三家村"、"四家店"相继被抖出。吴痕同志淡黄的小脸上浮现出一种混合着亢奋而又神秘的表情，但她的着装永是那般利落而干净，上下班时骑着英国"凤头"自行车响声特脆，只有在去市委汇报工作和接受任务时才叫司机老顾发动全机关唯一的一辆嘎斯69。她通常见了属下，尤其是女同志，一般都很严肃，唯独见了仪生则是少见的和悦。有一次她悄声地将仪生叫到她的办公室，仪生以为她要问他尤奇的钱还了没有，然而她并没问这个，却开门见山地提示说："尤奇的那本小说《战火青春》社会反映很恶劣，有关领导意见也很大，我们革命同志绝不能听之任之。组织上对你的期望很大，你应该挺身而出，以你战斗的笔批判这本小说。当然，事情可以在不张扬的状态下进行，只和我一个人联系就可以了。怎么样？"

女领导咄咄逼问，使仪生不能不及时作出回答。虽然甚难，但最后还是婉拒了："说实在话，吴痕同志，《战火青春》我到现在也没看过。再说……我很可能也认识不深。您看能不能再考虑别的水平高的同志……"

"嗯。"吴痕并没有过于难为他，"你最好抓紧看一看，内容很毒，整个是美化叛徒。"

"可以。"仪生轻声应答着，退出了她的办公室。也巧，一出门，正碰见尤奇同志从门前经过，他慌猝地叫了声"尤奇……""同志"二字还没出口，便被内心的尴尬挤掉了。回到自己的办公室，他兀自愣愣地想了半晌。他印证了这一时期自己的感觉：吴、尤二位领导不睦是可以肯定的，但是否应提到路线分歧的高度，还是个问题。他真的没有研究过《战火青春》，还没有认识到什么就贸然进行口诛笔伐，这无疑是轻率的、不负责任的做法。何况，他对尤奇的印象和感觉还好，而且他对自己也是很关怀的。对一位友善的同志暗下针刺，他总觉得不是那么光明磊落的。

在这以后的一些日子，他有意无意地躲避吴痕同志，至少是尽量减少主动与她会面的机会。而且，从客观上说，妻子从北京打电话来，襁褓中的小女孩最近总是生病，希望他在工作允许的条件下，能够多回来几次，也好减轻她的一些负担。于是他这次打破了两个星期回家一次的惯例，才一个星期，就在周末匆匆赶回北京。而且因与妻子一起带孩子去儿童医院看病，不得已到下个星期二才赶回单位。那已经是下班后的近七点了，不知为什么吴痕同志还在机关，在会议室门口，正与他走个碰头。当时吴痕的脸也有些阴沉，顺势将他引至会议室，还未及开灯，就带着批评的口吻说：

"你怎么晚回来了两天，而且也不打个电话？你是党员中的骨干，这样影响是不好的。"

"唔……"仪生有些尴尬地嗫嚅着，"真对不起，吴痕同志，我们那个杂院里没有电话，孩子病了，也来不及去邮局电话间，所以……"

"好了，以后可要注意。"吴痕的语气稍稍有些缓和，但随后在实质上却仿佛又紧了一扣，"家里的事当然要顾，可革命工作，尤其是在'文革'来临的紧要关头，更需要我们来担当。所以我的意见，你最近这一时期最好不回去或者尽量少回去！"

女领导的话在似是商量中又不留余地，他只能回答："好吧。"

这时，吴痕同志的小型鹅蛋脸不由地露出悦色，甚至是一种别样的柔情。她站起来，近了一步，又轻声说："这个星期天，你没事儿可以到我家来一下——润水街7号小二楼，有些工作我还要对你细谈一下。”

“我……”仪生仿佛预感到一种非常难解的压力，而且一时想不出应对之词，却又不会说谎，只能是：“那天也许……”

“好吧，你就根据情况办吧!”女领导立马沉下脸子，抢出门去。刚刚似乎溢散出的一种什么气息又被一股强风似的气势所逐散。

这天晚上，仪生连饭也没吃好，只将从北京带来的妻子包的两个小包子就着开水下肚，少有地和衣躺在床上思虑着。他仿佛才刚刚明白福祸相依相克的至理：受到有权领导的器重与关切本来是难得的幸事，但如稍有违拗或不顺从，便极有可能转化为事物的反面。而且，在两个相互龃龉的领导之间保持中立是很难的。他不是“骑墙”的高手，而且他也不是不明白：在大革命风暴来临的关头，有时“骑墙”者也会被刮下来的。更何况他面对的这位女领导不是一个普通的女性，她的背景极不一般，也许在一千一万人中也碰不上一个。自他来单位工作之后，就星星点点地听人说过：吴痕是一位了不起的大人物的表侄女。她在延安时就很受到关照与爱护，后来爱上并嫁给了一个诗人，一起辗转华北战地，全国解放后定居本城工作。但在反胡风运动中，她的丈夫——也就是那位诗人，因为与胡风过于紧密的关系，而被定为胡风集团的重要成员，开除党籍后下放至远郊劳动改造。在那个历史条件下，吴痕则处于重大的选择当口，组织上指令她与其丈夫划清界限，当然包括立即与其离婚。她只能依从，这样才大致保持了自己的地位。然而，特殊的背景毕竟是一个客观存在，而在即将掀起的波澜壮阔的政治运动中很有可能对她产生有利的作用。再加上她固有的性格，果断干脆有时几近于凌厉专断……

那么，仪生的违拗会给他带来什么，是不难想象的。他虽然不能百分之百地断定他去了她家会有何种结果，却总觉得非常忐忑不安。那个星期日对他来说，注定是非同寻常的，结果不是黑色的话，至少也是灰色的。他矛盾，进退维谷，但终归还是倔犟的性格占了上风，没有屈从于内心的不情愿——当星期天的晚饭时间已经过去之后，事情的结局已定，以致在若干年之后，当仪生回想起当时的“错过”之后，他愈加相信“性格决定命运”这句话，就是因为一个表面上简单的“去”与“不去”，便大致决定了他在那场“大革命”中的升腾与跌落。

果然，也就是在星期一上班后，他再见到他的女领导，就是完全的另一副面孔。这就是说，在她的几度考验下，他被证明是不合她心愿的——他被甩出去了；至少在今后的风暴摧打下，她绝对不会管他了。他估测着：婉拒批判尤奇的小说《战火青春》也许会使女领导不快，但还不至陷入绝境，因为还可以找另外的人来写，而此次违拗她意旨不去，恐怕就绝对难以容忍了。

不久，所有下去“四清”的机关人员都回来了，在运动之风的作用下，寻找目标猝然发起攻击的加速器在急剧运转，一些激进者极度兴奋的心理在发酵。终于在一天早晨，不仅是揭批走资派，更引人注目的大字报就像酷爱赌博者从“憋宝”的双手中飞了出来：“揪出特大毒草的炮制者仪生！”“仪生是推行反革命修正主义路线的急先锋！”“必须立即对仪生实行无产阶级专政，彻底批倒斗臭，肃清流毒！”

晴天霹雳，似乎猝不及防，但仪生也并非绝对意外。至于事件的内幕，他当然无从知晓。不过他也在想：主要是由于“红眼病”同行们发难所致？还是自己触怒了的女领导所策动？仪生辗转反侧思索的结果，倾向于还是来自前者，但很可能得到了后者的默许……

直至若干年后，仪生已由一个帅小伙“老”至半百之年，并担任了一名厅局级领导干部之后，他也“懒”得去详细历述长达十二年（因为他完全“落实政策”是在1978年春天）的蹇促日子。尤其是前三四年间那些非人的折磨。因为，一般人所熟知的批斗、“坐飞机”之类对他说来只是“小菜一碟”，花样翻新的“待遇”才是家常便饭：重拳相加、压杠子、灌凉水（还好不是辣椒水）、装麻袋踩等不一而足，熬鹰、大灯泡照射、居顶楼小阁棚供蚊子饕餮也已成为习惯。他的“对立面”，都是同行。“造总”二号“勤务员”女头头一面看一号“勤务员”男头头捣仪生的太阳穴护骨，一面泄露天机说：“我们就是要打傻了他，叫他炮制不了毒草！”如果不是后来单位进来了工宣队，仪生就被连麻袋一起扔进了慈母河喂鱼去了。只是因为郑师傅和倪师傅追至半途，仪生才捡回一条小命。

当时，仪生已经准备随时可能被夺去性命。然而在1969年秋天，他终于有了处理结果：“开除”了能够开除的一切，每月拿原工资五分之二的生活费，可以每两周回北京一次与妻女见面，“下放”至基层单位劳动改造。当时，“红旗造总”一号头头已荣任市文教口一把手，权力覆盖文化、教育、卫生、体育、对外文化联络等部门。仪生被“分配”至市立第一医院清扫楼道和厕所，虽还在一号头头的权力阴影之下，但毕竟为不是中心的边缘部位。虽然如此，仪生还自感大不幸中亦有小幸，比起吴痕的真正对头尤奇来他还算有一定的自由。而且有一次，善良的倪师傅曾冒险向他透露：“解放”了他还是吴痕书记的指令，她也不赞成“红旗造总”掌门人要将仪生扔进大河的过度措施，并且还批评了他们……倪师傅传递的信息，仪生判断所说是属实的。他也并不感到十分意外，虽然他从未抱什么幻想，更不想去求这位往日的女领导，而且从客观上也无可能。

“红旗造总”的新贵们自然是不敢完全违抗主子的旨意的，他们太清楚自己的地位和荣华是仰仗谁人的。因为，其时女领导吴痕已升任市革命委员会第一副主任、市委第二书记。据说就连第一书记和市革委会主任也要看着她的眼色行事。

雷声！秋天的最后雷声响起，真应了那句乡间老话：十年河东十年河西。吴痕以及她强力支持的“红旗造总”一夜之间变得灰头土脸。因为，他们的最高主子“四人帮”倒台了！作为“四人帮”在本市的代理人吴痕立即被隔离审查。开始是“军管”，不久因考虑到她血压居高不下，又移至医疗条件最好的市立医院三楼监护室，并指令受过专门训练的护士轮番“看护”，直至她夜间入睡才离开房间。仍在劳动改造的仪生处境并没有改变，暂时好像也没有人过问他。他担负的正是住院部三楼“特护”的厕所卫生和楼道清扫工作。开始他并不知道他昔日的女领导，而且有缘被她所器重的吴痕就在这里被“监护”。但稍后他便注意到有一个身材小型、始终戴大口罩的女性病人上厕所时也有女护士跟随。女护士表情严肃，女病人看上去也颇有几分神秘。她虽然目不斜视，直僵僵地盯着前面，却还是使仪生联想到过去的一个熟悉的人。只不过眼前这个人好像要胖一些，也矮一些。不过也就是在几天以后，他就听来送饭的食堂周师傅悄声告诉他：“302 单间病房住的是一个被审查的政治人物，你最好少靠近她，免得沾瓜落。”“瓜落”，是此地土语，即惹麻烦、被牵连的意思。

周师傅虽未指明那个特殊人物姓甚名谁，仪生心里已基本确定此人就是“四人帮”在本市的代理人吴痕。当夜他回到医院后院一间八平方米的盛杂物的“仪氏居宅”，就寝前他望着南窗，一缕清凉的月光光顾他的床头，这使他回想起十一年前那个使他辗转难眠密云不雨的夜晚。那是因为他的女领导给他下了一道通牒：星期天到她家里“聊聊”，使他产生了一种莫名的惶恐，在多重犹豫之下，他“错过”

了那个有可能使他们之间密切关系的机会。在此后的一些年中，有人也曾替他惋惜：认为如果他不违拗她的话，后来“红旗造总”的一号头头，全市文教口一把手的职位就非他仪生莫属。然而说来也怪，这些话并没有打动仪生，也没有使这个被专政劳动改造的“孬种”丝毫后悔过。理由很简单：假如他就范了，不论是何种形式的就范，都有违他的价值观，都对不住他的良心，对不住人间正道，对不住善良的人们。而且，他也不能苟同那些“好心人”的预测：即使在那个星期天他去了她家，后来也很难完全顺从她有违道德良心的指派，最后还是要身陷深渊……总之，他至今还是无怨无悔。

一夜未能安眠。第二天清晨，仪生照例五点半钟起床，六点钟必须到达“工作岗位”，开始楼道和厕所的打扫。不知是出于什么意识，是好奇，还是鬼使神差？他竟斗胆在302病房门口逗留了一霎儿。突然，耳边听到屋内轻声一响，就像小罐小盒落在地上，接着，又听噗通一声，分明是重物扑地沉闷的音响。他稍稍等待了一会儿，看是否有人开门出来（他当时不可能知道，护士已在外面将门锁上）。没有人出来，没有！而且随后没了任何声息。这时他顾不上想这想那：自己的身份，该管不该管，患得患失，等等，急忙扔下手里的布，下到一楼值班室去喊专门在这里休息的护士。

“谁？”里面的人在似醒非醒中本能地问。

“是我——三楼打扫卫生的工友。”

“有啥事儿？”里面传出的声音分明很警觉，而且还有几分不耐烦。

“302病房有动静，我在门外听到的。”仪生越来越坦然。

“是不是？”一种某些地域的习惯口语，意同“是吗？”

里面的人显然穿好了衣服，门开了，与报信人仪生四目相对，女护士的目光里仍有对门外“臭老九”改造对象的鄙夷不屑。

不过，当事实真相大白之后，她和相关责任者对仪生明显改变了态度。原来，当事人吴痕以失眠为由，零星积攒了上百片安眠药，在凌晨时分，一次性地吞服了下去。也许是无意间将药瓶弄到地上，反正那就是仪生先听到的那个轻声，随后弄不清她为什么要捡起那个药瓶，却控制不了自己的身体，竟从床上滚到了地上，再也无力动弹，随后便陷入了昏迷。而仪生的报警，无疑是争取了时间，经过洗胃等紧急抢救措施，吴痕被从她自己迈过的死亡线上拉了回来。

“活口”暂时是留了下来，但仪生并没有因此而改变自己的命运。

也许是命该如此，仅仅过了二十七天，那个自感绝望的吴痕以自己一向争强好胜的性格执拗地寻求自尽，在一般人认为完全没有自尽条件的房间里，她深夜时分用撕成条缕的床单系在窗棂上，然后引颈生生地勒毙。这一次，仪生再也没有机会报警了。

一个六十一岁的老妇结束了她的一生，在人们短暂的议论声中很快就沉寂下来。一个一度似乎相当显赫的不小的人物，事实被证明在整个人类世界中着实是微不足道。

但仪生报警使吴痕第一次自杀未遂那件事，在市立医院仍未使人彻底淡忘。食堂的周师傅就曾问过他：“听说吴痕在运动中是迫害过你的，你明知302病房住的就是她，为啥还要救她？”仪生淡笑回答说：“就是重罪犯我们还要实行革命人道主义，何况是正在审查中的重要人物呢？”周师傅叹了口气又说：“可你知道人家吴痕并不领情，她被抢救过来后第一句话就说，你们为什么要救我呢？我一点儿也不感谢你们！”仪生听了，并不感到奇怪，他的反应更加淡然：“至于我，只是我的一种责任，我并不在意她领情不领情。”

不过，他还是没有说出他的心里话。对于吴痕，他内心的感觉并不是那么单一的。她毕竟曾经器重过他，而且未必都出于她利己的想法。对于一个被压抑远远多于受到重视的有志者而言，仪生虽不能说曾经感恩于她，毕竟也有过心存感激之念。而且直到最后，她也不想绝对置他于死地。根据工宣队师傅告诉他的实际情况，如果完全按照“红旗造总”头头们的意愿，他仪生很可能早已不在这个世界上了。

所以，这就是他对吴痕的复杂心理。当然他知道对此不能告诉别人，那至少是会被批为“资产阶级人性论”的。

他的墩布与扫把的生活又持续了一百几十天，突然市有关部门通知他：他在“文革”中的一切问题都已平反，推翻了加予他头上的一切诬蔑不实之词，该恢复的都统统恢复，等待安排新的工作。

非常奇怪的是：他并没有表现出足够的兴奋，只是将墩布涮了又涮，然后与扫把一起规规矩矩地竖在他居住过的盛杂物的斗室的门旁。他从来也没鄙薄这些杂物，因为在过去的三千多个日夜中，他在许许多多人的眼里，也是杂物。

恰巧在这一天下午，过去的一位老同事转着弯儿通知他：当年的另一个老领导尤奇在被告知完全“落实政策”的第二天，突发心梗并发肝腹水去世。这也是一位器重过他的老领导，过去的十年因他一直身陷缧绁未能见面，此番一定要最后见他一面。于是，仪生向食堂周师傅借了一辆自行车，疾驰向殡仪馆……

他见到了尤奇同志，只可惜尤奇见不了他。他由见到这位男性老领导，不禁又联想到那位女性老领导。当年他们曾一度争着器重他的，可现在他们前后脚都走了。唉！争个啥呢？

这就是我的主仟和忘年交仪生对我讲过的他人生中的一个片段——包括他的内心世界的种种。我觉得还是比较真实的。当然他不想将吴痕的复杂心理告诉别人，担心被批为“资产阶级人性论”。如今，他对我却说了，这说明他对我的信任。那他算是料对了。我当然不会批他“人性论”的，相反，我觉得他是一个真实的人，如果不说是一个非凡的人的话。

原载 2012 年 12 月《岁月》杂志，该期重点推出本文，包括作者介绍和评论

铁老公

车古鲁和韩铃脆夫妇来到这座特大都市打拼已经四年有余。眼前的小小子儿都已八岁，今年上二年级，学习还不错，尤其是爱画画儿，任何人从他面前一过，三笔两笔便能抓住特征，鼓捣出一幅传神的小漫画来。至少从现在看，这小子在这方面还是有点天分的哩。

古鲁这几年一直开黑车拉客。论职业不算光彩照人，却好像也没遇到多大麻烦，说实在话，“码子”（他们老家对钞票的别称）没少挣。不过，他在老婆面前从来不抠门儿，除了喝两口酒得拿出点余钱，财脉基本上都由老婆掌控。

夫妻俩如论相貌，倒不那么好说，其实这“审美观”，不但是不同人不那么一样，地域不同也不可能一致。何况，还有那个著名的古谚道得好：“情人眼里出西施”嘛。

古鲁的尊容嘛，脑袋的特点据说是反映了他那个地域的一种共性：冬瓜形的头脸与脖颈基本上一般粗细；胸腰较短而双腿轴实；身量不算高也不算太矮，约一米七以下，但绝不会低于一米六八。韩铃脆也是圆方脸，面皮是健康黄色，虽然高不过一米五八，却不显得有半点矬的感觉，相反是丰满之姿颇有几分生动。

他们来此地以后，最先租了一条东西街坐北朝南的台阶房，一大间约二十米。原先在老家时，铃脆跟她嫂子学过电脑打字，有些基础。她想开个打字复印店面，与老公里外融合，想必会有些长进。但丈夫不赞成她专这行，虽然她自作主张地买了电脑和复印机，他也没有责备她。他说留着可以“捎带脚地干一点”，但主业还是夏天卖冷饮，秋冬卖糕点杂货。进货渠道嘛，半点不用老婆操心，他有个原先老家的哥们现在本市混得不赖，啥货源他都可以一手承担，铃脆只管“看摊”收钱就行。

这天，晚饭后关上门板之后，机灵的铃脆刨根究底地问老公：“你到底是为啥不让我开打字店！我现在连五笔字型都掌握得倍儿熟，相信干起来一定会盖过就近的那两家。我现在手都痒痒了，你干吗不叫我发挥自己的长处?”老婆说得真不离谱，可别小看她只是小学毕业，脑瓜特机灵，手又勤又巧，这点丈夫也知道，可现在他说：“来打字的知识分子比较多，而且还有文艺界的。我的那个哥儿告诉我：文艺界的人花心多；那个行当的男人比一般的好色。我又不能老待在家里盯着，怕他们有人勾引你。”

老婆瞪他一眼，说：“亏你想得出，我看倒是你的花花肠子多，疑心大!”话虽这么说，行动表明她还是依从丈夫的安排。

这以后的几天，车古鲁便约来了他的哥们，在大屋子中间搭了半截木板“隔断”。里面，是卧室；外面是铃脆的货柜和她专用的小红漆圆桌。她打算在营业的空隙时间，好坐在这儿打毛线。老公对于她这类小情调，都是全力支持的。不仅如此，他还向她提出一个连她也还没来得及想到的一个“建议”，“秋天马上就要来到了，我觉得去年时兴的高统皮靴抢眼，那时咱们还没混出点模样来，叫你委屈了，今年一定得装备好，买就买那个叫啥……亚平宁半岛牌的。是吧，老婆?”

“你看着吧。”铃脆不正面回答，自管扭动身肢，闪现出“屁股帘”式的浅色长线衣，去打理货品去了。

四十岁的古鲁和三十四岁的铃脆配合相谐，小日子过得蒸蒸日上，然而，在丈夫的内心里，也有小嘀咕：就说今天关板后，两口子“总结”比较各自的生意。古鲁笑得合不拢嘴，像泄露私密似的低声告诉铃脆：“有个律师的老婆，闲得发慌，带着她七岁的小闺女，搭咱的车去游兴海湖，叫我陪她半天，最后给了我一笔小费，我还真愣怔了一下，你猜多少钱?”

“二百?”

“真小气，告诉你，六六大顺——六百块!”

“是不是，要借你那……使唤?”铃脆看似带笑，微黄的面皮洇出红晕。

“想到哪去啦!”古鲁拍了拍老婆的后背。“谁能有你的活儿棒?在咱俩结婚以前，我在老家县城打工也尝了两个小姐，比起你来……”他一味地扑棱着脑袋，意在不屑。

“又来啦，又来啦！陈谷子烂芝麻，摆乎了几百回了。从今以后，闭上你那张臭嘴。”铃脆蹑手蹑脚，探头看了看里面床上入睡的儿子。

“行！行！对你赌咒再也不说这些破事了。”古鲁搔着自己的后脑勺，“不过，我还有件心事，不能不提你个醒儿：以后卖东西，简单明了，能一句话解决问题不说两句，特别是对男顾客。”

“我又咋啦?”铃脆双眉耸起。

“咋啦倒是没咋的。”古鲁小小地呷了口酒。“我这人就在这点上心眼忒小，就怕老婆被别人污染了。我这人不知是老辈遗传还是咋的，总觉得一个男子生在世上，若是老婆叫别的男人谋了，比被掘了祖坟还惨，比杀父之仇还没法活在世上。所以我觉得我就是两桩事儿：一是玩命挣钱，叫老婆孩子过得越来越美；再就是保卫老婆不受侵犯，这两桩事儿都达到了，一个真正男人的任务就算圆满完成了。”

“你这话我一半爱听一半不爱听。”铃脆打了个哈欠，“该睡觉了。”

一晃之间，一年一度的城乡人口大搬迁又轮转过来。电视台播音员喜气洋洋地宣布：今年春运期间经铁路、公路、航空和水运运送的人数已突破了二十亿人次，差不多每个人平均一次半。车古鲁和韩铃脆夫妇当然也包括在这全球最大的人流之中，不过，他们可并非乘火车、汽车，也不是飞机和轮船，而是心爱的“现代”私家车。一家三口，回乡的路上，悠悠悠悠，不快不慢，注重安全，沿途还顺便看光景：啥蜈蚣岭小瀑布啦，三九天也有水；啥爷台山古崖居啦，专家们到如今还没考证出结论来；啥都乐相府啦，也是全国文物保护单位……二十天过后，再开车回来，带回满满当当的半车土特产品，不光是自家消费，也可打点左邻右舍的人情。别看古鲁长得粗不轮墩，还会点拳脚，心可细哩，进进出出的滴水不漏。铃脆打开卷帘门，再推开里面的门扇，才二十天，但有一股陈封的气味冲出来。她索性将门敞开，为了跑跑味儿，虽说她自小生在农家，却也特别的爱干净。现在她就不顾路途疲劳，里里外外地又扫又擦又洗，还叫小名叫“藏獒”的儿子搭个小帮手。

老公跑跑颠颠地打点外头。他最先去到的是南邻的二混子家。二混子本姓雷，至于大号叫雷什么，古鲁也不知道，也没必要知道那么详细，只知道他父母因癌症双亡，给他和妹妹留下一个小院和对面两间厢房。说实话，时下如果拆迁的话，处于这黄金地段的小院和厢房，怎么也能换来几百万的补偿，只可惜这二混子太懒，啥营生也干不长，除了玩上网就是过嘴瘾，兄妹俩谁也不管谁。这不是，前年他辍学在家的十八岁的妹妹在酒吧里认识了一个叫绿毛的小子。结果她连哥哥也不打招呼，就跟绿毛不知跑到啥天边外国去了。至今连个电话也不打，这倒好，一座小院整个儿都归了二混子一个人。

车古鲁一来，爱睡懒觉的混子也呼地坐起来，揉揉厚糊糊的眼屎，惊喜地叫声："古鲁哥，也就是你想着我！"还真是，一是因为住得近，一来二去，就熟了；二是总在哪点上，两个人有相通之处，车古鲁需要混子当个"耳报神"，混子也还真有点服气古鲁。于是，也成了一种类型的搭档。

"古鲁哥，甭说别的，就冲你自驾车回老家，一家三口往返无阻，就得说是人上人了。"

"人上人还不敢说，至少是随心，自由一点。"车古鲁说着，将拿来的大葱和萝卜摊在桌子上。二混子一见，更来神儿，又加了两句："不光是自由一点，更重要的是不必在火车上挨挤，闻屁味儿。"

车古鲁指点着说："这是我们老家的特产'长脖甜'大葱和'酥脆青'萝卜，远近有名，不信你尝尝。"

"那还有错？"二混子抿着嘴说："就冲车哥这份义气，我混子磕破了脑袋也要报答您哪。"

在混子面前，车古鲁也有意绷着点儿，他一挥手说："说报答就言重了，我走这段时间，有啥情况没有？"

"情况嘛……"混子嘴馋，急着将细长的青萝卜在桌上一磕，断了，拿起后半段，磕吃就是一口，边嚼边讲："你走后，我早晚都到你门口巡视一次，倒没有发现什么敌情。不过……前街上的'大龇牙’和后街上的‘自来卷’这两个小子有一回在我面前念三阴，说脏话，品评我嫂子：什么铃脆穿长筒靴走路气死交际花呀，说她的连裤袜和牛仔裤头逗得他们晚上睡不着呀；还有……我都说不出口。古鲁哥，不光是您，也得告诉铃脆嫂子防着这两个狗东西。他俩表面上是来你家店里喝酸奶，实际上是想打嫂子的主意。”

“他们是癞蛤蟆想吃天鹅肉，连门儿也没有!”古鲁虽这样说，冬瓜脸却气得发青再也顾不得说下去，说了声：“混子，以后还得替我留点神，我回去了。”

回到家里，铃脆敏感地发现他的神色不对，便问：“咋啦，是不是二混子狗嘴吐不出象牙来，惹你生气了?”他说：“没啥。”可是当儿子叫他看看自己刚画的一幅小画时，他一反常态，摆手说：“别烦我啦!”

车古鲁对老婆打了个招呼，说是要到外面买些汽车配件。韩铃脆并未介意，谁知两个小时回来，他却买了一些“电子眼”，而且急三火四地安装在里外屋的各个角落，可以说是没有半点死角。就连门口上头也安装了一个。老婆惑然不解地问他：“你这是发神经哪，家里安这玩意儿干吗?”

古鲁只顾绷着脸一味干下去，回了句：“过些时候你就明白它的作用了。你老公啥事儿都走在前头，哪件事做得不对，你说说。”

老婆正想说话，儿子藏獒爬到床上，想够那电子眼玩。难怪，孩子太好奇了。

“乖乖，你可不能动这个!”

“爸，你弄这个干吗?你告诉我，我就不动!”

古鲁往外掠了铃脆一眼，压低声音说：“孩子，咱们家的日子越过越好，更得注意安全。你没听说如今连幼儿园和小学都有坏人搞破坏，咱们家也得搞它个铜墙铁壁，心明眼亮。安上这东西，坏蛋就是进来了，也能照出他的一举一动，叫警察叔叔一抓一个准儿!”

藏獒只是眨巴着眼睛，似听懂似又不懂。铃脆手上不闲着，绷着不大不小的嘴儿，仿佛还带着一丝儿淡笑。

而古鲁心里却想的是：我安上这个，无论是‘大龇牙’还是‘自来卷’，也无论是色鬼骗子，一翘尾巴我就知道他往哪儿蹦!

谁知他一抬头，正和老婆那双“带刺”的单眼皮细眼对视，仿佛差点撞出声音来!

柳丝飘飞的时节，车家又添了一桩不小的负担，铃脆的母亲因犯了心脏病由老家来到他们这里，费了不少周折才进了很难住上的“胸科医院”。

夫妻俩倒班去医院守护，一人一天，这样生意还不致“停摆”，孩子也不影响照顾。

经过几天治疗，老婆儿（他们的老家对上了年纪还不算太老的妇女的一般称呼，而不是如此地那样只要上了些年纪一概统称为“老太太”）病情稳定住了。但不消说，钱也开支了不少。铃脆显现出有些不安——毕竟是她的亲娘而不是婆母花费的啊。

可古鲁在这问题上却显出了男子汉的豁达：“咳，咱们家不是还有十七万块钱存款嘛，先拿出三万挡阵，不够再说。”对此，铃脆嘴上不说，心里对老公也着实充满感激。

这天，适逢古鲁“值班”，病人精神更显好转，她那枯枝般的手握着女婿的手倾吐了几年来未诉的肺腑之言：“古鲁，我的好姑爷，你叫我老婆子说啥好呢，要说，我们一家人是你们家救的。那年我们家老头得绝症走了，铃脆她大姐在广东打工，我和铃脆还有她兄弟日子够‘麻爪’的，可这当儿你……你挺……叫啥来？……哦，挺身而出，不光是娶了铃脆，又在县城里给兄弟找了份工作，这才算渡……呃……渡过了难关。你是我们全家的恩人、贵人哪!”

古鲁连连摆手，只差没捂住老婆儿的嘴，他紧着说：“娘，话不能那样讲，你们的铃脆是我早就看好了的，是天赐机缘我才要到手的。谈不上‘救’，只能说是帮，那也是应该的，要不为啥说，女婿顶半个儿子呢。再说我还是代表铃脆才伺候您老人家的。”

病人抹着泪说：“铃脆也算是找了个好人，终身有靠哪。我常对她说过，你只有服服帖帖，一百一地对待古鲁，才能报答他对咱们家的情意呀!”

这番病榻前的对话，也同时感动了古鲁。他回到家来和老婆商量：老人出院后，身体比较虚弱，也不能马上接她回老家，最好是在这儿将养一些日子。可住处又紧窄，有病人在里边，对外面的营业又不合适。正在踌躇中，小儿子藏獒嘴快，竟把这事传给南邻二混子。混子在当晚就来了，嚷嚷着说：“你们太见外了，有难事怎么不对我说。我家西厢房那两小间平常堆的都是杂物，收拾一下叫老太太住进去，不也是能应急嘛!”

夫妻俩听了对视一乐：这倒也是个办法，想不到关键时刻混子倒挺“江湖”。

“不过——”还是古鲁心细，“要住，不能白住，就算是借吧，也得付钱。”

混子一怔，说：“咱们两家谁是谁，还要这个那个的。”

“先小人后君子，该咋的咋的。”古鲁伸出一巴掌：“这样吧，一个月五百，也就是个意思。”

混子还想说什么，铃脆倒抢先了：“干脆一个月六百，六六顺，图个吉利。”

“而且要立个字据，这是我爹生前常说的话：空口无凭。”古鲁显得十二分的正经。

到这份上，混子也不好说什么。车古鲁也读过一年初中，粗通文墨，说着他就铺好纸，拿起笔，刚要写，才想到一件事，问混子：“你大名叫啥来？”

“叫雷烈轰。”

“咋叫这名字，谁给起的？”

“我爸，说是轰轰烈烈，能干大事。”

“好个能干大事。”于是，车古鲁写下了这样的字据——

立字据人车古鲁、韩铃脆与雷烈轰，自即日起，雷烈轰将本人院内西厢房自愿借与车、韩使用，每月酬金六百元整，由车、韩每月壹日付给雷，不得拖欠。

特立此据为证。

借出人　雷烈轰

借入人　车古鲁、韩铃脆

“慢着！”韩铃脆好一阵子没开口，这时也要表示她的高见：“酬金不如改成礼金二字。”

“还是嫂子会用词儿。”二混子附和着说，“这样更显得两家友好。”

“说改就改。”为了改这一个字，车古鲁又重抄了一遍，然后三个人都摁了手印。

他们两家各自一份拿了，古鲁立即从钱夹里掏出两千元钱，看是事前准备好的，递给二混子，又说："头一回一次交三个月的。混子你点点?"

二混子一点，多了二百，立马抽出来："这可不行!"

古鲁伸出又粗又短的手指一搪，话口不留余地："君子出手没有回的!"

"恭敬不如从命，那就谢谢古鲁哥哥了。"二混子对车古鲁一脸服气。

只过了一个月，铃脆娘的病就稳住了，由她的小儿子专程来此将娘接回老家。但借房问题继续履行。事情还是由混子提出的，他说："如果你们两口子乐意，就干脆住在我的西厢房里，那边整个腾出来做工作间。这样夜间我也不孤单，相互照应，万一我得了急病眼皮朝凉，也好有人收尸。"铃脆责怪他说："你那张臭嘴能不能说点吉利的?"不过，他们夫妻俩还是接受了混子的建议，决定较长期地借下来，还进行了简单的装修；这边里半部也收拾得像模像样，俨然有一种小客厅的气派，连沙发都安上了。车古鲁和韩铃脆的小事业有了兴旺的气势，日子过得也真是鸟枪换炮了!

然而，天无百日晴，云怕暗风吹。这天，铃脆去胸科医院结账，因为她算来算去，母亲用的药费有点不大对头，精明的她要去医院再核对一下。车古鲁自然没有出车，在店里照料生意。这时，二混子面带神秘地踅过来，看看没有顾客，便十分正经地低声告诉古鲁："有一个重要情况，我不能不对车哥讲。本来我还犹豫过，是讲还是不讲，因为嫂子对我也不错。可我要是不讲，又觉得对不起车哥。""啥事儿？你就快放吧!"车古鲁心里一时像长了草，预感事情非同小可。

"是这样——"二混子又向门外看了一眼，但加快了语速："嫂子最近又打字了，而且打的还是一本书稿，是一个叫什么的自由撰稿人，四十多岁，好来店喝酸奶，一来二去地他们就认识了，我估摸着嫂子告诉他会电脑打字，他就把书稿拿来了。一定是趁你不在时插空打的，有一次我过来被我撞见了，可嫂子盖住了那龟孙的名字，所以我没瞧见……”

“行了，我知道了。”看得出古鲁此刻心里也很烦乱，一副很想听又不爱听的样子，示意混子：“就这样，我知道了。”

混子离开后，古鲁一边应付着偶尔来的顾客，一边将放电脑的部位上头的电子探头的录像调出来，“捋”到打字的场景，终于有一段是老婆和那男人在一起的影像，很清晰，但无疑对古鲁又最具刺激性。

她坐着，显然打得很快，但有时停顿下来，也许是相互说话，也许是有不认得的字，问他。当她一扭头，斜着仰视他的时候，她那表情，有一种微眯眼睛的啥笑？哦，是妩媚，是妩媚的笑，在电视里听说过的。没结婚那阵子，对古鲁也有过这种笑的，如今不见了，想不到给了野男人这样的笑，这样的镜头，有好几回。还幸好，虽说他的胸脯离她的肩头只有两厘米，还没有完全挨上，更没有那类的动作……唉，那男人伸出手指对着电脑指指划划，干吗？哦，是校对错字儿，嗯，暂时就这些了。“只能说是暂时。”古鲁在心里说。

铃脆回来后，这次古鲁没等到晚上，就向老婆发难了。

“你咋搞的，不是说好不打字，你咋违反了协议，又打字儿呢？”

“咱们可没说绝对不打，是说不正式开设挂牌打字店，咋啦？”铃脆虽觉有点突然，却没有理亏的样子。

“你干吗要给那小子打一本书稿，他为嘛能享受这种特权？”

“我是碰上了这么个特殊机会，人家要急用，听说我打得快，就……”铃脆反应何等灵敏，一面回话，一面就认定是混子告诉老公的。但接着她反而更加理直气壮，“这一阵子我娘住院，咱们又租房子，开支大，光靠你开车还有小店，够呛，所以，我觉得还得增加点进钱的道儿。”

古鲁听了这话，多少有点泄气，可还是疑虑重重地说：“怕就怕他骑驴找马，别有用心。”

铃脆霍地站起身来：“车古鲁，我今儿个就挑明帘吧。你知道就因为我答应给刁先生打书稿，他才叫他妹妹，也就是胸科医院的护士长，给我娘调整了一个床位。要不然……也许你愿意瞅着我娘上西天吧？好哇，你这个车古鲁，我一份苦心还是换来你疑心生暗鬼，好吧，我这是最后一次打字挣钱。拿！都给你，点点吧！说着，她拍出一沓钱来，“啪地”扔在车古鲁面前，然后，不知真气假气地去南小院去了。

这里车古鲁拿起这沓钱，信手一搓，本能地知道这是一千五百元钱，突然，他滋生出一个奇怪的念头，将这沓钱贴近鼻头，深深地嗅着，一心想闻出什么异常的腥气味儿来。

不过，他还是给老婆服了软儿，这个回合的冲突暂行平息，古鲁又出车去了，晚饭前，他赶早回来，将一个新手机托在铃脆眼前：“老婆，这是给你的生日礼物，档次不算太高，还算将就：花了一千二百元钱，剩下那三百元，给儿子交学费了，其实我是借花献佛，用的是你的辛苦钱。”

铃脆将手机在手里掂了两掂，淡淡地说：“用谁的钱都无所谓，还不都是咱们一个窝里出的。关键是家里有座机，我还用手机多此一举。”

“可不能这么说。”古鲁十二分地正经说，“万一你到南小院去干活，听不见座机电话响，这手机就有用场了，我在外面打电话不就方便多了吗?”

铃脆好像被说通了，没再说什么。不过，丈夫心里明白，他倒真的是醉翁之意不在酒。前些日子听开黑车的同行说：他们就是给老婆的手机里偷偷安了一个神秘的“片片”，走到哪里都能窃听了。古鲁如法炮制，果然在火车站过街桥上向小摊贩买了这样的片片，事前装进给老婆的生日礼物里，神不知鬼不觉。至少现时，铃脆的预测力还达不到这样的程度。

车古鲁心里既窃喜又有些嘀咕。

古鲁心里一半看不起二混子，另一半又觉得不能完全离开他。有时遇到一时拿不定的事儿还难免要征求混子的意见。这不是，因为出不出远车的问题他就找混子商量：

“我最近碰见几个长途客，有的是去发头镇，有的去精明市，都是二百里左右。给的车钱倒挺值，可我左思右想最后还是没答应。”

“你怕什么？怕算计你？就冲你这身拳脚，至少在大白天恐怕几个龟孙还占不了便宜吧?”

“我担心的不是这个，是怕在外面大半天，有冒坏水的家伙勾引……”

“你不是有探头吗?”

“我怕到外面……”

“这就难防了。”

车古鲁此刻一面是想多挣钱，也好在老婆面前露脸，小日子过得越来越红火；另一面却又担心飞来的陨石砸坏了他完整的生活，只要破碎了一个角儿就不可能完全复原。他陷入了前所未有的纠结与矛盾中，这使他心乱如麻。人在这种状态下，很容易做出某种不可理喻的行径。你看现在，他就开车在市周边乱转，而完全改变了他一向尽量不枉费用油的好习惯，至少眼前是这样的。

当他漫无目的地转到市西南郊城乡结合部，无意间看到一家打造和修理农具的铁匠铺，一个近乎怪诞的恶念油然在他脑海里闪现！他几乎完全不能掌控自己的行动，竟走近正在打镢头的铁匠，瞅冷子问："大叔，你这里能打铁裤衩吗？"

"什么？你说什么？"

"铁裤衩，听说过吗？"

"以前在报纸上看到过，但没有打过。"

"我现在就想打，不但是铁裤衩，还有铁乳罩，铁口罩，真的，不开玩笑。"

铁匠师傅喷火般的眼睛打量着他，然后只说了一句："亏你想得出！"

"为啥？"古鲁直愣着一双鼓眼问他。

"我要是答应了你，那是犯了法；你要干了这事儿，就是违犯了人道。这啥年月了，你还能想出这样的损招？"

古鲁听了，心里本来是火上浇油，想"教训"一下眼前这个半老头儿，可当他的目光触碰到铁匠手里铁钳中滴着铁血的家伙时，不知怎的，他不由得怵了七分。最后一跺脚，吐了两句："咳，师傅你不理解我，都为了我老婆，我才想出这铁、铁……"

铁匠又端详了他一会儿，叹着气说："那，你顶个是个铁老公！"

一出铁匠铺，迎面扑来一股凉风，古鲁的脑子好像清醒了些，开始有些悔意：二混子只不过是个混混儿，而他车古鲁这才叫真浑呢。就算今天铁匠师傅答应给打了那三件铁玩意儿，就冲铃脆那性子，她会服服帖帖戴上吗？就算自己对她们家恩重如山，她也照样不会买账的啊，到头来还不是鸡飞蛋打，弄不好还得妻离子散……

可当他开车回家，一进店门，老婆不在，只有儿子藏獒呆坐在小马扎上，他本能地问："你妈呢?""妈跟一个男的，一个伯伯走了，说有点事儿，一会儿就回来。他走前还去找混子叔打招呼，混子叔不在家，也没带手机。"

"是哪个男的，是不是来咱们家找你妈打字的那个?"

"我不知道。"藏獒迷茫地盯着猴急的爸爸。

古鲁又陷入了气恼与焦躁，他从货架上掣下一小瓶"二锅头"，一仰脖，咕咕地喝下肚去，然后对儿子说："你好好看家，有来买东西的就说大人不在，停止销售，我去去就来!"

说罢，便钻进车去，发动起来一猛子跑了出去，昏头涨脑地不知转了多少街区，也没发现老婆和那个男的，经过胸科医院时，他本想找那个护士长，质问她是不是她哥哥拐……呃，叫走了他老婆，又恐怕弄错了，肯定也落不着好。这便说明，他的头脑还保持着一丝清醒。

再转，再找，还是没影儿，当他经过公安分局门前时，他又想出一个怪招，闯进门去，撞见一个负点责任似的警官，劈头盖脸地高声说："我老婆跟人走了，我该怎么着?"

"你是要报案吗?"

"呃……不……不是。"古鲁也明白缺乏足够根据，但又说，"我找了半天没找着；我想调取你们马路上的电子探头，跟你们一起细细查找。"

"这怎么可以?"警官严肃地说，"别说你没有这个权力，我们也没有正当的理由。我们执法是有规矩有制度的。"

"你混蛋，你太不人性化!"古鲁的酒劲上来了，当胸捣了警官一拳，只见后者一个趔趄，后背撞在墙上，这时有另外两个警察上来阻止。他转身就往外跑，忽又止步，在分局门内，他竟撒了一泡尿。

结果是：他被定为“妨害公务罪”，行政拘留十五天，还被罚款。

清醒一些时，他掏出手机给铃脆打了第一个电话：“老婆，我闯祸了，半个月内不能回家，你一定看好门户，要藏獒，不要野狗。”

原载2012年8月号广西《红豆》月刊

"报应"

"夜来黑下大旗家又遭抢了!"

今儿个一大早，村子里就传扬开了。而且很多人心里都很清楚，这是自"民国"三十一年（1942）到现在，不到二百户的辛家坡村被抢的第十二户人家。这十二户大都是小有财产、家无壮汉的中农之类。像本村大户财主章、孟两家那样，高墙大屋兼有看家护院的雇工的势派人家，几个蟊贼的团伙是不敢问津的，这个团伙的作案方式和手段也如出一辙：一般都是经过踩点后，子夜时分翻墙而入，敲窗震醒住户，迫其打开屋门，匪徒中的一二人在外面监视动静。另二三人进屋疯狂翻腾，一般只消个把钟头，即将衣被（更不消说细软之物）等稍为有用的东西洗劫一罄，迅速遁然撤走……

我家因是中农小户，也是被抢的一家，按被劫的次序，排行第九。

大旗家姓严，现年一十七岁，家中只有母子二人相依，单从房产看并不多，但大旗妈齐氏当日出嫁时娘家陪送的妆奁甚是丰厚，在村里早有所闻，故为盗贼垂涎。大旗的生父早年在青岛上学，毕业完婚后投军。至于当的是哪个军头的兵，村里的乡亲们众说不一，有的说是在张宗昌部下当参谋，有的说是小军阀刘珍年的左右手，还有的说投的是中央军，更有的说在日本军里当翻译。我七八岁时见他回乡一次，戴“黑眼镜”，穿呢子军装，脚上是一双高鞫皮靴。身材不高，但挺精干，来如风，去如电，好像没在家待多大工夫，就无声无息地消失了。我母亲随后曾问过大旗妈：“大旗他爹啥时候回来?”回答是绝对的没好气儿：“死啦。”她说的绝对是气话。据消息灵通的我的叔伯舅舅说：“跟着南边的走了。”“南边的，”在我们家乡指的是老蒋的“国府军”。但从那时一直到我县解放，大旗爹就再也没影儿了。

至于大旗可和他爹不一样，乡亲们说是他妈“理正”得好，就是说教育引导的路子正。小伙子长相也不错，个头适中，五官很匀称，照旧小说中的话说是“面如敷粉”，细皮嫩肉，如红似白的。一出家门见了街坊邻居的长辈们，叔叔大伯、三姑四婶的，礼貌非常周到，因此很受到乡亲尤其是年长妇女们的夸奖：“啧啧，你看人家严家的大旗，多尊贵。”在我的印象中，比我大好些岁的大旗平时多半穿着一件淡青色的大褂，绾着白袖头，干净利落，听邻居的大娘大婶说，是他妈手巧，而且是浆洗过的，也许正因为他太文静，尽管是个小伙子，劫匪们也没把他放在眼里，至于他家遭抢时他是如何表现的，这谁又好问?

就在大旗家遭事儿的两三天后，村里出了名的混混李都有又在大街上出现了。此人自小游手好闲成性，稍长后又小偷小摸、小赌小闹不断。有时又狗仗人势，给村里辛二爷当密探，被二爷安排在村公所敲锣：“大伙儿都听着，打明儿起，田亩税开征啰!”但他生性所致，啥都干不踏实，辛二爷一恼，就把他“裁”了。这以后李都有就跟劫匪团伙搭上了钩，因他熟悉村里的情况，担当了踩点打前站的差事。因为被抢户事后回忆起：在被抢的前一两天，这个李都有都借故到这家里来，贼眉鼠眼地往墙上地下乱出溜，后来大伙儿一凑情况，断定是这小子勾进了盗贼，只不过在匪徒“做活”时，他从不露面，担任外围望风。所以，尽管谁都料到有他的事儿，却又没直接攥住他的贼手，以致风头一过，他又像游魂似的飘到这儿飘到那儿，例行的动作是拎着一空面袋，专拣还没抢过的中小户硬把面袋扔给人家："装满二十斤玉米，赶明儿我来拿！"这小子挺会打心理战，这些小户人家抱着侥幸心理，为了破财免灾，十有八九都很听话，这个脸皮比脚后跟的老茧还厚的小子才屡试不爽……

但唯有大形势，使这个吃惯了嘴儿跑断了腿儿的李都有胳膊拧不过大腿。"民国"三十四年（1945）春天一来，城里的日伪军像缩头乌龟不敢出来，八路军武工队和人民政府工作干部基本上已能在城外公开活动，村里的正气上升了，惯在阴暗角落"干活"的匪徒团伙也只好夹起了尾巴，辛家坡村也开始平静了。

又过了几个月，日本鬼子宣告投降，本县得以光复，人民政权也在辛家坡建立起来。按说大旗家应该开心才是，再也不用担惊受怕了啊。然而却相反，大旗他妈的一颗心又拧巴起来。因为她耳闻：解放区为了以自卫战争粉碎国民党反动派发动内战的阴谋，即将进行扩军，号召解放区的有志青年踊跃参加人民解放军。南山那边的先进区乡已开始行动了。大旗是独子独苗，妈的心头肉。她琢磨着：既然丈夫不靠谱，是死是活都不知道，可不能再搭上宝贝儿子，一旦被动员参了军，子弹不长眼睛，万一在战场上被打死了，妈的心里就失去了顶梁柱。大旗妈反复思量之后作出了一个决定：通过在济南经商的娘家叔伯兄弟的关系，在省城那边给大旗找了个在酱园里当伙计的事由。大旗素来"事母至孝"，基本上是言听计从，再加上他本人虽喜欢读书求进，但对革命的道儿很不适应，政治上"很不开展"，也想离开解放区这个环境。于是便在一个初雪的凌晨，由母亲打点坐上专做载客生意的"二等"（自行车），悄然离开了他生长了十八年的故土。母子的泪水飞洒，恐也难以融化漫天雪花之万一。按当时“二等”的脚钱，跑一趟青岛是一个“小宝”，跑一趟济南是两个“小宝”（一个“小宝”是一两足金）。好在大旗妈仍有一些隐匿而未被抢走的金珠首饰之类。

在当时的解放区，政府对正常来往于解放区之间的客商未作严格控制。何况大旗家既非地富也非反革命家属，所以他走得很顺利。

辛家坡走了一个俊俏而自尊的青年，短时间内也引起一些街坊邻里的感叹惋惜；日后，也并没有造成什么轩然大波。只是在不久之后，村里又来了一个似乎有点儿来头的陌生人。此人大号叫裴艾心，来了几天之后，村里的许多人也不知其大号为何，只称他为“小老裴”。说来也怪，引着他来村的竟是口碑极差的小混混李都有，说是他的妹夫，本是离此三十华里西南乡人，所以本村人以前从未见过他。之所以辛家坡从村干部到一些群众都接纳了他，关键是此人头上有一个耀眼的光环，这就是“荣誉军人”。荣誉军人者，即残废军人，而且又带来部队机关的证明信，上面写的是：裴同志二十九岁，1943年参加八路军，参加大小战斗数十次，多次挂彩。此次复员回乡，自愿到亲戚所在村安家落户，以便有更好些的照顾。并说裴同志是中共党员，请村支部适当安排他担任一些力所能及的工作。当然，因当时党组织即使在解放区也处于秘密状态，介绍信是交给村支书老良的。信的最后堂皇地盖着部队领导机关的公章。也许正是因为此点，村领导没有因为来人是李都有的亲戚就拒绝接纳，反而认为更加强了本村党员尤其是具有军事经验成员的力量。不久就命他担任了民兵队长，随后由于原自卫团长、老党员于老沫身体有病卸任，小老裴又兼任了村自卫团长。

村里的年轻后生很喜欢请裴队长讲战斗故事。他每每讲得滔滔不绝，口吐飞沫。也有的小青年好奇地看这位“荣誉功臣”负伤的部位，小老裴便伸出右手，果然缺了无名指和小拇指。不过他说：“这一点儿不影响扣动扳机，我左手照样能够打匣子（驳壳枪）。”还有，当别人注意他的时候，他的左脚明显有点儿“跛”。但也有人说，小老裴有时走得也挺“溜”，好像脚伤对他走路没啥影响。

不管怎么说，辛家坡添的这个成员很快走红。他工作很积极，也挺有能力，民兵练兵他抓得很紧。裴队长还编了一个歌谣：“民兵练兵干劲大，吓得蒋军愣叫妈。自卫团员练打枪，匪兵个个钻裤裆。”由于小老裴又立新功，村里特地给他安排了三间瓦房一所院落，旁边还有半亩菜园。他和老婆还有四岁的孩子过得挺美满。

毕竟是解放区，蒋介石虽然悍然发动了内战，但由于我军民节节阻击，1946 年全年也还没有攻至我县，老百姓的生活总的来说相当安定，生活虽然艰苦些，但节俭度日还是可以的。这一年中也经过了初步的土改，方式还比较平和，没有发生打杀等过激情况。很有代表性的是大旗妈，她经常出现在街头，原来紧皱着的脸上也出现了笑容。她还有一个重要特点：一般这一时期的中年妇女，基本上都曾经缠过足，至少是缠过不长时间较早些时候放了的“解放脚”，她却不是，一双不大的脚片走起来风快，而且轻得几乎听不见声息，还有一点，就是她大多时间都穿的白色衣裤，究竟是给逝去的老人戴孝还是她个人的特殊爱好？谁也不便问她，不过她的话语的确是比先前多了起来，显然是比较舒心。我母亲和她在街上碰面时问她：“大旗在外面好吗？”她回答时总是习惯地撑大了鼻孔：“好着呢，掌柜们挺喜欢他，还想把闺女许配给俺大旗。嘿，人旗那孩子到啥时候都正姿正派，斜的歪的没有；到啥地方都会有出息的。”话里话外流露出对独苗宝贝儿子深深的自豪。

其实，大旗妈也是识文断字的，常给儿子写信。只不过那时候解放区和蒋管区不通邮，信都是由“便人”往这边捎。据说大旗妈写信最爱写的话就是“再过几年就把婚事儿办了吧。妈等着抱又白又胖的孙子娃呢”。这也不是乡亲们的臆测，有时她也对来她家串门的乡亲说这番话。

活得“心盛”的喜悦感已经冲淡了由于孤独无援尤其是遭劫而造成的心灵上的阴影，这也许是大旗妈生命中一段最松心的时光。

1947 年春，自卫团长兼民兵队长裴艾心在工作上又想出新招。

他向村领导提出：“现在讲的是男女平等，男同志能够做到的，女同志也一定能够做到。别的走在前面的村子都组织了青妇队，也可以说是女民兵。我们村也决不能落后，相信妇女同志们谁也不甘心落后!”

小老裴的这番话说得有板有眼。他在村政府的大屋子里是讲给老良他们听的，但故意把嗓门提得倍儿高，正在窗外的青年妇女们也都听到了。其中的积极分子是老党员于老沫的女儿于春嫚。她马上就响应说：“裴队长说得太好了，我们女同志哪点儿也不比男同志含糊。我现在就自告奋勇参加青妇队。”

看来条件已经成熟。三天后辛家坡青妇队就正式成立了，第一批共有队员十八名，而青妇队长自然就落到了于春嫚的肩上。当然，只有小老裴心里最清楚，这里面也有他极力助推的力量在。青妇队成立之后，即开始了紧张的操练活动，特聘的“教练”自然是有“军事经验”的裴艾心。于春嫚这一时期也显得格外兴奋，从家里到村西头的训练场地总是哼着歌儿：“青妇队，青妇队，解放区的好姐妹，练好本领保家乡，配合主力打蒋匪……”

春嫚当年（1947）整二十岁，个头适中，身条很好，虽是微黑皮肤．却五官匀称，笑起来有一种神秘感。正当青春年华，浑身上下都显得丰满、柔韧与封裹不住的活力。她没有正式上过学，前年下半年刚在冬学识字班结业，文化增进得还挺快。

在青妇队训练期间，她和教练小老裴接触频繁，也招致一些敏感男女的闲言碎语。春嫚爹、前任自卫团老团长于老沫虽然也有耳闻，却并不太介意。他最相信“荣誉军人”觉悟高，“有质量”。但到初夏时节，随着南坡的春玉米棒子鼓得太饱露出了黄牙，红缨穗却随之干巴，这时老沫发现女儿的情绪仿佛变化很大，做事爱走神儿，往常那种习惯性的笑也显得很勉强；又过了些日子，细心的春嫚妈注意到闺女的肚子鼓了起来，还无来由地恶心，自己偷偷到茅厕里去呕吐。她问春嫚咋回事，闺女的脑袋摇得像拨浪鼓，不肯吐露半个字。后来精神压力太大的春嫚终于绷不住，忽一日精神突然失常，不仅大哭大闹，嘴里还喊着：“小老裴，你这害人精！你叫我没脸见人哪，你，你……”

看来，纸已包不住火，真相已然大白。乡亲们的议论由背后转为公开，有的说是小老裴强奸，也有的说是“顺茬的”，多经世事的曰润舅舅则叹着气说：“男女这路事儿，不好说呀不好说……”而最堵心窝子伤肝肠的要数春嫚爹老沫，一个年过半百的大男人整天蹲在丁家磨坊门口，大泪珠子愣往下吧吧地掉，嘴却被堵得说不出话来……

节骨眼上出头的还是村支书，公开的职衔是农会长老良。他前前后后一思虑，这一年多被这个“残废军人”蒙得够呛，一封盖大红章的介绍信就轻信了他，再细想，小老裴除了右手缺指是真的以外，说腿脚也有伤却很可疑；有人注意时就跛，一不注意就看不出有半点儿瘸，那时候咋就没有多留些心呢？

还有一节也不对头；复员军人犯错误也有可能，可为啥事一出来小老裴就一溜烟儿不见了呢？……这一系列疑点，引发老良向区政府和县公安局同时报告了情况。很快上级就进行了专门调查，事情的真相显露出来：原来这个裴艾心本名叫裴云昶，自小不务正业，本县抗战初期沦陷后，该裴曾当过伪军，在一次扫荡根据地时被我军俘虏，当过几天“八路”，在部队中恶习难改，被部队开除；此后网罗抢劫团伙，在本县和邻县连续疯狂作案。一年前他又想出歪点子，伪造部队机关信件，以残废军人的名义落户于他大舅子李都有的村子，此次终于原形毕露，潜逃至三十里外西南乡本村，但被我县公安局侦缉队在夹壁墙内抓获，现拘押在县局看守所。

七月的一天，县公安局罗科长和区政府傅助理员专程来到辛家坡村，通报小老裴的案情，包括抓捕他的经过。罗科长告诉乡亲们，前几年本村发生的十二起抢劫案，都是以裴艾心为首的团伙干的。所抢的财物，已被他们挥霍一空，遗憾的是已无法发还给受害的乡亲们。但人民政府一定要审判裴匪，并且给予严惩。傅助理员也代表区政府讲了话，他希望乡亲们特别是受害的人家解除顾虑，大胆揭发裴匪的罪行，人民政府一定给大伙儿做主的。受害人之一的于老沫起先觉得“不好看”，迟迟不肯发言，随后在农会长老良的敦促下，终于当着上级同志和众乡亲们声泪俱下地发言了。

“小老裴不是人，他……”

这时我妈也捯着小脚赶往本村的“大屋子”，大旗妈十分激动地追上了她：“三姑姑，我这回是要声讨小老裴的，你们家不是也遭抢了吗？不要放过这个坏蛋，一定要狠狠地揭发他。”我妈答应了。正往会场走的时候，大旗妈还不闲地唠叨着：“到这时我才想起来，当日抢我家时，那个拿砍刀吓唬我的坏家伙，就是个三愣子头，小老裴的头型就是这个德行。三姑姑，你说是不是？”我妈说：“抢俺家的时候是冬天，戴着毡帽头，看不见头顶，但听那公鸭嗓像小老裴，不过这以前没往那儿联系。”我们家是搬迁到我姥姥村里居住，所以大旗妈按街坊辈称我妈“三姑姑”。

当她俩进会场的时候，小老裴的大舅子李都有也在“控诉”他的妹夫。这时他晃着小脑袋，挥舞着干洋葱头般的右拳，尖声叫着：“裴艾心这家伙可把我蒙蔽得不轻，刚才首长们说他当日干的是伪军，可他一直哄弄我和我妹妹说他在外头干革命。原先我一直相信他说自己的右手指是鬼子手榴弹炸的，这会儿才知道原来是土匪之间黑吃黑搞的。他那样糟害咱村的乡里乡亲，我作为他的亲戚也觉得对不住老少爷们，这家伙真是罪该万死！我和他虽说是亲戚也一定要彻底划清界限，有啥觉得不对劲儿的，我还要深挖细找，想起来就向上级随时揭发。对啦，我还要大义灭亲。”

李都有的这番表演，当场虽也能蒙住一些人，却绝对瞒不过我的叔伯舅舅曰润：看起来小老裴也够“哏儿”的，他显然并没有咬出李都有就属于他那个抢劫团伙，保住了他大舅子，就埋伏下这根久后随时可用的底线，这一点上级同志也未必不明白，不过要重在证据，暂时也许不会动李都有。

大旗妈控诉的声音很高，会场外都听得见：“小老裴这个坏蛋五毒俱全，罪恶滔天，他可把辛家坡祸害苦了。政府一定要为我们做主，为民除害。今儿个若是那个坏蛋在场，我一定要咬他几口才解恨！他犯下的罪孽，挨一千次枪崩都不够。”

我母亲也进行了揭发。她主要是列举了被抢劫遭受损失的程度。她说：“那年冬天，全家所有的被褥和棉衣都被抢走了，一家人挨了一冬天的冻……”

最后，县公安局罗科长表态说：“请大伙儿放心，我们一定要进一步核实裴艾心的全部罪行，依法惩处。”

会后，大旗妈仍然很振奋，她走在全村主要的一条东西大街上，见人就说：“真是老天有眼，小老裴这个坏蛋终于遭报应了。”

“报应呀报应！”那发自一个女人肺腑的声音直到黄昏时分还扩散在村庄的旷野上……

然而，犹如夏天云彩的状态千变万化，世间的许多事情也会发生难以预料的突然逆转！

由于形势的恶化，蒋军集中优势兵力向胶东半岛疯狂进攻，我县也进入了紧张备战的阶段。县公安局将一些重点罪犯转移至南山根据地。那个尚未判决的小老裴也在其中。谁知这个狡诈的家伙利用我押送人员的大意，他以去路边沟内“解手”的机会钻进青纱帐，瞬间消失了身影。据推测是跑到敌占的青岛加入了还乡团。因为当时的青岛为美蒋所盘踞，也是这大片地区顽伪游杂反动势力的麇集地与进攻解放区的大本营之一。不过，在当时，小老裴脱逃的消息还是保密的，辛家坡的乡亲们并不知情，直到两个月后被进犯的蒋军所侵占，还乡团跟随来此大举进行反攻倒算时，乡亲们才看到小老裴更加疯狂的身影。肯定又是他大舅子李都有的撺掇，小老裴曾两度来我家“掏”我，理由是“紧跟共党的小积极分子”、“八路崽子”。但我还真算命大，第一次我跳进西邻李家菜园钻进草垛而使敌人扑空；第二次是上级组织已将我和另外几位已参加试建时期的新民主主义青年团员转移至南山根据地而幸免于难。但当时积极参与揭发控诉小老裴的大旗妈却吃尽了苦头。小老裴抓住了她，专门打她的嘴，直打得她满口流血，还掉了两颗门牙，问她还“嘴贱不嘴贱”。这个看来并不强壮的妇女始终不求饶，“不说熊话”，充分体现了最普通的弱势者也有可贵的气节。还是因为受上级组织指派担任“支应”任务的曰润舅的排解，大旗妈才捡回了一条命。

由于敌军兵力分散，后方补给线被我军掐断，侵占我县的蒋军和还乡团作践了七十二天之后就狼狈地窜回青岛。小老裴当然也随之滚蛋，但他并没有带走他的老婆和小女儿。也许他压根儿就不想带走她们。

第二年是公元 1948 年，解放区由于连年战争，生产受到严重破坏，正投入生产度荒运动。只有一个人很特别，尽管一年前在土改复查中，由于他家特穷，“分果实”时给了他“一等二级”的优惠待遇，分得了不少浮财，不止有衣服用具之类，还分得了三亩上好的水浇地。但再优厚也架不住坐吃山空，不到一年时间，不但卖光了分得的浮财，三亩水浇地也杂草丛生，随便撒上种子不去打理，最后基本上是颗粒无收。

这个特别的人物就是全村头号“懒鬼”和混混李都有。

挨到 1948 年暮春，他家已经揭不开锅，还想故伎重演，拎着面袋去到人家讹诈，但时代不同，没有谁会理睬。对他来说，也是雪上加霜，老婆带着儿子一猛子跑回娘家，不久又改嫁他人。这个李都有，如今是啥也没有了。走投无路之际，再“哏儿”的黄鼠狼也熬不下去了，最后弄些砒霜，服毒自尽了。

那天，我随着一些乡亲去他家看过。在东厢房里，李都有平躺在一条木板上，浑身蜡黄，口吐白沫，屋子里散发着一股怪味儿，无数的苍蝇围着他不离不弃。

李都有的母亲是一个面目并不太恶的矮小的老妇，她当着众人数落着死去的儿子哭嚎：“都有呀都有，你是自作自受呀……”后来听说，由于买不起棺材，便用一领芦席卷起埋在上好的水浇地里了。不知大旗妈去看过尸身没有，但就在那几天里，大街上经常看到她的身影。此时李都有作为小老裴团伙成员的面目已昭然若揭，自然是死有余辜。大旗妈见人便说此事："报应呀报应，老天有眼，谁干了坏事，就要报，时候一到，一切全报！"

一个略带沙哑的中国乡村妇女的声音三日不绝。

就在这年的深秋，济南战役过后不久，辛家坡又出了一桩惊人新闻——一辆来自济南的胶轮骡车在辛家坡村政府门前停下，接待来人的是农会长老良和村长曰润。曰润之妻玉琼搀扶着步履蹒跚的大旗妈奔村政府门口而来。

"大旗，我的儿呀，你的命忒苦了哇！你咋就舍得妈自个儿走了哇！"

原来，前一天老良和曰润就得知这个情况：济南战役前，大旗的掌柜为了店员的安全，给大伙放了假，各奔安全地带。他带着心爱的大旗，也是他未来的姑爷提前回到东南乡的村庄里，觉得那里比市中心商号安全。谁知，东南乡正是我军往市区突进的阵地之一，敌机对我军狂轰滥炸，往往偏离目标，将炸弹扔在村庄平民区。战事最激烈的那天，一颗炸弹正巧落在大旗掌柜家的小院，藏身桌子下面的大旗因厢房震塌被埋葬；而在正房里的王掌柜也受了轻伤。当大旗被扒出来，早已没有气息，而且被炸得面目全非，浑身血肉模糊。出于责任也是对准女婿的一片真情，王掌柜派自己的侄儿护送大旗并不完整的遗体回乡，以便入土为安。

为了减轻死者的生身母亲因突然剧烈打击难以承受之痛，王掌柜的侄子提前一天来到辛家坡，与村里的领导见面，以便他们尽量做好大旗妈的工作。次日才由县城赶车来到村里。尽管老良、曰润和曰润妻玉琼头天晚上做了整夜的工作，大旗妈闻讯还是昏死了过去……幸而多少懂点医道的玉琼做了力所能及的抢救，才悠悠缓转过来，玉琼陪大旗妈到天亮，以防意外。

大旗妈抢在儿子的棺材头前，撕心裂肺哭嚎："大旗，你睁开眼看看妈，带着妈一块走吧！"她的头猛烈地撞击棺材，两只手拼命地抠着棺材角，脑门上、手指上，都是血。平素她比较信任的玉琼舅妈和我妈两个人使劲拽她，劝她，也无济于事。一时间，不知哪里来的一股子拧劲，仿佛十头牛也拉她不住。

哭声是那样的无助与绝望，是那样的惊天动地，而天地似乎也只能面面相觑。谁又能赔她一个自小备受疼爱的有出息的独生儿子！

其实，大旗妈并不是一个心路狭窄的妇道人家。去年小老裴敲掉了她两颗门牙，蒋匪逃窜后，她就到县城镶牙馆补了两颗假牙。回来还对我妈说："人活着就得活得像样。"可是心理承受力再强也是有限的。眼前的晴天霹雳，竟把这样一个并不脆弱的女人击溃了！

老良和曰润是理解她的，没有硬性阻止她的恸哭，但当她提出要求开棺"看上儿子一眼"时，温厚的老良回绝得极其果断："不行！"他的理由是"你看了会更难受，我们要为你负责"。其实，他心里最清楚：这是一个不能看的尸首。

不论大旗妈怎样不情愿，两位经世万千、十分成熟的村领导当下做出决定："出殡！抬棺！入土！"

当大旗的棺材在他家西北坡旱地里下葬时，直往土坑里扎的大旗妈又一次昏厥了过去，当她再一次苏醒过来还不明白：母子的命咋就这样的苦？老天为啥这样的无情？

有的人还记得：当日小老裴被逮住和李都有服毒自尽后，她曾两次觉得老天有眼，兴奋地喊过"报应呀报应"，可如今……

这件事过后不久，我就正式参加了中国人民解放军。由于从事的是绝密的机要工作，回乡的机会很少，即使回来也只是看看父母便匆匆回部。直到上世纪六十年代初“三年困难时期”，我反而回乡多住了几天。除了父母，我最想念的就是在我成长道路上影响很大的老良和曰润。这时他们都已届古稀之年，但精神矍铄，仍在村里担负着力所能及的工作。我想要问他们的问题很多，其中就有大旗妈的近况，一提起这个问题，曰润舅舅就沉沉地摇着头告诉我：

“她……她痴了几年了。”“痴”，在我们老家就是“疯了”的意思。

我又问起“小老裴”的结局，这一点最有资格回答的是老良，因为多年来不断有相关部门前来外调“小老裴”的历史和亲属情况。老良也自然问及该人后来的情况。综合不同方面提供的讯息，老良梳理出裴艾心自1947年冬逃窜后，他二度逃回青岛，借与在本县县城驻军时结识的蒋系第八军谍报处长之缘，由还乡团转至正规军，混上了第八军谍报队队副的职位，后被派往淮海战场（国民党方面称为徐蚌会战）。蒋军惨败后，裴趁乱逃出包围圈，不期而遇上兵团胡副司令。他俩拦住一辆落荒的坦克，威逼坦克手带着他们南逃南京。这名坦克手有些不情愿。胡副司令问裴会不会开坦克，裴答曾经开过。胡在半途上将信不过的坦克手开枪打死，由裴驾驶窜回南京。自此胡对裴信任有加。当他被任命为金门守将后，特将裴提升为团副。十分狡诈又运气不赖的裴艾心，在后来我军“万炮震金门”中居然又活了过来，只是腿上负伤。当胡司令调回台湾本岛，他也回到台北提前“养老”了，而且还从“军中乐园”带走一个“小姐”，算是他的继室。以上情况，前半段是绝对确凿，后半段是来自于外调人之口，但是基本上也是可靠的。

至此，辛家坡历史上一个侧面中的相关人物：大旗、大旗妈、李都有与小老裴的结局大致已经廓清。我这次离乡前，除了嘱咐家母、曰润舅舅和老良叔保重身体长寿，还关注着另一个人，就是大旗妈；我曾到过她家门口，见两扇门板紧闭，问邻居，说是好些日子没见此人了。我只好怏怏离去。直到去县城乘车的路上，仿佛还听到有人在呼喊："报应呀报应!"酷似大旗妈的嗓音……

原载2012年6月号《阳光》月刊